HEYNE <

W0408969

Heinz G. Konsalik

Liebe ist stärker als der Tod

Roman

Herausgegeben und
mit einem Nachwort versehen
von Dagmar Konsalik

WILHELM HEYNE VERLAG
MÜNCHEN

MIX
Papier aus verantwortungsvollen Quellen
FSC® C014496

Verlagsgruppe Random House FSC® N001967

2. Auflage
Vollständige Taschenbuchausgabe 05/2014

Die deutsche Erstausgabe ist 1975 im Hestia Verlag erschienen

Umschlaggestaltung: Eisele Grafik-Design, München
unter Verwendung eines Fotos von © Arian Camilleri/Masterfile und
© Heather Hanrahan/Flickr/GettyImages
und © shutterstock/Harsanyi Andras;
Satz: Buch-Werkstatt GmbH, Bad Aibling
ISBN: 978-3-453-41781-6

www.konsalik.de
www.heyne.de

An einem sonnigen Morgen im Spätsommer – genau am 3. September um acht Uhr zweiundvierzig – ereignete sich in Paris, an der Ecke der Avenue George V. und der Champs-Elysées, ein Verkehrsunfall. Kein Polizeibericht erwähnte ihn später, es erschien kein Flic, um den Vorfall aufzunehmen und ein Protokoll anzufertigen, ja selbst die Passanten blickten nur mit einem Auge hin und gingen weiter – so wenig wichtig war dieser kleine Unfall.

Ein Radfahrer stieß mit einem Mädchen zusammen, das gerade die Straße überquerte. Es gab keine Toten, nicht einmal Verletzte, nur das alte, klapprige Fahrrad brach auseinander, und drei unbemalte Leinwandrahmen, eine Palette und ein Kasten mit Ölfarben und Pinseln schlitterten über den Asphalt. Ein nachfolgendes Auto stoppte, fuhr einen Bogen um die Trümmer und bog dann in die Champs-Elysées ein. Der Fahrer grinste, winkte dem Radfahrer zu, warf einen Blick auf das Mädchen, schnalzte mit der Zunge, sagte vor sich hin: »O lala!«, und fädelte sich in den Pariser Morgenverkehr ein, eine Kunst, die höchste Konzentration verlangt.

Pierre de Sangries war sofort aufgesprungen, als er nach dem Zusammenstoß plötzlich auf der Straße lag, gab den Trümmern des Fahrrades, seinen Leinwänden, der zusammenklappbaren Staffelei und was sonst noch herumlag, einige Tritte, beförderte alles an den Straßenrand und wandte sich dann dem Mädchen zu, das auf dem Asphalt saß und sich das Knie rieb. Doch bevor er helfen konnte, sprang das Mädchen auf und hinkte, kaum merkbar, auf den Bürgersteig.

»Sie Trottel!«, sagte sie dabei. »Sind Sie blind?«

»Vielleicht.« Pierre de Sangries strich seine dünne Leinenjacke gerade und betrachtete wehmütig die Überbleibsel seines Rades. »Wenn ich die Reden der Kunsthändler höre, die meine Bilder betrachten, verstärkt sich immer mehr der Eindruck, dass ich wirklich blind bin. Haben Sie sich verletzt, Mademoiselle?«

»Sie sehen – nein.«

»Sie hinken.«

»Es ist schon vorbei –«

Sie wandte sich schroff ab und wollte weiterlaufen, aber Pierre hielt sie am Ärmel ihres Kleides fest. Ein schönes Kleid, dachte er. Rot-weiß-blau gestreift ... die französischen Farben. Eine Patriotin im Unterbewusstsein.

»Sehen Sie sich Fifi an ...«, sagte er dabei.

»Lassen Sie mich los!«

Ihr Kopf flog herum, ihre Augen schleuderten einen Blick auf ihn, der ihn traf wie eine Speerspitze. Tiefblaue Augen in einem ovalen Gesicht. Ein Rahmen aus blonden gelockten Haaren, in der vom Morgendunst gebrochenen Sonne schimmernd wie Metallfäden.

»Ich bin ein armer Mensch –«, sagte Pierre und ließ ihren Ärmel los. Sie zerrte an seinem Griff, und das fiel den Passanten mehr auf als der Zusammenprall. Wenn ein Mädchen sich gegen einen Mann wehrt, wird selbst der älteste Pariser zum beschützenden Kavalier. Pierre begann verzeihend zu grinsen, blinzelte einigen kritisch hinblickenden Männern zu und hob die Schultern. Die Mädchen, Messieurs ... jeder Mann sollte einen Pflichtunterricht als Dompteur durchmachen.

»Fifi war mein einziges, noch funktionierendes Kapital. Es hatte zwei Räder, einen Rahmen, eine Lenkstange und einen Sattel. Was ist von ihm geblieben?«

Das Mädchen antwortete nicht. Sie streifte ihn nur mit einem Blick, der alle Schärfe verloren hatte, ein Blick, der das ganze Gesicht verwandelte und ihm etwas Fernes, Entrücktes, Geistesabwesendes verlieh, dann wandte sich das Mädchen ab, ganz langsam, als stünde sie auf einer Drehscheibe, und ging davon. Zuerst steifbeinig wie eine maschinelle Puppe, dann immer schneller … Nach ungefähr zehn Schritten begann sie zu laufen und tauchte in dem Strom der Fußgänger unter.

»Mademoiselle!«, rief Pierre und lief ihr nach. »He! Bleiben Sie stehen! Sie haben Fifi zertrümmert … das ist eine Tasse Kaffee wert –«

Aber sie war schneller als er, hatte schon zu viel Vorsprung, und er sah nur noch ein paar Streifen ihres vaterländischen Kleides im Gewühl der Passanten und einige Männer, die ihn böse anstarrten und offensichtlich bereit waren, ihm den Weg zu versperren. Da blieb er stehen, hob bedauernd die Arme und trottete zurück zur Ecke der Avenue George V. Jetzt war auch ein Polizist da, betrachtete das auseinandergefallene Rad und die Leinwandrahmen und trommelte mit den Fingern gegen sein Koppel. Er hatte beide Daumen hinter den Lederriemen geschoben und sah so aus, als habe ihm der Frühstückstoast nicht besonders geschmeckt.

»Ist das Ihres, Monsieur?«, fragte er. Er sprach es so aus, als frage man nach einer abgesetzten Riesenkakerlake.

Pierre de Sangries nickte, bückte sich, legte die Leinwandrahmen übereinander und band sie wieder mit einer Schnur zusammen. »Das war ein Fahrrad«, sagte er. »Sie haben es richtig erkannt.«

»Und man konnte wirklich auf ihm fahren?«

»Mit etwas artistischer Begabung entpuppte es sich als ein wunderbares Fahrrad.« Pierre betrachtete wehmütig die Trümmer. Wie kann ein Fahrrad nach einem so leichten Zusammenprall bloß so gründlich zerfallen? Leicht? Mein Gott, das muss ein harter Zusammenstoß gewesen sein, und sie muss sich verletzt haben, es ist ausgeschlossen, dass sie nichts davongetragen hat, sie wird es später merken, vielleicht innere Verletzungen, sie wird Schmerzen haben, innere Blutungen, was ist, wenn ich sie mit der Lenkstange getroffen habe, wenn ihre Milz zerrissen ist, davon hört man doch immer, und das merkt man erst später. Sie … wer ist sie? Warum habe ich sie nicht festgehalten?

»Aber dann brach es auseinander«, sagte der Flic.

»Wir müssen sie wiederfinden!«, sagte Pierre heftig und hob den Lenker auf. »Hören Sie, wir müssen sie wieder finden …«

»Die Schraube, die Ihnen fehlt?« Der Polizist trommelte wieder gegen sein blankes Lederkoppel. Bestimmt waren seine morgendlichen Croissants nicht frisch genug gewesen. »Wissen Sie, Monsieur, dass es eigentlich ein Verbrechen gegenüber dem Pariser Verkehr ist, mit solch einem Vehikel noch zu fahren? Schaffen Sie den Müll beiseite, und zwar sofort! Machen Sie die Straße frei! Wollen Sie Erklärungen abgeben? Dann melden Sie sich auf dem Revier, Monsieur.« Der Flic musterte noch einmal die Trümmer und schüttelte den Kopf. »Oder hatten Sie etwa einen Unfall? Mit diesem Ding? War ein Auto hinter Ihnen, hat gehupt, und vor Schreck fiel alles auseinander …«

»Sehr witzig.« Pierre hob die beiden Räder auf und stützte sich auf den grün lackierten Rahmen. Es war der neunzehnte Anstrich, und Kenner in Saint-Germain-des-Prés nannten Fifi nur den rollenden Farbtopf. »Wissen Sie, was ein Fahrrad wert ist, wenn man in einem halben Jahr nur ein Bild verkaufen kann?«

»Ich kann es mir denken. Wäre es nicht einfacher, den Beruf zu wechseln?«

»Und wer ist dann da, das zauberhafte Leuchten der Morgensonne über den Dächern von Paris zu malen?«

»Räumen Sie die Straße«, knurrte der Polizist, zögerte etwas, bückte sich dann und half Pierre, die Staffelei und die Malutensilien aus dem Rinnstein zu heben. Er half sogar, das Rad einige Meter weiter über die Champs-Elysées zu schieben und lehnte es dort an einen der schönen gusseisernen Kandelaber.

Paris.

Man kann es aussprechen mit Honig auf der Zunge.

Sie hat sich bestimmt irgendwo verletzt, dachte Pierre, als

er wieder allein neben seinem Rad stand. Vielleicht ist sie jetzt schon irgendwo auf der Straße zusammengebrochen, eine Ambulanz kommt und fährt sie in ein Hospital. Dort wird ein Arzt sie untersuchen und betroffen fragen: »Mademoiselle, wie ist das passiert? Wann und wo? Warum hat sich niemand sofort um Sie gekümmert? Man hat Sie spät eingeliefert, sehr spät …« Zu spät würde er niemals sagen, und sie wird bereits zu schwach sein, diese Wahrheit in seinen Augen zu lesen.

Pierre suchte in den Taschen seines Anzuges, holte eine zerknitterte Packung Zigaretten heraus und steckte sich mit zitternden Fingern eine an. Er schwitzte auch plötzlich, und es war nicht die Morgensonne, die ihm die Nässe auf die Stirn trieb. Fangen wir mit der Schuldfrage an, dachte er und sog an der zerknitterten Zigarette. Er inhalierte den Rauch, behielt ihn kurz in der Lunge und stieß ihn dann mit kleinen schnellen Stößen wieder aus. Aber dieses Mal beruhigte ihn die Zigarette nicht – sie hinterließ nur ein aufreizendes Kratzen im Hals.

Sie kam von links und rannte mir direkt ins Rad – so war's! Ich habe sie kommen sehen und habe noch gedacht: Mädchen, wo hast du deine Augen? Hallo, hier kommt Pierre! Bleib stehen, Blondchen! Aber nein – sie lief weiter, sie sah mich sogar an, ihr ganzes Gesicht war mir zugedreht, und ich habe noch gedacht: Das gibt's doch nicht, dass jemand weiterläuft und sieht, dass es gleich knallen wird … ja, und dann die Klingel! Wer hat daran gedacht, dass eine Klingel, die nie benutzt wird, verrostet? Ich habe an dem Hebel gerissen … kein Ton, kein Ton … und dann die Rücktrittbremse! Fifi hat nie auf Rücktritt reagiert! Er ist da wie ein eigensinniger Politiker. Es gab keine Rettung mehr – was kann man in zwei Sekunden denn schon tun?

Pierre rauchte seine Zigarette zu Ende, dann packte er die Trümmer des Rades, schob sie weiter über die Champs-Elysées, lehnte sie gegenüber dem Arc de Triomphe gegen das eiserne Gitter des unterirdischen Pissoirs und streichelte noch einmal über das dick mit Grünlack bemalte Gestänge.

»Leb wohl, Fifi!«, sagte er. »Ich bekomme es nicht übers Herz, dich als Alteisen zu verkaufen. Leb wie ein Clochard … irgendjemand wird schon für dich sorgen.«

Er schob die Staffelei und die Leinwandrahmen unter die Achseln, wandte sich mit einem Seufzer ab und stieg hinunter in den Fußgängertunnel, der hinüberführte zum Arc de Triomphe. Der Morgenverkehr war voll im Fluss, um die Place de l'Etoile, die jetzt Place Charles de Gaulle hieß, schoben sich die Autos Stoßstange an Stoßstange vorwärts, um sich dann sternförmig in die Avenuen zu verteilen. Das Laub der Bäume hatte sich bereits verfärbt, der Farbenrausch des Herbstes war über Paris gekommen, von oben mussten die Avenuen und Boulevards aussehen wie Bänder aus verschiedenfarbigem Gold.

Ein solches Bild einmal richtig malen, dachte Pierre. Mit den Augen eines van Gogh und der Hand eines Utrillo, mit dem Herzen eines Monet und der Eleganz eines Manet, oder von allem nur ein bisschen und die Hauptsache von Pierre de Sangries – dafür lohnt es sich, zu leben und zu hungern und ab heute zu Fuß zu gehen und glücklich zu sein.

Paris.

Das ist keine Stadt. Das ist ein Schicksal.

Man sollte wissen, wer Pierre de Sangries war.

Das einzig Vornehme war sein Name. Er hatte ihn von seiner Mutter bekommen, die eine geborene Loretta de Sangries gewesen war und – wenn man Fotos trauen darf – eine sehr schöne Frau mit langen schwarzen Haaren. Loretta, in einem von Nonnen geleiteten Pensionat erzogen und dadurch von der realen Welt abgeschirmt, erlag eines Tages (nicht des Nachts, was erschwerend war!) dem Charme eines Mannes, dessen Namen sie nie kennen lernte. Er hieß Pierre, das war alles, was sie sagen konnte, als sie nach sechs

Wochen Wartezeit zum Arzt ging – angeblich wegen einer Blinddarmreizung – und dort erfahren musste, dass sie diesen Blinddarm in acht Monaten in einem Kinderwagen spazieren fahren könne.

Der Familienrat, der sofort zusammentrat, beschloss zunächst, das Pensionat wegen Verletzung der Aufsichtspflicht zu verklagen und verlangte beim Mutterhaus der Nonnen eine Strafversetzung der Oberin. Dass damit nicht viel erreicht war, sah jeder ein, und so begann man, systematisch in langen Verhören die schöne Loretta zu befragen, wie der Wüstling (man nannte den charmanten Mann wirklich Wüstling, was er in Lorettas Erinnerung durchaus nicht war) ausgesehen hatte, wie er sich kleidete, wo man sich getroffen habe, wie es geschehen konnte, wo die ruchlose Tat vollbracht worden war und wie das alles vor sich gegangen war. Letzteres musste die Mutter fragen, weil sich der Vater zu solchen Fragen außerstande sah.

Wahrheiten sind oft ernüchternd, so auch bei Loretta de Sangries. Sie gestand, Pierre bei einem Ausflug des Pensionats kennen gelernt zu haben, und während nach dem Mittagessen die Mädchenklasse unter Vorsitz der Nonne Domina eine Ruhestunde einlegte, hatte sich Loretta neugierig weggeschlichen. Und bloße Neugier war es auch, was dann geschah, in einer sonnenwarmen, sandigen Mulde hinter dem Haus, dem Landcafe ›Saint Vincent‹. Es war eine Enttäuschung gewesen, Loretta hatte sich das anders vorgestellt, und deshalb hatte sie auch nicht weiter gefragt, als sie auf ihre Frage: ›Wie heißt du?‹ die knappe Antwort ›Pierre‹ erhielt.

Madame de Sangries verließ nach diesem Intimgespräch weinend den Salon, starrte ihren draußen wartenden Mann an und sagte mühsam: »Charles, wir haben eine bis ins Mark verdorbene Tochter!« Dann verfiel sie in ihre Migräne und schloss sich in ihrem Schlafzimmer ein.

Loretta de Sangries wurde aus Paris entfernt, lebte in der Nähe von Dole bei einem Onkel und gebar im Anblick der von der Sonne übergoldeten Maisfelder einen Sohn. Sie nannte ihn Pierre, weigerte sich auch dann noch, den Vater bekannt zu geben (man glaubte ihr einfach nicht, dass sie nur den Namen Pierre kannte, so verworfen kann ein Mädchen aus gutem Hause nicht sein), und so blieb nach dem Gesetz nichts anderes übrig, als das Kind nach der Mutter zu benennen: de Sangries. Die schockierte Familie bemühte sich drei Jahre lang um eine Adoption, aber sie missglückte immer wieder, weil Loretta sagte: »Ich gebe mein Kind nicht her! Ich liebe meinen Sohn!«

Als Pierre vier Jahre wurde, starb seine Mutter an einer Blutvergiftung. Sie hatte sich, als sie glücklich und vor Freude jauchzend mit Pierre barfüßig durch einen Wald lief, einen Dorn in den großen Zeh getreten, ihn herausgezogen und nicht weiter die winzige Wunde beachtet. In der Nacht begann das Blut im Bein zu klopfen, als hämmerten winzige Schmiede gegen den Knochen, am Morgen bekam sie Fieber, gegen Mittag schwoll das Bein rot an. Ein Krankenwagen jagte mit Blaulicht und Sirene in die nächste Klinik, aber dort kam Loretta bereits ohne Besinnung an.

Man versuchte alles, amputierte das rechte Bein weit im Gesunden, gab alle erdenklichen Gegenmittel … Loretta de Sangries erwachte nicht wieder aus ihrer Bewusstlosigkeit. Sie starb, im Fieber glühend und verbrennend. Ein Dichter würde sagen: Sie hatte die Sonne geliebt, und die Sonne holte sie heim …

Charles de Sangries, der Vater, sah es anders. »Der Junge hat sie getötet!«, sagte er hart. »Hätte sie das Kind nicht gehabt, wäre sie nicht im Wald herumgesprungen wie eine Irre und hätte sich also keinen Dorn –« Eine zwingende Logik.

Pierre lernte sie auf seine Weise kennen: Er wurde in ein Heim gegeben, in das Kinderheim ›Charité chrétienne‹, was nicht ›Liebe eines Kretins‹, sondern ›Christliche Nächstenliebe‹ heißt. Ein Heim hinter dicken düsteren Backsteinmauern, irgendwo im 18. Arrondissement, neben den Bahngleisen des

Gare du Nord, über die Tag und Nacht die Züge donnern. Aber auch daran kann man sich gewöhnen.

Nicht gewöhnen konnte sich Pierre an die Ohrfeigen seines Heimvaters Laluc. Er kannte nur die warmen Zärtlichkeiten seiner schönen Mutter, das einzige, was in seiner Erinnerung geblieben war, die Geborgenheit zwischen ihren weichen Brüsten, ihre leise, schwebende Stimme, die ihn in den Schlaf brachte. Monsieur Laluc, ein bulliger Mann mit einer roten Knollennase, schrie ihn an, nannte ihn Bastard, für den man gerade so viel Geld erhalte, um ihm den Hintern abzuwischen, und wenn Pierre in seinem namenlosen und unsagbaren Kummer ab und zu des Nachts sein Bett nässte, schlug Monsieur Laluc auf ihn ein, als wolle er aus Pierres Kopf Getreidekörner dreschen.

Der Junge hielt das zwei Jahre lang aus. Zwei Jahre, in denen sich die Drescherei steigerte, denn Pierre begann – aus einem unwiderstehlichen Zwang heraus – die Wände mit allem zu bemalen, was sich zum Malen eignete. Kreide, Kohle, Senf, Marmelade, Butter, Gemüsesaft ... alles, was irgendwie Farbe hergab, wurde unter seinen kleinen Händen zum Werkzeug.

Monsieur Laluc verzweifelte. Charles de Sangries weigerte sich, für die Schäden aufzukommen; er behauptete, das sei wiederum ein Fall von Verletzung der Aufsichtspflicht, und von diesen Folgen – siehe Pierre – habe er nun die Nase voll.

Als Pierre sein fünftes Lebensjahr beendete, schlug Monsieur Laluc, gewissermaßen als Gratulation, einen dicken Kochlöffel auf seinem Rücken in kleine Stücke. Mit dicken roten Striemen bedeckt, schwankte Pierre in sein Bett (er hatte auf dem Lokus Nr. 3 mit Erdbeer- und Orangenmarmelade einen herrlichen Sonnenuntergang an die Wand gemalt) –, aber am nächsten Morgen war das Bett leer, das Fenster stand offen, und bis heute weiß niemand im Kinderheim ›Charité chrétienne‹, wie es einem Fünfjährigen gelingen konnte, über die hohe Backsteinmauer zu entkommen.

»Er war der geborene Halunke!«, sagte Monsieur Laluc zu den Polizisten, die den Fall protokollierten. »Sie werden später von diesem Früchtchen permanent beschäftigt werden. Denken Sie an meine Worte –«

Der kleine Pierre wurde nie gefunden, denn zum ersten Mal nach dem Tod seiner Mutter hatte er Glück: Ein Reise-Chlochard, im Gegensatz zu den Brücken-Clochards nicht ansässig, las den Jungen im Morgengrauen neben den Schienen des Güterbahnhofs auf und erkannte sofort die Möglichkeiten, die ihm der Himmel damit schickte. Er lehrte Pierre, wie man bettelt, übte die verschiedenen Variationen des Handaufhaltens, des Jammerblicks und des Körperzitterns mit ihm und fand, dass Pierre ein gelehriger Schüler war.

Bis zu Pierres zehntem Lebensjahr bettelten sich die beiden kreuz und quer durch Frankreich. Sie verdienten gut, denn ab dem neunten Jahr malte Pierre bereits kleine Bilder, zuerst mit geklauten Wasserfarben, dann – schon arriviert – mit reell gekauften Temperatuben. »Du bist ein Genie«, sagte sein väterlicher Freund immer wieder. Er hieß Jean-Claude, und das war genug. »Weißt du, was ein Genie ist? Die Menschen werden einmal deine Bilder kaufen und dich mit Geld bewerfen! Das heißt, wenn sie nicht zu doof sind, dein Genie zu erkennen –«

Ein prophetisches Wort! Pierre konnte Jean-Claude später nicht mehr daran erinnern. In einem verdammt kalten Winter starb Jean-Claude an einer Lungenentzündung, durchaus bürgerlich in einem Krankenhausbett, für das Pierre (und für die Arztkosten) eine Wand der Hospitalkapelle ausmalte. Damals war er vierzehn Jahre alt, lang aufgeschossen und schmächtig, ein Gerippchen mit einem schwarz umlockten Kinderkopf und sehr wachsamen, alles sehenden und alles abschätzenden Augen.

Mit vierzehn, nach Jean-Claudes Tod, kam er auch zum ersten Mal in die Schule, ein Findling, ein moderner Kaspar Hauser. Und in vier Jahren holte er nach, wozu andere neun lange Jahre brauchen. Das war in Concarneau, oben in der Bretagne, an der Küste des Atlantik.

Als Pierre de Sangries achtzehn war, malte er eine Madonna, die so aussah, wie seine Mutter ausgesehen haben musste … ein Engel mit schwarzen langen Haaren und einem Blick, in dem die Liebe der ganzen Welt lag. Als er das Bild fertig hatte, saß er zwei Tage davor und weinte zum ersten Mal wieder nach Jahren. Am dritten Tag verkaufte er die Madonna an den Direktor seiner Schule, bekam dafür große Worte und 50 Francs und verschwand aus der kleinen Stadt Concarneau.

Irgendwann tauchte er dann in Paris auf, bereicherte die Straßenmaler auf der Place du Tertre, wohnte mit vier anderen hungernden Malern zusammen in einem stinkenden Kellerzimmer auf dem Montmartre, porträtierte Touristen, vor allem Amerikaner, sparte das Geld und versoff es nicht oder steckte es den Huren zwischen die Brüste, sondern kaufte auf dem Flohmarkt ein gebrauchtes Fahrrad: Fifi.

Das war vor neun Jahren gewesen.

Paris war um ein Genie reicher geworden … aber Paris wusste es nicht.

Es wusste es bis heute nicht, diesen 3. September, an dem Pierre de Sangries sein neunzehn Mal lackiertes Fahrrad an dem eisernen Geländer des Pissoirs an der Place de l'Etoile abstellte und im Fußgängertunnel verschwand.

Wer oben auf der Plattform des Arc de Triomphe steht und über Paris blickt, wenn das Sonnenlicht wie ein goldener Schleier über den Avenuen und Boulevards, den Alleen und Dächern, den Brücken und der Seine liegt, wenn er sieht, wie ein Stahlgigant wie der Eiffelturm plötzlich schweben kann, das Trocadero zu einem Zauberschloss wird und Sacré-Cœur weit in der Ferne aus dem Himmel zu taumeln beginnt, der drückt die Hände auf sein Herz und wagt nicht mehr zu atmen. Was Schönheit ist, kann kein Wort erklären, kein Ton vermitteln, keine malende Hand aufzeichnen – es bleibt alles unvollkommen. Schönheit ist nur zu sehen und Schönheit ist zu empfinden für den, der eine Seele dafür hat.

Pierre hatte seinen kleinen Klappstuhl vorn an der Brüstung der Plattform aufgebaut, seine Staffelei aufgeklappt, eine Leinwand darauf abgestellt, die Palette und den Farbkasten griffbereit auf den Boden gelegt und saß nun in der Sonne mit der ihm bekannten Angst im Herzen, vor dieser geballten Schönheit um sich herum kapitulieren zu müssen.

»Ich werde es nie können«, sagte er und stemmte die Sohlen seiner Schuhe gegen die Brüstung. »Nie! Ich bin ein Stümper. Aber auch Stümper müssen leben. Fangen wir also an. Das Übliche: Paris von oben in der Sonne. Ein Postkartenbild in Öl. Zum Kotzen.«

Er schob die Hände in die Hosentaschen, rührte sich nicht und starrte hinüber zu dem weißen, im Sonnenglast schwebenden Wunder Sacré-Cœur auf dem Montmartre-Hügel. Die Plattform des Arc de Triomphe war nur schwach besucht, die Schulklassen kamen erst gegen zehn, die Touristen noch später – es war eine herrliche Ruhe um ihn herum. Den brausenden Verkehr auf den Straßen hörte er nicht … hier oben war er wie ein geschlossenes Summen, kein Lärm, sondern etwas Unnennbares, das zu dieser Stadt gehörte. Ein Sonnengesang, würde der rote Henry sagen, aber so etwas fiel auch nur einem erfolglosen Dichter ein. Claude Puy, der rote Henry … Pierre lächelte verträumt. Neun Uhr vierzehn … um diese Zeit schlief Henry noch, nach Rotwein duftend und nach Weiberschweiß, und keiner löst das Rätsel, woher er für beides das Geld nimmt.

Plötzlich sah Pierre sie. Vor einer Minute war sie noch nicht auf der Plattform gewesen, sie musste mit dem letzten Fahrstuhl heraufgekommen sein. Sie hielt ihre flatternden Haare fest mit beiden Händen, lief zur Brüstung und blieb abrupt stehen, als habe sie jemand vor die Brust gestoßen. Dann zog sie die Schultern hoch, ließ die Haare und den

Kopf los, warf die Hände nach vorn und stützte sich ab, um sich auf die Brüstung zu schwingen.

Pierre machte aus dem Sitzen einen weiten Satz nach vorn und bekam gerade noch ihren Rock zu fassen, der im Zugwind sich bauschte und an den langen nackten Beinen hochstieg, als sei er ein Kranz, der hochgezogen wurde. Mit einem heftigen Ruck riss er an dem Stoff, das Mädchen fiel nach hinten in seine Arme, und gemeinsam rollten sie über die Plattform, umschlangen sich instinktmäßig und kollerten in die rechte Ecke der Brüstung. Pierre war zuerst auf den Beinen und zog das Mädchen hoch. Sie wehrte sich jetzt, hieb mit kleinen Fäusten auf ihn ein, und wieder traf ihn dieser lanzenhafte Blick, der das bleiche ovale Gesicht aufriss, wie ein Blitz einen fahlen Himmel zerstört und ihm trotzdem unheimliches Leben verleiht.

»Lassen Sie mich los!«, keuchte das Mädchen und hieb wieder gegen Pierres Arme. »Was mischen Sie sich ein? Es ist mein Leben, nicht Ihr Leben –«

Es gelang ihr, sich mit einem wilden Ruck loszureißen, aber Pierre griff nach, fasste das rot-weiß-blau gestreifte Kleid vorn an ihren Brüsten, sie zerrte wieder, der leichte Stoff blieb mit einem ratschenden Laut in seinen Händen, sie starrte auf ihre Blöße, auf den weißen, kleinen Büstenhalter mit den Spitzenrüschen, bedeckte dann alles mit gespreizten Fingern und wich zur Wand des Fahrstuhlschachtes zurück.

»Mischen Sie sich nicht ein!«, sagte sie wieder. Ihre Stimme war fremd, sie passte nicht zu diesem Körper, diesem Gesicht. Sie muss eine warme, streichelnde Stimme haben, dachte Pierre widersinnig. Jetzt ist sie rostig, geradezu unnatürlich. Eine erwürgte, misshandelte, blutende Stimme. »Lassen Sie mich doch los!«

Pierre hielt seine Hände mit dem Stofffetzen vor sich hin. »Ich halte Sie ja gar nicht fest«, sagte er. »Aber ich schwöre Ihnen, dass ich es jeden Moment wieder tun werde, wenn

Sie weiter so dumme Sachen machen! So viel war Fifi nun wirklich nicht wert –«

»Sie Scheusal!«, sagte sie laut. »Sie fürchterliches Scheusal!« Plötzlich weinte sie, schob die Hände, die noch ihre Brüste bedeckten, höher über ihr Gesicht, drehte sich um und presste die Stirn gegen die Wand. Ihr Körper begann im Schluchzen zu zittern. Ein Glück, dachte Pierre, dass heute kein Betrieb auf dem Arc de Triomphe ist. Man würde es schwer haben, die Tatsachen zu erklären, mit einem Stück Kleid in der Hand, weggerissen von ihrer Brust.

Er ließ sie stehen, ging ein paar Meter zur Seite, blickte um den Liftschacht herum und sah zwei junge Männer, die Hand in Hand an der Brüstung standen und hinunterblickten auf die Avenue de la Grande Armee. Zwei Schwule, versunken in ihre Liebe. Beruhigt kehrte Pierre zurück. Das Mädchen schluchzte nicht mehr … es drehte sich, als es seinen Schritt hörte, herum und zog das Kleid mit beiden Händen über dem Büstenhalter zusammen.

»Jetzt sind Sie stolz, nicht wahr?«, sagte sie. Ihre Stimme hatte sich wieder verändert. Das Weinen hatte sie reingewaschen, jetzt war sie blank, gläsern, aber mit einem Sprung im Glas, man hörte es deutlich. »Der Lebensretter! Warum haben Sie mich nicht springen lassen?«

»Vom Arc de Triomphe? Unmöglich, Mademoiselle!«

»Wieso ist das unmöglich?«

Sie redet, dachte Pierre. Sie diskutiert. Ein seltsames Glücksgefühl durchströmte ihn. Wer debattiert, nimmt sich nicht das Leben. So weit habe ich sie schon, dass sie über den Tod sprechen kann wie über ein Problem. Er steckte den Stofffetzen in seine linke Hosentasche und holte mit der anderen Hand seine zerknitterte Packung Zigaretten heraus.

»Wer ein rot-weiß-blaues Kleid trägt, stürzt sich nicht vom Arc de Triomphe auf die Avenuen«, sagte er dabei.

»Was hat ein Kleid damit zu tun?«, antwortete sie hart.

»Ich bin ein Patriot, Mademoiselle.« Er griff wieder in

seine linke Hosentasche, holte den Kleiderfetzen heraus und tupfte ihr damit die Tränen aus den Augenwinkeln. Sie warf den Kopf zurück und drückte sich mit dem Rücken gegen die Wand des Liftschachtes. »Lassen Sie das«, sagte sie abweisend.

»Welcher Franzose stürzt sich schon vom Arc de Triomphe! Das ist kein Stil, Mademoiselle. Wir stehen hier auf einem Monument des Stolzes und des Sieges! Das Herz der Grande Nation schlägt in diesem Bauwerk ... und so etwas entweihen Sie zum Sprungbrett in den Tod –«

Sie sah ihn groß an, neigte den Kopf etwas zur Seite und schien zu denken: Ist er wirklich ein so großer Idiot, oder spricht er so nur, um mich zu provozieren? Pierre konnte diese Frage in ihren großen blauen Augen lesen und lächelte sie etwas schief an.

»Ich bin Deutsche«, sagte sie endlich.

»Da hat man es!« Pierre tupfte sich mit dem Kleiderfetzen die Stirn. Sie wird nicht wieder springen, dachte er. Nicht jetzt, und nicht, solange ich bei ihr bin. Aber wie lange kann ich bei ihr sein? Was ist am Abend, am nächsten Tag, vielleicht sogar in ein paar Stunden? »Ein Franzose würde sich für solches Privatvergnügen jeden anderen Platz aussuchen, nur nicht den Arc de Triomphe!«

»Ein Vergnügen nennen Sie das?«, fuhr sie ihn an. Ihre schönen, vollen Lippen wurden schmal wie zwei Striche. Blutige Narben in einem bleichen, ratlosen Gesicht.

»Wie wäre es mit dem Eiffelturm?«, fragte er.

Sie warf den Kopf mit einem Ruck in den Nacken. »Dort hat man ein Drahtgitter gebaut. Es geht nicht. Ich war schon oben.«

»Bleiben noch die Brücken. Ich schlage wegen der Romantik die Pont d'Alexandre vor.«

»Ich kann zu gut schwimmen.«

»Werfen Sie sich unter einen Bus!«

»Und wenn er zu gute Bremsen hat?«

»Sie sind wirklich eine anspruchsvolle Dame. Eine Idee: Der Gare du Nord! Unter einen TEE-Zug …«

»Fürchterlich! Ich möchte nicht verstümmelt werden!« Das Mädchen sah Pierre mit großen blauen Augen an. Sie standen so nah voreinander, dass er in ihrer Pupille sich selbst erkennen konnte, so, als wäre er schon in ihr und sie könne die Welt mit seinen Augen sehen. »Warum wollen Sie mich umbringen, Monsieur?«, fragte sie leise.

»Ich? Es war Ihre dumme Idee. Ich dachte, es würde Sie aufmuntern, wenn ich Ihnen einige sichere Todesarten vorschlage. Kommen Sie mit.«

Er fasste plötzlich ihre Hände, zog sie von der Wand zur Brüstung, und als sie sich gegen ihn stemmte, drehte er sie mit einem Ruck herum, umklammerte ihre Schulter und zwang sie so, über den Rand der Brüstung hinunter auf die Champs-Elysées zu blicken, über das sonnenüberflutete Paris, zum Horizont, der ein Goldstreifen war und über dem Sacré-Cœur wie eine weiße Wolke schwebte.

»Sehen Sie sich das genau an, Mademoiselle«, sagte er und hielt sie mit hartem Griff fest, als sie zurückweichen wollte. Sie stieß mit dem Kopf nach ihm, aber da sie nur seine harten Schulterknochen traf, hörte sie bald damit auf. »Dieses Leben da unten! Diese unsagbare Lust, auf dieser Welt zu sein! Das Glück, die Sonne zu sehen, die Blumen zu riechen, den Vögeln zuzuhören, den Wind auf der Haut zu spüren, in den Sand greifen zu können und ihn durch die Finger rieseln zu lassen, das Rauschen des Meeres bis in die Träume einzusaugen, einfach im duftenden Gras zu liegen und den ziehenden Wolken nachzusehen … das alles wollten Sie wegwerfen?«

»Ich hasse dieses Leben!«, sagte das Mädchen. Ihr Kopf blieb, nach hinten geneigt, neben seiner rechten Wange auf der Schulter liegen. Sie hatte die Augen geschlossen und sah wundervoll aus. »Ich hasse es.«

»Ein Mann!« Pierre strich mit der Linken die Haare zur

Seite, die der Wind über ihr Gesicht trieb. »Natürlich ein verdammter Mann –«

»Ja.«

Sie sagte es nüchtern und klar. Ohne Schmerz, ohne Hass. Es ist vorbei, sagte dieses Ja.

»Er ist weg?«, fragte Pierre.

»Nein.«

»Er hat eine andere?«

»Er hat immer eine andere.«

»Dann werfen Sie diesen Mann weg und nicht Ihr Leben!«

»Sie Schwätzer!«

»Es war nur ein logischer Vorschlag, Mademoiselle.«

Das Mädchen hob den Kopf und schüttelte ihn mehrmals. Dann blickte sie hinunter auf die Avenuen und hob, plötzlich vor der Tiefe schaudernd, die Schultern. »Ich kann ihn nie wegwerfen«, sagte sie leise. »Nur mich! Ich bekomme ein Kind …«

»Und das ist nun ein Grund, vom Arc de Triomphe zu springen?«

Er zog sie von der Brüstung weg, weil sie wieder zu zittern begann und er sich nicht ganz sicher war, ob sie den Willen zu sterben bereits ganz überwunden hatte. Ich könnte Ihnen viel erzählen von meiner schönen Mama, Mademoiselle, dachte er dabei und führte sie zur Liftwand zurück. Auf der anderen Seite der Plattform hockten die beiden Schwulen auf der Brüstung, rauchten eine Zigarette und waren offensichtlich glücklich.

Meine Mama ist nicht irgendwo hinuntergesprungen … sie hat mich geboren und sich durchgebissen wie eine eingesperrte Ratte. Es ist nicht viel dabei herausgekommen, zugegeben. Ein Pierre de Sangries, der erfolglos malt, noch erfolgloser Storys schreibt, und der, um zu leben, morgens von 4 bis 7 in den Markthallen Kisten und Säcke schleppt, Ochsenseiten und Schweinehälften, ab und zu auch mal Kunstdünger, wonach man einen Tag lang stinkt, als habe man in

Scheiße gebadet … aber es ernährt seinen Mann. Glauben Sie nicht, Mademoiselle, dass ich ein Nichtskönner bin, o nein! Ich verfertige auch Werbesprüche und male Plakate. Hat das Toulouse-Lautrec nicht auch getan? Ist er mit Hurenbildern nicht berühmt geworden? Vor einer Woche hatte ich einen schönen Erfolg. Hundert Francs von der Babyausstattungsfirma ›Bébé‹. Ein Plakat, auf dem ein Säugling lachend in einer Waschschüssel sitzt, gefüllt mit dem neuen Babyschaum ›Vapeur printanier‹. Frühlingsduft! Den Säugling für das Foto habe ich mir von Mademoiselle Marguite geliehen. Sie wohnt im Nebenhaus und hat drei Kinder ohne Väter. Drei, Mademoiselle! Und springt nicht vom Arc de Triomphe.

»Wir sollten irgendwo eine Tasse Kaffee trinken«, sagte er und blickte auf ihr zerrissenes Kleid und den Büstenhalter mit den Spitzenrüschen. Sie bedeckte die Blöße nicht wieder mit beiden Händen, sondern presste die Fäuste gegen ihre Schläfen, als springe ihr Kopf auseinander. »Das hatte ich schon vor, nachdem Sie mir Fifi zertrümmert hatten. War das auch schon ein Versuch? Sehr, sehr schlecht, Mademoiselle.«

»Ich habe Sie gar nicht gesehen.«

»Aber Sie haben mich groß angeblickt.«

»Ich habe Sie trotzdem nicht gesehen. Ich habe nichts mehr gesehen … können Sie das nicht verstehen?«

»Trinken wir Kaffee?«

»So?« Sie zeigte mit dem Kinn auf das zerrissene Kleid. »Selbst in Paris wird man sich darüber wundern.«

»Gehen wir zu mir.« Er verstand ihren abweisenden und zugleich fragenden Blick und schüttelte den Kopf. »Natürlich klingt das so, als wollte ich Sie zu mir locken. Sie verstehen mich falsch. Ich will wirklich nur für uns eine Tasse Kaffee kochen. Weiter nichts.«

»Wo wohnen Sie?«

»Drüben im Quartier. Rue Princesse.«

»Das klingt königlich.«

»Und ist eine aus der Urzeit übrig gebliebene Höhle. Man hat sie nur nach oben gestreckt und nennt sie jetzt Haus.«

»Sie sind Maler?«

»Pierre de Sangries.« Er verbeugte sich und hoffte, dass sie nun auch ihren Namen nennen würde. Aber sie tat es nicht. »Ich habe bisher 431 unverkäufliche Bilder gemalt. Hundert Jahre nach meinem Tode wird man damit einige Millionäre ausstatten können ...«

Sie lächelte plötzlich, ein schmerzliches Lächeln, das ihn wie ein Streicheln berührte. »Glücklich klingt das auch nicht«, sagte sie sanft. »Sie sind arm?«

»Wenn Sie Geld meinen – sehr arm. Wenn Sie die Freude am Leben meinen ... der reichste Mann der Welt ist ein Bettler gegen mich.«

Er machte eine einladende Bewegung zur Lifttür. »Gehen wir, Mademoiselle?«

»Ich heiße Eva. Eva Bader.«

»Wie kann ein Mädchen, das den ältesten Namen der Menschheit trägt, sein Leben wegwerfen ...«

»Vielleicht deshalb. Ich fühle mich so alt, wie der Name ist ...«

Am Eingang zum Lift blieben sie stehen und sahen sich kurz an. Sie dachten das Gleiche und wichen wieder von der Tür zurück. Der Lift kam gerade herauf ... man hörte durch den Schacht ein vielstimmiges Durcheinander. Die erste Schulklasse war gekommen, Frankreichs große Geschichte zu bewundern.

»Mein Kleid«, sagte sie.

»Ich habe Leim im Farbkasten. Wenn wir den Stoff anleimen –«

»Wo?«

»Auf Ihrer Haut, Ev.« Zum ersten Mal sagte er Ev ... es klang gut, vertraut, brüderlich, kameradschaftlich, so, wie er es aussprach. Kein Unterton war darin, und das machte sie plötzlich innerlich freier. »Es geht nicht anders. Bei mir zu Hause werden wir den Stoff wieder ablösen.«

»Geht das denn, Pierre?«

Er schwieg, überrascht, dass sie Pierre gesagt hatte, und glücklich, es von ihr zu hören. Pierre ... wie verschieden eine Frau diesen Namen aussprechen kann. Wenn Monky Pierre sagte, bekam selbst das Bettlaken eine Gänsehaut. Monky ... hoffentlich war sie schon weg. Als er vor zwei Stunden weggefahren war, hatte er sie aus dem Bett geworfen. Sie hatte um elf Uhr Modeaufnahmen in der Faubourg St. Honoré, bei Jean Bioggia, einem verrückten Hund von neuem Modeschöpfer.

»Ich hoffe«, sagte Pierre. »Es wäre grässlich, Sie mit dem Leimfetzen auf der Brust bis zum Jahre 2000 herumlaufen zu sehen. Das Jahr 2000 erleben wir noch. Das wette ich ...«

Sie lachte. Er bestaunte die Verwandlung ihres Gesichts und schwieg, weil man vor Schönheit nur schweigen kann, sonst zerstört man sie. Leichte Röte war über die Blässe gezogen, und die Sonne in ihrem goldenen Haar reflektierte und verschmolz die einzelnen Haare zu einem massiven Ganzen. Darunter das weite Blau ihrer Augen mit den kleinen schwarzen Punkten der Pupillen, dem veränderbaren Tor in ihre Seele.

»Ich denke nur an eine Tasse Kaffee«, sagte sie. »Weiter nicht. Ich habe seit gestern Mittag nichts mehr gegessen ... und nicht geschlafen ...«

»Beginnen wir mit dem Ausflicken.« Pierre zog sie zu seiner Staffelei, klappte den Farbkasten auf und holte eine Tube Leim heraus. Madame Coco wird Kaffee haben, dachte er. Ich habe keine Bohne im Zimmer. Wenn sie Ev sieht, wird sie mir etwas leihen, obwohl sie geschworen hat, mir nie wieder etwas zu leihen. Madame Coco, werde ich sagen, nur einmal noch bitte ich Sie um eine kleine Gefälligkeit. Nicht für mich ... für Ev. Sehen Sie sich Ev an, Madame ... sie ist die Großzügigkeit Ihres Herzens wert.

»Machen Sie schnell, Pierre«, sagte Ev. Er schrak zusammen und nickte. »Es kommen immer mehr Leute auf die Plattform …«

Er schraubte die Tube auf, holte das Stück Stoff aus der Hosentasche, drückte den Leim darüber, verrieb ihn und pappte den Fetzen Ev auf den Büstenhalter. Zum ersten Mal berührte er damit bewusst ihre Brust, und sie hielt still, weil es keine Zärtlichkeit, sondern eine Reparatur war. In Pierre aber stieg ein fremdes Gefühl auf, verbreitete sich in ihm und glitt in seine Hände. Er strich den Stoff glatt, seine Finger umfassten die festen Rundungen und nahmen mit tausend feinen Nerven die Form in sich auf, so wie ein Blinder mit den Fingerspitzen sieht und im Dunkel das Bild von Schönheit ersteht.

»Es hält!«, sagte er, als er seine Hände zurückzog. Er brauchte viel innere Gewalt dazu.

Ev sah ihn an, ernst und fragend, und plötzlich schämte er sich in Grund und Boden.

»Ich habe Vertrauen zu Ihnen, Pierre«, sagte sie langsam.

Es gibt Ohrfeigen, die hört und sieht man nicht, aber sie treffen vernichtend. Pierre warf die Leimtube zurück in den blechernen Farbkasten.

»Wenn Sie wollen, bringe ich Sie zurück«, sagte er heiser.

»Wohin?«

»Nach Hause.«

»Ich habe kein Zuhause mehr.«

»Sie wissen nicht, wo Sie heute Nacht schlafen werden?«

»Nein!« Sie wandte sich ab, als würde sie der Anblick des unter ihr liegenden Paris schwindelig machen. »Ich hatte mich auf einen anderen Schlaf eingestellt …«

Die guten Adressen von Paris, der Beweis gefüllter Bankkonten, die Sichtbarwerdung von Ehre und Fleiß, Können und Erfolg, aber oft auch von Rücksichtslosigkeit und vernichtender Kälte sind die Wohnviertel hinter der Place de l'Etoile:

Bois de Boulogne, Neuilly, St. Cloud, Sèvres und natürlich Versailles. Wer hier eine Wohnung hat, braucht keine Türen mehr einzurennen, er wird eingeladen. Wer hier ein Haus besitzt, lädt ein.

Die Familie Chabras besaß seit 1890 einen schlossähnlichen Besitz an der Seine bei Boulogne. Ein Prachtbau mit Säulenhalle und Freitreppe in den Park hinunter, angelegt nach dem Muster der großen französischen Könige, mit Rosengärten und Springbrunnen, verträumten Pavillons hinter kunstvoll zu Figuren geschnittenen Hecken, mit steinernen Statuen und Putten, Kieswegen und künstlichen Bachläufen, Laubengängen und Muschelgrotten mit Wasserspielen.

Fernand Chabras fand das alles lächerlich, aber da es sein Großvater angelegt, sein Vater liebevoll gepflegt hatte, blieb ihm nichts anderes übrig, als diese Familientradition des nachempfundenen barocken Gigantismus zu ertragen. Seine Frau Myrna – eine Amerikanerin – liebte diesen Prunk sogar und stellte ihn jedes Jahr neunmal bei in ganz Paris berühmten Partys heraus, und sein einziger Sohn Jules, mit sechsundzwanzig Jahren noch immer Student der Volkswirtschaft, ohne die Aussicht, das Studium jemals mit einem Examen zu beenden, betrachtete ›Château Aurore‹ als etwas Selbstverständliches, was zum Leben eines Chabras einfach gehört. Er fuhr einen verrückt schnellen, grellgelben Maserati, graste die hübschen Mädchen ab wie ein nimmersatter Büffel eine fette Weide und machte dem alten Fernand nur insoweit Spaß, als er nie daran dachte, sich ernsthaft zu verlieben oder gar zu heiraten.

Die Millionen der Chabras' wurden in elf chemischen Fabriken zusammengekocht. Die ›Union de Chemie‹ beherrschte den Markt, füllte Frankreichs Exportkonto, saß in irgendeiner Form am Tisch eines jeden Franzosen – sei es, wenn er eine Konservendose aufschnitt (Konservierungsmittel), oder wenn er zufrieden in sein Brot biss (Mehlbleichmittel), oder wenn er harmlos den Löffel in die Marmelade tauchte (Fruchtfarbe). Chabras erhielt für seine Verdienste, die man überall sah, das rote Bändchen der Ehrenlegion ins Knopfloch gesteckt, und so blieb es nicht aus, dass das Leben des Sohnes Jules, so wüst es manchmal war, mit Schweigen zugedeckt wurde.

Im ›Château Aurore‹ begann an diesem 3. September der Tag wie jeder andere. James, der britische Butler (Myrna Chabras hatte extra sieben Wochen in London verbracht, um ihn aus neun Bewerbern auszusuchen), hatte das Personal aufmarschieren lassen, um die Sauberkeit der Kleidung und den frischen Mut für den beginnenden Tag zu kontrollieren. So standen sie jetzt alle in der großen Halle herum, blickten verstohlen auf die Uhr, musterten aus den Augenwinkeln James und warteten auf die vornehm-giftige Zurechtweisung, die mit Sicherheit kommen würde, wenn der Unpünktliche endlich erscheinen würde.

Es fehlte das Au-pair-Mädchen aus Deutschland, Eva Bader. Seit einem halben Jahr bei den Chabras', um im Kreise der Familie Französisch zu lernen ... so hatte man es dem deutsch-französischen Studentenaustauschdienst (kein Franzose kann das aussprechen!) geschrieben. Als Eva Bader auf ›Château Aurore‹ eintraf, war sie überwältigt von dem Prunk. Überwältigt, vom ersten Augenblick an, war aber auch Jules Chabras ... er traf Eva Bader in der großen Personalküche, wo sie mit den beiden Hausmädchen, dem Gärtner, dem Chauffeur, dem indonesischen Koch und Butler James aß. Der ›Kreis der Familie‹ war rein rhetorisch gemeint, Eva erkannte das sofort am ersten Tag, als Myrna Chabras sie empfing, ihr die Fingerspitzen reichte (immer dieses deutsche Händeschütteln!) und zu ihr sagte: »Sie werden sich bei uns wohl fühlen, Eva. James wird sich um Sie kümmern ...«

»Wie kommt diese Orchidee unter euch Kaktusse!«, rief am Abend Jules Chabras am runden Familientisch im Roten Salon. Er aß mit seiner Mutter allein ... Fernand Chabras war wieder unterwegs zu einer seiner elf Fabriken. Dort fühlte er sich wohler und konnte in Hemdsärmeln durch die Produktionshallen gehen.

»Sie ist eine Deutsche«, antwortete Myrna Chabras. »Eine Studentin. Lass sie in Ruhe, Jules. Keine Affären im Haus, das hast du Papa und mir versprochen.«

Das war vor einem halben Jahr.

Wie kurz kann ein halbes Jahr sein ... und wie unendlich in der Erinnerung.

Da war diese erste Juni-Nacht. Eva Bader hatte heimlich im Swimming-pool geschwommen, in völliger Dunkelheit, denn das Schwimmbad war für das Personal gesperrt. Hinter ihr lag das große Haus wie ein schlafendes Untier mit hundert geschlossenen Augen. Die Säulenhalle, auch Terrasse genannt, von der die geschwungenen breiten Freitreppen mit den steinernen Blumenvasen in den Rasenpark hinabführten, wirkte wie ein geschlossenes, aber dennoch fletschendes Riesengebiss.

Das waren die Stunden des Heimwehs ... Eva Bader hatte es nie für möglich gehalten, dass es so etwas gab wie Sehnsucht nach einem Zuhause. Das Möbelgeschäft in Köln. ›In Bader-Möbeln wohnt sich's gut!‹ – ein Slogan, über den sie mitleidig gelächelt hatte, als er zwischen zwei Flaschen Bier und vier Doppelkorn in Hubert Baders Wohnzimmer geboren wurde. Das ist doch Käse, hatte sie gedacht. Das hat schon Staub angesetzt, bevor es überhaupt ans Licht kommt. Aber sie hatte geschwiegen. Zwischen ihrem Vater und ihr lagen 31 Jahre. Das merkt man, dachte sie oft, wenn sie Hubert Bader reden hörte. Er hat Ansichten wie ein Fossil ... bald wird die Neuzeit ihn überrollen, und er merkt es gar nicht.

In diesen nächtlichen Stunden, draußen zwischen Bois de Boulogne und Versailles im Park eines Schlosses sah das Leben plötzlich anders aus. So vieles vermisste sie: Vaters Stimme, wenn er abends aus dem Geschäft kam und schon im Flur rief: »Else, hab' ich einen Brand! Gequatscht habe ich heute! Aber zwei Schrankwände sind dabei herausgesprungen, ein

Schlafzimmer und eine Garnitur. Netto 22 000 DM! Nur das Beste vom Besten! Ein Bier, Else –«

Und dann die Abende. Fernsehen, natürlich. Kauen und Trinken vor der Mattscheibe. Dazwischen die Zeitung. Kommentare über Politik und Wirtschaft, Spezialität Ostpolitik der Regierung. Hubert Bader war in Russland gewesen, von 1940 bis 1944. EK II, EK I, Verwundetenabzeichen in Schwarz (zweimal leicht verwundet, zweimal Schulterschuss, glatt durch, und einmal – Anlass zu Witzen bei der Skatrunde – Steckschuss in der rechten Hinterbacke), Gefrierfleischorden (das war ein Blechding, das an den mörderischen Winter 1941 in Russland erinnern sollte). Männer, da kennt man Russland! Und dann diese Ostpolitik der Regierung! Waren die überhaupt mal in Russland – ich meine im Krieg, nicht zur Ausbildung in Moskau? Manchmal ein Giftzwerg, dieser Hubert Bader … aber jetzt fehlte er, hier im ›Château Aurore‹, fehlte seiner Tochter, die nass im warmen Gras lag, auf einem Boden, der die Hitze eines Junitages wideratmete, und die Rosen roch, den späten Jasmin, die süßen Wolken des Geißblatts, aus dem man einen Laubengang zum Rosengarten gezogen hatte.

Eine kleine Stunde Wehmut. Erkenntnisse, die wehtaten. Es gibt so etwas wie eine Heimat, auch wenn es unmodern ist, so zu denken. Aber das Herz, das Gefühl, die Seele, sie denken nicht … sie fühlen bloß die Leere inmitten einer neuartigen Welt.

Eine Stimme schreckte sie auf. Sie zog das Handtuch über ihren noch nassen Körper und drehte sich mit einem Schwung auf den Bauch. Sie sah nur einen länglichen Schatten, zwischen der Gartenschaukel und dem noch immer aufgespannten Sonnenschirm.

»Ich habe es immer geahnt, aber mir glaubt ja keiner«, sagte die Stimme. Eine angenehme, etwas weichliche, an Zärtlichkeit gewöhnte Stimme. »In unserem Park lebt eine Nymphe.«

»Monsieur Chabras …«, sagte Eva. »Ich … ich weiß, dass

es verboten ist, zu baden. Ich habe geglaubt, im Haus schläft alles ... Wenn Sie mich verraten –«

»Sie sind noch nicht lange bei uns, Mademoiselle«, Jules Chabras kam näher, sein Schatten verdichtete sich zu einem Körper, ein sportlicher, bis auf eine knappe Badehose nackter Körper. Vor der Brust pendelte ein goldenes Medaillon an einer schimmernden Gliederkette, als er sich neben Eva ins Gras setzte. »Sonst wüssten Sie, dass, wenn alles im Hause schläft, ich erst munter werde. Schwimmen wir eine Runde gemeinsam?«

»Nicht böse?«

»Welche Frage! Meine Mutter regiert hier wie die Pompadour ... nur die Liebhaber fehlen. Ich vermute, selbst das ist ihr zu anstrengend. Einmal – vor zwei Jahren – tauchte so etwas wie ein Liebhaber auf. Monsieur Bertrand de Donzenac. Uralter Adel, etwas vertrottelt, aber noch aktiv. Doch ich wette: Bis auf ein Streicheln von Mamas immer noch schönem Busen ist er nie weitergekommen ...«

»Wie reden Sie von Ihrer Mutter, Monsieur!« Sie drehte sich wieder auf den Rücken und breitete das Handtuch über sich aus. »Warum erzählen Sie so etwas?«

»Um Ihnen die Angst zu nehmen vor der großen Madame. Sie werden in unserem Pool schwimmen können, wann immer Sie wollen. Ich werde mit Mama darüber sprechen.« Er legte sich neben Eva, verschränkte die Arme hinter dem Nacken und stieß, wie aus Versehen, gegen ihr Bein. Aber er zog seins nicht zurück, sondern ließ es liegen. Erst als Eva ihr Bein wegrückte, erlosch der Kontakt.

»Sie sind zu uns gekommen, um Französisch zu lernen?«, fragte Jules.

»Ja. Über den Studentenaustausch. Ich will Romanistik studieren. Ich habe mit Pädagogik angefangen, aber ich glaube, ich bin keine gute Lehrerin ...«

»Schrecklich!«

»Was ist schrecklich?«

»Der Gedanke, dass Sie eine Lehrerin sein könnten. Schule ist für mich ein Trauma geworden …«

»Sie waren kein guter Schüler?«

»Ich war nicht einmal ein schlechter! Ich war eine einzige Katastrophe. Ich habe vier Hauslehrer verbraucht und zu Frührentnern gemacht. Aber Papas Beziehungen reichten aus, mir das Abitur – so nennt man es doch bei Ihnen? – zu beschaffen. Jetzt studiere ich im 14. Semester Volkswirtschaft …«

Er lachte gurrend, räkelte sich im Gras und legte, wie ganz unbeabsichtigt, seine Hand auf Evas Bauch. Wortlos schob sie sie weg. Die Wärme des Bodens war angenehm, es war eine windstille, warme Nacht, durch die das Plätschern der vier Springbrunnen im Park wie das Rauschen eines Wasserfalles klang.

»Und dieses Leben gefällt Ihnen?«, fragte sie plötzlich.

»Man ist nur einmal jung, Mademoiselle.«

»Wenn alle so denken würden –«

»Dem Himmel sei Dank, dass auf einen Faulpelz wie mich eine Million Arbeitende kommen!« Jules Chabras stützte den Kopf auf und blickte Eva vergnügt an. Seine Ehrlichkeit gefiel ihr. Er ist kein dümmlicher Millionenerbe, dachte sie, kein Marzipanjüngling, der Mühe haben wird, das chemische Imperium der Chabras' überhaupt zu begreifen. Er ist ein stinkfauler Kerl, der sich das leisten kann. Durchaus kein Vorbild – vom Soziologischen aus betrachtet sogar ein Schmarotzer –, aber er weiß es, und er sagt es mit dem Charme der Franzosen.

Ein wenig verwirrt richtete sie sich auf und schlang die Arme um die angezogenen Knie. Das Wasser des Pools lag vor ihr wie schwarze Tinte, glatt, unbewegt, nur die weiße Marmorumrandung hob sich aus der Dunkelheit heraus.

»Wissen Sie, dass Sie verdammt hübsch sind?«, sagte Jules plötzlich.

Sie zuckte zusammen und legte das Handtuch um ihre Schultern.

»In Ihrer Kollektion wird es hübschere Mädchen geben«, antwortete sie. »Hübsch sein ist etwas, was Puppen haben.«

»Wie soll man es dann nennen? Helfen Sie mir, Eva …«

»Sie kennen meinen Namen?«

»Das war das Erste, wonach ich mich bei James erkundigt habe, als ich Sie in der Personalküche sah.« Er setzte sich auch und stemmte die Arme ins Gras. »Gut. Sie sind nicht hübsch. Was sind Sie dann? Ein Mädchen, das man gern ansieht –«

»Wollten wir nicht schwimmen?«, wich sie aus.

»Natürlich!« Er sprang auf, rannte leichtfüßig zu einer Marmorfigur, drehte an einigen Schaltern, und im Schwimmbecken leuchteten die Scheinwerfer auf, in den Buschgruppen entfaltete sich Licht, die Rosenhecken leuchteten in sich vereinigenden Farben, und der Schimmer kletterte empor bis in die reglosen Kronen der Bäume. Ein Zaubergarten schweigender Melancholie.

»Hinein!«, rief Jules und hechtete in das jetzt blau glitzernde Wasser. Er tauchte unter, kam prustend hoch und winkte mit beiden Armen. »Worauf warten Sie noch, Nymphe?«

Im Wasser stießen sie zusammen, und dort küssten sie sich auch.

Sie wusste nicht, warum sie es tat. Vielleicht war es diese verdammte Stunde des Heimwehs, der Gedanke an Hubert Bader, der schon an der Tür rief – »Else, war das heute ein Tag! Jetzt brauche ich ein Bier –«

Am 27. August sagte Eva zu Jules Chabras: »Ich war beim Arzt. Es stimmt, es gibt gar keinen Zweifel. Ich bekomme ein Kind.«

Und Jules Chabras antwortete lachend: »Das ist ja herrlich! Von wem denn?«

Zuerst verstand Eva ihn nicht. Wer kann eine solche Frage auch begreifen? Sie setzte sich auf die Couch in Jules' Zimmer – es war die Couch, auf der sie geglaubt hatte, alles Glück eines Menschen würde über sie ausgeschüttet – und faltete die Hände zwischen den Knien.

»Was hast du gesagt?«, fragte sie langsam und betont.

»Von wem, chérie? Das Kind … von wem?« Er wiederholte es zweimal, goss zwei Gläser Calvados ein und ließ die Eiswürfel – er trank Calvados nur mit Eis – in den Gläsern klingeln.

»Das kannst du fragen?«, sagte Eva. »Gerade du?!«

»Natürlich. Gerade ich!« Er kam zu ihr und hielt ihr ein Glas hin. »Überleg einmal –«

»Es gibt nichts zu überlegen. Du warst mein erster Mann … das weißt du.«

»Wissen? Du hast es mir gesagt.«

»Du hast es gespürt …«

Er grinste breit und ließ das Eis wieder in den Gläsern klingeln. »So etwas kann man manipulieren, chérie …« Sein etwas kantiges, braun gebranntes Gesicht war eine einzige Lachfalte. »Ich kannte ein Mädchen – Dorette hieß sie –, die reiste als Jungfrau von Bett zu Bett. Ihr Umsatz an roter Tinte war enorm.«

Sie sah ihn lange an, stumm, mit verkniffenem Mund, eine Zeit, in der sich nicht nur ihre Augen verwandelten, sondern auch ihre Gefühle. »Eigentlich bist du ein Schwein«, sagte sie plötzlich. »Jawohl, ein kleines, erbärmliches Schwein bist du, Jules! Ein Schwein mit goldenen Borsten, darum streicheln sie dich, anstatt dir einen Tritt zu geben.«

Er empfand das nicht als Beleidigung, lachte erneut und hielt ihr den Calvados vor das Gesicht. Erst, als sie unter das Glas schlug und der Apfelschnaps gegen sein Hemd schwappte, nahm er sie ernst.

»Bist du verrückt?«, zischte er. »Fängst du an, wie andere Weiber hysterisch zu werden?«

»Ich bekomme ein Kind!«, sagte sie laut. »Ein Kind von dir!«

»Ich wäre da nicht so sicher.«

Sie zog die Schultern hoch, als friere sie plötzlich. »Sag das noch einmal …« Ihre Stimme war etwas brüchig geworden. Ist das Jules, dachte sie erschrocken. Ist das der Mann, den du geliebt hast? Deine erste große Liebe? Eine Liebe mit allen Attributen der Seligkeit, des Verzauberns, des Vergessenkönnens, der Grenzenlosigkeit? Hast du wirklich diesen Mann geliebt, der da steht, dich angrinst, auf den Zehen wippt, mit einem calvados-getränkten Hemd, das andere Glas noch in der Hand, das Eis klingeln lässt und dich behandelt wie eine Hure, die einen Aufschlag zum Tarif verlangt? Ist das deine Liebe –

»Wenn du sicher bist …«, sagte er leichthin.

»Professor Vernère hat es bestätigt.«

»Vernère ist ein guter Arzt. Gehen wir nächste Woche zu Labarousse, der löst für 3000 Francs alle Probleme.«

»Ich soll es wegmachen?«, fragte sie dumpf.

»Weißt du was Besseres?«

»Es ist auch dein Kind, Jules.«

»So haben unsere Großmütter gesprochen!«

»Ich will das Kind aber haben, Jules«, sagte sie ganz leise.

»Ach so!« Er kippte den Calvados hinunter und lehnte sich gegen die Wand. »Über die Couch und das Kind an das Vermögen der Chabras'. Nicht schlecht, Mädchen. Eine neue Variante der friedlichen deutschen Eroberung.«

»Hör auf«, sagte sie matt. »Jules, ich bitte dich, sprich nicht weiter –«

»Warum nicht? Ich kann in meinem Zimmer, in meinem Haus sagen, was ich will! Kommt da ein blondes Biestchen und will Jules Chabras aufs Kreuz legen! Mit Seufzen und Zittern … begabt, chérie, sehr begabt … man hätte es glauben können. Wenn man sich überlegt, wie teuer jede Stunde war, wie viel Millionen eine Nacht kostete … du bist die teuerste Geliebte der neueren Geschichte …«

»Wie gemein bist du«, sagte sie, plötzlich unendlich müde. Jules' Worte klangen ihr fremd, als höre sie sie weit weg auf einer Bühne, deklamiert von einem Scheusal, das seine Rolle vollendet spielte. »Wie unsagbar gemein. Warum konnte ich dich bloß lieben?«

»Gehen wir morgen zu Labarousse?«

»Nein!«

»Wohin denn? Zu meinen Eltern? Demonstration: Dieser Bauch wird dick werden, und das war Ihr Sohn! Mama wird dich auslachen, Papa wird dich mit einer anständigen Summe abfinden. Aber ist das nötig? Bei Labarousse geht es glatter, und das Leben geht auch weiter ...«

»Ich verachte dich«, sagte Eva. Sie stand auf, schob Jules, der ihr den Weg verstellen wollte, zur Seite und ging zur Tür. »Du bist wirklich nur ein mieser Feigling.«

»Und weiter? Weiter!«, schrie er plötzlich. Er lief ihr nach, packte sie am Arm und riss sie brutal zu sich herum. »Ich sag dir: Deine Rechnung geht nicht auf!«

»Ich habe keine Rechnung ... ich habe ein Kind.«

Er ließ sie los und lachte wieder, wenn auch etwas gequält und mit einem bösen Unterton. »Das ist die dämlichste Art, mit einem Chabras zu verhandeln«, sagte er und stieß sie durch die offene Tür aus dem Zimmer. »Überleg es dir, chérie.«

Am 2. September gab Jules Chabras einen kleinen Cocktailnachmittag auf der Terrasse. Er hatte eine Menge Freunde geladen, aus dem Tennisclub und dem Reiterverein, dem Rallyesportclub und der Jachtvereinigung, lauter junge, nette, sympathische Leute, so fand es Madame Chabras, die Jules ebenfalls eingeladen hatte. Es kam selten vor, dass der Sohn seine Mutter in diesen Kreis mitnahm, aber heute schien irgendein fröhlicher Anlass zu sein – Madame erriet es noch nicht –, den es zu feiern galt.

Um sechzehn Uhr zehn servierte Eva Bader auf einer großen Silberplatte Sandwiches mit rohem Schinken. Als sie in die Säulenhalle der Terrasse trat, empfing sie ein lautes Hallo. Ihr völlig fremde junge Männer umarmten sie, küssten sie, tätschelten ihr das Gesäß und kniffen ihr in die Brüste. Sie konnte sich nicht wehren, hielt krampfhaft die schwere Silberplatte fest und starrte verzweifelt hinüber zu Jules. Er stand neben seiner Mutter und lachte aus vollem Hals.

Myrna Chabras war ebenso entsetzt wie Eva Bader. Sie kannte das Leben ihres Sohnes, aber noch nie hatten die Wellen seiner Exzesse bis in ›Château Aurore‹ hineingeschlagen.

»Ungeheuerlich!«, sagte sie laut. So laut, dass die jungen Herren von Eva abließen, nur ein gewisser Charles Disère kam von ihr nicht los, küsste ihre Halsbeuge und strich ihr dabei mit beiden Händen über die Schenkel. »Lassen Sie Mademoiselle Bader sofort los! Jules, ich bitte um eine Erklärung!«

»Mama –« Jules Chabras winkte seinen Freunden. Sie zogen sich wie geprügelte Hunde zurück, zwei nahmen Eva das Tablett ab und stellten es auf den weiß gedeckten langen Tisch. »Die Freude ging mit ihnen durch. Du siehst hier eine seltene Versammlung: alles Väter eines Kindes –«

Eva stand mit hängenden Armen da, allein, so, als sei jeder von ihr zurückgewichen. Ein einsames Wesen.

»Was heißt das?«, hörte sie Madame Chabras fragen. Und sie hörte, wie Jules antwortete:

»Mama, das weißt du nicht, das hast du nicht gemerkt? Mademoiselle ist ein flottes Mädchen, jetzt bekommt sie ein Baby, und alle an dem Ereignis Beteiligten fühlen sich wie eine große Familie. Vierzehn Väter – es wird ein Prachtkind werden –«

So wird ein Mensch zerrissen, dachte Eva und schloss die Augen. Bei lebendigem Leib und vollem Bewusstsein zerrissen. Und es tut nicht einmal weh. Nur eine fürchterliche Leere ist da, eine grenzenlose Einsamkeit, der selige Wunsch, nichts mehr zu hören und zu sehen, zu fühlen und zu begreifen. Die Sehnsucht nach Schlaf. Ausruhen, von allem ausruhen.

Jules, warum hast du das getan? Vierzehn Freunde, die

schwören werden, es mit mir getrieben zu haben. Wer wird mir glauben, dass ich keinen von ihnen kenne?

Ich weine nicht, Jules, ich kann nicht weinen … ich bin ganz einfach leer …

»Eva, was haben Sie dazu zu sagen?«, hörte sie Myrna Chabras' etwas schrille Stimme. »Eva, ist das wahr …?«

Eva schwieg. Sie drehte sich langsam um und verließ die Terrasse, Schritt um Schritt, als würden ihre Gelenke von einer Feder getrieben.

»Das ist ja unfassbar«, hörte sie, ganz weit weg, Myrna Chabras' Stimme. »Mit … mit Ihnen allen … skandalös!«

Dann war Eva im Roten Salon, begann zu laufen, rannte die Treppe hinauf in ihr Zimmer, schloss sich ein, und erst hier, das Gesicht in das Kissen gepresst, begann sie zu schreien … schrie sie ihr Herz heraus, ihren Glauben an die Menschheit, an die Liebe …

»Babette, gehen Sie hinauf zu Mademoiselle und sehen Sie nach, wo sie bleibt!«, sagte James, der Butler, an diesem Morgen mit würdigem Ärger. »Wir können hier nicht warten und den Zeitplan durcheinander bringen.«

Babette, die Hausdame der Chabras', verantwortlich für Wäsche und Geschirr, nickte und lief zur Küche, wo eine besondere Personaltreppe – auch als Fluchttreppe bei einem etwaigen Brand gedacht – nach oben führte. Nach drei Minuten erschien ihr verstörtes Gesicht über dem barocken Geländer der Herrschaftstreppe. James blickte unwillig nach oben.

»Na?«, fragte er steif.

»Mademoiselle Eva ist nicht da.«

»Was heißt: Nicht da?!«

»Das Bett ist unberührt. Auf dem Kopfkissen liegt ein Brief, adressiert an den jungen Herrn.«

»Benachrichtigen Sie Monsieur Jules, Babette.« James wandte sich den anderen zu. In ihren Mienen las er viele

Fragen, er wischte sie mit einer umfassenden Handbewegung fort. Ein guter Butler hört, sieht und riecht viel – und vergisst es.

»Bis auf Monsieur Jules sind die Herrschaften heute nicht im Haus«, sagte er in seiner unterkühlten britischen Art. »Wir wollen das ausnutzen und Terrasse einschließlich Treppe schrubben.«

Babette hatte große Mühe, Jules Chabras aus dem Bett zu holen. Sie klopfte eine Viertelstunde mehr oder weniger heftig gegen die Tür, bis Jules endlich öffnete. Ein unrasiertes, verquollenes, rotäugiges Gesicht. Ein Atem voll saurem Alkohol. Er hielt sich an der Tür fest und starrte Babette böse an.

»Kommt der Wahnsinn, mich zu wecken, von Ihnen allein?«, knurrte er. »Babette, Sie waren für mich nie ein weibliches Wesen – jetzt werden Sie ein Brechmittel!«

»Mademoiselle Bader ist nicht auf ihrem Zimmer«, sagte Babette. Sie hatte es sich abgewöhnt, sich in diesem Haus beleidigen zu lassen. Es war ein gutes Haus, und Worte taten nicht weh, wenn man sich ein dickes Fell überzog.

»Nicht in ihrem …« Jules Chabras strich über das Gesicht. »Wieso?«

»Das Bett ist unberührt …«

»Unberührt? O lala!« Jules grinste. »Das wird etwas sein, was Mademoiselle Bader in dieser Nacht bestimmt nicht im Sinn hatte.«

»Sie hatte nicht ihren freien Tag.«

»Katzen klettern bei jedem Mondschein über die Dächer.«

»Es liegt ein Brief auf dem Kopfkissen. Ein Brief für Sie, Monsieur.«

»Für mich?« Jules wurde munterer. »Ich sehe mir das an.« Er ging ins Zimmer zurück, zog seinen seidenen Morgenmantel an und folgte Babette zwei Treppen höher zu den Personalzimmern.

Evas Zimmer war aufgeräumt, ordentlich wie in einer Möbelausstellung. Jules nahm den Brief an sich, steckte ihn in die Manteltasche, öffnete den Schrank und dann die Schubladen der Kommode.

»Alles da«, sagte Babette. »Die Kleider, die Wäsche ... Verstehen Sie das, Monsieur?«

»Einen Augenblick.« Jules Chabras trat an das schräge Fenster, riss das Kuvert auf und faltete den Brief auseinander. Nur ein paar Zeilen ... er überflog sie schnell.

»Es wäre sinnlos, dich zu verfluchen. Das klingt so altmodisch und dramatisch. Nein, lebe so weiter, wie du bis jetzt gelebt hast. Dein eigenes Leben wird dir die Rechnung präsentieren. Wir haben zwischen uns keine Rechnung mehr offen – ich habe alles gestrichen. Dich, mich und das Kind. Für immer ...«

Jules faltete den Brief wieder zusammen und steckte ihn zurück in die Tasche. Er empfand weder Entsetzen noch Mitleid, Schuld oder Angst, Reue oder den Willen, das Schreckliche zu verhindern. Er empfand nur einen großen Durst und sehnte sich nach einem randvollen Glas Wodka mit Bitter Lemon.

»Was ist?«, fragte Babette nach einer Weile Schweigen. »Ist etwas passiert, Monsieur?«

»Passiert? Nein! Was denn?« Jules lachte beruhigend. »Es ist nichts! Eva Bader ist zurück nach Deutschland. Paris war anscheinend doch nicht das Richtige für sie. Über Benehmen kann man sich streiten.« Er schnippte mit den Fingern und zeigte auf den offenen Schrank. »Die Kleider stellt sie zur Verfügung. Babette, lassen Sie sie zur Caritas bringen. Mademoiselle kommt nicht wieder ...«

Er zögerte, blickte sich noch einmal im Zimmer um, streifte das Bett mit einem schnellen Blick, die offen stehenden Schubladen, in denen Evas Wäsche sauber geschichtet lag, drehte sich dann schroff ab und verließ den Raum.

Beim Hinuntergehen zerriss er den Brief in seiner Tasche,

legte in seinem Zimmer die Fetzen in einen großen Aschenbecher und verbrannte sie. Noch während die Flammen züngelten und leichter dunkler Rauch gegen die Decke stieg, schellte das Telefon und eine träge Mädchenstimme sagte:

»Jules, habe ich dich geweckt, Liebling? Warum bist du nicht bei mir? Die Nacht war so kurz – Ich liebe dich, ich liebe dich …«

Und Jules Chabras antwortete, während er in die verlöschenden Flammen blickte: »Ich denke auch an dich, chérie. Hast du Lust, am Wochenende mit nach St. Tropez zu fahren …?«

Die Rue Princesse ist keine Straße, die man mit Stolz vorzeigen kann.

Das ändert aber nichts daran, dass die Bewohner der Rue Princesse stolz auf ihre Straße sind.

Sie sind stolz, dass jeder der beste Freund des anderen ist. Sie sind stolz, dass in der Rue Princesse drei Jahre lang ein Mann gelebt hat, der zwanzig Bücher geschrieben hat, ein Genie war, aber eines Morgens verhungert in seinem Bett lag. Sie sind stolz auf diese alten, wie angenagt wirkenden Häuser, auf diese blinden Fenster, auf die schief in den Führungen hängenden, ausgebleichten Holzjalousien, in denen der Wind klappert wie mit Kastagnetten. Und sie sind stolz auf die unbedingte persönliche Freiheit dieser Straße, denn wer in der Rue Princesse gelandet ist, hat es nicht mehr nötig, nach anderen zu sehen, andere zu fragen, sich nach anderen auszurichten. Er lebt allein sein eigenes Leben in trauter Gemeinschaft mit Küchenschaben und merkwürdig kleinen Ratten, die in den Höfen und Kellern hin und her huschen und keinen anfallen. Anscheinend wissen auch sie, dass die Rue Princesse ein Paradies ist für die, die Paradiese zu erkennen vermögen.

»Hier ist es«, sagte Pierre. Er blieb vor einem der alten Häuser stehen und nickte zu ihm hin. Eine graubraune Fassade, große Flecken abgeschlagenen Putzes. Die Tür offen, in einen Schlund von Flur führend. Ein Hund lag vor dem Eingang auf dem Trottoir, dick, faul, genau in dem schmalen Sonnenstrahl, der jetzt schräg in die Straße fiel. Irgendwoher schallten zankende Stimmen. Eine Frau und ein Mann. Er nannte sie Hure, sie antwortete mit »impotenter Esel«. Ein Alter saß zwei Häuser weiter in einem Rohrsessel auf der Straße, hielt ein Hörrohr hoch und genoss mit verzücktem Gesicht diese eheliche Vorstellung.

»Hier wohnen Sie?«, fragte Eva und sah an dem Haus empor. »Wo?«

»Man kann es von hier aus nicht sehen. Oben. Auf dem Dach. Das heißt, unter dem Dach. Nach hinten raus. Eine Art Atelier. Denken Sie jetzt bloß nicht an Boheme, Ev. Das ist Opernromantik. Die Wirklichkeit ist erdrückender. Heute haben Sie Glück. Ich habe noch zwei Francs in der Tasche ... damit werde ich uns ein Frühstück zaubern.«

Er nahm Ev den Leinwandrahmen ab und überlegte, wie er bei Madame Coco anfangen sollte. Er war sicher, dass sie bereits auf der Lauer lag, ein massiges Tier, das diesen Eingang bewachte, als führe er direkten Weges in das Paradies. Es war immer wieder erstaunlich, wie allgegenwärtig Madame Coco war. Es gab nichts in der Rue Princesse, was sie nicht wusste, und es gab überhaupt nichts, was in ihrem Hause als Geheimnis gelten konnte. Ein Muster von einer Concierge, eine Mutter für ihre ›Kinder‹ – so nannte sie jeden Mieter – und eine Feuer speiende Furie für jeden, der nach ihrer Meinung nicht in ihr Haus passte. Es gab für alles und jeden nur den Weg über Madame Coco. Wie der Fährmann in der Unterwelt nahm sie jeden am Eingang in Empfang.

Pierre zuckte zusammen. Ev hatte sich gegen ihn gelehnt, sie war so schwer, dass ihm die Bilder fast aus den Händen rutschten.

»Wann gehen wir?«, sagte sie mit fast kindlicher Stimme. »Ich falle um vor Müdigkeit. Ich schlafe im Stehen ein.«

»Sofort.« Pierre ließ die Bilder an sich hinunterrutschen,

fasste Ev um die Taille und führte sie zum Haus. Der dicke Hund hob den Kopf, glotzte Pierre an, wedelte mit einem schrecklich langen, haarlosen Schwanz und fiel dann wieder in den Sonnenfleck zurück.

Aus der Dunkelheit des Flures wälzte sich ein Ungeheuer. Mit Mühe riss Ev ihre Augen auf, die Lider waren wie mit Blei gefüllt, sie krallte sich in Pierres Ärmel und blieb stehen.

Eine Wolke feuerroter Haare wehte auf sie zu. Ein Fass voll süßlichem Parfüm schien sich vor ihnen zu leeren. Etwas, das wie ein Körper aussah, verstopfte den Flur, umrankt von Stoff und einer groß gepunkteten, blau-weißen Schürze. Und eine Stimme, in der sich Türme aus Zigarettenkisten verewigt hatten, schlug ihnen entgegen wie ein rauer Lappen.

»Pierre – was schleppst du da ran?!«

»Madame Coco«, sagte Pierre. »Das, Ev, ist Madame Coco. Unser aller Mutter. Ohne sie wäre ich noch weniger, als ich bin.«

»Diese Lobrede, Mademoiselle, kostet mich zehn Francs, das kenne ich!« Madame Coco trat Pierre auf die Füße, schob ihn von Ev weg und beugte sich vor, um sie genauer betrachten zu können. Es war die Musterung, die alles entschied.

»Ich bin müde«, sagte Ev und lehnte sich gegen die schmutzige Flurwand. »Verzeihen Sie, Madame. Ich schlafe gleich ein ...«

»Sie wollte sich das Leben nehmen«, sagte Pierre. »Ich habe es nicht fertig gebracht, das mit anzusehen.«

»Das Leben nehmen?« Madame Coco zog den feuerroten Kopf zurück. Der Berg hatte plötzlich auch Arme und Hände, und die griffen zu, zogen Ev von der Wand und hielten sie in der Mitte des Flures fest wie eine Fahnenstange. »Dann ist sie bei mir richtig!«

Madame Coco verkörperte das, was bereits weitgehend ausgestorben ist und eigentlich in dieser Form nur noch in Paris, vor allem auf dem Montmartre, im Quartier Latin oder hier, in Saint-Germain-des-Prés, anzutreffen ist: die große Mutter mit dem alles wissenden, alles verstehenden, alles verzeihenden Herzen. In Ermangelung eigener Kinder (man erzählte sich, dass Madame Coco, als sie noch gut bürgerlich Cosima Lebrun hieß und Frau eines Dachdeckers war, der nach dem neunten Ehejahr vom Giebel bei einer Kirche abstürzte, zwei Jahre total gelähmt dahinvegetierte, bis Cosimas stille Gebete gehört wurden und er friedlich einschlief, zwei Kinder in die Welt gesetzt hatte. Eine Tochter – sie wanderte mit einem amerikanischen Soldaten gleich nach dem Krieg aus und blieb von da an verschollen – und einen Sohn, der während eines Ferienschullagers auf rätselhafte Weise in der Loire ertrank) verteilte also Madame Coco ihre massive Liebe an die Künstler des ›Viertels‹, die oft bei ihr in der dumpfen Concierge-Wohnung hockten, einen Aperitif schlürften, ein Glas Pinot noir tranken und das harte Gebäck knabberten, das Madame in großen Blechdosen aufbewahrte. Sie buk zweimal im Jahr einen Berg von Plätzchen: zu Ostern und Weihnachten. Die Blechdosen reichten dann immer genau bis zum neuen Backmarathon. Dafür erfuhr Madame Coco das ganze Leid dieser Welt. Bei ihr weinte man sich aus, bei ihr diskutierte man, an ihrem Küchentisch veränderten Feuerköpfe die ganze Welt. Sie war der seelische Schuttabladeplatz von Saint-Germain-des-Prés … aber sie war auch der Engel, der Rat und Hilfe austeilte und der keinen einsam ließ, wenn er menschliche Wärme suchte.

»Du hast ein Problem, Pierre«, sagte Madame Coco, als sie Ev halb tragend, halb schleifend in die Küche gebracht hatte. Sie setzten sie auf einen Stuhl, und dort sank Evs Kopf auf die Brust, und sie schlief sofort ein.

»Ich weiß«, sagte Pierre. »Ich brauche ein gutes Frühstück und habe keinen Franc in der Tasche.«

»Das ist kein Problem, sondern alltäglich.« Madame Coco betrachtete Ev mit einem Blick, in dem die Erfahrung von vierzig Jahren Quartier lag. »Ein anständiges Mädchen …«

»Sehr anständig. Eine Deutsche.«

»Das braucht nicht unbedingt zusammenzupassen.«

»Sie ist anständig. Sie bekommt ein Kind.«

Madame Coco warf einen vernichtenden Blick auf Pierre, schnaufte durch die Nase und zeigte mit dem Daumen gegen die Decke.

»Oben ist noch Monky –«

»Mein Gott! Sie muss doch längst auf der Faubourg sein!«

»Sie ist aber noch in deinem Bett.«

Pierre setzte sich an den Tisch, Ev gegenüber und kratzte sich mit beiden Händen den Kopf. Monky, dachte er. Du lieber Himmel, dieses Geschrei, wenn sie Ev sieht, dieses Theater mit allen Requisiten. Monky ist eine große Werferin, was sie in die Finger bekommt, fliegt durch die Luft.

»Wir sollten Ev ins Bett bringen«, sagte Pierre diplomatisch. »Soll sie auf dem Stuhl schlafen?«

»Dann geh rauf und räum dein Bett.«

»Mère Coco ...« Pierre wischte sich über die Augen. Wer kann Monky aus einem Bett vertreiben, in dem sie sich wohl fühlt? »Wenn ich Sie bitten dürfte ...«

»Nein!«, sagte Madame Coco sofort und sehr laut. »Nein!«

»Petite mère –«

»Lass den Blödsinn!« Sie ging zum Küchenschrank, zog eine Schublade heraus, nahm einen überdimensionalen Kamm heraus und versuchte damit, ihre grellrot gefärbten Haare in eine gewisse Ordnung zu bringen. Es war ein täglicher Kampf, seit zehn Jahren, wo sie begonnen hatte, sich diese Löwenmähne zuzulegen. »Du bist ein Feigling, Pierre!«

»Bei Monky – ja. Ich gebe es zu. Ich besitze nur noch drei Tassen und eine Kanne mit abgeschlagenem Ausgießer. Sollen sie auch noch an der Wand kleben? Petite mère, Sie können es so vollendet, dass niemand widerstehen kann.«

»Ich packe sie am Kragen und werfe sie hinaus!«

»Genau das meinte ich.«

»Eine schlappe, knochenlose Jugend! Mon Dieu, wie hat

sich die Welt verändert!« Sie betrachtete wieder die schlafende Ev, wuchtete dann zur Tür und rückte ihre Schürze gerade, wie ein Soldat seine Uniform ordnet vor einem Appell. In der Tür blieb sie stehen und blickte aber noch einmal zurück zu Pierre, der eine seiner zerknitterten Zigaretten geradebog.

»Soll sie wiederkommen, oder ist es endgültig?«, fragte sie rau.

»Wieso?«

»Man kann Hinauswürfe dosieren, du Idiot!«

»Sagen wir: endgültig. Im Notfall weiß ich, wo ich Monky erreichen kann.«

»Für diese Antwort sollte man dir eine runterhauen.« Madame Coco streckte den Arm aus wie ein Pfahl, der gleich eingerammt werden soll. »Die Blechdose steht hinter der linken Schranktür. Aber nur vier Stück. Ich habe sie gezählt.«

»Danke, Coco.« Pierre warf ihr eine Kusshand zu. »Sie sind der kühle Brunnen in der Wüste –«

Die Tür krachte zu, Ev zuckte im Schlaf leicht zusammen, aber sie erwachte nicht. Wer eine ganze unendliche Nacht lang durch die Straßen von Paris läuft und sich endlich entschlossen hat, das Leben wegzuwerfen, der zerfällt in der alles ergreifenden Erschöpfung, wenn er dennoch überlebt. Und dann der Weg vom Arc de Triumph bis über die Seine zur Rue Princesse … sie hatten ihn zu Fuß gehen müssen, denn für die U-Bahn hatte Pierre kein Geld, und Evs Hände waren auch leer. Die letzte Reise ist ein Freifahrschein. »Vielleicht steht Fifi noch am Pissoir!«, hatte Pierre gehofft. »Mit etwas Fantasie kann man ihn wieder flicken, und Sie setzen sich auf die Rahmenstange.« Aber Fifi lehnte nicht mehr am eisernen Gitter. So gebrechlich kann nichts sein, dass nicht irgendein Liebhaber Gefallen an ihm findet. Das gilt für die Dinge wie für die Menschen.

Pierre lehnte den Kopf zurück und lauschte nach draußen. Gleich geht es los, dachte er. Monkys schrille Stimme. Wenn sie loslegt, kann sie damit Glas zerspringen lassen. Wie

Caruso, nur nicht so schön. Und einen unwahrscheinlichen Vorrat an Schimpfworten hat sie, der verblüfft. Wer Monkys Gemeinheiten hört, hat bisher von der französischen Sprache nur einen Teil beherrscht. Man ist verblüfft, wie viel die paar Buchstaben des Alphabets hergeben. Da gibt es Wortschöpfungen, um die sie jeder moderne Literaturstammler beneiden würde.

Monky. Pierre beugte sich über den Tisch und sah Ev in das gelöste, schlafende, bleiche Gesicht. Lange, dunkle Wimpern. Die Haare wie zerrupfte Goldfäden. Eine schmale Nase. Ein Grübchen im runden Kinn, nur angedeutet. Lippen, die jetzt wieder voll waren, nicht mehr die dünnen, roten Striche, die das Gesicht zerteilten wie eng beieinander liegende Narben. Darunter das über den Brüsten aufgerissene Kleid mit dem Stofflappen, mit Leim auf den BH geklebt.

Pierre lehnte sich wieder zurück, steckte sich die glatt gestrichene Zigarette an und inhalierte den Rauch. Wenn Madame Coco das sah, würde sie wieder losdonnern. Sie hatte einen Bruder gehabt, der an Lungenkrebs gestorben war.

Ev ... dachte Pierre. Eva Bader, aus Irgendwo in Deutschland. Mit einem Kind im Bauch. Das klingt ordinär, aber es ist die glatte Wahrheit. Warum soll man romantisch sagen: »Unter dem Herzen?«

Ev ... was machen wir jetzt mit dir? Nicht heute, da schläfst du, aber morgen und übermorgen und in all den folgenden Tagen? Ich bin ein ganz armer Hund, ich werde dich ernähren können, wie ein Clochard seinen Hund ernährt. Ab und zu eine Hand voll Fressen. Nein, Ev, ich bin kein Faulenzer, bestimmt nicht. Ich werde sehen, ob ich in den Markthallen, morgens von vier bis sieben, einen besseren Job bekomme, als Säcke zu schleppen. Aber weißt du, wie es da zugeht? Da stehen sie Schlange, die Pennbrüder und Arbeitslosen, man kann sie sich aussuchen, ein moderner, gespenstischer Sklavenmarkt, jeden Morgen, wenn es noch dunkel ist. Wer macht's für vier Francs? Was sind vier Francs?

Vier Francs für eine Stunde Schlepperei. Aber sie können die Preise diktieren, es stehen ja genug herum, die es für vier Francs machen. Trotzdem will ich's versuchen. Vielleicht bei Monsieur Biquot. Ein Südfrucht-Exporteur. Da war neulich die Stelle eines Gabelstaplerfahrers frei, ich kam nur sieben Minuten zu spät.

Und malen werde ich, Ev. Malen, was die Leute wollen. Ein Reh im Wald, oder ein Schiff auf brausender See, oder eine Berghütte in schroffen Felsen. Jeden Kitsch werde ich malen, wenn er sich verkaufen lässt. Ich werde die Werbeagenturen abklappern wie eine Vormittagshure die Parks und alles annehmen, wenn nur ein Franc dabei herausspringt. Ev, ich werde uns durchbringen, wir werden weiterleben ... mehr kann ich dir nicht versprechen.

Er zerdrückte die Zigarette auf einer Untertasse, stand auf, holte aus der linken Küchenschranktür die große Blechdose und suchte sich vier Plätzchen heraus. Zwei mit Zuckerguss, eins mit Schokolade und eins mit bunten Zuckerkügelchen.

Was soll das, dachte er, als er in das erste, knochenharte Plätzchen biss. Es zerkrachte zwischen seinen Zähnen. Ostern war lange vorbei, natürlich. Ich mache Pläne mit Ev. Morgen wird alles anders sein. Morgen ist sie ausgeschlafen, wird ihre Lage nüchtern betrachten und davonlaufen, ohne sich weiter um mich zu kümmern.

Es war ein Gedanke, der ihn plötzlich innerlich unruhig machte und der ihm sogar wehtat.

Nicht umsonst ging man Madame Coco in der ganzen Umgebung aus dem Weg, wenn sie wütend war. Abgesehen davon, dass man mit ihr nicht diskutieren konnte, wenn sie eine festgefasste Meinung hatte – und sie hatte immer recht, weil sie die Verkörperung des gesunden Menschenverstandes war –, es gab auch niemanden, der sich bei allem persönlichen Mut bereit erklärte, Cocos wogende Erregung zu bremsen. Man kann ein Meer eindämmen oder eine Lawine umlenken, Madame zu besänftigen, ohne sie zu erschlagen, war unmöglich.

Monky hatte das Pech, mit dem Rücken zur Tür zu stehen, als sie aufgestoßen wurde. So hörte sie nur, dass jemand hereinkam, reckte sich wie eine in der Sonne liegende Katze und bot damit ein Bild, das jeden Mann – Alter spielt da keine Rolle mehr! – in Verzückung gebracht hätte. Sie war nackt, und ihr wirklich schlanker, makelloser, langbeiniger, schmalhüftiger, zartgliedriger, weißhäutiger Mannequinkörper schimmerte wie mit flüssigem Glas bestrichen gegen die helle, vom blauen Herbsthimmel gefärbte große Scheibe, die die Hälfte des schrägen Daches ersetzte. Das Einzige, was störte, war ein langer hässlicher Kamin des Nebenhauses, der in das Bild ragte, mit einem verrosteten, beim Drehen schauerlich quietschenden Rauchaufsatz.

»Pierre, mon Toutou, freust du dich? Ich hatte keine Lust, zu dem dummen Bioggia zu gehen. Hast du ein schönes Bild gemalt?«, fragte sie.

»Toutou freut sich nicht!«, sagte Madame Coco. Ihre Stimme dröhnte in dem erbärmlich möblierten Raum. Monky fuhr mit einem spitzen Schrei herum, drückte eine Hand gegen die Brust und die andere etwas tiefer und blieb so stehen, ein Bild überraschter Unschuld. Ihre Kulleraugen, durch Striche und Schatten überdimensional vergrößert, starrten Coco mit gut gespieltem Entsetzen an.

»Stell dich nicht so an!«, sagte Madame rau und ließ die Tür hinter sich offen. »Gestern lagst du mit ihm zusammen im Bett, da hast du nicht gequietscht, als ich reinkam. Steh nicht rum, zieh dich an und dann hinaus!«

»Wo ist Toutou?«, fragte Monky und blieb stehen, eine Hand oben, eine Hand unten. Dieses Foto in LIFE war hundert Dollar wert! »Wohnt Toutou nicht mehr hier? Haben Sie ihn endlich auf die Straße gesetzt, Sie rote Hexe?«

Die Stimme wurde schrill. Es soll vorkommen, dass auch Nachtigallen heiser werden.

Man kann zu Madame Coco vieles sagen, nur ihre roten Haare muss man in Ruhe lassen. Natürlich waren sie gefärbt, ein solches Rot gibt es in der Natur überhaupt nicht, aber das mit den Haaren ist eine besondere Sache, auf die wir noch zu sprechen kommen. Monky jedenfalls hatte von diesem Satz an keinerlei Chancen mehr, bei Madame Coco auch nur einen Krümel zu bekommen. Das Einzige, was hätte versöhnlich wirken können, wäre eine Eigenstrangulation gewesen.

»Du Miststück!«, sagte Coco aus voller Brust. Niemand in Paris konnte so etwas so total vernichtend aussprechen. »Du leere Nuss!« Sie streckte ihre gewaltigen Arme aus und wedelte mit den Händen. »Sieh dir diese Hände an, Flittchen! Mit denen wickele ich dich wie einen Kranz um meine Haare …«

Man lernt als Mannequin, sich in Sekundenschnelle an- und auszuziehen. Da sitzt jeder Griff, und jedes Kleidungsstück ist irgendwie programmiert. Monky verzichtete auf weitere Streitereien, sie verzichtete auch auf ihre glasbrechende Stimme, unter dem Angst verstäubenden Blick von Madame Coco zeigte sie ihr Können im Anziehen und trippelte dann zur Tür. Erst im Flur, an der steilen Treppe nach unten, drehte sie sich um. Coco beugte sich über das Geländer, ein Kopf in Flammen.

»Ich werde Toutou wiedersehen«, zischte Monky, bereit, die Treppe hinabzuflüchten, falls sich der Berg da oben in Bewegung setzen sollte. »So einfach ist das nicht. So einfach nicht! Ich liebe Toutou …«

Dann rannte sie die Treppe hinunter, aus dem Haus, stolperte fast über den noch in der Sonne liegenden dicken Hund mit dem schrecklich nackten langen Schwanz und blieb vor dem alten Mann im Korbsessel stehen. Der Ehestreit im Nebenhaus hatte aufgehört, es gab nichts mehr zu belauschen.

»Sie hat mich hinausgeworfen!«, schrie sie. »Die rote Hexe hat mich hinausgeworfen. Wenn Sie Toutou sehen, Monsieur, bitte, grüßen Sie ihn von mir.«

»Wer ist Toutou?«, fragte der alte Mann. Toutou kommt aus der Kindersprache und heißt schlicht Hündchen. »Ist das ein Mops?«

Monky starrte den Alten an, sagte: »Hier wohnen nur Verrückte«, und lief weiter, hinunter zur Place St. Sulpice mit seiner schönen Kirche, dem Siegestempel während der Großen Revolution.

Pierre kaute gerade an seinem vierten Gebäck, als Madame Coco wieder in der Küche erschien. Er starrte sie ungläubig an und legte das angebissene Plätzchen weg.

»Das ist doch nicht möglich«, sagte er heiser.

»Was?« Coco wuchtete zum Herd. »Nicht einmal Wasser hat er für den Kaffee aufgesetzt! Wenn Faulheit stinken würde, schwämmen wir in einer Kloake!«

»Petite mère ... Sie haben Monky nicht in die Flucht schlagen können?«

»Wieso denn?« Sie füllte den Wasserkessel, zündete die Gasflamme mit einem Knipser an und wischte sich dann die Hände an der Schürze ab.

»Sie ist doch noch oben!«

»Blödsinn! Sie ist weg.«

Pierre holte tief Atem. Man kann Unwahrscheinliches schwer begreifen.

»Ohne Krach? Ohne Geschrei? Ohne Zertrümmerungen? Ich habe nichts gehört.«

»Sie hat meine Haare beleidigt ...«

»O Gott ... sie ist tot?«

»Es hätte nicht viel gefehlt. Aber sie wurde flink wie ein Wiesel.« Madame Coco lehnte sich gegen den Herd. Hinter ihrem gewaltigen Rücken begann der Wasserkessel leise zu singen. »Sie hat eine herrliche Figur, Pierre. Aber wenn man ihren Kopf aufklappt, wird es nur stauben. Was hast du ihr versprochen?«

»Nichts. Ich habe sie als Modell gebraucht.«

»Unter der Bettdecke?«

»Das war die Honorarabrechnung. Francs kann ich nicht bieten.« Er holte drei Tassen und drei Teller aus dem Schrank und reichte Madame Coco die Büchse mit dem gemahlenen Kaffee hinüber. »Monky ist wirklich weg?«

»Lüge ich jemals?«, sagte Coco grollend.

»Und kommt nicht wieder?«

»Da bin ich nicht so sicher.«

»Aber wenn sie kommt, muss sie ja an Ihnen vorbei, petite mère ...«

»Das ist ein schlimmer Weg.« Sie beugte sich etwas vor und strich die brandroten Haare zur Seite. Sie hatte kleine, ergreifend gütige, graugrüne Augen in dem massigen Gesicht, und wer diese Augen sah, wurde überwältigt von einem Gefühl kindlicher Liebe. »Bin ich ein Scheusal, Pierre?«

»Sie sind unbeschreiblich, petite mère ... etwas wie Sie müsste ewig sein wie Paris«, sagte er, ehrlich ergriffen.

Der Wasserkessel begann zu pfeifen. Ev zuckte zusammen und riss krampfhaft die Augen auf. Sie blickte sich schlaftrunken um, erkannte nicht sofort ihre Umgebung und klammerte sich an der Tischkante fest.

»Es gibt Kaffee, Weißbrot und Käse, Mademoiselle«, sagte Madame Coco und goss den Kaffee auf. Der Geruch war herrlich. »Und du, Pierre, gehst hinauf in das Zimmer und überziehst das Bett! Und lüfte die Bude! Du weißt, warum ...«

Gehorsam verließ Pierre die Küche, und Madame Coco deckte den Tisch, holte das knusprige Stangenbrot, Butter und einen Block Weichkäse und drückte Ev ein Messer in die Hand.

Als sie danach ihre Hand zurückzog, berührte sie Evs Haare. Nur den Bruchteil einer Sekunde blieb die Hand auf dem goldschimmernden Kopf liegen, drucklos, schwebend ... aber das war schon mehr an mütterlichem Gefühl, was Madame Coco in den letzten Jahren so offen gezeigt hatte.

Später, nach dem Frühstück, das Ev zu sich nahm wie eine Somnambule, halb im Wachzustand, halb noch im Schlaf gefangen, trugen Madame Coco und Pierre sie hinauf ins Zimmer. Sie schlief schon wieder, obwohl Cocos Kaffee nachgewiesenermaßen eine Potenzierung von Irishcoffee war und schon manchen Müden zum Wachsein verholfen hatte.

»Mein Gott, sie ist vernichtet«, sagte Madame denn auch, als Ev in Pierres frisch bezogenem Bett lag (die Bettwäsche stellte Madame), und sie sagte richtig nicht müde, sondern vernichtet. »Sie ist mehr tot als lebendig ... hast du Klotz das nicht gemerkt?«

»Ich habe nicht darüber nachgedacht.« Pierre setzte sich neben Ev auf die Bettkante und strich ihr die Haare aus dem entspannten Gesicht. »Ich bin mit ihr gelaufen und gelaufen, nicht den direkten Weg vom Arc nach hier, sondern Umwege. Ich dachte mir, solange sie neben mir läuft, denkt sie nicht mehr ans Sterben. Was ich ihr alles erzählt habe ... ich weiß es nicht. Ich habe ihr einfach keine Ruhe mehr gelassen, über sich selbst nachzudenken.«

»Und jetzt?«

»Sie schläft.«

»Später, du Schwachkopf?« Madame setzte sich vorsichtig auf einen Hocker vor der Staffelei. Sie kannte ihre brüchigen Möbel. Hinter ihr stand die Leinwand. Ein weiblicher Akt war mit Kohlestift angerissen. Langbeinig, sylphidenhaft schlank, etwas gebogen, vom Scheitel bis zu den Füßen eine gespannte Sehne der Erotik. Monky ...

Madame Coco stieß mit dem Daumen über ihre Schulter. »Soll sie so dastehen wie diese Nutte?«

»Monky ist im Grunde ein liebes und anständiges Mädchen.«

»Sie hat meine Haare beleidigt!«

»Nein.«

»Was nein?«, sagte Madame drohend.

»Ev wird nicht ein Aktmodell sein. Ich weiß überhaupt nicht, ob ich sie jemals malen werde.«

»Und wenn, dann nur als Madonna.«

»Sie übertreiben plötzlich, petite mère.« Pierre rückte zur Seite. Ev hatte im Schlaf die Beine angezogen, rollte sich zusammen und beanspruchte die ganze Breite des Bettes. Sie schlief wie ein Kind, und man wartete darauf, dass sie den Daumen in den Mund steckte. »Ich weiß nichts über sie. Sie hatte keinen Koffer bei sich, keine Tasche, nichts!«

»Wenn man vom Arc de Triomphe springen will, nimmt man auch keine Koffer mit. Aber irgendwo muss sie ja gewohnt haben. Irgendjemand muss sie heute vermissen. In irgendeinem Schrank hängen ihre Kleider. Sie hatte Bekannte, Freunde, vielleicht sogar einen Liebhaber ...«

»Natürlich. Ein Kind bekommt man nicht von einem Automaten gemacht«, sagte Pierre. Madame Coco bestrafte ihn für diesen Satz mit einem tiefen Knurren.

»Du hast nach gar nichts gefragt, nicht wahr?«, sagte sie danach.

»Nein. Sie wird es von allein erzählen, wenn sie ausgeschlafen hat.« Sie wird weggehen, dachte er. Das ist es. Sie wird sich bedanken, versprechen, dass sie vernünftig geworden ist, dass sie nicht mehr an das Sterben denken will ... ja, und dann wird sie gehen. Wer kann sie daran hindern? Ein Tag kommt und geht, und viele Menschen sind nur eine Aneinanderreihung von Tagen ...«

»Du solltest sie hierbehalten«, sagte Madame, als könne sie Gedanken lesen. Manchmal war sie unheimlich mit ihrer alles ertastenden Seele.

»Hier?« Pierre blickte sich um. Zum ersten Mal hatte er ein Auge für die Schäbigkeit seines Zimmers. Das Schönste war die Glaswand mit dem Himmel von Paris und dem Schornstein des Nachbarhauses. Er gehörte einfach dazu, das sah er jetzt ein. »Ich schulde Ihnen für neun Monate die Miete, petite mère.«

»Zehn Monate. Streiten wir uns nicht darüber.«

»Ich kann Ev nicht ernähren.«

»Du wirst dir die Füße wund laufen müssen, um etwas zu verdienen. Es gibt Arbeit genug in Paris.«

»Wer weiß, ob sie das will? Wenn sie aufwacht, wird sie eigene Vorstellungen von ihrem Leben haben.«

Madame Coco stützte die Ellbogen auf ihre gespreizten Knie und legte den Kopf in die gewaltigen Hände. Was kann man alles, wenn man muss, mein Junge, dachte sie. Als Louis vom Kirchendach fiel, habe ich nicht einen Tag gezögert. Ich habe Treppenhäuser gewischt und nachts in Großwäschereien die dampfenden Körbe getragen. Damals gab es noch keine Maschinen, wo man nur auf einen Knopf zu drücken braucht, und die Technik macht alles andere. Ich bin nicht mit diesen roten Händen geboren worden, mein Junge ... da hat sich die Lauge von fünf Jahren eingefressen. Aber dann hatte ich es geschafft. Dieses Misthaus in der Rue Princesse stand zum Verkauf, und als ich es kaufte, küsste mich der Nachlassverwalter, denn ich war nach zweiundfünfzig Interessenten die Einzige, die nach Besichtigung dieses Kastens nicht flüchtete. Aber das weiß keiner, dass mir das Haus gehört ... es heißt immer, ein reicher Kerl halte es sich aus Pietät, weil er in ihm in seiner Jugendzeit dort ein Mädchen geliebt habe. Man glaubt hier solche romantischen Märchen. Die Mieten gehen auf ein Konto der Crédit Lyonnais, ich selbst habe mich als Concierge eingestellt. Glaubst du, ich könnte als Concierge zehn Monatsmieten verschweigen, wenn ich einen Hausherrn hätte? Aber ihr denkt nicht, ihr Jungen ... ihr haltet euch für so klug und modern und allwissend und seid doch so naiv, wie euch die Natur geschaffen hat.

»Hat sie einen Beruf?«, fragte sie plötzlich. Pierre fuhr zusammen, er hatte gerade daran gedacht, wie er Ev nachlaufen würde, wenn sie wirklich wegging.

»Sie ist Studentin. Sie wollte Lehrerin werden, aber jetzt studiert sie Romanistik.«

»Eine Studierte.« Madame schnaufte durch die Nase. »Wir werden es schwer haben mit ihr. Soll das Bild hinter mir stehen bleiben?«

»Warum nicht?«

»Es könnte sie erschrecken.«

»Dass ein Maler nackte Mädchen malt, ist nichts Neues.«

»Sie könnte denken, dass du nur nackte Mädchen malst.«

»Wenn Sie meinen, Madame Coco.« Er stand auf, hob die Leinwand von der Staffelei und tauschte sie aus gegen ein fertiges Bild. Es standen genug rundherum an den Wänden. Eine Landschaft, sonnendurchglüht. Man roch den Dunst der Erde. Die Sonne ... die große Erinnerung an Loretta de Sangries, die schöne Mama

»Du solltest gleich damit anfangen«, sagte Madame streng.

»Womit?«

»Mit dem Geldverdienen. Willst du auf dem Bett hocken, und ihre Atemzüge zählen? Das bringt nichts ein ...«

»Ich ... ich habe Angst«, sagte Pierre bedrückt.

»Vor dem Türenabklappern?«

»Dass sie nicht mehr hier ist, wenn ich zurückkomme –«

»Wozu hast du deine petite mère, du Hohlkopf?« Madame Coco wies streng auf die Tür. Vor dieser massiven Aufforderung gibt es kein Drücken mehr. »Geh zu Monsieur Callac und nimm drei Bilder mit. Keine Landschaften, die Bauernköpfe.«

»Ausgerechnet Callac!« Pierre zögerte. Die Galerie Marius Callac am Quai de Montebello war berühmt für ihre vorzüglichen Gemälde moderner Künstler und berüchtigt wegen Marius Callac selbst. Wer bei Callac im Fenster stand, war ein gemachter Mann, wer in der Galerie an den Wänden hing, saß zumindest auf der untersten Sprosse der Erfolgsleiter. Wer einmal bei Callac hinausgeflogen war, konnte ruhig den Beruf wechseln. Callacs Augen waren unbestechlich. Pierre de Sangries war schon dreimal hinausgeflogen.

»Bestell ihm einen Gruß von mir.«

»Bezahlen Sie die Hospitalkosten, petite mère?«

»Er redet, redet, redet! Nimm die Bilder und geh!« Madame Coco schlug auf ihre dicken Knie. »Wer Erfolg haben will, beginnt nicht beim Trödler!«

Pierre suchte die drei Bauernköpfe aus den Stapeln von Bildern heraus, verschnürte sie mit Bindfäden und blieb dann unschlüssig an der Tür stehen.

»Ist noch etwas?«, fragte Madame.

»Ich kann mich darauf verlassen, dass Ev …«

»Hinaus!« Madame Coco zeigte auf die Tür. »Jede weitere Frage ist eine Beleidigung.«

Dann war sie allein mit Ev, betrachtete sie stumm, mit gefalteten Händen, und dachte an ihre Tochter, die irgendwo im weiten Amerika verschollen war. Es war möglich, dass sie noch lebte, vielleicht nicht einmal schlecht lebte, aber sie erinnerte sich ihrer Mutter nicht mehr. Kann ein Kind die Mutter vergessen? Kann man vergessen, dass man hier auf der Rue Princesse gespielt hat, den Ball gegen die Hauswand warf und wieder auffing, und bei jedem Aufprall staubte es und schwebte eine Wolke glitzernden Staubs durch die Sonne, die Straße entlang. Wölkchen auf Wölkchen, immer wenn der Ball gegen die Wand prallte. Kann man das vergessen …

»Sie war so jung wie du«, sagte Madame leise. »Sie hatte schwarze Haare, so glänzend, als würde ich sie ihr jeden Morgen mit Wichse einreiben und blank bürsten. Sie war das schönste Kind in ganz Saint-Germain-des-Prés. Glaub es mir. Ich habe die Tapete von der Wand gekratzt, als sie plötzlich auf und davon war. Mit einem breitschultrigen amerikanischen Soldaten, haben mir die Nachbarn erzählt. Ich war nicht hier … ich stand in der Schlange vor Monsieur Abondis Laden, seit fünf Uhr früh. Es sollte Maismehl und pro Person eine geräucherte Makrele geben … Sie hat nichts hinterlassen außer zehn Packungen Chesterfield. Ich habe sie zerstampft, zu Krümeln zerstampft.« Sie holte Atem, stand auf, ging leise zum Bett und deckte Ev zu. Dann blieb sie stehen, sah erst jetzt, dass das Kleid über der Brust aufgerissen war und deutete es ganz richtig als Folge eines Kampfes um Leben und Tod. Pierre war kein Bursche, der aus anderen Gründen jungen Mädchen die Kleider zerriss.

»Du hast doch eine Mutter«, sagte sie fast streng. »Und wenn nicht mehr ... kein Mensch ist so völlig allein, wenn er will, dass Menschen ihn verstehen. Sich vom Arc stürzen! Weil man ein Kind bekommt! Wenn das jede machen würde ... dann könnte man die Mädchen auf dem Pflaster aufsammeln wie geplatzte Kastanien ...«

Sie ging leise zur Tür, schob sich auf den Flur und drückte die Tür ebenso leise ins Schloss. Unten setzte sie sich an den Küchentisch, ließ ihre Wohnung offen, was einen direkten Blick zur Treppe und zur Haustür bot, und faltete die Zeitung auseinander, um die Fortsetzung des Romanes zu lesen.

Es gab keine Wanze, die ungesehen an Madame vorbeikam.

Eine halbe Stunde später klingelte das Telefon bei Madame Coco. Es war Marius Callac, der in seinem kleinen Büro saß und zunächst erregt schnaufte, ehe er ein Wort herausbekam.

»Denken Sie zweimal, ehe Sie sprechen!«, sagte Madame sofort. »Ich wusste, dass Sie anrufen, Marius.«

»Bei aller alten Freundschaft, Cosima – was haben Sie mir da ins Haus geschickt.« Marius Callac war noch aus der Generation, die wusste, dass Coco einmal vernünftig Cosima geheißen hatte. Er war auch einer der wenigen, die sich noch erinnern konnten, dass Cosima Lebrun lange, zu Zöpfen geflochtene schwarze Haare getragen hatte und ein schlankes Mädchen war, hinter der die Männer her waren wie in Prag die Hundefänger hinter den Hunden. Das war 1913 ... eine ferne, ferne Welt mit Pferdebahnen und Reiherhüten, tuckernden, bizarren Autos und dem verlogenen Charme eines angeblich immerwährenden Friedens.

»Der Junge heiße Pierre de Sangries.«

»Ich weiß, ich weiß!« Callac schnaufte wieder. »Nur Ihre Empfehlung, Cosima, hinderte mich daran, ihn das vierte Mal vor die Tür zu setzen. Haut mir da drei fürchterliche Bauernköpfe auf die Theke! Köpfe! Bauern! Gemalt, als habe er die Pinsel in den After gesteckt! Pardon. Ich bin ehrlich empört, Cosima! Ist das ein Scherz?«

»Kaufen Sie die Bilder, Callac«, sagte Madame Coco.

»Ich müsste mich im nächsten Spiegel anspucken, wenn ich das täte!«

»Bieten Sie Pierre für jedes Bild hundert Francs.«

»Cosima! Bei aller alten unerwiderten Liebe: Ich bin kein Trottel!«

»Dreihundert Francs, Marius. Ich lasse Ihnen morgen das Geld auf Ihr Konto überweisen.«

»Verrückt. Verzeihen Sie, Cosima, aber warum geben Sie dem Stümper die dreihundert nicht selbst?«

»Er soll das Gefühl haben, etwas verkauft zu haben.«

»Bei mir? Damit er es überall erzählt: Ich habe bei Callac drei Bilder losbekommen! Drei direkt! Bauernköpfe! Allons enfants des beaux-arts! Das kann man nie wieder gutmachen. Das ruiniert mich, Cosima!«

»Pierre ist ein Genie ... Sie sehen es bloß noch nicht.«

»Dann weiß er ein blendendes Versteck für seinen Genius.«

»Marius, ich sage Ihnen: Merken Sie sich den Namen! Pierre de Sangries. Es würde mir leidtun, wenn Sie einmal zu spät kämen.«

»Ich bin schon einmal zu spät gekommen. Cosima, wenn wir das Jahr 1914 –«

»Es kommt nicht wieder, Marius.« Madame Coco lächelte. O ja, sie konnte sogar in solchen Augenblicken verträumt lächeln. »Geben Sie Pierre die dreihundert. Es wird seine Seele weit machen wie den Himmel über dem Etang de Vaccarès ...«

»Warum sagen Sie das, Cosima?« Callacs Stimme schwankte. Etang de Vaccarès, die Camargue, die Unendlichkeit von

Himmel, Meer und Land. 1914, zwei Tage vor der Kriegserklärung. Eine Liebe zwischen den Büscheln salzigen Grases. Als der Krieg zu Ende war, hieß die große Sehnsucht aller Jahre bereits Cosima Lebrun. »Mein Gott, warum haben Sie für diesen schrecklichen Pierre de Sangries nicht schon längst die unbekannte Muse gespielt?!«

»Da gab es noch keine Eva, Marius.«

»Keine was?«, fragte Callac erschrocken. Sie ist verrückt geworden, dachte er betroffen. Arme Cosima, wie alt bist du jetzt? Rechne ich richtig? Es müssen 76 Jahre sein. Aber die vergisst man, wenn man deine grauenhaft roten Haare sieht.

»Das verstehst du nicht, Marius«, sagte Madame. Und sie lachte sogar, was Callac noch mehr erschreckte. »Sei einmal in deinem Leben so etwas wie ein Engel – und merke dir den Namen Pierre de Sangries. Er hat etwas von van Gogh.«

Sie beendete das Gespräch, bevor sie Callacs neue Antwort hörte. Man redet und schreibt zu viel unwichtige Dinge, war ihre Ansicht. Was wirklich Wert ist, wird davon erwürgt.

Ev erwachte, weil sie fror.

Es war nicht die Kälte, die ihren Körper durchschüttelte ... es waren die sich entspannenden Nerven, die jetzt revoltierten, nachdem man sie bis zum Zerreißen strapaziert hatte. Sie zog die Decke bis zum Kinn, krümmte sich zusammen, klapperte mit den Zähnen und wurde hin und her geworfen von dem eisigen Strom, der sie durchzog. Sie tat nichts dagegen, sie wusste nichts, was diesen Schüttelfrost vertreiben konnte, aber sie dachte: Jetzt sterbe ich doch! Das ist das Herz. Mein Blut ist kalt. Ich erfriere, weil das Herz nicht mehr schlagen will. Wenn die Kälte mein Gehirn erreicht, ist alles vorbei. Alles.

Dass sie solches noch denken konnte mit einem klaren Gehirn, fiel ihr nicht auf. Sie biss vor Kälte in die Bettdecke, wühlte den Kopf in das Kissen und schloss wieder die Augen.

Er dauerte nicht lange, dieser Kältestrom in ihr. Was ihm

folgte, war eine große, aber seltsame sanfte Schwäche, eine taube Schwerelosigkeit. Sie blickte an die schräge Decke des Zimmers, dann hinüber zu der großen Fensterwand, hinter der sich der Himmel in einem sonnendurchwirkten Blau dehnte, durchschnitten von einem viereckigen Ziegelschornstein, auf dem sich die verrostete Rauchklappe träge drehte.

Die Wände sind mit Zeitungen tapeziert, dachte sie. Es riecht nach Ölfarbe und kaltem Zigarettenrauch. Da steht eine Staffelei. Ein Bild. Ein Hügel unter goldenem Himmel. Ist es Wein, was auf ihm wächst? Ein Stück Provence?

Wo bin ich?

Sie wagte nicht, sich zu rühren, aus Angst, das Frieren könne wieder anfangen. Pierres Zimmer, dachte sie. Wer hat mich heraufgetragen? Die Frau mit den feuerroten Haaren. Ich habe etwas gegessen, irgendetwas, ich weiß nicht mehr, was es war. Ich habe nur gekaut und geschluckt. Und Kaffee war da. Habe ich auch Kaffee getrunken? Gerochen habe ich ihn … er war so wunderbar, der Geruch. Else, wo bleibt der Kaffee? Hubert Bader, nach dem Mittagessen. Obligatorisch zwei Tassen Kaffee und ein Cognak. Dann war die Welt auch am Nachmittag in Ordnung.

Kaffee auf der Terrasse von Château Aurore. Vierzehn junge unbekannte Männer lachen, tätscheln einen Körper ab, kneifen und streicheln. Vierzehn Väter … Jules' arrogante Stimme: »Aber Mama, das hast du nicht gewusst? Mademoiselle ist ein flottes Mädchen … Ein Prachtkind wird das bei vierzehn Vätern –«

Lasst mich sterben! Ich flehe euch an. Lasst mich doch endlich sterben.

Sie zog die Bettdecke über ihren Kopf und wartete, ob ihr Herz jetzt versagte. Aber es schlug weiter, wurde sogar ruhiger, sie konnte lang durchatmen, holte ein paar Mal tief Luft, fühlte sich wohler und streckte sich in dem fremden Bett aus. Der Geruch von Farbe, geölten Dielen und kaltem Rauch war wieder in ihrer Nase, und der hässliche Schornstein blickte ins Fenster wie ein dürres neugieriges Wesen mit einem Flügelhelm.

Unten kam Pierre zurück. Er hatte die Arme voll Plastiktüten, tanzte ins Haus, drehte sich pfeifend um sich selbst, wiegte im Walzertakt um den großen Küchentisch und drückte dabei Madame Coco einen Kuss in die rote Löwenmähne.

»Petite mère!«, rief er und lud die Tüten auf dem Tisch ab. »Es gibt noch Wunder auf dieser fürchterlichen Welt! Callac hat drei Bilder von mir gekauft. In bar gekauft. Dreihundert Francs! Was sagen Sie nun? Die Bauernköpfe. Monsieur, habe ich zu Callac gesagt, ich weiß nicht, was in Sie gefahren ist ... aber wenn Sie sich für diese dämlichen Köpfe begeistern, dann sollten Sie einmal genau meine anderen Bilder ansehen. Aber er ließ sich auf keine Diskussionen ein, drückte mir die Francs in die Hand und schob mich aus dem Laden. Er wird alt, der gute Callac. Früher hätte er diese Bilder als eine persönliche Beleidigung angesehen.«

»Und dann bist du hingegangen und hast einen Supermarkt leer gekauft!«, sagte Madame streng. Er ist ehrlicher gegen sich, als ich gedacht habe, sinnierte sie. Weißt du, warum ich die drei Bauernköpfe weghaben wollte? Warum ich Callac nicht mit deinen anderen Bildern belästigt habe? Es wird eine Zeit kommen, in der man dir für deine Sonnenbilder das Zehnfache, das Hundertfache von dem geben wird, was dir Callac widerwillig in die Hand gedrückt hat.

»Was hast du gekauft?«, fragte sie.

»Wein. Ein Huhn. Käse. Wurst. Kaviar –«

»Du bist verrückt, Pierre!«

»Wir wollen ein Fest feiern, petite mère.«

»Wegen dreihundert Francs!«

»Callac allein ist ein Feuerwerk wert!« Er setzte sich an den Tisch, umfasste die Tüten mit beiden Armen und zog sie an sich wie eine Geliebte. »Und wegen Ev«, sagte er sehr ernst. »Weil sie weiterlebt. Drei Bilder bei Callac. Ich glaube, Madame, Ev bringt mir Glück.«

»Wenn du es glaubst, ist das etwas Schönes, Pierre«, sagte Madame Coco und erhob sich seufzend von ihrem Stuhl. »Geh hinauf. Vielleicht ist sie jetzt wach. Ich heize den Backofen an für dein verschwenderisches Huhn.«

Pierre öffnete leise und langsam die Tür und steckte den Kopf ins Zimmer. Das Bett stand in einer kleinen Nische, nicht einsehbar von der Tür, zumal auch noch ein kleiner Seitenvorhang diese Nische abteilte. Der bescheidene Komfort, einen winzigen Intimbereich abzugrenzen. Da sich im Bett nichts regte, tappte er auf Zehenspitzen ins Zimmer. In einer anderen Ecke stand ein einflammiger, uralter Elektrokocher auf einem wackeligen Blechtisch. Daneben ragte ein Wasserhahn aus der Wand, seit einem Jahr tropfend. Ein Becken mit abgeschlagener Emaille und auf dem Grunde, rund um den Abfluss voll abgesetztem Wasserstein, fing diese Tropfen auf. Klick-klick ... träge und unaufhörlich. Er hatte sich daran gewöhnt, und er wäre nervös geworden, wenn dieses melodische Tropfen plötzlich aufgehört hätte.

Er griff in seine Rocktasche, holte einige Büchsen mit Schmalzfleisch und Pâté heraus, stellte sie vorsichtig auf den Blechtisch und freute sich wie ein kleiner Junge, dass er Madame davon nichts erzählt hatte. Aus der Innentasche des Rockes zog er eine halbe Flasche Rosé de Provence, kein teurer Wein, aber immerhin zwei Stufen über dem Wein, den er sich leistete, wenn seine Freunde das Geld dafür zusammenlegten.

»Sie brauchen nicht auf Spitze zu tanzen ... ich bin wach«, sagte Ev.

Pierre fuhr herum. Er stellte die halbe Flasche Rosé in das Waschbecken, drehte den Hahn auf und ließ Wasser über die Flasche rieseln. Man soll einen Rosé gut gekühlt trinken.

»Wie fühlen Sie sich?«, fragte er. Was soll man anderes fragen, dachte er.

»Besser«, antwortete sie.

»Draußen ist ein heißer Tag. Zu heiß für September.«

»Hier ist es kühl.«

»Das wundert mich auch immer.« Er zeigte auf das große, schräge Fenster. »Das ist Norden. Ein Maler muss Nordlicht haben.«

»Warum?«

»Es ist das klarste Licht.«

»Aber Sie malen alles wie in Sonne getaucht.«

Das Gespräch versiegte. Er öffnete eine Büchse mit Pâté, holte einen Teller und ein Messer, steckte einen Kaffeelöffel in die Pastete und setzte sich zu Ev ans Bett. »Bitte –«, sagte er.

»So einfach rauslöffeln? Ist das nicht zu fett?«

»Ich weiß es nicht.« Er hob die Schultern. Sie schüttelte den Kopf und schob den Teller zur Seite auf die Matratze. »Wo haben Sie Ihre Kleider?«, fragte er plötzlich. Sie zuckte zusammen, und ihre schönen Lippen wurden wieder schmal und herb.

»Ich werde mir neue kaufen«, sagte sie nach einer Weile.

»Haben Sie denn Geld?«

»Ich werde etwas verdienen.«

»Wo haben Sie bisher gewohnt, Ev? Man kann die Kleider und alles, was Sie bisher besaßen, doch herausholen.«

»Ich gehe nicht mehr in das Haus zurück. Nie mehr!« Sie sagte es hastig und atmete dabei schneller.

»Dieser … dieser Mann?«, fragte Pierre und begann, den Mann zu hassen, ohne ihn zu kennen.

»Auch.«

»Sie haben mit ihm zusammengelebt?«

»Nein.«

»Sie wollen es mir nicht erzählen?«

»Wozu? Es ist vorbei.«

»Ihre Eltern in Deutschland. Sie haben doch noch Eltern?«

»Sie dürfen das nie erfahren.«

»Sind sie so unmodern und spießerisch?«

»Im Gegenteil. Sie sind sehr tolerant.« Sie rutschte an der

Wand hoch und schlug die Decke um ihre angezogenen Knie. »Es ist etwas anderes, Pierre. Ich habe gesagt: Ich werde allein fertig! Ich boxe mich durch. Habt keine Sorge, ich schaffe es aus eigener Kraft! Ich habe es nicht geschafft, und was ist von der Kraft geblieben? Ich bin kein Mensch, der auf das Mitleid anderer hofft.«

»Das klingt alt wie hunderttausend Jahre.«

»Manchmal ist man alt wie hunderttausend Jahre.«

»Madame backt für uns ein Huhn«, sagte Pierre. »Ich glaube, sie rechnet damit, dass Sie hier bleiben.«

Sie lächelte ein wenig traurig und ließ den Blick durch den Raum kreisen. Pierre verstand sie und stellte den Teller mit der Pâté auf den Fußboden. »Ich werde vieles umändern«, sagte er. »Natürlich ein zweites Bett. Zwei kleine Sessel ... na, sagen wir Klappstühle. Ein Tisch. Wenn Sie Wert auf einen Teppich legen – ich male ihn Ihnen auf die Dielen.« Er folgte der Linie ihres Blickes und hob die Schultern. »Die Wände. Mit diesen Wänden habe ich schon viel Spaß gehabt. Links haben Sie den ganzen Roman ›Erinnerung an einen Sommer‹ von Daniel Fleurion an der Wand. Nur die siebzehnte Fortsetzung fehlt, diese Zeitung wurde vielleicht zum Ofenanzünden verwendet. Rechts neben dem Fenster ist die Politik. Das Jahr 1963. Es hat sich nichts geändert. Die gleichen Worte, die gleichen Lügen, die gleichen Versprechungen, die gleichen Beschimpfungen. Nur die Politiker haben gewechselt. Über Ihrem Bett sehen Sie den Wirtschaftsteil. Die Aktienkurse. Manchmal bin ich so geil, mich davorzusetzen und in Gedanken mit Aktien zu spekulieren. Kaufe für 50 000 Dollar Kupfer, verkaufe für 23 000 Dollar Zellulose. Das war ein Geschäft! Sehen Sie ganz links. Kupfer ist in vier Wochen um neun Punkte angezogen! Da habe ich sofort verkauft ...« Pierre zeigte hinüber zu der Wasserleitung. »Dort hängt die Kultur. Eine Kritik über ein Buch von Vernon. ›Mit diesem Roman hat sich Vernon in die Weltelite der Autoren geschrieben‹. Steht da. Neun Monate später lag der Roman im Ramsch in den Kaufhäusern. Weltruhm ist etwas Merkwürdiges, Ev. Überhaupt die ganze Kunstkritik. Ich bin nie dahinter gekommen, was Kunst ist. Warum ist Picasso ein Genie, wenn er links unten ein Auge, rechts oben einen Arm und in der Mitte ineinander verschlungene Dreiecke und Kreise malt? Und warum ist einer ein Stümper, wenn er ein Kornfeld malt, in das man sich hineinlegen und träumen möchte?«

Er schwieg. Warum sage ich das alles, dachte er. Interessiert es sie überhaupt? Sie hat den Schock überwunden, gleich wird sie aufstehen und sagen: Pierre, ich danke Ihnen für alles. Aber jetzt muss ich gehen … Und keiner hat ein Recht, sie aufzuhalten.

»Ich könnte mich hier wohlfühlen«, sagte sie plötzlich.

Pierre legte die Hände auf den Rücken. Es war so verdammt dumm, dass sie zitterten und man das nicht unterdrücken konnte.

»Was haben Sie gesagt, Ev?«

»Ich werde den Roman links an der Wand ganz durchlesen.«

»Ev –« Er wollte nach ihren Händen greifen, aber sie versteckte sie sofort unter der Bettdecke.

»Das nicht, Pierre!«

»Ich wollte Ihnen nur danken, Ev. Sie bringen mir Glück. Ich habe heute bei Callac …«

Sie schob sich aus dem Bett, reckte sich und fuhr sich mit beiden Händen durch die Haare. »Ich habe mir überlegt, dass ich vielleicht Deutschunterricht geben könnte …«

»Hier? In Saint-Germain-des-Prés?«

»Ich werde eine Annonce aufgeben. Oder in einer Boutique arbeiten. In einem Übersetzungsbüro schreiben. In einem Kindergarten Verse und Spielchen lehren. Es gibt so viele Möglichkeiten. Ich will nicht, dass Sie glauben, Sie müssten mich ernähren, nur weil Sie mich nicht vom Arc de Triomphe springen ließen.«

»Wir wollen nie mehr darüber sprechen, Ev«, sagte er. »Wir wollen das vergessen. Versprechen Sie mir das?«

Er hielt ihr die Hand hin. Sie zögerte, blickte auf seine Handfläche, als sei sie ein Spiegel, in dem sie sich selbst fragen müsste.

»Es ist doch vorbei, Ev«, sagte Pierre leise. »Total vorbei.«

»Nein. Es wächst in mir neun Monate lang.«

»Auch das schaffen wir, Ev.«

Sie nickte, legte ihre Hand in seine und riss sie dann zurück, als habe sie sich verbrannt. Sie trat an die große Fensterwand und blickte über die Dächer. Ein Gewirr von Giebeln, Fenstern, Blumenkästen, wehenden Gardinen, rußgeschwärzten Kaminen, Vogelnestern, Taubendreck, Antennen und Wäscheleinen. Auf einem kleinen eisernen Balkon am zweiten Haus rechts lag ein nacktes Mädchen und sonnte sich auf einem roten Badetuch. Es sah aus, als läge es in seinem Blut. Links goss eine alte Frau ein Gewirr von Geranien. Ein Farbenrausch, in verrosteten Klammern an einer abbröckelnden Wand.

»Château Aurore«, sagte sie leise. Ihre Stimme war ganz klein und rührend kindlich. »In Boulogne, an der Seine. Fernand Chabras.«

»Der Chemie-Riese?«, fragte Pierre.

»Ja.«

»Der Alte selbst?«

»Sein Sohn. Jules.«

»Ich hole Ihre Sachen ab«, sagte Pierre. »Ich hole alles raus! Und Jules haue ich in die Fresse!«

»Er ist stärker als Sie.«

»Aber ich kenne einige gemeine Tricks. Ich bin aufgewachsen in einer Gesellschaft von Hyänen.«

»Was haben Sie davon, Pierre?« Sie drehte sich um und lächelte. Aber ihre Augen verschwammen, und zwei nasse Linien zerschnitten ihre Wangen. Sie weinte.

»Ich breche ihm die Knochen!«, schrie Pierre. »Ev, weinen

Sie nicht. Bitte, weinen Sie nicht. Ich will nicht, dass Sie bei mir weinen. Ich bringe jeden um, der Sie zum Weinen bringt!«

»Sprechen Sie mit James, dem Butler. Oder mit Babette, der Hausdame. Es kommt nichts dabei heraus, wenn Sie sich mit Jules schlagen.« Sie kratzte über den festgeleimten Stofffetzen und zog daran. Er saß fest, wie auf die Haut geschweißt. Es juckte fürchterlich.

»Die Haut bleibt daran kleben«, sagte sie. »Was ist das für ein Leim?«

»Ein Kunststoffleim. Wasserunlöslich.«

»Aber irgendwie muss er doch abgehen.«

»Irgendwie bestimmt. Aber wie?«

Durch das Treppenhaus dröhnte Madames Stimme. Sie stand unten im Hausflur und brüllte nach oben. Hier oben unter dem Dach verfing sich der Ton wie in einem Trichter.

»Das Huhn ist fertig! Essen kommen!«

»Ich habe nicht den geringsten Hunger«, sagte Ev.

»Das spielt keine Rolle.« Pierre hakte ihren Arm bei sich unter und zog sie zur Tür. »Wir müssen etwas essen, sonst ist sie bis in den hintersten Winkel ihres Herzens beleidigt.«

Am Nachmittag stand Pierre de Sangries vor der breiten Auffahrt zu Château Aurore. Das riesige, schmiedeeiserne Doppeltor war geöffnet, ein verborgener Mechanismus ließ es, vom Haus aus dirigiert, auf und zu klappen. Am Ende des geteerten Weges, hinter einer hohen Baumgruppe, heulte ein Motor auf, dann bog von der Seite, wo die Garagen liegen mussten, ein grellgelber Maserati auf die Straße und rollte zum Tor.

Pierre nannte sich ein Glückskind, stellte sich mitten auf den Weg und steckte die Hände in die Hosentaschen. Einen Meter vor ihm bremste der Wagen, nachdem der Fahrer viermal auf seine Dreiklanghupe gedrückt hatte. Ein schwarzhaariger, sonnengebräunter Kopf stieß aus dem offenen Fenster und blaffte Pierre an.

»Wenn mir mein Wagen nicht lieber wäre als Sie, hätte ich Sie glatt umgefahren, ist das klar?!«, schrie er.

»Vollkommen«, sagte Pierre. In den Taschen ballte er die Fäuste. Ev, dachte er bitter. O Gott, Ev! In so etwas kann man sich verlieben? Für so etwas will man in den Tod springen?

»Gehen Sie aus dem Weg, Sie Idiot!«

Pierre blieb stehen. »Sind Sie Jules Chabras?«, fragte er sogar mit einer gewissen Höflichkeit. Den Unterton verstand Jules nie.

»Wer sonst?« Jules stieg aus dem Wagen. Er war groß und sportlich trainiert, das sah Pierre jetzt. Nummer vier, dachte er schnell. Dann Nummer sechs sofort hinterher. Eine Ohrfeige von links, dann mit einem rechten Beinhebel ihn von den Füßen holen.

»Was wollen Sie?«, schrie Jules Chabras. Er war jetzt nahe genug heran. Vom Haus kam Butler James mit zwei Bulldoggen, aber das sah Pierre noch nicht.

»Ich soll Sie grüßen«, sagte Pierre. »Aus vollstem Herzen –«

Und dann schlug er zu.

Jules Chabras lag auf der Erde und starrte entgeistert den Mann an, der ihn ohne Warnung geohrfeigt und dann von den Füßen gerissen hatte. Er wollte aufspringen, ganz aus dem Reflex heraus, dass seine Lage eine völlig unnatürliche sei, und erst dann, als zweite Regung, kam ihm zum Bewusstsein, dass man ihn, den Jules Chabras, geschlagen hatte, offensichtlich ohne Grund, nur so, weil es dem Kerl da über ihm Freude machte.

Er zog die Beine an, aber Pierre, mit solchen Dingen vertraut (acht Jahre Landstraße als kindlicher Bettler, das verschafft eine spezielle Bildung), schüttelte den Kopf.

»Bleib liegen!«, sagte er hart. »Bis du oben bist, hast du schon einen Salto gedreht.«

»Wer sind Sie?«, knirschte Jules Chabras. Seine Blamage zerfraß ihn wie Säure. »Sie sind ja verrückt! Total verrückt!«

»Ich habe mir sagen lassen«, setzte Pierre das Gespräch fort, »dass zwischen der Schwängerung eines Mädchens und der Anerkennung der Vaterschaft ein beschwerlicherer Weg liegt als bis zum Mond.«

»Aha!«, sagte Jules, schwer atmend. »Aha! Daher kommt der Wind.«

»Ich würde nicht untertreiben, es kann ein Orkan werden.«

»Sie sind der neue Liebhaber von Eva? Gratuliere. Der fünfzehnte Vater –«

Jules grinste böse. Er wollte sich abstemmen, aber Pierre setzte seinen Fuß auf Chabras' rechte Hand. Ein ganz gemeiner Trick ... mit einem Druck aus der Hüfte heraus konnte er Jules Hand quetschen, genau dosierend, vom warnenden Druck bis zum Eintreiben des Absatzes in den Handrücken.

Chabras erkannte das sofort und blieb seitlich auf dem Weg liegen. Seine Hoffnung war, dass man im Haus merkte, vorne am Tor sei nicht alles in Ordnung. Es fehlte das Hupsignal, durch die Sprechanlage am Tor übertragen: Tor schließen. James wird gleich kommen, dachte Jules Chabras. Und wenn er die Doggen mitbringt ...

»Was ist mit fünfzehn?«, fragte Pierre.

»Das hat sie Ihnen verschwiegen?« Jules blähte die Nasenflügel: Pierre verstärkte den Druck seines Schuhs. »Sie reden von einem Kind, das man mir anhängen will, nicht wahr? Ich habe vierzehn Freunde, die es auf ihren Eid nehmen, dass in dem fraglichen Zeitraum ...«

Er schwieg und verzog die Lippen. Pierre hatte zugetreten, der Absatz knirschte auf dem Handrücken. Ein höllischer Schmerz, aber Jules Chabras ertrug ihn, nur auf seiner Stirn bildete sich Schweiß.

»Du Schwein!«, sagte Pierre heiser. »Du verfluchtes Schwein! So also hast du sie fertig gemacht? Natürlich hatte sie keine Chance gegen dich. Vierzehn reiche Pinkel, die füreinander alles schwören ... Ich sollte dir deine Visage zertreten, du Aas ...«

Vom Haus ertönte das Bellen von Hunden. Die Doggen, dachte Jules voller Triumph. James kommt! Jetzt sieht die Lage anders aus, du knochiger Strolch! In einer Minute wirst du rennen müssen, um deinen Arsch zu retten.

Er warf sich mit einem Ruck zur Seite, rollte gegen seinen gelben Maserati und trat gleichzeitig nach Pierres Bein. Die Überraschung gelang, Pierre hatte mit dieser Reaktion nicht gerechnet.

»James!«, brüllte Jules Chabras. »Die Hunde los! Die Hunde!« Dann pfiff er gellend, ein Pfiff, den die Doggen verstanden. Ihr Gebell wurde zu einem wilden Heulen. Und dann sah Pierre sie ... zwei lang gestreckte gelbe Körper, die wie Pfeile durch die Luft flogen.

Die Runde ist verloren, durchzuckte es ihn. Es ist keine Schande, jetzt davonzulaufen.

»Ich komme wieder, Jules!«, schrie er. »Ich schwöre dir: Ich lass dir keine Ruhe mehr! Du wirst mich am Hals haben wie einen Pickel!«

Dann warf er sich herum und rannte los, noch bevor die geifernden Hunde den gelben Wagen erreicht hatten.

»Auf Wiedersehen!«, brüllte Jules Chabras ihm nach. »Du bist jederzeit willkommen!« Und dann lachte er, bog sich vor Lachen, während Pierre rannte wie nie in seinem Leben und die Hunde ihm folgten und erst stehen blieben, als Pierre ein Auto erreichte, das auf der Uferpromenade parkte. Der Fahrer hatte die Tür aufgerissen und winkte mit beiden Armen.

»Das hätte gefährlich werden können«, sagte der Mann. »Die Biester waren ja die Mordlust selbst! Wo kamen die denn her?«

Er hatte die Wagentür sofort zugeschlagen, nachdem Pierre in das Auto gehechtet war. Die Doggen hatten noch unschlüssig vor dem Wagen gestanden, glotzten aus blutunterlaufenen Augen die sicheren Menschen an und trotteten dann zurück. Zwischen den Büschen verschwanden sie. Weder der Autofahrer noch Pierre hörten, wie der Butler James ihnen immer und immer pfiff. Pierres Atem rasselte so laut, dass jeder andere Laut von ihm zugedeckt wurde.

»Man sollte das der Polizei melden«, sagte der Mann. »Außerdem – das glaube ich – haben Sie einen Fehler gemacht. Sie hätten stehen bleiben sollen. Ihr Weglaufen hat die Biester noch mehr gereizt. Ganz ruhig stehen bleiben, das habe ich gelesen …«

»Das nächste Mal.« Pierre lächelte schief.

Er hat gelacht, dachte er. Er hätte auch gelacht, wenn mich die Doggen zerfleischt hätten. Ob Ev oder ich oder ein anderer … ein Mensch ist ihm nichts wert. Seine Anwälte werden alles glätten … und er wird wieder vierzehn Zeugen haben, die beschwören, ich hätte die Hunde gereizt.

An einen Chabras kommt man nicht heran.

Er nahm die Zigarette an, die ihm der Autofahrer hinhielt, steckte sie an und zerbiss das Filtermundstück.

Das Lachen ging nicht aus seinem Ohr. Dieses wie mit Krallen zuschlagende Lachen.

»Kann ich Sie irgendwo hinbringen?«, fragte der Mann.

»Nein. Danke. Ich gehe zu Fuß.« Pierre öffnete die Tür. »Und danke auch für die Zigarette.«

»Sie zittern ja«, sagte der Mann.

»Das geht vorbei. Es geht alles vorüber.« Er tippte grüßend an seine Stirn, stieg aus dem Wagen und ging durch den Bois de Boulogne davon.

Der Mann fuhr noch eine Weile langsam neben ihm her, als warte er darauf, dass sein Gast doch noch umfiel, aber als Pierre lächelnd den Kopf schüttelte, gab er Gas und entfernte sich schnell.

In einem Kaufhaus auf dem Boulevard Hausmann – er hatte sich den Luxus geleistet und war mit der U-Bahn bis zur Metro-Station Chaussée d'Antin gefahren – kaufte er für Ev zwei billige, aber farbenfrohe Kleider, ließ sie von einer Verkäuferin anziehen, die etwa die gleiche Figur wie Ev hatte, fand sie sehr schön und hoffte, dass sie auch Ev gefielen und passten.

Mit der großen Tüte in der Hand wanderte er dann zurück zur Rive gauche, zum linken Seine-Ufer, und er bekam Herzklopfen, als er in die Rue Princesse einbog.

Madame Coco konnte Wunder vollbringen, daran hatte nie jemand auf der Rue Princesse gezweifelt. Dass sie aber den festgeleimten Stofflappen von Evs Brust holen konnte, ohne die zarte Haut darunter zu beschädigen, grenzte an Zauberei.

»Auf eine solche Idee kannst auch du nur kommen!«, fauchte sie Pierre an, als er mit seiner Kleidertüte in Madames Wohnküche trat. Er verstand nicht sofort, was sie meinte; erst, als er den rot-weiß-blau gestreiften Fetzen neben einer Schüssel liegen sah, begriff er. Aus der Schüssel zog ihm ein beißender Geruch in die Nase. Nitrolösung, dachte er. Das war auch meine einzige Hoffnung, aber ich habe es nicht gewagt. Wie wird Evs Haut darauf reagieren?

»Sie hat einen Verband mit Creme drauf!«, sagte Madame. Es war unheimlich, wie sie Gedanken in den Augen anderer lesen konnte. Sie zeigte auf die Tüte, stach ihren Zeigefinger dagegen und warf Pierre wieder einen strafenden Blick zu. »Was hast du da Unnützes gekauft, he?«

»Zwei Kleider für Ev.«

»Ich denke, sie hat einen vollen Kleiderschrank im Château Aurore?«

»Aber es sitzen zwei Doggen davor.«

»Wie viel Calvados hast du getrunken, Pierre?«

»Nicht einen einzigen, petite mère. Wo ist Ev?«

»Was ist mit den beiden Doggen?«

»Jules Chabras machte sich das Vergnügen, sie auf mich zu hetzen.«

»Und du bist weggelaufen, was? Ha, diese weiche Jugend!«

»Sie hätten nicht anders gehandelt.«

»Ich?« Sie hielt ihre großen roten Hände in die Luft und schloss sie wie zwei Schraubstöcke. »Ich hätte ihnen die Kehle zugedreht! Mit jeder Hand einem.«

Wer Madame jetzt anblickte, war überzeugt, dass ihr das gelungen wäre. Pierre seufzte und zog die Kleidertüte vom Tisch. »Ist sie oben, Madame?«

»Wo sonst? Deine Freunde sind auch da und umkreisen sie wie Planeten die Sonne ...«

»O Gott! Konnten Sie das nicht verhindern?«, rief Pierre.

Er riss die Tüte an sich und verließ wie ein Gejagter das Zimmer. Schon auf der Treppe hörte er von oben Evs Lachen ... er blieb wie festgehalten stehen, hielt den Atem an und wartete. Eine tiefe Stimme ... das ist Claude Puy, genannt der ›Rote Henry‹. Ein Dichter, den niemand lesen will. Und da ... ihr Lachen! Sie lacht! Sie hat eine Stimme, die perlend lachen kann ...

Er lehnte sich glücklich an das Treppengeländer und wartete weiter. Geh jetzt nicht hinauf, dachte er. Jetzt nicht. Wenn sie dich sieht, stirbt dieses Lachen wieder. Du kommst von Jules, du musst ihr sagen, dass er die Hunde auf dich gehetzt hat, wenn sie dich anblickt, ist die Erinnerung wieder da an ihre leere Welt. Pierre, geh jetzt nicht hinauf. Gönn ihr die wenigen Minuten des Lachens –

Jetzt sprach François Delmare, das ›Gebetbuch‹, Theologiestudent mit dem revolutionären Gedanken, alle Kirchen abzuschaffen und nur Hausgottesdienste per Fernsehen zuzulassen. An Personalkosten würde man dann – das hatte er ausgerechnet – allein in Frankreich über zwei Milliarden Francs einsparen.

Wieder lachte Ev. Das ›Gebetbuch‹ erzählte einen zweideutigen Witz. Er war damit voll gestopft wie eine Blutwurst, Pierre kannte keinen, der einen solchen Vorrat an schweinischen Witzen hatte wie dieser Theologe. Vielleicht brauchte die dauernde Beschäftigung mit dem Überirdischen einen handfesten irdischen Ausgleich. Der ›Rote Henry‹ hatte angekündigt, darüber einen gelehrten Essay zu schreiben, den ebenfalls keiner lesen würde.

Einer fehlt, dachte Pierre und wartete. Ponpon, der Einäugige. Wie er richtig hieß, wusste keiner, und er hatte es auch nie verraten. Man hatte alles versucht, hinter seine Anonymität zu kommen, man hatte ihn unter Alkohol gesetzt bis nahe an die Grenze der Vergiftung ... Ponpon hatte geschwiegen. Vielleicht hieß er wirklich nur Ponpon, es gibt genug absurde Dinge auf der Welt. Auch wo er sein linkes Auge verloren hatte, blieb ein Geheimnis. Der ›Rote Henry‹ behauptete, Ponpon habe es sich selbst vor Begeisterung ausgebissen, als ihm der totale Verdreher gelang. Ponpon arbeitete als Schlangenmensch im Variete Der Mensch ohne Knochen.

Da war er, die meckernde, krächzende Stimme! »Hei – hop!«, rief er. Und das ›Gebetbuch‹ deklamierte: »Achtung! Jetzt beißt er sich gleich in den Arsch!«

Ponpons obligatorische Vorstellung, seine Visitenkarte: Wie leckt man sich selbst –

Pierre sah die Zeit gekommen, nun doch hinaufzugehen, auf die Gefahr hin, dass Evs herrliches, perlendes Lachen ersticken würde.

Er hetzte die Treppen hinauf, immer zwei Stufen auf einmal nehmend, und platzte in sein Atelier, als Ponpon gerade, in einer fürchterlichen, aber faszinierenden Verrenkung, auf dem Boden eine anatomisch nicht mehr erkennbare Figur bildete. Die anderen klatschten Beifall, und der ›Rote Henry‹ sagte mit seinem tiefen Bass:

»Wenn ihm jetzt ein Wind abgeht, gibt es einen glatten Kopfschuss.«

Und Ev lachte, lachte ... saß auf dem Bett, einen spanischen Schal von Madame Coco um die Schulter und die verbundene Brust geknotet, hielt ein Glas Pinot noir in der Hand (von Ponpon, der immer Geld hatte?) und sah hinreißend aus.

Sie blickte zur Tür und lachte weiter. Aber es war nur ihr

Mund, der lachte, nur ihre Kehle, die diese Laute von Freude freigab … ihre Augen lachten nicht und fragten.

»Da ist er, der Glückspilz!«, schrie das ›Gebetbuch‹. Seine riesige, dürre Gestalt hockte, wie zusammengeklappt, auf dem Hocker vor der Staffelei. Jemand hatte die schöne sonnige Landschaft weggenommen und durch ein anderes Bild ersetzt. Monky, nackt und ungeheuer sexy auf einem Stuhl hockend, die Hände in ihre bis zu den Hüften fließenden Haare gewühlt.

Pierre schämte sich plötzlich, ging zur Staffelei, sah den ›Roten Henry‹ böse an und drehte das Bild um. Es war Henrys Lieblingsbild, nachdem er von Monky eine Ohrfeige bekommen hatte, als er ihr einen Antrag gemacht hatte.

Ponpon entwirrte seine Glieder. Er hatte ein hochrotes Gesicht, und sein einziges Auge blinzelte. Er hatte Ev gerade seine schwierigste Figur gezeigt, bei der sonst im Variete ein Trommelwirbel aufklang.

»Wir haben uns schon bekannt gemacht«, sagte der ›Rote Henry‹. »Mademoiselle ist von meiner ›Ode an das Blau eines Boxerauges‹ begeistert. Endlich ein Weib mit natürlichem Kunstempfinden!«

»Und sie versteht das Problem der Umstellung der Katechetik in einen medienpolitischen Verband«, sagte das ›Gebetbuch‹. »Wir werden nachher über den Eros von der Kanzel diskutieren …«

»Hinaus!«, sagte Pierre ruhig. Er packte Ponpon am Kragen und stellte ihn auf die Füße. »Hinaus!«

»Er ist unser bester Freund, Mademoiselle!«, dröhnte der ›Rote Henry‹. Sein Bass füllte das Zimmer wie mit Orgelklang. »Darum nehmen wir ihm auch nicht übel, dass er ein unhöflicher Lümmel ist. Ein Kretin! Ein Eckenpisser! Er bleibt unser bester Freund. Verzeihen wir, dass wir heute stören –«

Er machte vor Ev eine durchaus artige Verbeugung, strafte Pierre mit Missachtung, winkte den anderen und stampfte zur Tür. Die Dielen zitterten. Er wog seine guten zweihundert Pfund.

»Gott hat die Menschen erschaffen, damit sie sich gegenseitig ankotzen«, sagte das ›Gebetbuch‹ fromm. »Mademoiselle, wenn Sie eines gütigen Zuspruchs bedürfen – Madame Coco kennt meine Adresse. Ihnen wird Tröstung zuteil werden.« Er folgte dem ›Roten Henry‹, drehte sich in der Tür aber wieder um und wartete auf Ponpon.

Was kann ein Schlangenmensch auf solch große Worte noch folgen lassen? Der Einäugige machte eine seitliche Verdrehung, als habe er kein Rückgrat, ließ sein Auge blitzen und hüpfte durch das Zimmer wie ein verkrüppelter Storch. Hinter ihm warf das ›Gebetbuch‹ mit lautem Knall die Tür zu.

»Warum haben Sie das getan, Pierre?«, fragte Ev. Sie saß noch immer auf dem Bett, hielt das Glas Pinot noir in der Hand, und erst jetzt sah Pierre, dass es ein zweites Bett war, das sicherlich Madame Coco aufgeschlagen hatte.

»Was?«, fragte er und stellte die Tüte auf die Dielen.

»Sie haben Ihre besten Freunde hinausgeworfen.«

»Sie haben sich benommen wie Urwaldaffen. Bitte, verzeihen Sie, Ev, dass ich das nicht verhindern konnte.«

»Ich fand Ihre Freunde nett und amüsant. Der mit dem langen roten Bart ...«

»Der ›Rote Henry‹.«

»Warum liest keiner seine Geschichten?«

»Warum hängt sich niemand einen Pierre de Sangries an die Wand?«

»Der Theologe ...«

»Das ›Gebetbuch‹.«

»Er hat lustige Ideen.«

»Die Abschaffung der Kirchen. Aber in den Semesterferien reist er quer durch das Land, von Kathedrale zu Kathedrale, und sitzt bewundernd und betend im Chorstuhl. Lauter Verrückte, Ev ...«

»Nicht verrückter als Sie, Pierre.«

»Da haben Sie recht.« Er öffnete die Tüte und hielt eines der Kleider hoch. »Ich bin eifersüchtig, Ev. Ich gönne keinem anderen Mann den Anblick, wenn Sie dieses Kleid zum ersten Mal tragen …«

»Ich? Sie haben es für mich gekauft?« Sie stellte das Glas Pinot noir auf die Dielen neben das Bett. »Pierre, Sie sind wirklich total verrückt! Natürlich haben Sie es gestohlen!«

»Mit Tüte und Kassenbon? Ev … Callac hat drei Bilder von mir gekauft! Das ist für einen Künstler, als wenn ein Blinder in Lourdes wieder sehen lernt.«

»Und sofort schmeißen Sie das Geld mit vollen Händen raus.«

»Ich habe Ihnen zwei Kleider gekauft, Ev … das nennen Sie Verschwendung? Sie haben mir Glück gebracht … und ich … ich hoffe, dass auch ich Ihnen –« Er suchte nach Worten, kam sich ungeheuer dumm vor und hielt das Kleid so hoch, dass er sein Gesicht damit verdeckte. »Ev – es sind billige Kleider, ich gestehe es … aber sie werden Ihnen stehen. Ich weiß es. Und einmal wird die Zeit kommen, wo ich Ihnen Kleider von Yves Saint-Laurent oder Schiaparelli kaufen kann und einen Pelz von der Rue Faubourg Poissonière –«

»Sie reden dummes Zeug, Pierre.«

»Ich weiß es.« Er kam näher zu ihrem Bett, das Kleid noch immer hochhaltend. »Ich will, dass Sie Ihre bisherigen Kleider vergessen …«

Sie verstand ihn, zog an dem Kleid und sah ihn groß an, als sein Gesicht hinter dem bunten Baumwollstoff wieder auftauchte. »Nichts?«, fragte sie sanft.

»Nichts.« Pierre schüttelte den Kopf.

»Sie haben den Butler James nicht sprechen können?«

»Nein. Ich habe mich nur den beiden Doggen bekannt gemacht.«

»Jimmy und Jacky …«

»Zu einem Namensaustausch sind wir nicht gekommen.«

»Drehen Sie sich um, Pierre.«

Sie nahm ihm das Kleid aus den Händen, er wandte sich ab und ging zu der großen Fensterwand. Draußen fiel die Abenddämmerung über die Dächer von Paris, die schräge Sonne zauberte metallene Reflexe über die Schindeln und Ziegel, aus den Fenstern wurden schimmernde Quadrate und Rechtecke, leuchtende Augen eines Riesentieres.

»Fertig«, sagte Ev.

Pierre drehte sich langsam um. Das Kleid war etwas zu lang, die Verkäuferin im Warenhaus war anscheinend größer gewesen, aber sonst sah es wunderschön aus, nicht gerade elegant wie die Damen auf der Champs-Elysées, aber auch nicht ärmlich.

»Den Saum nähen wir drei Zentimeter um«, sagte sie. »Und das zweite Kleid tauschen wir um.«

»Sie haben recht.« Pierre hob die Schultern. »Ich habe einen Geschmack wie ein Clochard.«

»Die Kleider sind sehr hübsch. Aber für das zweite möchte ich Jeans und einen Pullover haben.« Sie ging im Zimmer zweimal hin und her und drehte beim zweiten Mal das Bild auf der Staffelei herum. Monkys nackter Körper leuchtete im Deckenlicht. »Oder sehen Sie in mir einen Typ, der nur in Kleidern herumlaufen kann?« Sie zeigte mit dem Daumen auf das Bild. »Hat sie nie Jeans getragen?«

»Muss das sein?« Er riss das Bild von der Staffelei und warf es in eine Ecke. »Monky hat schon alles getragen«, sagte er wie ein trotziger Junge. »Morgen verbrenne ich das Bild.«

»Warum. Ich finde es sehr schön.«

»Ich will gewisse Erinnerungen auslöschen … wie Sie.«

»Mit meinen Erinnerungen ist nicht viel anzufangen, Pierre. Sie würden kein Geld bringen, nur kosten. Aber Ihre Bilder, auch wenn sie Monky heißen … Ihre Erinnerungen sind Ihr Kapital, Pierre.«

»Ich werde etwas zu essen holen.« Das Gespräch begann wieder unangenehm zu werden. »Bitte, probieren Sie auch das zweite Kleid an, Ev. Es ist ganz anders …«

»Das Essen ist schon hier ...« Sie zeigte auf den im Schatten stehenden Blechtisch mit dem kleinen Elektrokocher. »Madame hat alles heraufgeschafft.«

»Dann hole ich Wein.«

»Auch Wein ist da. Im Waschbecken.« Sie zögerte, aber nur einen Augenblick lang, knöpfte dann das Kleid auf, zog es über den Kopf und holte aus der Tüte das andere Kleid. Pierre starrte sie an. Sie ging in Strümpfen, Höschen und BH hin und her, und sein Malerauge, nicht sein männliches Gefühl, sagte ihm, wie schön sie war.

Sie schlüpfte in das zweite Kleid, es war kürzer als das erste, umschloss ihren Körper mit einer zärtlichen Enge und strahlte im Licht der beiden nackten Birnen wie ein Stück abgesprengter Sonne. Eine Flamme in Orange.

»Das nehmen wir«, sagte Pierre atemlos. »Ev ... wenn Sie das umtauschen, zerhacke ich alle meine Bilder. Ich schwöre es Ihnen ...«

»Die Kunst soll weiterleben.« Sie blickte an sich hinunter, strich mit den Händen über ihren Körper, vom Hals bis zu den Hüften, eine zärtliche Besitznahme, und ließ dann die Arme wie erschöpft an ihre Seiten fallen. »Es ist sehr schön, Pierre. Ich danke Ihnen. Vom ersten Geld, das ich verdiene, zahle ich es bei Ihnen ab ...«

»Wenn Sie das noch einmal sagen«, sagte Pierre, »stürze ich mich aus dem Fenster.«

Später aßen sie, was Madame Coco ihnen heraufgetragen hatte ... kaltes Huhn, eine Stange frisches Brot, köstliche Butter, einen vorzüglichen Roquefort, eine Schüssel Salat niçoise. Dazu tranken sie einen gut gekühlten Rosé aus dem Gebiet von les Salettes ... es war ein Abendessen, von dem Pierre sich wünschte, es möge zeitlos sein, alle Uhren mögen stehen bleiben und das Gefühl der Vergänglichkeit möge erlöschen.

»Morgen suche ich mir eine Arbeit«, sagte sie plötzlich.

Pierre sah sie strafend an. »Nur ein Deutscher kann beim

Essen an Arbeit denken«, sagte er. »Mademoiselle, wir vollführen eine sakrale Handlung.«

»Wir können nicht immer essen.«

»Warum nicht?«

»Wann müssen Sie morgen aufstehen?«

Pierre dachte an die Markthallen und daran, dass er dieses Mal der Erste sein wollte, um den Posten am Gabelstapler zu bekommen.

»Um drei, Ev.«

»Wirklich?« Sie sah ihn fragend und ungläubig an.

»Wirklich. Morgen früh kann ein wichtiger Morgen sein, für uns alle.«

»Und da sitzen wir hier herum und essen? Pierre, Sie müssen schlafen.«

Sie sprang auf, räumte das Geschirr ab, verkorkte die Flasche, trug alles zum Waschbecken und setzte den Wasserkessel auf den Elektrokocher.

»Was machen Sie denn da?«, fragte Pierre entgeistert.

»Ich spüle ab. Während Sie sich ausziehen und ins Bett legen, räume ich auf. Ich mag es nicht, wenn man Unordnung hinterlässt.«

»Ev«, sagte er und wusste nicht, ob er sitzen bleiben sollte oder sie in die Arme nehmen musste.

»Lassen Sie mich auch mal etwas tun!«, sagte sie und klapperte mit dem Geschirr. »Ich hasse es, nutzlos zu sein.«

Das war ein wichtiger Satz … er sollte noch eine große Rolle spielen im Leben von Ev und Pierre.

Dann lagen sie im Bett, zwischen sich vier Meter Raum und die Staffelei. Ein trübes Licht glitt durch das große Fenster, der Himmel war zum Greifen nahe, es war eine Unendlichkeit mit Wolken, Sternen und gebrochenem Mondlicht, das alles auslöschte an Kleinigkeiten des widrigen Lebens.

»Mein ›Zimmer in Gottes Hand‹«, sagte Pierre leise in die Dunkelheit. »Wenn ich nachts hier liege und sehe die Wolken am Fenster vorbeiziehen, so nahe, als läge ich selbst auf einer Wolke mitten unter ihnen, bin ich glücklich. Können Sie das verstehen, Ev?«

»Sehr gut, Pierre.« Ihre Stimme war wieder kindlich klein. »Es ist ein wunderschönes Zimmer – gute Nacht, Pierre …«

»Gute Nacht, Ev.«

Das war der erste Tag, dachte er. Was kommt nun? Wie werden die anderen Tage sein, die vielen, vielen anderen Tage … mit Ev, ohne Ev … wie kann es jetzt noch Tage geben ohne Ev …

Spät in der Nacht hörte er sie weinen. Er rührte sich nicht, aber er ballte die Fäuste.

Ich will verdammt sein, sagte er zu sich, wenn wir dieses Leben nicht in den Griff bekommen, Ev. Hör auf zu weinen … Wer in diesem Zimmer weint, hat sich aufgegeben.

Pierre de Sangries bekam die Stelle als Gabelstaplerfahrer in der Markthalle.

In den Hallen gab es keine Tag- und Nachtruhe. Der ›Bauch von Paris‹ atmete immer. Fast 3 Millionen Menschen wollten essen und trinken, begeisterten sich an frischen Salaten oder den großen, runden geflochtenen Austernkörben, aus denen noch das salzige Wasser rann, so nahe war das Meer gerückt dank einer präzisen Organisation.

Paris, c'est la France … dieses stolze Wort der Pariser verpflichtete.

Pierre setzte sich morgens um halb vier auf den abgestellten Gabelstapler und wartete auf das Kommen des Patrons. Er hieß Emanuel Thierry und hatte den größten Bananenhandel von Paris. Alle anderen Gabelfahrerposten waren besetzt, das hatte Pierre herausgefragt … bei Thierry war der Posten gestern frei geworden, weil er ein Ekel von Mensch war und keiner bei ihm länger aushielt als eine Woche.

Bananen sind eine sehr diffizile Sache … sie kommen grün an und reifen in großen Kammern, bis sie die beliebte goldgelbe Farbe aufweisen. Manchmal geht es sehr schnell, und wenn sie Flecken bekommen, mindert das den Preis sofort um ein paar Centimes. Die Aufgabe der Fahrer war es nun, genau die Stauden herauszugreifen und zum Handel freizugeben, die ihre richtige Färbung hatten. Das war eigentlich der Job des Bananenmeisters Robert Adolph, eines dicken, rotbäckigen Mannes, der wohl besser zu den Äpfeln gepasst hätte. Er war auch immer voll mit Apfelschnaps, saß meistens in einer Ecke, las fünf Pariser Zeitungen von Seite eins bis zum Ende, einschließlich der Todesanzeigen und Reklamen, aber ihn entließ Emanuel Thierry nicht, sondern immer nur die Fahrer. Der Grund dieser Treue war bekannt – Emanuel und Robert kämpften im Krieg in der gleichen Untergrundorganisation, und einmal hatte Robert seinem Freund Emanuel das Leben gerettet, als deutsche Gestapo-Truppen das Haus der Gruppe umstellt hatten. Eine solche Dankbarkeit kann durch Bananen nicht zerstört werden.

»Wie Sie wollen, Pierre«, sagte Robert Adolph, als er um vier Uhr in der Halle erschien, bereits wieder nach Calvados duftend, als benutze er ihn als Rasierwasser. Pierre saß auf dem Sitz des Gabelstaplers, eine Demonstration des Besitzanspruches, den jeder anerkannte, der jetzt, nach Arbeit suchend, durch die Hallen strich. »Kennen Sie sich mit Bananen aus?«

»Ich habe bei Noël gearbeitet, drei Wochen.«

»Noël ist ein Dilettant!« Robert Adolph setzte sich auf seinen Stuhl, packte seine Aktentasche aus und legte seine fünf druckfrischen Zeitungen auf den Betonboden. »Für Bananen muss man ein Gefühl haben, Pierre. Wie bei den Weibern. Das muss man spüren, wie weit man bei einer gehen kann ... lernen kann man's nie! Eine Banane ist launisch wie eine neugierige Jungfrau. Mon garçon, fang an ... Die ersten Stapel führst du mir vor!«

Es zeigte sich, dass Pierre ein Gefühl für Bananen hatte. Adolph war zufrieden, bot Pierre einen Schluck aus einer großen runden Flasche an, ein Calvados, so gemein, dass die Speiseröhre sich verkrampfte, entfaltete die erste Zeitung und versank in die gedruckte große Welt.

Gegen sieben Uhr blickte der große Patron, Monsieur Emanuel Thierry, in die Halle. Den lesenden Adolph übersah er, wie jeden Morgen, kümmerte sich um die Bananen, die abholbereit für die Zwischenhändler, säuberlich aufgereiht, auf kleinen Wagen lagen, die dann von Elektrokarren weggezogen wurden. Die morgendliche Versteigerung war längst vorbei, sie fand in einer anderen Halle statt. Bananen von Thierry kaufte man unbesehen, lediglich einige Musterstauden standen bei der Auktion zur Besichtigung bereit. Die Reklamationen kamen dann später. Lautstark, gestenreich, temperamentgeladen. Ein Pariser Obsthändler hat das Stimmvolumen eines Heldentenors.

»Wer sind Sie?«, fragte Emanuel Thierry, als Pierre mit seinem Gabelstapler heranfuhr. Es gab keine Beanstandungen, das machte ihn unsicher.

»Ein Maler, Monsieur.«

»Ein unerkanntes Genie, was? Jeder Franzose ein Picasso.«

»Picasso war ein Spanier, Monsieur.«

»Was verstehen Sie von Bananen?«

»Ich habe oft Bananen gemalt, so, wie sie sein sollten.«

Thierry kniff die Augen zusammen, überblickte die Stauden und schien zu denken. »Können Sie ein Plakat malen?«

»Sicherlich, Monsieur.«

»Nicht bloß eine Banane, Sie Utrillo! Ein Plakat, das jeden reizt, Thierrys Bananen zu essen. Lassen Sie sich etwas einfallen … aber keine Schweinereien! Ein Plakat, das man in jeden Laden hängen kann und bei dessen Anblick man den unwiderstehlichen Drang verspürt, eine Banane zu kaufen. Können Sie das?«

»Unwiderstehliche Dränge sind eine Spezialität von mir, Monsieur.« Pierre kletterte von seinem Gabelstapler. »Wann wollen Sie den Entwurf sehen?«

»Morgen! Bei Thierry muss alles sofort sein! Das Geheimnis des Erfolges ist Schnelligkeit der Idee! Haben Sie schon eine Idee, Gauguin?«

»Ich müsste mich nachdenkend einmal zwischen die Bananen setzen, Monsieur.«

Thierry starrte Pierre verblüfft an, tippte dann viel sagend an seine Stirn und verließ die Halle, zum ersten Mal, ohne gebrüllt zu haben.

Kaum war er gegangen, sprang Adolph von seinem Stuhl auf, als habe man ihn gestochen. »Sie sind ein Glückskind, Pierre!«, schrie er und hielt ihm die höllische runde Flasche hin. »Emanuel redet mit Ihnen wie mit einem vernünftigen Menschen! Garçon, wenn Sie jetzt auf Draht sind, können Sie Ihr Glück machen!«

Um acht Uhr war der Betrieb in den Hallen auf das Minimum des normalen Tagesverkehrs reduziert. Pierre stellte seinen Gabelstapler ab, Adolph packte seine Zeitungen ein, aß drei Bananen, rülpste mehrmals mit Genuss und machte sich auf den Weg zu dem Bistro ›Chez Toi‹, das den Hallen gegenüber lag und wo man sich nach einem arbeitsreichen Morgen mit einer Zwiebelsuppe erfrischte.

Von dem großen Callac zu dem reichen Thierry, dachte Pierre und gönnte sich ein Riesenbrötchen mit Schweinemet am Stand von Madame Savin. Mein Glück beginnt Formen anzunehmen. Auf einmal ist die Welt nicht mehr feindlich. Sieht man, dass ich Ev im Herzen trage?

Das Wetter hatte sich geändert. Der Morgen, der über Paris aus dicken Wolken quoll, hatte es schwer, sich mit seinem trüben Licht durchzusetzen. Der Herbst gab seine Visitenkarte ab. Zu früh für Paris, in dessen Boulevards noch die Fülle eines sonnenreichen, schweren Sommers nistete … schwer an Hitze, entblößter Mädchenschönheit und angestauten Auspuffgasen. Die Bäume auf den Avenuen trugen zwar schon die Farben eines lodernden Feuers, aber sie fielen noch nicht herab. Es waren die Tage, in denen auch ein Menschenfeind sich in Paris verlieben konnte.

Madame Coco, schon seit der Frühe auf den Beinen, bereits den ersten Streit mit Monsieur Durant vom Kaufladen an der Place Sulpice hinter sich (es ging um einen Honig, der fünfzehn Centimes teurer geworden war), stieg hinauf zum ›Zimmer in Gottes Hand‹.

Sie traf Ev an, wie sie vor der linken Wand saß und den Roman las. Das Zimmer war aufgeräumt, gefegt und gelüftet, die Betten gemacht, der Tisch gedeckt, auf dem kleinen Blechtisch in der Ecke alles vorbereitet zum Kaffeekochen. Sie wartete auf Pierre, als habe sie das schon seit Jahren getan, wenn er von den Hallen zurückkam. Sie trug das neue Kleid, diese orangene Flamme, und hatte die blonden Haare hoch gesteckt mit Hilfe einiger Büroklammern, die sie in Pierres Malkasten gefunden hatte.

»Er wird gleich kommen«, sagte Madame und blickte auf ihre Armbanduhr. Sie war ein winziger Fleck auf dem dicken Handgelenk, einem schwarzen Pickel ähnlich. »Es ist ein Hungerleben, ma petite.« Sie setzte sich mit einem Seufzer auf den alten Plüschsessel, den sie mit dem Bett für Ev hinaufgetragen hatte.

Sie hatte ihre wilde rote Mähne etwas in Form gebracht, soweit das überhaupt möglich war, und bekam dadurch ein erstaunlich angenehmes Gesicht. Früher musste sie eine Schönheit gewesen sein. Sie nistete noch unverkennbar in den Augen und in der Form des Kopfes, in den Lippen und der schlanken Nase, die wie ein Fremdkörper zwischen den aufgeschwemmten Wangen stak. Auch das Kinn war klein, wenn man das hängende Doppelkinn abzog, und der dicke, faltige, stark gepuderte Hals war einmal schlank und lang. Wie hätte sonst Marius Callac die junge Cosima ›Mein Schwan‹ nennen können? Überhaupt der Puder. Madame trug Puder, wie andere Handschuhe … er überdeckte alles, was Falten hieß. Er schmierte jede Rille aus, glättete jede Runzel.

»Du siehst mich an, als sei ich ein Fossil«, sagte Madame.

»Ich bewundere Ihre Haare.«

»Lüge. Du bist entsetzt.« Sie lehnte sich zurück und stemmte die Beine von sich. Schlanke Beine, die letzte Erinnerung an Schönheit. Es war rätselhaft, wie sie diesen massigen Körper überhaupt tragen konnten. »Es ist ein Protest«, sagte sie. »Ein Protest gegen das Alter! Ich wollte nie alt werden, weißt du. Bei den ersten grauen Haaren kam ich mir vor, als hätte mich Gott bestraft. Ich habe sie rot färben lassen. Gegen Rot ist man machtlos. Rot ist die Farbe, die alle anderen Farben vernichten kann. Ich weiß, wie alt ich bin, aber ich missachte die Jahreszahl. Ich will's nicht wissen! Ich feiere nie Geburtstag … wie kann ein Mensch sich freuen, wenn er immer älter wird? Das sind Masochisten! Ich weiß, das ist alles dummes Zeug, was ich sage – aber ich bin so.« Sie griff in die Schürzentasche, holte ein Taschentuch heraus und schnupfte. »Was hast du dir überlegt, ma petite?«

»Ich suche mir eine Arbeit, Madame.«

»Ich habe eine für dich.«

»Das ist wunderbar, Madame.«

»Bei Marius Callac. Er weiß es noch nicht, aber das ist egal. Er braucht seit Jahren eine Sekretärin, aber er stellt keine ein, weil sie ihm im Monat sechshundert Francs kostet. Die Hälfte des Tarifs, der Geizkragen, mehr kalkuliert er gar nicht, trotzdem bekäme er eine für diesen Ausbeuterlohn. Aber nein … lieber sitzt er bis ein Uhr nachts im Büro und schreibt alles mit der Hand. Wie vor sechzig Jahren! Jetzt ist er 81, der Dickkopf! Muss Brillen tragen, bei denen den anderen, die ihn anblicken, die Augen tränen, so geschliffen sind sie. Du gehst zu ihm hin, Eva, und erledigst gleich die Morgenpost.«

»Aber wenn er mich nicht will, Madame?«

»Er wird wollen!« Madame Coco legte die Hände zusammen. An jeder Hand trug sie einen Ring, links einen Smaragd, rechts einen Rubin. Sind sie echt, fragte sich Ev, und wartete ab. Wie kann sich eine arme Concierge Ringe mit Edelsteinen leisten? Wer ist diese Madame Coco? Die Leute in der Rue Princesse haben sich an sie gewöhnt, sie kennen sie nicht anders, und Gewöhnung ist so viel wie Blindheit. Auch Pierre sieht es nicht, trotz seiner Maleraugen, die mehr entdecken und erkennen. Und mit der wilden Mähne ihrer roten Haare erschlägt sie schon im Ansatz jede Nachdenklichkeit. Ein überdimensionaler Clown, der eine fremde Welt vorspielt.

»Sag dem alten Querkopf, er soll mal zurückrechnen. Wenn er eine Enkelin hätte, wäre sie wie du! Er wird einen roten Kopf bekommen, aber er ist ein gut erzogener Mensch. Er war einmal ein vollendeter Kavalier, ma petite ...« Sie erhob sich ächzend – die schlanken Beine protestierten also doch gegen das Gewicht – und winkte ab. »Geh zu Callac!«, sagte sie laut. »Und ich gehe ins Château Aurore!«

»Madame! Bitte nicht!« Ev rannte auf sie zu und fasste nach ihren Händen. »Tun Sie es nicht. Bitte!«

»Du hast von den Chabras' noch Geld zu kriegen.«

»Ich will es nicht mehr, Madame.«

»Ich will es nicht mehr! Bei Geld hört der Stolz auf! Verdientes Geld zu fordern, ist keine Hurerei! Pierre hat mir von den Doggen erzählt. Ich werde sie auf die Nase boxen!« Sie entwand Ev ihre Hände, ging zur Tür, und es war unmöglich, mit ihr noch zu diskutieren. »Setz das Wasser auf, ma petite! Ich höre Pierre unten in meiner Küche. Ein schlechtes Zeichen, wenn er jetzt noch zuerst zu mir kommt. Ein guter Junge.« Sie drehte sich in der offenen Tür um. »Er braucht einen Menschen. Ich habe vieles mit ihm versucht ... aber ich bin nicht sein Jahrgang. Er hat den verdammten Stolz der Sangries ... und wenn er aus einem Mülleimer isst! Sei gut zu ihm!«

Ev nickte. Sei gut zu ihm! Wer musste hier wem das Leben retten?

Das Château Aurore gehörte den Bediensteten.

Jules Chabras hatte sich noch am Abend nach dem Vorfall mit Pierre de Sangries nach St. Tropez abgesetzt. Er hatte Mizzi mitgenommen, eine neue Eroberung mit langen Beinen und kurzen Bubihaaren, exaltiert, auffällig, schamlos und ein Wesen, mit dem man in St. Tropez Furore machen konnte. Es war ein neuer Typ im Jet-set, und Jules freute sich, dass gerade er so etwas Exklusives aufgerissen hatte. So verband er das Angenehme mit dem dringenden Wunsch, weder Pierre noch Eva Bader in der nächsten Zeit zu begegnen und stieg in Orly mit Mizzi in einen der Privatjets der Firma Chabras.

Madame Myrna Chabras reiste am nächsten Morgen auf eines der Loire-Schlösser, die – unter Einhaltung des Denkmalschutzes – von Fernand Chabras gekauft worden waren. Der Vorfall mit dem Au-pair-Mädchen Eva hatte ihre Migräne ausgelöst. Sie ahnte, dass mit dem Verschwinden Evas die Unannehmlichkeiten nicht beendet waren, und betrachtete es als Klugheit, aus der unmittelbaren Schusslinie kommender Ereignisse zu retirieren.

Fernand Chabras ahnte von dem allem nichts. Er saß in Orléans in einem seiner chemischen Werke, erfreute sich am Gestank seiner Erzeugnisse und war zufrieden, dass alles auf vollen Touren lief und die Kapazitäten sich noch erhöhen ließen. »Wir leben im Zeitalter der Chemie«, sagte er witzig. »Ob wir es überleben, das ist die Frage.«

Das Personal unter Butler James herrschte' allein im Schloss, putzte die Kronleuchter, saugte die großen, schweren Aubusson-Teppiche und tauchte das Tafelsilber in Reinigungslösungen.

Die Doggen liefen im Park frei herum, kreisten innen an der alles umgürtenden Mauer um das Grundstück und beobachteten hinter dem großen Gittertor die Straße, den Bois de Boulogne und die Seine.

»Warten Sie hier!«, sagte Madame Coco. Sie saß in einer Taxe, hatte die Fahrt im Voraus bezahlt (wer in die Rue

Princesse gerufen wird, fährt nur bei Vorauskasse) und legte jetzt einen Fünfzig-Francs-Schein dem Chauffeur mit einem Klatschen auf den Oberschenkel. Der Mann zuckte zusammen, starrte das rote Ungeheuer an und schwieg klugerweise. »Genügt das, Monsieur?«

»Es kommt darauf an, Madame, wie lange Sie bleiben.«

»Eine halbe Stunde.«

»Dann ist es zu wenig.«

»Den Rest bezahle ich, wenn ich zurückkomme.«

»Sie wollen da hinein?« Er zeigte mit dem Kinn zu der Einfahrt von Château Aurore.

»Braucht man dazu ein Visum?«

»Zu Monsieur Chabras?« Wer kannte den großen Chabras nicht in Paris! Château Aurore war besichtigungswürdig wie der Louvre, nur konnte es keiner besichtigen. »Sie wollen sich dort wegen Arbeit vorstellen?«

»Sehe ich so aus?«, knurrte Madame. Der Chauffeur schwieg.

Da hat sie recht, dachte er. Wer bei Chabras arbeiten will, sieht *so* nicht aus. Er steckte die fünfzig Francs ein und lehnte sich zurück, während Madame ausstieg. Die kommenden Ereignisse begannen ihn zu interessieren. Manchmal ist das Leben spannender und intensiver als jedes Fernsehspiel.

Die zehn Schritte vom Straßenrand bis zum großen Gittertor stapfte Madame Coco mit der ganzen Intensität ihrer imposanten Erscheinung. Das änderte sich auch nicht, als sie die beiden Doggen sah. Sie lagen seitlich der Auffahrt unter einem Busch, starrten sie aus bernsteinfarbenen Augen an, zogen die Lefzen etwas hoch und warteten.

Madame öffnete ihre Einkaufstasche – aus Kunstleder, abwaschbar –, entnahm ihr einen guten, alten, hölzernen Kartoffelstampfer, wie er im Zeitalter der Nostalgie wieder modisch wird, aber nur, um ihn als Zierde an die Wand zu hängen, und drückte auf den Knopf, der die Sprechanlage zum Haus in Tätigkeit setzte.

Eine Stimme blies sie an, nachdem sie dreimal gedrückt hatte. »Was wollen Sie?«

»Ich bin die Frau, die das Zeitungsgeld holt«, sagte Madame. Es fiel ihr plötzlich ein, dass um den 4. oder 5. jeden Monats herum die Abonnements kassiert wurden. Das war besser, als wenn sie gesagt hätte (wie sie zuerst wollte): Hier ist Cosima Lebrun. Sie kennen mich noch nicht, und da haben Sie was verpasst! – Es war möglich, dass Butler James durchaus nicht neugierig auf Cosima Lebrun war.

»Sind die Hunde am Tor?«, fragte die etwas hochnäsige Stimme.

»Welche Hunde?«, fragte Madame zurück und sah den Doggen in die gelben Augen.

»Es ist gut. Ich drücke auf. Wenn die Hunde kommen, bleiben Sie einfach ganz ruhig stehen. Ich komme Ihnen entgegen.«

»Danke, Monsieur.«

Der Summer schnarrte. Madame Coco drückte das Tor auf, betrat die Auffahrt und warf das Tor hinter sich wieder zu. Der Chauffeur kurbelte das Fenster herunter und beugte sich aus dem Taxi. So etwas gehört zu den Sternstunden eines Taxifahrers. Sie entschädigt für hundert Misslichkeiten.

Die Doggen erhoben sich träge, reckten sich, blickten sich an, als verständigten sie sich, kamen zu dem Ergebnis, dass dieser Mensch da lebensmüde war, und warfen sich zum Angriff herum.

Madame stand wie ein Fels. Sie bohrte ihren Blick in die blutrünstigen Doggenaugen, wartete den richtigen Moment ab, hieb mit dem Kartoffelstampfer gezielt und mit einer Wucht zu, dass es einen deutlichen dumpfen Ton gab, als wenn man auf eine Baumtrommel schlägt, der erste Hund fiel seitlich um, als habe ihn ein Blitz getroffen und streckte seine zitternden Läufe von sich.

Mit der zweiten Dogge ging es nicht so glatt, sie konnte noch zubeißen, aber sie schlug das breite Gebiss lediglich in

Madames Kunstledertasche und zerrte daran, als gälte es, Gedärme herauszureißen.

Der zweite Schlag mit dem Kartoffelstampfer beendete diesen Irrtum. Die Dogge glotzte Madame an mit einem deutlichen Ausdruck der Verblüffung (ein Tierpsychologe wird das bezweifeln, aber er hat sicherlich noch nicht mit einem Kartoffelstampfer an einer Dogge gearbeitet), dann drehte sie gleichfalls ab, knickte in den Vorderbeinen ein und schlich sich winselnd in die Büsche.

»Grandiose!«, sagte der Chauffeur. »Merveilleux!«

Er steckte sich mit bebenden Fingern eine Zigarette an, stellte die Taxenuhr aus und das Radio an. Eine solche Frau fährt man umsonst.

Es muss bei Butler James eine Art kreativer Angst ausgelöst haben, als er Madame vor der großen kupfernen Tür stehen sah … man weiß es nicht, und niemand hat später darüber berichtet. Man muss sich darauf verlassen, was Madame sehr knapp erzählte: »Sie waren sehr freundlich zu mir. Es gab keinerlei Schwierigkeiten. Man muss nur den Kontakt von Mensch zu Mensch herstellen. Ihr jungen Leute seid da viel zu hölzern …«

Es dauerte keine halbe Stunde – genau waren es zweiundzwanzig Minuten als Madame wieder auf der Zufahrt erschien. Butler James ging hinter ihr und trug zwei schwere Lederkoffer. Über die Schulter hatte er zwei Damenmäntel gehängt, vor der Brust, in seine Weste gehakt, baumelte ein Regenschirm. Die Doggen, die die beiden kommen sahen, schlichen sich weg in das Rhododendronbeet. Als Wachhunde waren sie für alle Zeiten verdorben.

Der Chauffeur sprang aus dem Wagen und riss den Kofferraum auf. Butler James wuchtete die Koffer hinein, legte die Mäntel säuberlich darüber und den Schirm daneben. Sein Gesicht war regungslos wie ein verwitterter Stein, etwas gräulich und sichtlich gealtert.

»Danke, James«, sagte Madame, griff in die Tasche und

drückte ihm fünf Francs in die Hand. James war so verwirrt, dass er die Hand schloss, anstatt das Geldstück auf das Pflaster fallen zu lassen. »Es war mir eine Freude, James.«

»Mir auch, Madame«, sagte James dumpf.

»Wenn Sie eine Aufmunterung brauchen, ich habe Ihnen meine Adresse gegeben.«

»Ich werde mich Ihrer erinnern, Madame.«

»Au revoir, James.«

»Leben Sie wohl, Madame.«

Das Taxi fuhr ab. Madame Coco lehnte sich zufrieden zurück und zeigte auf die Taxiuhr. »Was muss ich noch bezahlen?«

»Sie fahren auf Kosten der Firma, Madame.« Der Chauffeur grinste sie breit an. »Ich habe das Paris gesehen, von dem mir mein Vater erzählt hat.«

Er sprach ein hartes Französisch, obgleich mit Pariser Dialekt. Madame sah ihn von der Seite an.

»Russe?«

»Ja, Madame. Mein Vater war zaristischer General. Er fuhr 1922 das erste heizbare Taxi in Paris.«

»Wie heißen Sie?«

»Wladimir Andrejewitsch, Fürst Globotkin.«

»Ein schöner Tag, Wladimir Andrejewitsch.« Madame schlug die Beine übereinander, was einige Mühe bereitete. Es regnete jetzt, der Asphalt spiegelte, aber Paris ist immer schön. »Essen wir zusammen eine Bratwurst, Fürst?«

»Mit Vergnügen, Madame.«

Sie fuhren über die Pont d'Issy und hielten auf dem Quai du Président Roosevelt an einer Bude, in der warme Würstchen, Käsebrötchen und Limonade verkauft wurden.

Pierre hatte seinen Kaffee getrunken. Er war voll Begeisterung über den Auftrag Thierrys, ein Bananenplakat zu entwerfen, aber ihm fiel nichts ein, was die Gestaltung betraf. Von der Idee, über Monkys schlanken Körper ein Bananenröckchen zu malen und ihr eine besonders große Banane in die Hand zu drücken, kam er schnell ab. Das Bild wirkte zu erotisch … Thierry hätte ihn aus dem Büro geworfen. Auch die Idee, einen Affen und ein Kind nebeneinander sitzen zu lassen, jedes mit einer Banane beschäftigt, und darunter der Spruch: *Das* sind Kenner!, hielt er für nicht durchführbar. Der Einzige, der sich darüber gefreut hätte, wäre Darwin gewesen.

»Ich tausche das Kleid um«, sagte Ev. Wir kennen uns einen Tag, und schon belüge ich ihn, dachte sie. Das Leben normalisiert sich wieder. »Wenn ich zurückkomme, will ich einen Rohentwurf sehen. Zeig, was du kannst, Pierre.«

Sie beugte sich über ihn, umfasste seinen Kopf und gab ihm einen schnellen Kuss auf die Haare. Pierre ließ Zeichenblock und Kohle fallen und wollte nach ihr greifen, aber sie war bereits an der Tür und schwenkte die Kaufhaustüte.

»Komm mir nicht zu nah!«, rief sie. Ihr Gesicht war die Sonne, die diesem trüben Herbsttag fehlte.

»Was war das, Ev?«, sagte er mit trockener Kehle. »Du hast mich geküsst.«

»Auf den Scheitel, wie es die Musen angeblich tun. Bilde dir nichts darauf ein.«

»Ich werde das schönste Plakat seit Toulouse-Lautrec malen!«

»Das wäre falsch. Du bist Pierre de Sangries. Das solltest du dir immer vorsagen. Nicht ein zweiter Monet oder van Gogh … ein erster de Sangries!« Sie nickte ihm zu und kniff die Daumen in die Fäuste. »Denk dran, Pierre!«

Mein Gott, ich liebe sie, dachte er, als hinter ihr die Tür zufiel. Ich liebe sie. Es ist wie ein Feuer in mir. Mein Gott, halt mich davor zurück. Du allein weißt, dass es nicht sein kann.

Das Geschäft von Monsieur Callac am Quai de Montebello war, von außen besehen, ein kleiner, unscheinbarer Laden. Nur ein Goldschild mit schwarzen Buchstaben wies so etwas wie Vornehmheit aus: Galerie Callac. Ein Name, den ganz Paris kannte. Eine Qualitätsmarke. »Was? Sie haben bei Callac ein Bild hängen? Gratuliere, Meister. Gratuliere!« Die Türen der Pariser Gesellschaft (und die, die sich dafür hielt) sprangen wie von selbst auf, wenn ein Callac-Jünger anklopfte.

In dem kleinen Schaufenster stand eine chinesische Vase aus der II. Ming-Dynastie. Anscheinend hatte Callac keinen seiner Maler für wert befunden, im Fenster ausgestellt zu werden. Genies waren rar ... und Callac legte Wert darauf, der Betreuer neuer (und natürlich alter) Genies zu sein. Dass nur eine Vase und kein Gemälde im Fenster stand, hatte sich bereits herumgesprochen. »Der Alte ist wieder voller Gift«, flüsterte man in den Kunstzirkeln der Stadt und in den literarischen Cafés von Saint-Germain-des-Prés, wie Café Lipp, Café de Flore und vor allem im Café des Deux-Magots und Café La Coupole. »Es wird Zeit, dass die Galerie von einem Jungen übernommen wird. Hat er keinen Neffen in der Camargue? Aber der malt selbst – ein armes Luder und ein Idiot dazu.« Aber Genaueres wusste niemand ... der alte Callac hatte es verstanden, über sein Privatleben eine Decke zu ziehen, unter die noch keiner geblickt hatte. Und mit ihm reden? Mon Dieu, kann man gegen den Mistral anblasen?

Ev stand eine Weile vor dem kleinen Laden und betrachtete die chinesische Vase. Sie hatte Angst, die schmale Tür aufzudrücken und einfach zu sagen: »Madame Coco schickt mich. Ich soll bei Ihnen als Sekretärin anfangen.« Das kann man nicht, bei allen guten Worten, die Madame ihr mitgegeben hatte. Andererseits war es eine bessere Stellung, als im Kaufhaus Lafayette oder Printemps oder in der Passage du Claire irgendwelche Dinge zu verkaufen und stundenlang in einer stickigen Luft zu stehen und die Launen der Kunden zu ertragen. Es war außerdem fraglich, ob man sie in diesen Warenhäusern überhaupt brauchte ... es standen täglich junge Französinnen vor den Personalbüros Schlange, um einen Platz an einem der Verkaufstische zu erobern. Ein Warenhaus wie die Trois Quartiers oder die Magasins Réunis blieben der große Traum junger Mädchen, vor allem aus der Provinz.

Ev atmete ein paar Mal tief durch, drückte die Klinke herunter und betrat die Galerie Callac. Keine Klingel ertönte, wie sie vorausgesetzt hatte, kein Ungeheuer stürzte auf sie zu und keifte sie an … niemand war in dem großen Raum, der hinter dem schmalen Schaufenster sich ausdehnte. Sie war allein mit einer Fülle von Gemälden und Skulpturen. Kein Platz an den Wänden war unausgenützt, überall hingen die Bilder dicht an dicht, und in der Mitte des Raumes standen die viereckigen Podeste, auf die Callac Steinplastiken oder Bronzen aufgebaut hatte.

Sie sah sich um, blieb etwas verschüchtert in der Ausstellung stehen und wartete. Was sie nicht wusste: In seinem Büro saß Callac vor einem Fernsehschirm, und vier unsichtbare Kameras beobachteten jeden Winkel des großen Raumes. Neben dem Fernsehschirm lag ein kleines Schaltpult auf dem Schreibtisch mit drei Knöpfen: Einer, der schnell ein massives Scherengitter vor Tür und Fenster herunterließ, einer, der sofort die Polizei alarmierte und einer, der eine höllische Sirene auf dem Dach des Hauses auslöste. Auch wenn Callac geizig bis zur Perversion war und mit seinen 81 Jahren mehr in der Vergangenheit als in der Gegenwart lebte … auf die moderne Technik legte er großen Wert und nutzte sie aus, soweit er sie gebrauchen konnte.

Marius Callac saß in seinem alten Ledersessel und betrachtete abwartend und kritisch die junge Besucherin seiner Galerie. Sie stand herum wie jemand, der sich in der Wüste verlaufen hat und gleich anfängt zu weinen. Sie interessierte sich für kein Bild, obgleich sie vor einem echten, unverkäuflichen Modigliani stand, und außerdem sah sie nicht so aus, als könne sie sich einen Modigliani kaufen. Callac entschloss sich, aus seinem Hinterzimmer herauszukommen und den Fall genauer zu betrachten. Es war knapp vor neun … eine Zeit, in der potente Kunden nie in seiner Galerie erscheinen, da sie um diese Zeit noch zu schlafen pflegen oder gerade unter den Händen ihres Masseurs liegen.

»Mademoiselle –«, sagte Callac.

Ev fuhr herum. Madame Coco hatte Callac nicht beschrieben. Sie hatte einen kleinen Greis erwartet, stattdessen stand vor ihr ein langer, schlanker Mann mit schlohweißem Haar, das der Löwenmähne von Madame glich, eben nur in seiner natürlichen Farbe. Das aristokratische Gesicht war eigentlich eine Komposition kunstvoll gestalteter Falten und Gräben, in denen die Augen, die Nase und der Mund wie Fremdkörper wirkten. Ein Kopf wie eine Mondlandschaft. Das Erstaunlichste war die Brille mit den dicken, geschliffenen Gläsern. Wer solche Gläser brauchte, war im medizinischen Sinne eigentlich schon blind.

»Monsieur Callac …«, stotterte Ev und starrte diese Erscheinung an.

»Wer sonst?« Das war eine von Callacs bekannten Unhöflichkeiten. Man hielt es für undenkbar, dass er einmal vor fernen, fernen Jahren ein ausgesprochen charmanter Kavalier gewesen sein sollte, was Madame Coco bestätigen konnte.

»Ich bin Eva Bader«, sagte sie. Callac hob die linke Augenbraue.

»Ich kann nichts dagegen tun, Mademoiselle.«

»Ich möchte mich als Ihre neue Sekretärin vorstellen.«

»Als was?« Die rechte Braue zuckte hoch. Callac befand sich in dem seltenen Stadium völliger Verblüffung. »Hier ist die Galerie Callac.«

»Ich habe mich nicht verlaufen. Man sagt, dass Sie eine Sekretärin benötigen, Monsieur.«

»Wer sagt das?«

»Madame Cosima Lebrun.«

»Aha!«

Callac rührte sich nicht. Hinter den dicken Brillengläsern sah man nicht, ob er die Augen zur Decke drehte oder sie schloss. In den Gläsern spiegelten sich bloß die Gemälde und Skulpturen.

Ev spürte einen dicken Kloß tief unten im Hals sitzen und würgte an ihm herum. Weiter, dachte sie tapfer und verzweifelt zugleich. Nur weiter sprechen! Es ist einfach, sich jetzt herumzudrehen und zu flüchten. Aber unser Leben ist nicht dazu da, um zu flüchten, wir haben Intelligenz und einen Willen mitbekommen, um uns durchzubeißen. Jeder Straßenköter kläfft und beißt zurück, wenn man ihn angreift, und jede Katze streckt die Krallen heraus, wenn man sie kneift … nur der Mensch soll sich mit eingezogenem Kopf davonschleichen.

»Madame lässt Sie grüßen, Monsieur«, sagte sie tapfer.

»Danke.« Callac schien sich gefangen zu haben. »Es sind Danaergrüße … wenn Sie wissen, was das ist …«

»Danaer ist bei Homer der Name für die Griechen. Und das hölzerne Pferd, das die Griechen bei ihrer vorgetäuschten Abfahrt vor Troja zurückließen und in dessen Bauch sich die Zerstörer der Stadt versteckten, war ein Danaergeschenk. Monsieur, ich will Ihre Galerie nicht zerstören, und ich komme auch nicht aus dem Bauch eines hölzernen Pferdes.«

»Wer sind Sie, Mademoiselle?«, fragte Callac steif.

»Ich bin Deutsche und als Au-pair-Mädchen nach Paris gekommen.«

»Dann ist für Sie als jeunes filles-au-pair der Accueil des Etrangers in der Rue Jean Calvin zuständig …«

»Ich bin nicht durch eine Behörde vermittelt worden, sondern privat. Zu Monsieur Chabras.«

»Fernand Chabras?« Callac zeigte Interesse. »Eine vorzügliche Adresse, Mademoiselle.«

»Wie man's nimmt, Monsieur.«

»Eine der besten von Paris.« Callac hatte sie alle im Kopf, die guten Adressen. Chabras zum Beispiel hatte bei ihm drei Dali, einen neu entdeckten Dégas und zwei Niederländer aus dem 17. Jahrhundert gekauft. Das warf eine hochinteressante Frage auf, die er sich nicht versagen konnte: »Wie sind Sie, wenn Sie bei Monsieur Chabras im Hause sind, mit Madame Lebrun in Berührung gekommen?«

Dazwischen liegt eine Welt, dachte Callac. Leider, Cosima. Es gab eine Zeit, in der du für die großen Salons von Paris wie geschaffen warst. Und dann heiratet sie im Krieg den Dachdecker Lebrun! Es gibt Schicksalsschläge, die man nie verdaut …

»Ich wohne bei Madame«, sagte Ev. »Seit gestern.«

»Sie haben Château Aurore verlassen?«

»Es war nötig, Monsieur.«

Callac spürte, dass da etwas im Hintergrund lag, was ihn nichts anging. Andererseits hatte Coco – ein fürchterlicher Name! – eingegriffen, und das berührte ihn unmittelbar. Es war das zweite Mal, dass Cosima Lebrun ihn mit Personen attackierte, mit denen er nichts anzufangen wusste. Erst der unbegabte Maler Pierre de Sangries, jetzt eine Deutsche, die sich ihm vorstellte als neue Sekretärin. Bis zum heutigen Tag hatte Callac nie eine Sekretärin gebraucht. Seine Briefe – es waren nicht viele – schrieb er auf einer uralten, aber äußerst stabilen Schreibmaschine, Marke Nistère. Keiner kannte diese Marke … es musste eine Fabrik gewesen sein, die irgendwann Anfang der zwanziger Jahre entstanden und gleich wieder in Konkurs gegangen war. Aber die Maschine schrieb unverdrossen mit einer fremden, schnörkeligen, ergreifend nostalgischen Schrift, einem Vorläufer des Jugendstils. Man hatte Callac für diese Schreibmaschine schon 5000 Francs geboten, dann 10000 … von da ab putzte und ölte er sie jede Woche und behandelte sie wie eine heimliche Geliebte. Undenkbar, dass jetzt ein fremdes Wesen, wie zum Beispiel dieses zugegeben nette und hübsche Mädchen aus Deutschland diese sakramentalen Tasten berührte.

»Ich brauche keine Schreibkraft«, sagte Callac wie erwartet. »Madame Lebrun irrt.«

»Madame bittet Sie, sich an die Camargue zu erinnern.« Es

war wie ein Notschrei, und etwas anderes war es auch nicht. Ev hatte sich vorgenommen, diesen Satz nie zu sagen. Er verbarg irgendeinen großen Lebensabschnitt, das ahnte sie. Er rührte an ein Gewissen … oder er war vielleicht auch nur die hundsföttischste Erpressung, die man aussprechen konnte. Callac jedenfalls zeigte sofort Wirkung, und man muss das boxerisch ausdrücken, denn er zuckte zusammen wie nach einem Tiefschlag. Seine scharfe Brille beschlug. Theoretisch war er jetzt blind.

»Kommen Sie in mein Büro, Mademoiselle«, sagte er mit einer deutlichen Zärtlichkeit in der Stimme. »Aber leiten Sie davon keinerlei Verständnis für Ihre Bewerbung ab.«

Wir kennen das Büro … es war klein, überladen mit Akten, Ordnern, Schnellheftern, unbeantworteten Briefen, Rechnungen, und Notizzetteln, auf denen sich Callac alles, was für ihn wissenswert war, notierte und wieder vergaß. An den Wänden lehnten Stapel ungerahmter Bilder, die auf einen Haken in der Galerie warteten. Ev sah auch Pierres Bauernköpfe … sie lehnten neben der Zentralheizung, allein, wie ausgestoßen, wie bereitgestellt für den Sperrmüll. Das traf sie tief, und sie beschloss, den Kampf gegen Marius Callac aufzunehmen. Jeder Mann ist verwundbar, man muss nur eine Stelle ertasten. Die Sage von Siegfried mit dem Lindenblatt auf der Schulter gilt noch immer und wird nie unmodern werden.

Sie saßen sich gegenüber, zwischen sich der Fernsehschirm. Callac goss sich eine Tasse Tee ein und dazu ein hohes, schlankes Glas mit goldgelbem Cognac. Das war sein zweites Frühstück (zusammen mit einem Toast); das erste Frühstück nahm er schon um sechs Uhr in der Früh zu sich. Ein alter Mann braucht wenig Schlaf, und gerade Callac war nie ein großer Schläfer gewesen. In den frühen Morgenstunden entwickelte sich sein großes händlerisches Genie. Schon mancher unbekannte Maler war durch Callac entdeckt und gefördert worden und natürlich auch bekannt geworden, weil Callac mit seinem ersten Frühstück zufrieden gewesen war.

»Auch eine Tasse, Mademoiselle?«, fragte er jetzt.

»Lieber einen Cognac, Monsieur ... wenn's möglich ist.« Ev lächelte. Wenn sie so wie jetzt lächelte, brannte sie Löcher in jedes Männerherz. Denn sie lächelte nicht nur mit dem Mund, der war hierbei unwichtig ... ihre schönen Augen strahlten mit so viel ausbrechender Wärme und Freude, dass sich bei jedem Angelächelten der Blutdruck erhöhte.

Es war nicht festzustellen, welchen Blutdruck Marius Callac hatte. Er griff jedenfalls nach hinten in ein Regal, holte ein zweites schlankes Glas und goss es bis zur Hälfte voll Cognac.

»Ich trinke Tee und Cognac seit zweiundsechzig Jahren«, sagte er dabei. »Nicht Rum ... Cognac. Französischen Cognac. Ich bin Patriot.« Er nippte an dem heißen Tee und kippte dann den Cognac hinunter. Die Art, wie er ihn trank, bewies wirklich eine generationslange Übung. »Er hat mich aufrecht gehalten«, sagte er hinterher.

Ev nickte. Der plötzliche Einblick in seine Menschlichkeit, dieses Lüften eines Zipfels seiner über das Privatleben gebreiteten Decke machte sie stumm. Sie empfand so etwas wie Ehrfurcht, als habe man vor ihr ein viel bewundertes Denkmal enthüllt.

Sie trank ihren Cognac mit vier kleinen Zügen, und Callac sah ihr zu, durch seine dicken Brillengläser und schwieg auch. Es wirkte, als beobachtete er Ev durch ein starkes Fernglas.

»Was verlangen Sie?«, fragte er plötzlich.

Sie ließ das Glas fast auf den Tisch fallen und holte tief Atem. »Sie stellen mich an?«, sagte sie atemlos.

»Ich habe lediglich gefragt, was Sie als Gehalt verlangen.«

»Tausend Francs.«

»Dafür kann ich mir einen Computer mieten. Mademoiselle, wenn Ihnen Madame Lebrun das eingeredet hat ...«

»Das hat sie nicht, Monsieur. Sie hat nur gesagt, dass Sie die Hälfte des Tarifs zahlen oder lieber alles mit der Hand schreiben.«

»Das hat sie gesagt?« Callac griff zur Flasche und schenkte sich noch einen Cognac ein. Das wusste bisher niemand, nicht einmal Madame Coco, dass der alte Callac in seinem Hinterstübchen ein Verhältnis mit altem französischem Cognac eingegangen war. »Es ist eine Lüge, Mademoiselle. Ich habe eine Schreibmaschine. Eine gute! Sie kostet zehntausend Francs!«

Er trank wieder, mit dem unnachahmlichen Charme eines Genießers, wie nur Frankreich sie hervorbringen kann. Ev sah sich in dem Büro um. Die Unordnung war verheerend, aber irgendwie genial. Callac fand sich hier zurecht ... bei mustergültiger Ordnung wäre er verloren gewesen.

Callac verstand ihren Rundblick und goss ihr noch einen Cognac ein, dieses Mal bis zum Rand. Es war ein stummes Kompliment, eine Art sich anbahnender Kumpanei.

»Sechshundert«, sagte er. »Für halbtags.«

»Diese Zahl nannte auch Madame.« Evs Herz hämmerte gegen ihre Rippen. Ich bekomme innen blaue Flecken, dachte sie. Herz, hör auf, mich gegen die Rippen zu schlagen!

»Was hat Ihnen Madame von der Camargue erzählt?«

»Nichts. Nur, dass ich Sie von ihr grüßen soll.«

»Kennen Sie die Camargue, Mademoiselle?«

»Leider nicht, Monsieur.«

»Ein Stück Land, in dem man sich wünscht, eine Wurzel zu sein, um nie diese Erde zu verlassen.« Er blickte auf den Fernsehschirm. Zwei Herren hatten die Galerie betreten. Callac kannte sie. Der Comte de Paissy und ein Fabrikant aus Bordeaux, der jeden Monat seine Geliebte in Neuilly besuchte und bei dieser Gelegenheit, durch und durch beschwingt, ein Bild oder eine Plastik bei Callac kaufte. »Sechshundert? Überlegen Sie es sich, Mademoiselle. Ich werde in der Galerie gebraucht.«

Callac griff wieder hinter sich in das Regal, holte eine primitive Mundddusche heraus, einen Gummiball mit einem Röhrchen daran, spritzte sich Mentholsaft in den Rachen, vertrieb damit den Cognacgeruch und erhob sich würdevoll.

Im Fernsehschirm sah Ev kurz darauf, wie er die beiden Herren sehr reserviert begrüßte – der große Callac hatte es nicht nötig, zu katzbuckeln – und sie zu einer Wand führte, wo einige Glanzstücke der Galerie hingen.

»Ich nehme an, Monsieur«, sagte Ev zu dem Fernsehbild, »Sie sind gar kein Ekel, Sie haben nur Angst vor Ihrer Seele, Monsieur ...«

Sie trank das Glas leer, zog den Mantel aus und ging an die Arbeit.

Sie machte die Morgenpost auf und ordnete sie.

Wladimir Andrejewitsch saß bei Madame in der Küche, aß ein großes Stück Butterkuchen, trank Kaffee aus einer riesigen, bunt bemalten Henkeltasse und fühlte sich wohl.

Er hatte bis zum Nachmittag frei. Sein Vater, russischer Fürst, General und Taxibesitzer, hatte den zweiten Mann ans Steuer gesetzt, einen Alexander Metwejewitsch Sawarin, dessen Vater 1918 noch riesige Besitzungen bei Kasan besessen hatte und ein Graf gewesen war. Nach der Flucht war er in Paris regelrecht verhungert, unter der Pont d'Alexandre III., ein Clochard reinster Sorte, aber standesgemäß, wie er betonte. Er hatte sich nie damit abfinden können, für Geld zu arbeiten ... also verhungerte er unter der Seine-Brücke, die den Namen eines seiner großen Zaren trug. Sein Sohn war da anders ... er wurde Taxifahrer, das Vorrecht aller russischen Emigranten in Paris.

Mit Fürst Globotkin und seinem Erscheinen bei Madame Coco hatte es eine besondere Bewandtnis. Nach dem Erlebnis, wie man blutgierige Doggen mit einem Kartoffelstampfer für alle Zeiten wertlos machen kann, vor allem aber nach der darauf folgenden Unterhaltung und dem Würstchenessen am Quai hatte Wladimir Andrejewitsch eine gute Idee gehabt.

Man soll gute Ideen nicht zu lange mit sich herumschleppen ... sie werden leicht ranzig wie unsachgemäß gelagerte

Butter. Und so betrat Fürst Globotkin, statt sich nach einer langen Nachtschicht aufs Ohr zu legen, das Haus in der Rue Princesse und prallte auf Madame, die wie immer ihr Paradies schützte.

»Kommen Sie herein, Fürst!«, sagte sie. Gestern, beim Château Aurore, sah sie noch menschlich aus, bis auf die roten Haare … jetzt traf ihre Erscheinung Wladimir Andrejewitsch mit voller Wucht und machte ihn zunächst stumm. Er folgte Madame in die Küche, setzte sich, als sie auf einen Stuhl zeigte, trank gehorsam den Kaffee, den sie ihm zuschob, und biss in den Butterkuchen, der vorzüglich schmeckte, was er nach dem ersten Eindruck nie erwartet hatte.

»Nennen Sie mich Wladi, Madame«, sagte er, als er sich etwas gefangen hatte.

»Wladi heißt ein Hund, aber kein Mann. Sind Sie Fürst oder nicht?«

»Was ist ein russischer Fürst heute noch wert, Madame?«

»Man ist das wert, was man sich selbst zumisst«, sagte sie bestimmt. »Ich tausche mit keiner Marquise … Fürst, was wollen Sie hier bei mir?«

Wladimir Andrejewitsch nahm noch ein Stück Butterkuchen. Es ist der lockerste Kuchen, den ich je gegessen habe, dachte er, ein Teig, an dem sie wie ein Berserker gerührt haben muss, damit er so luftig wird! – hielt seine riesige Tasse hin, Madame schenkte ein, und er trank einen langen, köstlichen Schluck. Auch Kaffee konnte sie kochen! »Das war eine Nacht!«, sagte er danach. »Eine kanadische Reisegesellschaft auf dem Montmartre. Wissen Sie, Madame, was das bedeutet? Kanadier auf dem Montmartre?! Die Huren haben straßenweit gequietscht, zwei Lokale sind zu Bruch gegangen, vier Kerle liegen auf dem Polizeirevier, zwei algerische Zuhälter haben Blutrache geschworen, und da kamen die Kanadier erst richtig in Tritt und machten Jagd auf die ›Marcheuses‹ in der Rue des Trois Frères. Ein Spektakel, Madame! Wir haben sie dann mit sieben Wagen in ihr Hotel gefahren, und keiner von ihnen war nicht blessiert. Ich kam mir vor, als sei ich Sanitätsfahrer in einer Schlacht. Und jetzt ruhe ich mich endlich aus.«

»Bei mir. Wieso?«

Die Frage war berechtigt und logisch. Wieso ersetzt eine Madame Coco ein wohlverdientes Bett?

»Ich kenne diesen Jules Chabras.«

»Aha.«

»Ein Ekel, Madame.«

»Wem sagen Sie das, Fürst?«

»Ich denke nicht an die Geschichte mit Ihrer Eva und Ihrem Pierre. Ich habe Jules Chabras erlebt, wie er einem Kollegen in den Hintern getreten hat, als dieser einen seiner Gäste abholte. Und warum trat er zu? Weil man nicht schnell genug die Wagentür aufriss und der Gast einige Sekunden warten musste, bis man um den Kühler herum war. Das ging mir durch den Kopf, Madame, und auch das mit dem unerkannten Talent dieses Pierre de Sangries. Man sollte etwas für ihn tun.«

»Wer? Die Kunsthändler? Die Galeristen? Die Museumsdirektoren?« Madame Coco schnaubte durch die Nase. Sie konnte das sehr eindrucksvoll, und wer sie nicht genauer kannte, war davon zutiefst erschrocken. »Sie sind blind, Fürst! Sie haben keine Augen, sondern weiche Pflaumen im Kopf. Was hat Pierre nicht alles versucht, wie viel Sohlen hat er sich nicht heißgelaufen! Umsonst! Wenn er so dasteht, bescheiden, seine Mappe oder die Bilder unter dem Arm … wer beachtet ihn denn? Bescheidenheit ist heute Selbstmord. Aber wenn er hereinkommen würde, bekleidet mit einem Frack aus Gardinenstoff, die Haare bis zur Schulter, einen Bart bis zum Nabel, wenn er statt ein Wort zu sagen, laut in die Runde furzen würde und seine Bilder mit verschiedenfarbiger Scheiße malte … dann würde man auf ihn aufmerksam werden, sich mit ihm beschäftigen, ihn einen Individualisten nennen und gelehrte Abhandlungen über ihn schreiben als Vertreter eines neuen, psychokomplex-kakophilen Realismus … So ist das heute!«

»Und warum geht Pierre nicht zu diesen Idioten und lässt seine Hosen runter?«

»Kennen Sie meinen Pierre?«

»Nein, Madame.«

»Eben. Er ist ein sanftes Schaf. Er brächte so etwas nie fertig. Er wartet wie van Gogh, dass man ihn erkennt oder dass er wahnsinnig wird. Was soll man für ihn tun, Fürst?«

»Das habe ich mit meinen Kollegen besprochen, Madame«, sagte Wladimir Andrejewitsch und nahm das dritte Stück Butterkuchen. Wenn ich jemals heirate, dachte er, muss meine Frau hier backen lernen.

»Pierre wird niemals Taxis fahren.«

»Meine Idee war anders, Madame.« Er kaute genüsslich und blickte durch die offene Küchentür den langen Hausflur entlang. Ein junger, langer, dürrer Mann kam von oben die Treppe herunter, blickte zu Madame Cocos Wohnung, sah einen fremden Mann am Tisch sitzen, winkte kurz und verließ das Haus. Draußen – die Haustür blieb offen – schlug er den Kragen seines blauen Wettermantels hoch und ging nach rechts davon durch den leise rinnenden Regen. »War er das?«

»Das war Pierre de Sangries«, sagte Madame fast stolz.

»Ein sympathischer Kerl. Ist Ev oben?«

»Nein. Sie wird jetzt –«, Madame blickte auf die runde Küchenuhr neben dem alten Büfett, »– sie wird ihre neue Stelle angetreten haben. Es ist kein Telefonanruf erfolgt.«

»Wäre der wichtig gewesen?«

»Ja. Ich habe mir schon eine Rede zurechtgelegt.«

Es war, als habe es Callac geahnt. Trotz vieler drängender Fragen hatte er bis jetzt vermieden, Cosima Lebrun in ein Gespräch zu ziehen.

»Ihr Plan, Fürst!«, sagte Madame streng. Sie nahm den Kuchenteller vom Tisch und stellte ihn auf das Büfett. Er frisst mir den ganzen Kuchen auf, dachte sie. Es ist ja bekannt, wie die Russen fressen können. Dabei ist er in Paris geboren.

»Wir sind eine Vereinigung von zweiundvierzig Taxis. Alles Russen, Madame. Das ist gering, wenn man bedenkt, dass es in Paris zwölftausendfünfhundert Taxis gibt. Ein schweres Leben! Der Tarif ist vom Polizeipräsidium festgesetzt, und gäbe es nicht von fast jedem Fahrgast ein Pourboire … wir lebten wie die Nagetiere. Wissen Sie, Madame, was eine ›Planquette‹, eine Taxizulassung, kostet? Zwanzigtausend Francs! Ist es ein Wunder, dass die schlechte Lage der Pariser Taxifahrer berüchtigt ist?«

»Wollen Sie einen Kredit von mir, Fürst?«, fragte Madame zurückhaltend und nahm auch die riesige Kaffeetasse weg. »Sie stimmen Ihren Klagechoral am falschen Platz an.«

»Ich wollte nur ausdrücken, Madame, mit welchen Widrigkeiten wir zu kämpfen haben, und zu welchen Ideen wir trotzdem fähig sind. Ich nehme an, Monsieur Pierre hat keine zwölftausendfünfhundert Bilder auf Lager …«

»Werden Sie vom Kaffee betrunken, Fürst?«, sagte Madame eisig.

»Aber er hat sicherlich zweiundvierzig Gemälde an den Wänden stehen.« Wladimir Andrejewitsch Globotkin schielte zu dem außer Reichweite getragenen Kuchenteller. »Das ist mein Plan, Madame. Wir werden in jedem Taxi unserer Vereinigung ein Bild von Pierre de Sangries aufhängen. An die Lehne der Vordersitze, genau im ständigen Blickfeld der Fahrgäste. Es ist nach dem Gesetz der Wirkung des Außergewöhnlichen auf den Menschen fast sicher, dass wir im Taxi nach und nach alle Gemälde verkaufen und sogar Bestellungen entgegennehmen werden.« Wladimir Andrejewitsch stand auf, holte das vierte Stück Butterkuchen und goss sich neuen Kaffee ein. Madame hinderte ihn nicht daran … sie war merkwürdig aufgeregt und hatte rötliche Backen bekommen, die dieses Mal nicht von aufgetragenem Rouge herrührten. »Was halten Sie davon?«

»Sie sind genial, Fürst«, sagte sie atemlos. »Genial! Ich backe Ihnen zehn Kuchen nach Ihrem Geschmack.«

»Damit ist es nicht getan, Madame. Jede Idee ist so gut wie ihr geschäftlicher Aspekt.« Fürst Globotkin kratzte ein paar Krümel von seinem Anzug. Er zeigte dabei einige erstaunlich aristokratische Bewegungen. »Ich habe Ihnen die Situation auf dem Taximarkt geschildert. Meine Kollegen und ich –«

»Wie viel Prozent?«, unterbrach ihn Madame Coco. »Wladimir Andrejewitsch, zerreden Sie nicht meine Begeisterung.«

»Zwanzig Prozent, Madame.«

»Sie elender Gauner! Sie kaukasischer Pferdedieb! Sie breitgerittener Kalmückenarsch!«

Wladimir Andrejewitsch war weit davon entfernt, beleidigt zu sein und Madames Küche unter stummem Protest zu verlassen. Er grinste breit und zufrieden, setzte sich wieder an den Küchentisch und streckte die Beine von sich. Er trug schöne, lammfellgefütterte Halbstiefel … die Herbstnächte waren nass und kühl.

»Sie schimpfen wie unsere Marktfrauen in Kalytsch, Madame. Es ist direkt heimatlich.«

»Sie sind in Paris geboren, Sie verrosteter Topf. Zwanzig Prozent. Davon kassieren Sie zehn Prozent für sich und zehn bleiben für Ihre Kollegen.«

»Geschäfte werden immer auf der Basis der Gegenseitigkeit gemacht, Madame. Es sind die gesündesten Geschäfte. Ein guter Partner ist mehr wert, als eine Herde von Hyänen, die nur auf den Tod des Einzelnen wartet.« Fürst Globotkin sah Madame Coco zufrieden an. »Zwanzig Prozent von allen Einnahmen aus den Taxi-Ausstellungen. Es wird für Pierre de Sangries das Geschäft seines Lebens werden. Wenn man bedenkt, dass wir vielleicht andere Gruppen nachziehen könnten … bei zwölftausendfünfhundert Taxis in Paris –«

»Ungeheuerlich, Fürst! Sie haben recht.« Madame setzte sich ihm gegenüber und begann zu rechnen. Man sah es ihr deutlich an … ihre Augen arbeiteten wie die Zahlenkolonne einer Rechenmaschine. Sie klickten ununterbrochen. Zweiundvierzig Taxis mit je einem Bild für hundert Francs. Das ist ein Vorzugspreis. Abzüglich zwanzig Prozent wären das, wenn man sie alle verkauft – und daran gibt es überhaupt keinen Zweifel bei dieser Methode –, zunächst dreitausenddreihundertsechzig Francs. Wenn man allerdings bedenkt, dass ein normales Essen im Tailleyant fünfzig Francs kostet und in Maxim's das Dreifache, dann sind hundert Francs für ein Bild von Pierre de Sangries eine Frechheit. Zweihundert Francs müsste die unterste Grenze sein, bei zweiundvierzig Taxis also sechstausendsiebenhundertzwanzig Francs netto.

»Sie rechnen um die Ecke, Madame«, sagte Wladimir Andrejewitsch ruhig.

»Sie wissen gar nicht, was ich rechne, Fürst.«

»Kalkulieren Sie ein, dass wir mit einem vollkommenen Umschlag von vier Wochen rechnen. Länger hängen die Bilder nicht in unserem Wagen. Garantiert!«

»Zweihundert Francs pro Bild«, sagte Madame laut. »Davon Ihre verdammten zwanzig Prozent – also für uns hundertsechzig Francs! Sonst keine Diskussion mehr.«

»Einverstanden. Das ist die unterste Grenze.« Wladimir Andrejewitsch erhob sich elegant. »Ich werde die Bilder taxieren und die Preise festlegen. Es kann sein, dass Gemälde darunter sind, die wir unter fünfhundert Francs nicht weggeben.«

»In ein paar Jahren werden sie Tausende kosten, Fürst.«

»Wir müssen die Gegenwart aufreißen, Madame.« Er trank seinen Kaffee aus und zerrte den Schal fester um seinen Hals. Draußen regnete es stärker, in dem Abflussrohr neben der Küche gluckerte das Wasser ununterbrochen. »Es wird sich nur eine Schwierigkeit herausstellen, Madame.«

»Das Steueramt.«

»Wer jahrelang gehungert hat, ohne dass sich der Staat darum gekümmert hat, erwirbt sich das Recht, einmal satt zu sein, ohne dass der Staat wieder mitfrisst. Das ist die Moral unter den Brücken, wir sollten sie übernehmen. Oder kennen Sie eine einzige staatliche Stelle, die von Pierre de Sangries ein Bild gekauft hat oder kaufen würde?«

»Nein. Ich sagte es schon. Wenn er mit Rotze malen würde … vielleicht.«

»Die große Schwierigkeit: Kann Pierre für genug Nachschub sorgen?«

»Mein Gott!« Madame Coco schlug die Hände vor den Mund, dann wühlte sie sich in ihre roten Haare und starrte Fürst Globotkin hilflos an. Da war sie zum ersten Mal in ihrem bewegten und an Tatkraft so reichem Leben hilflos.

»Nie«, sagte sie.

»Was heißt nie?«

»Pierre wird nie Bilder am Fließband malen. Pierre ist ein Künstler.«

»Amen! Blasen wir alle Kerzen aus«, sagte Wladimir Andrejewitsch andächtig. »Das habe ich befürchtet. Er malt nur, was er empfindet.«

»So ähnlich, Fürst.«

»Und Ev könnte ihn nicht dazu bringen, sein Genie zu industrialisieren?«

»Vielleicht. Aber ich traue Ev nicht zu, dass sie so etwas tut.«

»Wir sitzen auf dem Trockenen, Madame.« Wladimir Andrejewitsch ging zur Tür. Jetzt war er müde, sehnte sich nach seinem Bett, und selbst Madames Kaffee hielt ihn nicht länger auf den Beinen. »Theoretisch haben wir zweiundvierzig Bilder verkauft, und die sind vorhanden. Dann ist die Sache blutleer. Ab und zu mal ein Bild … das ist kein Geschäft. Wollen Sie mit Pierre reden, Madame? Oder soll ich es tun?«

»Überlassen Sie es mir.« Madame Coco versank in tiefe Nachdenklichkeit. Sie ließ Fürst Globotkin ohne Gruß gehen, starrte auf den halb geleerten Kuchenteller und wälzte das Problem hin und her. Wie man es auch betrachtete und beredete, es blieb eine Wahrheit übrig, und diese Wahrheit war Pierres Natur, die sich kaum von der anderen malender Genies unterschied: Er würde nie tagaus, tagein Konsumbilder malen … und sie war sich jetzt fast auch sicher, dass Pierre nicht die Erlaubnis geben würde, seine Bilder in zweiundvierzig von Russen gefahrenen Taxis ausstellen zu lassen.

Madame griff zum Telefon und drehte seufzend eine mehrstellige Nummer.

Eine Stimme meldete sich. Eine fröhliche, frische Mädchenstimme.

»Galerie Callac …«

Endlich ein Lichtblick. Madame überfiel eine echte Rührung.

»Ich küsse dich, mein Kind«, sagte sie dröhnend. »Ich küsse dich …«

Der Herbst war nun endgültig und mit einem widerlichen Regen über Paris hergefallen, hatte die Bäume entblättert, feuchte Kälte in die Häuser getrieben und elftausendfünfhundert Ärzte zufrieden gemacht, denn Schnupfen, Grippe und Bronchitis sind Saisonkrankheiten, mit denen man kalkulieren kann und die mit relativ wenig ärztlichem Aufwand einen verhältnismäßig guten Kontostand garantieren.

Durch Paris fuhren zweiundvierzig Taxis, von Russen gelenkt, und hatten – in allen Zeitungen las man darüber zwischen fünf und sieben Zeilen! – an die Lehne der Vordersitze Gemälde eines gewissen Pierre de Sangries genagelt. Ein Kunstkritiker schrieb sogar giftig: »Wenn diese Methode Schule macht, wird man bald in allen Pissoirs bemalte Leinwände bewundern können!« Und ein Karikaturist zeichnete ein Bild, auf dem ein Mann in einer Bedürfnisanstalt mit hohem Strahl sein Wasser abschlägt, vor sich an der Wand ein Gemälde mit dem Titel ›Abendstimmung am Cap d'Antibes‹. Der Zeichner war der Schwager des Kunstkritikers.

Pierre de Sangries war ins Gespräch gekommen, aber anders, als es Wladimir Andrejewitsch und Madame gewollt hatten: Ganz Paris lachte über ihn achtundvierzig Stunden lang. Dann vergaß der Moloch Stadt ihn: Er hatte ihn gefressen.

Marius Callac schämte sich in solchem Maße, dass er zehn Tage lang es ablehnte, mit Cosima Lebrun ein Wort am Telefon zu sprechen. Und sie rief jeden Tag dreimal an. Callac segnete den Tag, der ihm Eva Bader beschert hatte ... er fand zwar nichts in seinem aufgeräumten Büro wieder, aber er brauchte nur einen Wunsch zu äußern und wusste, dass er präzise erfüllt wurde. Er zeigte diese Zufriedenheit zwar nicht, blieb der alte Giftzahn, erweckte den Anschein, als sei er dauernd von seiner Umwelt betrogen ... aber wenn er Ev den Cognac zuschob oder ihr – wer hätte das jemals von Callac vermutet – mit einem Feuerzeug die Zigarette anzündete, herrschte zwischen ihnen die Idylle einer völligen Zufriedenheit.

Anders bei Pierre.

Er malte, aber nicht für Wladimir Andrejewitsch und seine zweiundvierzig russischen Kollegen. Er malte Ev ... Madame hatte das kommen sehen und betrachtete es als eine Katastrophe. Er hatte zwar auch Monky gemalt, aber solange er dieses langbeinige, erotische Püppchen auf die Leinwand zauberte und mit ihr nachher ins Bett stieg, war er noch normal gewesen, wie es Madame ausdrückte. Wenn es nötig war, übermalte er dann später die bewussten Gegenden von Monkys aufreizendem Körper, setzte eine Konservendose oder eine Zahnpastatube daneben und verkaufte alles als Plakat. Wenn der Erlös auch gering war – so ein Bild war wenigstens verkäuflich! Was er dagegen jetzt malte, betrachtete Madame als reinen Wahnsinn.

Ev als Bauernmädchen in einem Kornfeld. Ein Bild, so sonnig, dass man die Augen zusammenkneifen musste, sonst blendete es.

Ev als Winzerin in einem provençalischen Weinberg. Man konnte das allerdings nur ahnen: Das ganze Bild war aufgelöst in farbige Flecken. Ein Farbenrausch, der erst Form gewann, wenn man zwei Meter zurücktrat und viel Fantasie hatte.

Faszinierend das alles, genial – das räumte Madame ein – und wie ein Vulkan aus Pierre herausbrechend … aber wer kaufte so etwas? So kann man malen, wenn man Sisley heißt, aber nicht Pierre de Sangries, den keiner kennt. Pardon, über den tout Paris gelacht hat … das ist fast mehr als der Tod.

Merkwürdig war es, dass Pierre selbst so etwas nicht empfand.

Als Wladimir Andrejewitsch nach den Zeitungsmeldungen, der Kritik und der Karikatur bei Madame in die Küche stürzte und brüllte: »Ich werde heute einige Morde begehen, Madame! Wenn die Presse mit dem Wort töten darf, darf ich es auch mit der Waffe in der Hand! Ich kann es mir leisten, ich bin Russe, mir nimmt man Chaos mit Genuss ab!«, antwortete Pierre nur:

»Ich weiß nicht, warum ihr alle auf dem Kopf herumrutscht? Was ist denn passiert? Sie sagen doch bloß die Wahrheit. Was ich bisher gemalt habe und was ihr da durch Paris spazieren fahrt, ist wirklich Scheiße. Von jetzt an werde ich ganz anders malen.«

Und er malte Ev und die grandiose Natur, aufgelöst in von der Sonne herabtropfenden Farben.

Callac, dem Eva ein Bild mitbrachte und zeigte, nannte Pierre schlicht ein Arschloch. Keiner hatte von Callac etwas anderes erwartet.

Eine böse Auswirkung allerdings hatte die ›Taxikunstausstellung‹ doch: Monsieur Emanuel Thierry, der Bananengroßhändler, kündigte Pierre den Auftrag zu dem Bananenplakat und wies seinen Freund Adolph, den Meister, an, einen anderen Gabelstaplerfahrer zu engagieren. Gründe nannte er dafür nicht, aber Pierre gelang es nach langen Nachforschungen und Stiftung einer Flasche Calvados für Robert Adolph, die Hintergründe zu erforschen. Gegen Pierre de Sangries hegte Thierry keinen Groll, im Gegenteil, er wusste Cleverness im

Geschäft zu schätzen, nur … die Bilder wurden von Russen herumgefahren. Und Monsieur Thierry war allergisch gegen Russen. Nicht aus politischen Motiven, nein, ein Russe, hatte ihm 1952 seine Frau ausgespannt, die mit fünfzig Prozent am Geschäft beteiligt war. So etwas geht an den Nerv. Wer gibt schon gern fünfzig Prozent her?

»Da ist gar nichts zu machen, Pierre«, hatte Adolph traurig gesagt. »Wären die Taxis von französischen Kriegsveteranen gewesen …«

»Aber die Kriegsveteranen hatten nicht diese Idee. Die hatten die Russen«, sagte Pierre.

»Eine russische Idee ist immer schlecht«, antwortete der Bananenmeister und entfaltete seine erste Morgenzeitung. »Man muss heute in jeder Lebenslage politisch denken, selbst wenn man auf einer Frau liegt. Russisch ist jetzt immer schlecht …«

Damit war das Kapitel Markthalle für Pierre vorerst abgeschlossen. Es sprach sich in den neuen Hallen von Rungis schnell herum, dass morgens um fünf der Maler Pierre de Sangries um Arbeit anstand. Wohin er auch kam in die vierzehn Großhallen, jede hundertsiebzig oder zweihundert Meter lang und sechzig Meter breit, zu den elektronisch gesteuerten Fließbändern, die von Computern befehligt wurden, zu den Leuchttafeln und den zweihundertfünfzig Fernsehkameras, die dieses riesige Gelände von zweihundert Hektar überwachten, überall, wo man ihn hätte vielleicht für ein paar Stunden brauchen können, verneigte man sich tief vor ihm, nannte ihn ›Meister‹, und ein Clochard ließ sogar seine dreckige, nach Urin stinkende Hose runter und schrie: »Maître, lohnt sich das? Ich stehe Modell für fünf Francs die Stunde!«

»Wie konnten wir uns bloß darauf einlassen?«, jammerte Madame, als Pierre solche Erlebnisse und Erkenntnisse berichtete. »Wo ist mein Instinkt geblieben? Zum Teufel, ich habe doch bloß das Beste gewollt!«

Niemand zweifelte daran. Aber es gab in diesen Tagen doch einige Lichtblicke, gewissermaßen einsame Inseln, zu denen man hinschwimmen und sich langlegen und ausruhen konnte. Das waren die Abende mit Pierres Freunden, die um ihn zusammenrückten wie eine schützende Mauer.

Der ›Rote Henry‹ hatte zwei größere Storys verkauft, angenommen hatte sie eine Fachzeitschrift der Frisöre und die Storys schon bezahlt, was beweist, dass die wirtschaftliche Situation des Pariser Frisörhandwerks ziemlich gesund ist. Man feierte diesen Erfolg mit Käsebroten und Rotwein. ›Das Gebetbuch verzeichnete ebenfalls einen Erfolg! Ihm war es gelungen, einen Bischof aus der Fassung zu bringen, als er mitten in dessen Predigt laut durch die Kirche rief: »Hat Jesus das gewollt?!« Natürlich war das gelogen, keiner glaubte ihm das, aber es hörte sich so schön an, dass man auch das mit einem großen Topf Délice de volaille Grand-Palais (das ist Hühnerklein, in Schinken gewickelt und Übergossen mit einer Soße aus Käserahm) feierte. Madame kochte diese Köstlichkeit, und Wladimir Andrejewitsch fraß, bis er buchstäblich vom Stuhl fiel. Ponpon, der Einäugige, wartete mit einer neuen Sensation auf: Es war ihm gelungen, seinen Oberkörper, nach hinten biegend, durch seine Beine nach vorn zu schieben, den linken Arm um seinen Hals zu schlingen und dann das rechte Bein zu heben. So stand er, nur auf dem Ballen des rechten Fußes, ein menschliches Knäuel und eine unnachahmliche Leistung als Schlangenmensch. Es brachte ihm fünfundzwanzig Francs mehr Abendgage ein … ein Grund zu feiern mit einer Art Artistendiät, Piperade basquaise, auf Deutsch: Rührei mit Tomaten auf baskisch.

Trotz aller Kritik, allen Anfechtungen – und drei Nachahmungen in Orléans, Lyon und Marseille – erwies sich Fürst Globotkins Idee mit den Bildern in den Taxis als Erfolg. Nach vier Wochen waren 33 Bilder verkauft, in der fünften Woche meldete Graf Nikolai Seraphinowitsch per Funk aus dem Taxi Nr. 1036, dass Pierres letztes Bild verkauft sei. An einen

Amerikaner. Für 600 Francs. Das war die Krönung, und man feierte wieder.

Danach lag das Geschäft lahm, wie man geahnt hatte. Weder Wladimir Andrejewitsch, der mit imponierenden Zahlen aufwartete, noch der ›Rote Henry‹ oder das ›Gebetbuch‹ vermochten Pierre umzustimmen, statt seiner farbenberauschten Bilder mit Ev im Mittelpunkt erneut eine Serie mit Sacré-Cœur, den Pont Neuf oder der Seine mit dem Eiffelturm aufzulegen.

»Ich bin keine Hure«, sagte er einmal grob, als sogar Madame Coco die Seligkeiten eines auf Sicherheit gebauten Lebens schilderte. »Ich weiß, was ich will und kann! Ich will keinen Namen verlieren.«

Sie hatten jetzt 7245 Francs. Sie lagen nicht auf der Bank, sondern bei Madame im Küchenschrank. Dort war der sicherste Ort, geschützt vor allen Bankspekulationen, Terminkäufen, Devisengeschäften und dergleichen Geldartistik mehr, von denen man täglich in den Zeitungen las.

»Glaub nicht, dass du ein reicher Mann bist«, sagte Madame böse, als Pierre begann, ein Triptychon zu malen. Es wurde, das sah man schon in der Anlage, keine heilige Angelegenheit, sondern eine dreiteilige Landschaft, endlos und sonnig, schwermütig und doch verzaubernd. Eine Kindheitserinnerung, das Land seiner schönen Mama.

»Wer soll das kaufen?«, fragte Madame. »Siebentausend Francs können verfliegen wie siebentausend Fürze.« Manchmal, wenn es nötig war, konnte sie ausfällig werden, als sei sie in der Gosse der alten Hallen geboren. Pierre lächelte sie an.

»Auch das wird eine Mühe werden«, antwortete er. »Petite mère, schimpfen Sie nicht. Ich weiß, dass Sie mich verstehen, wie Ev …«

»Wie Ev!« Madame setzte sich in einen der alten Plüschsessel. »Wann heiratest du sie?«

Pierre sah sie nicht an, er rührte neue Farbe an. Goldgelb mit einem Schimmer Rot. »Nie!«, sagte er schließlich.

»Bist du verrückt, Pierre? Sie arbeitet für dich, sie putzt und kocht, ihr lebt wie Mann und Frau –«

»Das ist nicht wahr, petite mère …«, unterbrach er sie. Madame Coco fuhr sich mit beiden Händen durch die rote Löwenmähne – es war offensichtlich, dass sie die Welt nicht mehr verstand. »Wie Schwester und Bruder.«

»Du hast mit ihr nicht –«

»Nein, Madame.«

»Soll sie dir weglaufen, du Idiot?«

»Kann man einen Menschen nur durch das Bett festhalten? Dann soll sie weglaufen.«

»Du liebst sie nicht?«

»Petite mère – das war die dümmste Frage, die ich je von Ihnen gehört habe«, sagte Pierre. Er trug das Sonnengelb auf die Leinwand, dick, mit einem Spachtel. Konzentrierte Wärme, nach der er sich zeit seines Lebens gesehnt hatte. »So etwas hätten Sie früher nicht gefragt. Madame, Sie werden alt …«

Mit nichts konnte man Madame mehr treffen als mit einer solchen Feststellung. Sie sprang auf, wuchtete zur Tür und verließ das Zimmer mit einem Türenknall.

Pierre legte die Palette zur Seite und trat an das große Fenster. Draußen regnete es noch immer. Ein grauer Himmel, durchsetzt mit Nebel und dem Dunst der Abgase einer Millionenstadt. November. Der lange, hässliche Schornstein des Nachbarhauses stieß einen fetten, gelblichen Rauch aus.

Ihr kennt mich alle so gut und wisst doch nichts von mir, dachte er. Und das ist gut so. Es soll so bleiben, bis ihr von einem zum anderen Tag die Wahrheit begreift. Es ist nicht mehr viel Zeit, Ev …

Ein paar Abende später sprachen sie darüber. Sie lagen im Bett, in dem eisernen Ofen gluckerte das Feuer, der Regen rauschte gegen das große Fenster. Zwischen Evs und Pierres Bett stand das Triptychon auf der Staffelei, und wenn sie sich sehen wollten, mussten sie sich aus den Betten beugen und unter den Spreizbeinen der Staffelei hindurchblicken.

»Ich danke dir, Pierre«, sagte Ev unvermittelt.

»Wofür?«, fragte er zurück.

»Für deine Anständigkeit. Du hast nicht versucht, mich zu deiner Geliebten zu machen.«

»Hast du darauf gewartet?«

»Ja«, sagte sie ehrlich. »Was ist logischer? Was wäre natürlicher? Jeder hätte es versucht.«

»Und wie hättest du darauf reagiert?«

Sie dachte nach, es war eine heikle Frage, und dann sagte sie: »So etwas fragt man nicht, Pierre.«

»Das stimmt. Ich habe auch nie danach gefragt.«

Sie schwiegen wieder, blickten an die Decke, über die ganz schwach der zuckende Widerschein irgendeiner fernen Lichtreklame flimmerte. Der Regen trommelte auf das Dach, einschläfernd, das wonnige Gefühl verstärkend, trocken und warm in einem Bett zu liegen.

»Ich habe heute von Monsieur Callac hundert Francs mehr an Gehalt bekommen«, sagte sie.

»Gratuliere, Ev.« Er streckte sich lang aus und drückte die geballten Fäuste gegen seine Lenden. »Du hast es geschafft. Du wirst es immer schaffen. Wann ziehst du aus?«

»Bist du verrückt, Pierre?«

»Du kannst dir mehr leisten als ein mit Zeitungen tapeziertes Dachzimmer.«

»Dreh dich auf die Seite und schlaf«, sagte sie fast grob. »Welch einen Unsinn redest du! Ich habe übrigens den Roman auf der linken Wand noch nicht zu Ende gelesen.«

»Es lohnt sich nicht. Ein idiotisches Thema.« Er atmete langsam, um seine Erregung nicht in seine Stimme fließen zu lassen. »Ein Mann und eine Frau, die sich vor Liebe fast auffressen –«

»Das soll eine gute Mahlzeit sein …«, sagte sie und löschte das Licht.

Ab und zu gönnten sie sich den Luxus und gingen zum Abendessen in ein Bistro. Sie blieben dabei in Saint-Germain-des-Prés, liefen Arm in Arm durch den Regen und hielten den alten schwarzbespannten Regenschirm über sich, der noch aus der Hinterlassenschaft des Dachdeckers Lebrun stammte und der sogar bei den Marktständen in der Rue Moffetard bekannt war, seitdem Madame Coco mit ihm auf eine Marktfrau eingedroschen hatte, die zwei faule Birnen ganz unten in die Tüte geschmuggelt hatte.

Es waren nicht die teuren Lokale wie Le Bistro de Paris, wo man einen Rothschild oder die Sagan sitzen sehen konnte … an ihnen gingen sie nur vorbei, schauten sie von außen an und wanderten dann weiter zu ihren ebenso guten, aber für einen Ausflug in den Leichtsinn erträglicheren Gaststätten.

Da war ›Au vieux Paris‹, stets überfüllt mit Künstlern, von einem griechischen Ehepaar geleitet. Dort wusste man, was man für sein Geld bekam, es gab eine feste Spezialitätenkarte, die sich so las: Montag – Medittées (das sind kleine Würstchen aus Rindfleisch), Dienstag – Fritto misto, Mittwoch – Briks et Cous-Cous-Omlettes. Donnerstag war geschlossen. Freitag – Calmars à la Creque (Tintenfisch in Weinsoße) … man aß schon vorher im Geist beim Lesen der Speisekarte.

Und es gab das Bistro ›Aux Beaux-Arts‹ mit riesigen Portionen zu billigen Preisen, das ›Aux Assasins‹, über zwei Etagen, zum Brechen voll und voll Gesang und Fröhlichkeit, und auf dem Boulevard Saint Germain das ›Vagenende‹, ein Restaurant à la Belle Epoque, wo man zwischen Plüsch und Pleureusen saß und sich zurückversetzt fühlte in das Jahr 1900.

»Verschwender!«, rief Madame Coco jedes Mal, wenn sie unter ihrem Schirm davonliefen. »Verfresst nur das gute Geld!« Aber später saß sie dann in der Küche, wartete an der offenen Tür und befahl die Rückkehrer in ihre Wohnung.

»Was hat's gegeben?«, fragte sie jedes Mal. Sie war ein

Denkmal des Beleidigtseins. »Es gibt in ganz Paris nichts, was besser schmecken könnte als bei mir!«

Am meisten waren Pierre und Ev im Bistro ›Chez Augustine‹ in der Rue de la Seine. Hier fühlten sie sich wohl, die Tische waren mit Wachstüchern bedeckt oder mit Papiertischtüchern, es wurden Portionen ausgeteilt, bei deren Größe und Güte man nicht wusste, was man mehr bewundern sollte: die Kunst, so zu kochen oder die Rechenkunst, mit solch niedrigen Preisen auszukommen.

Und hier, vor dem Eingang zu ›Chez Augustine‹, sahen sie ihn. An einem Novemberabend, so grau und nass, so windig und allem feindlich, dass man nur eines im Sinn hatte: an den Häuserwänden entlang zu laufen und schnell zum Ziel zu gelangen.

Er hockte an einem Kellerfenster, aus dem etwas Wärme von einer bullernden Heizung nach oben drang, der Regen lief an ihm herunter, und wenn er den Kopf hob, blickten seine runden Augen in die Welt mit einer stummen, verzweifelten und gleichzeitig hilflosen Anklage.

Es war der erbärmlichste und hässlichste Hund, den Ev je gesehen hatte.

Sie blieb stehen und hielt Pierre fest, der mit dem Schirm weiterlief.

»Sieh dir das an!«, sagte sie. Sie ging in die Hocke und blickte das durchnässte Häuflein Leben an. Der Hund blieb sitzen, in seinem Rücken war die Wärme aus dem Kellerfenster, er wollte sie nicht verlieren. Aber sein Kopf streckte sich etwas vor, er hob den Hinterkörper etwas an und begann mit etwas, das ein Schwanz sein sollte, traurig zu wedeln.

Pierre kam zurück und hielt den Schirm über Ev und den Hund. »Ein Musterexemplar vorurteilsloser Lebensgemeinschaften«, sagte er. »Vom linken Ohr bis zur Schwanzspitze ist von jedem Hund etwas zurückgeblieben. Eine lebende Rassenkunde.«

»Er ist traurig«, sagte Ev.

»Und wir werden einen Schnupfen bekommen, wenn wir hier länger stehen.«

»Auch Hunde bekommen Schnupfen. Sie husten wie Menschen.« Sie strich dem nassen Elendsbündel über den runden Kopf. Der Hund rührte sich nicht. »Warum sitzt er hier im Regen, Pierre?«

»Frag ihn mal. Vielleicht ist es seine Art, ein Bad zu nehmen?«

»Wenn er weinen könnte, würde er jetzt weinen ...«

»Aber er weint nicht, er wackelt mit dem Schwanz.« Er zog Ev aus der Hocke hoch und fasste sie unter. »Ich habe den Verdacht, dass sich meine Schuhe auflösen, wenn sie länger auf einer Stelle im Regen stehen. Willst du den Hund zum Essen einladen? Bei Augustine gibt es heute Blanquette de veau au riz. Das ›Gebetbuch‹ hat es an Madame durchtelefoniert. Monsieur Hund, mögen Sie Kalbsragout?«

»Er ist einsam«, sagte Ev. »Und du machst dich lächerlich über ihn. Du hast nie Einsamkeit erlebt ...«

Sie gingen weiter, betraten das Bistro, aber der Abend war irgendwie zerstört. Einsamkeit, dachte Pierre. Wer will mir etwas von Einsamkeit erzählen? Ich war fünf Jahre alt, als ich zwischen den Gleisen des Gare du Nord hockte und mich Jean-Claude, der Bettler, fand. Ist man mit fünf Jahren schon ein Mensch? Ich musste einer sein, ich wurde nicht gefragt, ob ich fror oder nass war, ob ich Hunger hatte oder Sehnsucht nach einer streichelnden Hand.

Sie aßen lustlos, bezahlten bei Madame Augustine, die ihre Rechnungen immer auf die Papiertischtücher schrieb und traten wieder auf die Straße.

Der Hund saß jetzt neben der Tür und schaute sie aus seinen braunen, runden Augen mit einer Frage an, die selbst Pierre nicht übersehen wollte.

»Hund«, sagte er, bevor Ev eingreifen konnte. »Such dir einen anderen Platz. Geh hinüber zum Boulevard. Was du hier triffst, ist genauso elend dran wie du.«

Der Hund senkte den Kopf. Das Wasser lief ihm aus dem Fell, und als Ev und Pierre weitergingen, bewegte er die kleinen, aber stämmigen Beine, der walzenförmige Körper kam in Bewegung, und er trottete den beiden nach, jetzt in voller Größe, ein kleines Monstrum an Hässlichkeit mit einer großen Sehnsucht im Herzen nach Liebe.

»Geh, Hund!«, sagte Pierre ein paar Mal, drehte sich um und wedelte mit der Hand. »Geh weg!« Dann schielte er zu Ev, die in einer merkwürdigen Steifheit neben ihm schritt und schwieg.

»Sag du etwas zu ihm, Ev«, sagte er. »Vielleicht versteht er dich.«

»Du willst ihn nicht, das merkt er.«

Wenn ich nicht verstanden habe, wurde ich getreten, dachte Pierre. Das begriff ich schnell, und ich war fünf Jahre alt. Ein Bastard wie dieser Hund.

Sie gingen weiter, stumm, zusammengedrängt unter dem Schirm, es regnete heftig, und hinter ihnen trottete der hässliche Hund in der Spur ihrer Schritte.

»Sag etwas, Ev!«, knirschte Pierre. Ihr Schweigen war erdrückend.

»Was soll ich sagen?« Sie starrte geradeaus. Vor ihnen lag die Einmündung der Rue Princesse. »Es ist nur ein Hund. Vielleicht nimmt er sich nachher das Leben.«

Es war, als stoße man Pierre einen glühenden Pfeil vom Schädel durch den ganzen Körper. Mit einem Ruck blieb er stehen und warf sich herum. Der hässliche Hund bremste erschrocken und stemmte die Beinchen in die Nässe. Seine Augen suchten Ev, und er begann vor Angst zu zittern.

»Komm, Hund!«, sagte Pierre, bückte sich und nahm das nasse Knäuel Haare auf den Arm. »Ein französischer Hund kapituliert nicht.«

»Er hat auch keinen Arc de Triomphe«, sagte Ev.

»Wir wollten nie mehr darüber sprechen, Ev«, sagte Pierre heiser.

»Es war auch das letzte Mal, ich verspreche es dir.« Sie streckte die Arme aus, nahm ihm den Hund ab, und dieser Ausbund an Hässlichkeit schmiegte sich an ihre Brust, leckte ihr dankbar die Hand und gab einen schwachen, röhrenden Ton von sich als Ausdruck höchsten Wohlbehagens.

»Madame wird dir eine große Schüssel Fressen geben«, sagte Ev und drückte den runden Kopf an sich. Pierre bezweifelte das, aber er schwieg. »Jetzt bist du nicht mehr allein, Bouillon …«

Pierre hielt den Schirm über sie und starrte den hässlichen Hund an. »Wieso Bouillon?«, fragte er.

»Der Hund heißt Bouillon.«

»Warum denn das?«

»Es fiel mir gerade ein …«

Es ist sinnlos, gegen weibliche Gedankengänge mit Fragen anzurennen. Erklärungen verfilzen nur noch mehr den Dschungel weiblicher Logik.

Bouillon. Warum nicht? Ein Hund von solch seltenem Mangel an Schönheit darf Bouillon heißen. Vielleicht war es der einzig richtige Name.

»Jetzt sind wir zu viert«, sagte Ev, als sie die Rue Princesse hinunterliefen. »Schon eine richtige Familie …«

Zu viert, natürlich, da ist ja noch das Kind, dachte Pierre. Es wächst und wächst, und seit Wochen spricht keiner mehr darüber. Fast hätte man es vergessen, bis man es dann nicht mehr übersehen konnte. Das Kind … eine richtige Familie …

Erkenntnisse, nur ihm allein zugänglich, schnürten ihm die Luft ab. Er sah die Notwendigkeit, einmal – und zwar bald – mit jemandem darüber zu sprechen. Aber mit wem? Auf keinen Fall mit Ev. Sie hatte begonnen, ihre kleine heile Welt aufzubauen, in die sie ihr Kind hineinsetzen wollte. Es sollte ihre schöne Welt bleiben, und sie würde nie ein Kind haben, das aus einem Waisenhaus ausbricht und mit einem Clochard bettelnd durch die Lande zieht.

Ich muss leben, dachte Pierre. Leben! Leben!

Aber mit wem sollte er über dieses bisschen Leben reden, wenn es sicher war, dass selbst mit Gott – gab es ihn?, das musste François Delmare, das ›Gebetbuch‹ wissen – über dieses Leben nicht mehr zu diskutieren war.

Madame Coco entwickelte sich zu einem Rätsel.

Sie schmiss Bouillon nicht auf die Straße zurück, sagte nicht einmal: »O Himmel, ist das ein hässlicher Köter!«, sondern kochte dem Hund eine Schüssel voll Haferflocken und Fischabfällen. Es stank bestialisch, aber Bouillon schmeckte es, er fraß die Schüssel leer, leckte sie aus und stieg zufrieden die Treppen hinauf in das Zimmer.

Dort lag er, als Ev das Licht löschte, in der Mitte zwischen den beiden Betten auf einer Kokosmatte und schnarchte schauerlich. Es zeigte sich aber, dass dies nur eine Ablenkung und ein ganz gemeiner Trick gewesen war ... denn als Ev am Morgen aufwachte, lag Bouillon neben ihr im Bett, warm und flauschig, blinzelte sie an und bedachte sie mit einem rührenden liebevollen Blick.

Sind wir nicht eine richtige Familie ... ?

Ende November kam Ev, wie jeden Tag, nachmittags um drei von Callac zurück. Aber sie kam nicht wie immer fröhlich ins Haus und Madame hörte nicht schon von weitem durch den langen Flur das Klappern ihrer Stiefelchen ... diesmal führte, nein schleppte Wladimir Andrejewitsch sie aus seinem Taxi in den Flur und schrie schon an der Haustür: »Madame! Helfen Sie mir! Schnell!«

Madame Coco ließ den Kohlkopf fallen, den sie gerade auseinander schnitt, über die Treppe von oben stürzte Bouillon herunter und begann ein lautes winselndes Bellen, als er Ev erkannte, und Pierre erschien am höchsten Punkt des Treppenschachtes und schrie zurück:

»Was ist denn da unten los?«

»Komm runter, Pierre!«, brüllte Fürst Globotkin hinauf. »Hier ist eine große Schweinerei passiert ...«

Als Pierre in Madames Küche stürzte, hatten sie Ev gerade auf das alte Sofa gelegt. Sie sah bleich und wie zerstört aus, hielt sich den Leib fest und atmete schwer.

»Es ist nichts, Pierre«, sagte sie, als er neben ihr auf die Knie fiel und ihren Kopf umklammerte. »Gar nichts, glaub es mir. Nur der Schreck ... der Schreck ... Zufällig, kam Wladi mit seinem Taxi vorbei. Dramatisiert doch nichts ...«

»Was ist passiert?«, fragte Pierre tonlos. Evs Augen waren tief zurückgesunken und lagen in bläulichen Höhlen. Die Lippen waren bleich, blutleer und begannen, am linken Winkel zu schwellen. »Wladi, mach die Schnauze auf!«, brüllte er plötzlich.

»Eine große Sauerei, sag ich.« Wladimir Andrejewitsch steckte sich eine Zigarette an. Er hatte dabei keine ruhige Hand. Madame rannte herum, holte kaltes Wasser, heißes Wasser, eine Cognacflasche, einen Calvados und saß dann doch herum, weil alles nicht richtig war.

»Ich biege in die Rue l'Hôtel Colbert ein«, sagte Fürst Globotkin, »da sehe ich noch, wie drei junge Burschen wegrennen. Diese Typen, weißt du ... Lederhosen und Lederjacken mit Nieten, diese Saukerle, die nie allein auftreten, sondern immer nur in Rudeln wie die Wölfe. Und ich sehe Ev, wie sie an der Wand lehnt, sich krümmt und trotzdem noch immer um sich schlägt. Sie war so fertig, dass sie gar nicht merkte, dass sie wieder allein war. Ich schnappe sie mir, schleppe sie zum Wagen und ab nach Hause.« Er rauchte hastig und blies den Qualm an die Decke.

»So etwas am hellen Tag! Vierzig Meter vom Quai de Montebello entfernt! Sie war nicht allein, Pierre, es waren noch andere auf der Straße. Große kräftige Männer ... und die stehen da und scheißen sich die Hosen voll und rühren keine Hand. ›Feige Schweine!‹ habe ich sie angebrüllt, und was antworten sie, fast im Chor: ›Sollen wir uns zusammendreschen lassen?‹ Später habe ich die drei gesehen. Auf ihren Motorrädern fuhren sie grölend den Boulevard Saint Michel hinab.«

»Ev …«, sagte Pierre leise. Er streichelte ihr Gesicht, küsste ihre eingesunkenen Augen, legte seine Lippen auf ihren geschwollenen Mundwinkel. »O Ev … Ev … was haben sie mit dir getan?« Dann zuckte er zurück und stierte Madame Coco wie wild an. »Warum ruft denn keiner einen Arzt?«, schrie er.

»Nicht einen Arzt … wozu denn?« Ev hob die Hand und winkte Madame zu, die zitternd zum Telefon griff. »Es ist doch nichts passiert. Sie haben mir nichts getan, nur einen Schlag auf den Mund …« Sie versuchte zu lächeln. Es wurde nur ein Verzerren der Lippen.

»Noch heute Abend habe ich die Adresse von ihrem Stammlokal«, sagte Wladimir Andrejewitsch. »Drei Kollegen haben die Verfolgung aufgenommen. Wir werden wissen, wo die Wölfe ihren Bau haben.«

»Was nützt uns das?«, sagte Pierre. Er wusch mit einem Lappen und heißem Wasser Evs Gesicht. Bouillon saß neben ihm und leckte ihre herunterhängende Hand.

»Wir sind zweiundvierzig Russen!« Fürst Globotkin warf seine Zigarette in den Ofen, als Madame gerade Kohlen auffüllte. »Wir Russen wissen, wie man mit Wölfen umzugehen hat.«

Es schien wirklich nur ein Schock zu sein. Nach einer halben Stunde konnte Ev die Treppe hinaufgehen und sich ins Bett legen. Sie schaffte es ohne Hilfe und lachte Pierre und Wladi aus, die sie hinauftragen wollten. Dann lag sie auf dem Rücken, tastete unter der Bettdecke unter ihren Leib und schüttelte den Kopf, als Bouillon wieder leise zu winseln begann. Sein Urinstinkt signalisierte ihm die Gefahr.

»Sei still, Bouillon«, sagte sie leise. Pierre wirtschaftete in der Küchenecke und verstand sie deshalb nicht. »Verrate mich nicht … Es ist besser so für uns alle –«

In der Nacht begannen die Schmerzen. Und Ev begann zu bluten.

Als der Krankenwagen sie abholte, krümmte sie sich, und

Madame kniete vor ihr und drückte ein ganzes Paket Watte zwischen die Schenkel. Es war nicht mehr einzudämmen … ihr Blut floss über Madames Hände, als sei in ihr ein Damm gebrochen.

»Ich liebe dich«, sagte Pierre. »Ev, ich liebe dich … Es gibt nichts auf dieser Welt, das ich mehr liebe als dich …«

Der Krankenwagen schleuderte um die Ecken und quietschte auf dem nassen Asphalt. Das Blaulicht drehte sich und die Sirene gellte durch die Nacht.

Wie endlos können Straßen sein, wie mondfern kleine Zwischenräume, wie unüberwindbar unscheinbare Entfernungen.

Das Hôpital Laennec lag an der Rue de Sèvres. Ein paar Straßen nur von der Rue Princesse … über die Place St. Sulpice, die Rue de vieux Colombier entlang, links ab am Croix Rouge, hinein in die Rue de Sèvres … Nur ein paar Straßen … aber wie endlos, wie endlos, wie endlos, Ev –

»Ich liebe dich«, sagte er wieder, und plötzlich legte er sein Gesicht in ihre schlaffe Hand und begann zu weinen. »Ich kann nur leben, wenn du bei mir bleibst …«

Eine ganze Stunde arbeiteten die Ärzte an Ev herum. Eine Stunde, die für Pierre nie zu Ende ging. Eine Stunde, in der er zum ersten Mal begriff, was Ewigkeiten sein können und was ein Philosoph damit meinte: Die Hölle ist in uns!

Eine Schwester hatte ihn in ein Zimmer gesperrt, das eine Scheibe zu dem breiten Flur hatte. Am Ende des Flures schloss eine gläserne Schwingtür, in Gummi gelagert, eine andere Welt ab. Eintritt verboten – stand auf den Milchglasscheiben, und ›Operations-Abteilung‹. Eine seltsame Stille herrschte auf diesem Flur, ein Schweigen wie in einer Grabkammer. Man spürte die Nähe des Todes, der hinter dieser Glastür in fünf Operationssälen zu Hause war, über die Schulter der Chirurgen blickte und wartete … wartete … wie Pierre de Sangries, den man in das Zimmer gesperrt hatte mit dem lapidaren Satz: »Sie werden benachrichtigt, Monsieur –«

Ab und zu sah Pierre einige Schwestern oder Ärzte über den Gang huschen, lautlos, wie Phantome … in weißen oder grünen Mänteln, Kappen auf dem Kopf und mit sterilen Überschuhen, die sie außerhalb der Glastür in einen Behälter warfen, und die sie aus einem Schrank wieder hervorholten und überstreiften, wenn sie hinter der Schwingtür verschwanden.

Ein schweigendes Kommen und Gehen … dann zwei Rollbetten mit bis zum Hals zugedeckten, bleichen Frauen … Die Glastür schluckte sie wie ein Moloch seine Opfer. Ein anderes Rollbett von der Gegenseite … zwei Pfleger drückten es vor sich her, ein Leinentuch verdeckte eine Gestalt, der Kopf lag schräg, wachsgelb mit geschlossenen Augen. Eine massige Frau; Pierre erkannte deutlich ihre starke linke Brust unter dem dünnen Tuch, die rechte Seite war flacher, leer … Er drückte das Gesicht gegen die Scheibe seines Zimmers und spürte, wie kalter Schweiß in Bächen seinen Körper herunterrann.

Er war zum ersten Mal in einem Krankenhaus, zum ersten Mal vor einem Operationssaal. Er hasste Krankenhäuser, er hasste alles, was krank war … er konnte nicht dagegen an. Ganz dunkel, in der äußersten Ecke des weiten Raumes der Erinnerung an seine Kindheit, sah er immer noch ein verschwommenes Bild. Eine Bahre, auf der die schöne Mama lag, zwei Männer in Uniform trugen sie aus dem Haus, und er lief hinterher und rief immer: »Mama! Mama! Ich mit! Ich mit!« Und sie antwortete nicht, sie sah so merkwürdig aus, so fern, so fremd, so gar nicht wie seine schöne Mama, und als er sie wieder sah, war sie ganz bleich und steif, lag in weißen Spitzenkissen und gab keine Antwort, als er wieder rief. »Sie ist jetzt ein Engel«, sagte irgendjemand hinter ihm mit weinerlicher Stimme. Was ist ein Engel? Wer kann das begreifen, wenn man vier Jahre ist? Sie gab keine Antwort, das war es, was er begriff, und dann klappte man sogar einen Deckel über sie, wie der Schmied von Tavaux, wenn er seinen Werkzeugkasten schloss.

Seitdem hasste er, aus einem unerklärlichen Drang aus der Urtiefe seiner Seele heraus, alles Kranke und alles Sterbende. Kranke Freunde hatte er nie besucht, Einladungen zu Begräbnissen verbrannte er sofort, Krankenhäuser betrat er nie, und er hatte auch noch nie ein Winterbild gemalt. Denn Winter war Untergang, Tod, Begräbnis eines Jahres, Absterben der Natur. Sein ganzes Gefühl gehörte dem Frühling mit all seiner Hoffnung auf Leben, gehörte dem Sommer mit seiner schweren Fülle an Licht und Kraft.

Jetzt stand er in dem kleinen, kargen Zimmer an der Scheibe, starrte auf den Gang, sah Rollbetten kommen und gehen, atmete diesen Geruch von widerlicher Süße ein, der seinen Magen verkrampfte, und begriff – als sei er wieder vier Jahre alt – die Wahrheit nicht, dass ein Mensch, der sein ganzes Herz ausfüllte, nicht wiederkommen könnte.

Ev, dachte er. Ev … Ev … Ev … Immer nur dieses eine Wort, als drehe sich in seinem Hirn eine zersprungene Platte. Ev … du kommst doch wieder … du lässt mich doch nicht allein … Die verdammte Glastür wird sich doch öffnen, und du bist wieder da, siehst mich an, sagst etwas zu mir. Ev … das gibt es doch nicht, dass du nicht wiederkommst …

Eine Stunde. Sie kann einen Menschen zerbrechen.

Ein paar Mal riss er die Tür auf und trat hinaus auf den Gang, wenn er eine Schwester sah oder einen Pfleger. Und jedes Mal sagten sie zu ihm: »Gehen Sie wieder hinein, Monsieur. Wir können Ihnen gar keine Auskunft geben.«

»Aber Sie müssen doch wissen, ob Eva Bader … Sie kommen doch aus dem Operationssaal …«, stammelte er.

»Da drinnen sind fünf Säle und vierzehn Tische, Monsieur«, erklärte ihm ein älterer Pfleger, der nicht darüber hinwegblickte, dass Pierre so schweißnass war, als wäre er einem Fluss entstiegen. »Heute ist was los! Drei Unfälle … bei diesem Sauwetter, Monsieur! Die Straßen sind glatt, wie mit Schmierseife eingerieben. Und die Burschen fahren wie die Idioten. Ich kann Ihnen über eine Eva Bader gar nichts sagen …«

Nach einer Stunde begann Pierre, renitent zu werden. Er attackierte die Schwestern, blieb im Gang stehen und benahm sich so, dass man hinter der gläsernen Doppeltür über ihn zu sprechen begann. Ein junger Arzt, wie alle in einem grünen Mantel und mit einer grünen Kappe, kam heraus, streifte die Überschuhe ab und schob Pierre in das Wartezimmer zurück.

»Benehmen Sie sich anständig, Monsieur!«, sagte er laut. »Wenn sich jeder so ungeduldig zeigen würde –«

»Warum hat man Ev noch nicht herausgebracht? Was macht man mit ihr? Warum dauert das so lange?« Er schrie plötzlich, obgleich er es gar nicht wollte, aber dieses Schreien machte sich selbstständig, und er hörte seine eigene Stimme, als käme sie aus den weißen, unpersönlichen, glatten, schmucklosen Wänden. »Warum sagt man mir nicht die Wahrheit?«

Der junge Arzt starrte ihn unter zusammengezogenen Brauen an. Wirklich ein Scheißtag heute, dachte er. Seit sieben Uhr früh stehen wir am Tisch. Wie an einem Fließband. Körper nach Körper. Ab und zu eine Tasse schwarzer Kaffee dazwischen, ein kurzes, tiefes Atemholen beim neuen Waschen und Desinfizieren der Hände. Und der Neue liegt schon wieder auf dem Tisch. Man hat solche Tage … Amputationen, Resektionen … am Abend könnte man eine ganze Kompanie mit Gulasch versorgen. Medizinerwitz. Zum Kotzen makaber. Aber es möbelt für ein paar Minuten auf. So wie es heute aussieht, wird man noch in der Nacht am Tisch stehen. Und da kommt so ein Mann und tobt herum wie die Jungfrau, die der junge Assistent zunähte, weil der Professor sagte: Korrigieren Sie die Spalte! Er meinte damit eine Hasenscharte. Medizinerwitz Nr. 2. Ein Scheißtag, wirklich!

»Ist diese Ev Ihre Frau?«, fragte der junge Arzt. Pierre zuckte zusammen.

»Nein.«

»Ihre Braut?«

»Nein!«

»Ihre Geliebte?«

»Nein!«

»Was toben Sie dann herum?« Der junge Arzt zeigte auf einen der einfachen, mit Kunststoff bezogenen Stühle. »Setzen Sie sich, Monsieur! Ich begreife nicht, dass man sie überhaupt hier warten lässt? Wer hat das angeordnet? Nur die nächsten Verwandten –«

»Sie muss leben!«, schrie Pierre. »Begreifen Sie das? Weiterleben?! Doktor, tun Sie alles, alles, was Sie können!«

»Wir tun immer, was wir können«, sagte der Arzt steif. »In welchem Verhältnis stehen Sie zu der Patientin?«

»Wir wohnen zusammen.«

»Also doch.«

»Nein!«

»Warten Sie, Monsieur.« Er ging hinaus, warf die Tür zu und holte sich neue sterile Überschuhe aus dem Schrank. Dann verschwand er wieder hinter den Milchglasscheiben. Eintritt verboten! Operationsabteilung.

Ein absolut Debiler, dachte der junge Arzt. Wohnt mit ihr zusammen und verneint, ihr Geliebter zu sein. Das gehört in Paris in ein Absurditäten-Kabinett.

Er fragte eine der Schwestern, in welchem Saal eine Eva Bader läge, erfuhr, dass es Nr. 3 war und ein Abortus spontaneus und schüttelte den Kopf.

»Auch das gibt's!«, sagte er zu der erstaunten Schwester und dachte an das dauernde ›Nein!‹ des Mannes. »Eine fötale Inkarnation von Gedanken.«

Er ließ eine völlig ratlose Schwester zurück und verschwand im OP 1.

Endlich wurde sie aus der Unterwelt – so kam es Pierre vor – herausgerollt zu den Menschen. Ein Pfleger und eine Schwester schoben das Bett, sie lag, wie die alte Frau mit der fehlenden Brust, unter einem Leinentuch, bis zum Hals verschlossen, ein schmaler, kindlicher Körper, so winzig geworden in seinen Augen, als habe man Ev im Operationssaal bis auf ein Minimum verkürzt.

Pierre klebte mit dem Gesicht an der Scheibe, und jetzt hatte er keine Kraft mehr, zur Tür zu gehen und sie aufzustoßen. Er stand nur da, starrte auf das Rollbett im Gang, streichelte mit dem Blick das bleiche Gesicht unter den zerzausten, verschwitzten Haaren, die nicht ihren goldenen Glanz verloren hatten, aber wie eine zerstörte, zerfetzte Sonne wirkten. Er sah ihr nach, wie sie langsam über den Flur weggerollt wurde und die Türen des Lifts sich hinter ihr schlössen, wieder ein gnadenloses Maul, das sie verschluckte und ihm erneut entriss.

Er wollte schreien, jetzt, wo es zu spät war ... Halt!, wollte er schreien, halt!, lasst sie hier, ich will sehen, ob sie lebt, sie soll mich anblicken, ich muss wissen, ob sie mich erkennt ... Halt doch! Verdammt sollt ihr sein, warum rollt ihr sie so schnell weg? Habt ihr sie umgebracht? Warum hat sie sich nicht gerührt? Kein Blut war mehr in ihren Adern ... so bleich kann kein Mensch sein, der noch etwas Blut in sich hat ...

Eine Hand legte sich auf seine Schulter. Er fuhr herum, und er musste fürchterlich ausgesehen haben, denn der Arzt – er hatte ihn weder hereinkommen hören, noch gesehen – stockte einen Moment, ehe er ihn ansprach.

»Sind Sie Monsieur de Sangries?«, fragte er.

»Ja«, stammelte Pierre. »Ja. Das bin ich. Woher kennen Sie meinen Namen, Doktor?«

»Mademoiselle Eva hat mich gebeten, Sie zu beruhigen.«

»Sie hat Sie ... Ev hat Sie ...« Pierre wischte sich mit beiden Händen über das zuckende Gesicht. Es war, als griffe er in einen See. »Sie lebt –«

»Natürlich lebt sie. Es geht ihr gut. Sicher, sie hat Blut verloren … kein Anlass zur Besorgnis. Wir haben ihr zwei Infusionen gegeben. Es hat etwas länger gedauert, weil die Placenta uns einige Mühe machte. Sie verstehen, Monsieur …«

»Nein …«, stotterte er. »Nein. Ich verstehe gar nichts.«

»Das Kind konnten wir nicht retten. Leider.«

»Das Kind.« Er nickte wie eine lächerliche Spiralhalspuppe. »Das Kind –«

»Ein Junge …«

»Ein Junge …«, wiederholte Pierre.

»Sie sind ja beide noch so jung. Sie können noch zehn Kinder bekommen.« Der Arzt lächelte. Er hatte etwas Gutes, Tröstliches und Wahres gesagt und glaubte, dass es den Mann beruhigte. »Mademoiselle ist in drei Wochen wieder ganz in Ordnung. Nur, Monsieur«, – der Arzt lächelte wieder, dieses Mal von Mann zu Mann –, »ich würde für die nächsten zwei Monate etwas Schonung empfehlen. Sie verstehen?«

»Ich verstehe, Doktor.« Pierre atmete tief durch. »Kann ich Ev sehen?«

»Selbstverständlich.« Der Arzt musterte Pierre mit deutlicher Kritik. Das bisher Joviale war verdrängt, der Mann war beruhigt, man konnte zum interessanteren Teil der Unterredung kommen. »Wie ist das – Unglück passiert, Monsieur? Der Abortus ist durch ein Trauma durch die Bauchdecke erfolgt. Die Haut zeigte deutliche Verfärbungen. Hämatome. Wie nach einem Schlag oder einem Tritt. Hatten Sie eine heftige Auseinandersetzung mit Mademoiselle?«

»Ich?« Pierre lehnte sich gegen die Wand. Er spürte Schwäche in seinen Beinen und hatte trotzdem eine unbändige Lust, dem Arzt voll ins Gesicht zu schlagen. Doch dann beruhigte er sich. Er weiß es ja nicht anders, woher soll er es auch wissen? Sie hat Hämatome in der Bauchdecke. Er kann ja nicht anders fragen. »Trauen Sie mir das zu, Doktor?«, fragte er schwach.

»Wir Ärzte haben uns das Wundern abgewöhnt. Wir werden täglich mit Überraschungen konfrontiert.«

»Man hat Ev überfallen«, sagte Pierre. »Am hellen Tag. Mitten in Paris. Auf der Straße. Und keiner kümmerte sich darum. Die Leute gingen einfach weiter …«

»Unmöglich.« Der Arzt nahm seine goldeingefasste Brille ab und putzte sie mit einem Zipfel seines grünen OP-Mantels. Obwohl er keinen Grund hatte, schien er sich für die anderen Menschen zu schämen. »Da greift man doch ein …«

»Würden Sie sich drei mit Fahrradketten und Schlagringen bewaffneten Rockern gegenüberstellen, Doktor?«

Der Arzt schwieg betroffen. Dann sagte er etwas lau: »Ja, ja, die Brutalität heute. Das Erbe des Krieges …«

»Der Krieg ist 28 Jahre her, Doktor. Damals lebten die Rocker noch gar nicht. Es ist das Erbe Ihrer Generation! Das Rülpsen Ihrer Sattheit! Die Bequemlichkeit der Dickgewordenen, die sagen: Nun lasst uns in Ruhe. Wir haben genug geschafft. Wir haben den Krieg überlebt, wir haben die Trümmer aufgebaut, wir haben der Welt ein anderes Gesicht gegeben. Nun lasst uns verdauen! Ein Gesicht der neuen Welt haben Sie heute auf dem OP-Tisch gehabt …« Er konnte nicht mehr weitersprechen und wischte sich wieder den kalten Schweiß aus dem Gesicht. »Sie haben Ev in den Leib getreten, Doktor … vor allen Leuten, am hellen Tag … sie wollten ihre goldene Kette haben und das Kreuz, das sie um den Hals trug, und sie wehrte sich dagegen … Darf man sich nicht mehr wehren, wenn ein anderer etwas haben will, das einem gehört?«

»Beruhigen Sie sich, Monsieur«, sagte der Arzt betreten. »Es ist ja noch einmal gut gegangen. Keine weiteren inneren Verletzungen, die Milz ist verschont geblieben, in drei Wochen ist Mademoiselle wieder auf den Beinen … Nur das Kind … leider.« Er hob die Schultern. Dann gab er Pierre die Hand, drückte sie in einer Art Kameradschaft und ging aus dem Zimmer. An der Tür sagte er noch einmal: »Sie können zu Mademoiselle gehen. Zimmer 247, glaube ich. Zweiter Stock. Fragen Sie die Stationsschwester Amélie.«

Später saß Pierre an Evs Bett und war der nette, fröhliche Bursche wie immer. Es war ein schweres Spiel, er wunderte sich, dass er dazu überhaupt fähig war, aber wider Erwarten gelang es ihm so glatt, dass er sich innerlich über sich selbst schämte. Wie widerlich man lügen kann, dachte er. Aber ich habe es ja gelernt … ich musste mit sechs Jahren einen hündischen Jammerblick üben, und mit sieben Jahren schüttelte ich mich wie in Dauerkrämpfen. Das gab eine Menge Geld, und Jean-Claude, mein Ziehvater aus der Gosse von Paris, saß daneben mit einem verblödeten Gesichtsausdruck und kassierte in einem alten, speckigen, ausgefransten Hut. War es ein schlechter Tag, zogen wir eine ungeheure Schau ab, die noch keiner vor uns geboten hatte: Wir saßen uns gegenüber und knabberten – aus Hunger, sollte das demonstrieren – die dreckige Hutkrempe an. Das ließ den hart gesottenen Bürger nicht mehr kalt. Ein Siebenjähriger, der einen Hut auffressen muss … die Francs klingelten in dem Blechteller, der vor uns auf der Straße stand.

»Der Doktor hat dir alles gesagt?«, fragte Ev. Sie war noch schwach, ein Tropf mit Vitaminen und Traubenzuckerlösung war an ihre linke Armvene angeschlossen. Die Schwester hatte sie gekämmt und das Gesicht gewaschen, sie sah nicht mehr so erschreckend elend aus wie auf dem Rollbett.

»Du hast es gestern Nachmittag schon gewusst, Ev.«

»Ich habe es geahnt.«

»Und du hast nichts unternommen …«

»Ist es nicht besser *so* … so, wie es jetzt geworden ist, Pierre?«

»Es war ein Junge, Ev.«

»Ich weiß es.«

»Der Arzt meinte, wir könnten noch zehn Kinder machen«, sagte Pierre in seiner gespielten Fröhlichkeit und streichelte ihre Hand.

»Dazu gehören zwei, Pierre.« Sie blickte an die weiße Decke. Der Schein der Nachttischlampe zauberte einen mehrfachen Lichtring. Draußen trommelte der Regen gegen die Fenster und die Nacht war schwarz, als regnete es Tinte. »Du hast ihm nicht gesagt, dass das Kind nicht von dir ist?«

»Nein.«

»Ich auch nicht, Pierre.«

»Es geht ihn auch nichts an.«

»Gar nichts, Pierre.« Sie drehte ihre Hand um und umschloss damit seine streichelnden Finger. Mein Gott, wie liebe ich sie, dachte Pierre und schluckte krampfhaft. Wie soll ich das nur durchstehen … als Bruder und Schwester …

»Kannst du Schreibmaschine schreiben?«, fragte sie unvermittelt.

Pierre wiegte den Kopf hin und her. »Ein bisschen. Mit zwei Fingern. Der ›Rote Henry‹ hat's mir beigebracht. Er schreibt auch nur mit zwei Fingern, und damit täglich zehn Storys, die keiner lesen will. Sogar drei Romane hat er herumliegen bei den Verlegern. Er bekommt sie nicht wieder, trotz Mahnungen. Er vermutet, dass sich die ganzen Belegschaften um die Lektüre reißen, um sich schief zu lachen. Dabei sind es todernste Themen. Ich schreibe ja auch Geschichten, du weißt es.«

»Du musst zu Monsieur Callac gehen, morgen früh gleich, und die Post bearbeiten. Er verlässt sich ganz auf mich.«

»Callac? Ich zu Callac?! Man soll einen Operationstisch und ein Bett für mich reservieren! Der Alte wird mich verkrüppeln.«

»Du sagst, ich schicke dich als Aushilfe.«

»Eher frisst er seine Post auf, als sie von mir bearbeiten zu lassen.«

»Man kann es versuchen, Pierre. Bitte …« Sie drückte seine Hand. »Ihr keimt Callac alle nicht. In Wirklichkeit ist er so einsam wie wir. Er hat nur seine Bilder und Plastiken, und manchmal glaube ich, er hasst sie sogar, weil sie so völlig sein Leben, sein Individuum aufgesogen haben.«

»Die Freud-Jüngerin!« Pierre versuchte sein jungenhaftes, sonniges Lächeln. »Der alte Mann und die im Unterbewusstsein leitende Erotik der Kunst. Eine Komponente des Ödipus-Komplexes.« Jetzt lachte er sogar. »Ev, er tritt mir ganz unfreudisch in den Arsch!«

»Dann sag zu ihm: ›Pardon, Monsieur Callac‹ und setz dich an den Schreibtisch. Er wird dir einen Cognac anbieten.«

»Callac? Nie! Der verflucht sogar den Geruch von Alkohol! Der lutscht nur Mentholbonbons.«

Ev dachte an die primitive Mundddusche und lächelte verträumt. »Die Welt ist voller Wunder, Pierre«, sagte sie zärtlich. »Geh zu ihm. Versuch es. Weglaufen kannst du immer noch.«

Pierre blieb, bis die Nachtschwester kam und ihn hinauswarf. Jede Ausnahme läuft einmal ab, und hier war das Maß schon weit überschritten.

Auf dem abgedunkelten, nur von der Nachtbeleuchtung trist und niederschmetternd erhellten Flur wurde Pierre endlich die Frage los, die ihn schon beim Eintritt in die Station II bedrängt hatte. Ev hatte er nicht damit belästigt, sie schien es auch gar nicht zu bemerken. Sie lag so zufrieden in ihrem Bett, so befreit – im wahrsten Sinne, wenn auch auf schreckliche Art –, dass er geschwiegen und sich von ihr mit einem Kuss auf die Stirn – brüderlich, es tat innerlich sehr weh – verabschiedet hatte.

»Schwester«, sagte er jetzt. »Das ist doch I. Klasse, nicht wahr?«

»Privatstation Professor Mauron.« Die Schwester sah ihn fragend an. »Haben Sie eine Beschwerde, Monsieur?«

»Nein, nein.« Pierre winkte ab. »Es ist alles in Ordnung. Es … es ist nur wegen der Kosten … Wo muss ich –«

»Fragen Sie morgen früh bei der Verwaltung, Monsieur.« Die Nachtschwester lächelte. Immer diese aufgeregten Männer, wenn ihre Frauen krank sind. »Es regelt sich alles von selbst.«

»Das wäre schön«, sagte Pierre mit einem schiefen Lächeln. »Das wäre wirklich sehr schön. Gute Nacht, Schwester.«

»Gute Nacht, Monsieur.« Und da sie glaubte, noch eine Tröstung hinterherzuschicken, fügte sie hinzu: »Sie brauchen sich keine Sorgen zu machen.« Sie meinte Ev.

»Auch das wäre schön«, antwortete er. »Zu schön ...«

Er wandte sich ab und verließ die Station.

Privatstation Professor Mauron, dachte er, als er im Lift nach unten schwebte. Ein Einzelzimmer. Sehe ich aus wie Rothschild? Ich werde das nie bezahlen können, und bei der Verwaltung werde ich mich nie blicken lassen.

In spätestens drei Tagen werden sie Ev aus dem Hospital werfen.

In Madames großer Küche wartete Wladimir Andrejewitsch auf ihn.

Er fraß wieder einen Kuchen – diesmal einen gedeckten, duftenden, noch dampfenden Apfelkuchen – und musste demnach einen Magen mit einem Blechbeschlag haben. Ein normaler Mensch hält so etwas nicht aus. Aber vielleicht muss man einen russischen Magen anders bewerten?

Madame war sehr aufgeregt, machte hinter dem Rücken von Fürst Globotkin hastige Armbewegungen, als sie Pierre in dem langen Flur entdeckte, und tippte sich unmissverständlich an die Stirn.

»Wir haben sie, Pierre!«, sagte Wladimir Andrejewitsch und kaute mit vollen Backen.

»Was er sagt, ist ein einziger Blödsinn, Pierre! Hör nicht auf ihn!«, rief Madame Coco dazwischen. »Wie geht es Ev? Das Kind ist weg, nicht wahr? Soll man weinen oder lachen? Wie nimmt sie es auf? So ein Abgang ist kein Problem, Pierre. Ich habe drei Fehlgeburten gehabt. Monsieur Lebrun war ein aktiver Bursche. Dachdecker. Immer an der frischen Luft. Hui, das muss ihm das Blut mit dampfendem Ozon gefüllt haben! Zweimal hab ich's mit der Stricknadel gemacht, einmal mit heißer Seifenlauge … kein Arzt hat's gemerkt.«

Es gab nichts, was Madame nicht schon probiert hatte. Und sie redete und redete in der Absicht, Fürst Globotkin damit aus dem Rennen zu werfen. Es gelang ihr nicht.

Als sie Atem holte – auch Madame musste einmal atmen –, sagte Wladimir Andrejewitsch:

»Sie haben ihr Quartier auf dem Montparnasse. Eine Kellerwohnung, die als Jugendwohnheim amtlich bekannt ist. Die ganze Bande besteht aus zwölf Lederjacken, und sie ist heute vollzählig versammelt. Clubabend. Zwei Kollegen haben ihre Taxis dort geparkt und warten.«

»Hör ihn nicht an!«, schrie Madame dazwischen. »Zwölf von diesen Burschen … sie schlagen euch die Schädel ein! Pierre, du bist kein Schläger! Denk an deine Hände, denk an deine Augen … was soll ein Maler mit kaputten Händen und Augen?«

»Sie haben Ev zusammengeschlagen wie ein Stück Vieh«, sagte Pierre dumpf. Er sah Wladimir Andrejewitsch an, und sie verstanden sich. »Petite mère, Sie haben eine Marktfrau verprügelt wegen zwei fauler Birnen …«

»Das war etwas anderes. Sie hatte keinen Schlagring an der Hand.«

»Aber Sie einen schönen, festen Schirm.«

Madame suchte nach Argumenten, aber sie fand keine. Etwas lahm sagte sie: »Pierre, du hast für Ev die Verantwortung übernommen. Wie kannst du sie tragen, wenn du mit gebrochenen Knochen im Krankenhaus liegst?«

»Ihm wird nichts passieren«, sagte Fürst Globotkin. »Wir sind auf einen Funkruf hin mit zweiundzwanzig Taxis da. Pierre soll nur zusehen.«

»Das ist eine ganz billige Rache! Das ist Terror! Das … das ist russisch!«, sagte Madame. Es war ihre letzte und schärfste Waffe. Aber sie stach nicht mehr.

»Deine Freunde werden auch kommen«, sagte der Russe.

Pierre sah Wladimir Andrejewitsch dumm an. »Was wollen sie denn dort? Will Ponpon sich um einen der Rocker ringeln? Will das ›Gebetbuch‹ ihnen predigen? Soll der ›Rote Henry‹ seine Oden vorlesen? Das ist doch Blödsinn!«

»Sie bestehen darauf.« Fürst Globotkin hob die breiten Schultern. »Gott lässt noch echte Freunde wachsen.« Er erhob sich, stopfte den Rest des gedeckten warmen Apfelkuchens in den Rachen und sprach dumpf mit vollem Mund. »Fahren wir gleich, Pierre?«

»Du bleibst, Pierre!«, befahl Madame.

»Petite mère –«

»Sag dieses Wort nicht mehr zu mir! Wenn du weggehst, werde ich ein Drachen sein!«

»Was ändert sich da?«, sagte Wladi ruhig.

»Zum Teufel, ich wünschte, Fürst, Sie würden meinen Kuchen wieder auskotzen!«, schrie Madame. Sie lief zur Tür und baute sich in ihr auf. Es war wirklich ein Problem, sie zu überwinden, ohne sie anzufassen, wegzuheben oder gar mit Gewalt herumzuschleifen.

»Sie haben Ev überfallen, um ihr das goldene Kreuz vom Hals zu reißen«, sagte Pierre langsam. »Sie hat es verteidigt, das Kreuz, und sie hat dabei ihr Kind verloren, Madame. Ihr Leib ist voller Hämatome, und der Arzt hat gesagt, sie habe Glück gehabt, dass keine inneren Verletzungen erfolgt sind. Sie haben Ev in den Bauch getreten, Madame … getreten, nicht geschlagen – Bitte, machen Sie die Tür frei …«

Madame Coco starrte Wladimir Andrejewitsch an. Ihr Unterkiefer hing herab, ihre noch immer schönen Augen irrten in ihren Höhlen, als erlitte sie selbst diese Qualen.

»Getreten?«, sagte sie dumpf. »Getreten?«

»Ja.«

Sie trat zur Seite und gab die Tür frei. »Gott mit dir, mein Junge«, sagte sie mit einer völlig fremden, zutiefst mütterlichen, schwankenden Stimme. »Es ist falsch, was ihr macht, das wisst ihr selbst … aber die ganze Welt ist falsch geworden. Die Vernunft kennt sich da nicht mehr aus.«

Sie nickten, gingen an Madame vorbei in den Flur, und Pierre drehte sich plötzlich um, kam zurück und küsste Madame auf den wie immer grell geschminkten, gegen das Alter protestierenden Mund.

Dann liefen sie hinaus zu Globotkins Taxi.

Aus dem Polizeibericht des 14. Arrondissement, 01 Uhr 17. Berichterstatter Polizei-Leutnant René Branne:

»Um 0.22 Uhr wurde das Revier von einem anonymen Anrufer verständigt, dass in dem Jugendheim ›Jeunesse 2000‹ großer Lärm herrsche und es anscheinend zu einer Schlägerei gekommen sei. Zwei Funkwagen rückten daraufhin aus und trafen um 0.35 Uhr vor dem Jugendheim ein. Vor dem Heim und in dem Heim herrschte Ruhe, die Straße war leer von Passanten. Keine äußeren Anzeichen einer Gewalttätigkeit. Was auffiel, war eine um diese Zeit und in dieser Gegend verhältnismäßig große Ansammlung von Taxis, die sich aber schnell auflöste. Es wurde später festgestellt, dass im Bistro ›A la Créole‹ auf dem Boulevard du Montparnasse 122 eine größere Gesellschaft aufgebrochen war, was diese Taxiansammlung erklärt.

Beim Betreten des Jugendheimes ›Jeunesse 2000‹ fanden die Beamten vor:

a) eine völlig demolierte Inneneinrichtung,
b) zwölf Jugendliche, ohne Ausnahme besinnungslos geschlagen. Mehrere davon so verletzt, dass ihre Einweisung in das Hospital N. D. de bon secours notwendig war. Drei der Jugendlichen – Namen im Anhang – waren besonders schwer verletzt.
c) An die weiß gekalkte und mit Rockstar-Fotos beklebte Kellerwand hatte jemand mit einem roten Fettstift geschrieben:

Die Nemesis, die Nemesis
kommt schneller als ein dünner Schiss.

(Der Sinn der Worte wird von Experten noch überprüft.)

d) Auf der Brust eines jeden der Besinnungslosen lag ein kleines buntes Heiligenbild, wie es von den Kirchen und Priestern an Kinder verteilt wird. Das Bild zeigte die Heilige Barbara, die Schutzpatronin der Artillerie. (Diese merkwürdige Dekorierung der Zusammengeschlagenen wird gegenwärtig untersucht.)
e) Keiner der Verletzten war, nachdem sie aus ihrer Besinnungslosigkeit erwacht waren, bereit, etwas zu Protokoll zu geben.

Die Verhöre werden um 07 Uhr im Hospital und auf dem Revier, auf das die weniger Verletzten verbracht wurden, fortgesetzt.

Zusatzbemerkung Nr. 1: Die Spurensicherung ergab keine Hinweise auf die Täter.

Zusatzbemerkung Nr. 2: Sämtliche Verletzten verzichten auf eine Anzeige.

Zusammenfassung: Es handelt sich um eine äußerst mysteriöse Sache, die mit völligem Stillschweigen zugedeckt werden soll.

Das Revier wird die Angelegenheit bevorzugt untersuchen.

René Branne, Leutnant«

Gegen zwei Uhr morgens kehrten Wladimir Andrejewitsch und Pierre in die Rue Princesse zurück. Madame war noch auf, saß wie ein massiges Standbild in der hell erleuchteten Küche, hatte einen riesigen Topf Kaffee gekocht und zwei Flaschen Cognac bereitgestellt.

Mit drei Taxis kamen sie an … einige russische Chauffeure, Pierres Freunde und Bouillon, der hässlichste Hund von Paris. Er war plötzlich im 14. Arrondissement aufgetaucht, und Pierre behauptete, dass er dem Taxi nachgelaufen sei. Es musste ein geradezu olympisches Rennen von Bouillon gewesen sein.

»Es war ganz einfach«, sagte Fürst Globotkin, als alle in der Küche waren, sich mit Kaffee und Cognac bedienten und die ebenfalls bereitgestellten kalten, nassen Handtücher ergriffen, um sie auf einige Beulen, Schrunden, Schrammen und Risse in Gesicht und an den Armen zu drücken. Auch Pierre hatte es nötig … er hatte nicht nur zugesehen und dabei ein linkes blaues Auge bekommen. Zur Tat genötigt hatte ihn Bouillon. Er war – wie erwähnt – plötzlich im Jugendheim ›Jeunesse 2000‹ aufgetaucht und hatte sich mit einem Todesmut ohne Beispiel in das Kampfgetümmel gestürzt. Gerade als er sich in dem Hintern eines der Rocker festgebissen hatte, kam diesem ein Kamerad zu Hilfe und wollte Bouillon mit einem Messer abstechen. Das war das Signal für Pierre, aktiv einzugreifen. Mit einem Stuhl hatte er um sich geschlagen, Bouillon aus seiner Lebensgefahr befreit und war dann aus dem Knäuel der schlagenden Menschen nicht mehr herausgekommen.

»Eine kurze, präzise Aktion«, sagte Fürst Globotkin und hob sein Cognacglas. »Nicht nur vom Physischen her … auch vom Psychischen. Sie wissen jetzt, dass sie zwölftausendfünfhundert Taxifahrer in Paris gegen sich haben. Dass wir sie ab sofort unter Beobachtung halten.« Er trank sein Glas leer und warf es dann gegen die Wand, wo es zerspritzte. Jaja, die Russen! »Aber dann die da –« Er zeigte auf den »Roten Henry‹ und das lange, dürre ›Gebetbuch‹, die beide ein nasses kaltes Handtuch um den Kopf gewickelt hatten. »Der eine schreibt ein schweinisches Gedicht an die Wand, der andere verteilt Heiligenbildchen! Man soll es nicht, für möglich halten! Ich habe schon viel Verrücktes erlebt, aber das …«

»Man muss Stil haben«, sagte der ›Rote Henry‹. »Du wirst das nie begreifen, Fürst!«

»Außerdem bedarf jeder Bedrängte des geistlichen Zuspruchs«, sagte das ›Gebetbuch‹. »Meine Bildchen werden sie beruhigen und seelisch festigen.«

»O Kinder!«, sagte Madame. Sie sagte tatsächlich Kinder, wo jeder damit gerechnet hatte, einen Feuer speienden roten Drachen vorzufinden. »Wie schön! Wenn das Leben nicht verrückt wäre – was wäre es dann noch wert?!«

Sie fraßen und soffen bis zum Morgengrauen und begrüßten die trübe Wintersonne mit lallendem Gesang. Wladimir Andrejewitsch bekam Heimweh nach Russland, das er gar nicht kannte, und weinte.

Es war eine herrliche Siegesfeier.

Morgens um halb neun – wie es Ev jeden Tag pünktlich tat – erschien Pierre bei Monsieur Callac.

Der Alte saß in seinem Büro, trank Kaffee und Cognac und beobachtete auf dem Fernsehschirm den Ladeneingang. Als er Pierre de Sangries hereinkommen sah, griff er schnell zur Mundddusche, spritzte sich Menthol in den Gaumen und schlug mit der Faust auf den Tisch. Beruhigend allein war, dass Sangries kein Gemälde unter dem Arm trug, aber das will nicht viel heißen. Vielleicht hatte er einen Stapel draußen vor der Ladentür deponiert.

Callac straffte sich, hauchte in die Luft, es roch beruhigend nach Menthol, und betrat dann seine Galerie mit der ganzen abweisenden, eiskalten Würde, die man an Callac rühmte und verfluchte.

»Aha!«, sagte er, bevor Pierre sein Anliegen vorbringen konnte. »Ein Kollege hat Ihnen bereits ein blaues Auge geschlagen. Kommen Sie, um sich bei mir das andere Auge behandeln zu lassen?«

Manchmal konnte man Callac erwürgen, und jeder psychologisch etwas gebildete Richter hätte einen freigesprochen. Pierre schwieg, wartete auf weitere verbale Glanzleistungen und war bereit, sich weiter beschimpfen zu lassen. Aber Callac hielt sein Pulver zurück … er wartete auch.

So stand man sich eine Weile gegenüber, sah sich stumm an und hatte Zeit, sich genau zu betrachten. Vor allem Pierre tat das ... er hatte nie Gelegenheit gefunden, Marius Callac, den großen Callac, so lange aus der Nähe zu sehen. Ein faszinierender Kopf, helle Augen hinter den fürchterlich dicken Brillengläsern, eine zerklüftete Gesichtslandschaft, in der fast ein Jahrhundert wohnte. Jeder Mensch hatte Recht, wenn er vor dieser Persönlichkeit klein wurde.

»Wem wollten Sie ein Bild verkaufen?«, fragte Callac endlich.

»Wieso ein Bild, Monsieur?«, fragte Pierre zurück.

»Ihr blaues Auge –«

»Es ist eine Trophäe für Ev.«

»Bravo! Sie hat Ihnen einen über den Kopf gegeben! Braves Mädchen! Ich liebe sie wie meine Tochter. Jetzt noch mehr. Wo ist Ev?« Er blickte Pierre misstrauisch an. »Sie haben doch nicht etwa zurückgeschlagen, Sie Wüstling?«

»Ev schickt mich, Ihre Post zu bearbeiten, Monsieur Callac.«

»Was tut sie?« Callac hob seine Greisenstimme. »Was ist mit meiner Ev?«

»Sie liegt im Hôpital Laennec.«

»Sie Hunne!« Callac ballte die Fäuste. »Und Sie wagen es noch –«

»Pardon, Monsieur.« Pierre wich zurück. Der Alte war fähig, wirklich zuzuschlagen. »Lassen Sie sich alles erklären. Ev ist auf der Straße überfallen worden, und wir haben heute Nacht die Angelegenheit bereinigt. Sie werden es heute Abend im ›France soir‹ lesen. Sie schickt mich zu Ihnen, bis zu ihrer Wiederherstellung ihre Arbeit zu übernehmen.«

»Ev schickt Sie? Ausgerechnet Sie?« Callacs dicke Brillengläser beschlugen wieder, ein Zeichen seiner großen Erregung. »Kommen Sie mit, junger Mann! Berichten Sie mir genau! Ev überfallen? Das ist ja unglaublich.«

Es stimmt, dachte Pierre später, Callac trinkt Cognac. Ev

hat nicht gelogen. Er saß im Büro auf Evs Platz, hatte mit Callac bis jetzt vier Gläschen getrunken und alles erzählt. Callac hatte sofort eine Blumenhandlung angerufen, einen großen Strauß Rosen ins Hospital schicken lassen und ein Gespräch mit Professor Mauron angemeldet. Auch Doktor Mauron war Kunde von Callac ... wer, der in Paris etwas auf sich hält, war kein Kunde bei Callac?

»Sie beherrschen die Büroarbeit?«, fragte Callac jetzt.

»Ja«, log Pierre schamlos und mit treuem Blick.

»Schreibmaschine? Buchführung?«

»Alles, Monsieur.«

»Warum malen Sie dann?«

Ich könnte jetzt zurücktragen: Warum hat van Gogh gemalt ... aber dann wirft er mich mit Sicherheit hinaus. So schwieg Pierre, hob nur die Schultern und verstand plötzlich zutiefst den kleinen hässlichen Bouillon, wie er im Regen vor dem warmen Kellerfenster gesessen hatte und auf eine Seele wartete, die ihn lieben würde.

Bis elf Uhr hatte er die Post bearbeitet, Rechnungen ausgeschrieben, Anfragen beantwortet (er nahm dafür den Text von Ev aus früheren Briefkopien) und alles abgeheftet. Callac verhandelte mit einem Grafen, der einen Büffet kaufen wollte als Weihnachtsgeschenk für seine Gräfin. Die Sache hatte nur einen Haken: Er wollte in drei Raten bezahlen. Für Callac eine geradezu unvorstellbare Zumutung.

»Fertig«, sagte Pierre, als Callac in sein Büro zurückkam. Der Graf hatte doch mit Barzahlung hinausgehen müssen. »Es stehen noch vier Lieferungen aus. Ich kann sie ausführen, Monsieur. Ich eigne mich für alles, auch als Bilderzusteller.«

Callac setzte sich, goss sich einen Cognac ein, reichte Pierre die Flasche über den Tisch und trank mit dem unnachahmlichen Charme von sechzig Jahre Cognactrinken.

»Sie lieben Ev?«, fragte er plötzlich. Pierre zuckte zusammen.

»Ja, Monsieur.«

»Sie haben Ihren Kopf für sie hingehalten.«

»Es war keine Heldentat, Monsieur. Wenn Bouillon nicht ...«

»Sie haben sich wegen Ev geschlagen, Pierre! Ihr Auge ist verletzt! Das Auge eines Malers.« Callac starrte auf seinen Fernsehschirm. Er war leer, keiner stand in der Galerie, aber er wollte jetzt Pierre nicht anblicken. »Bringen Sie mir morgen ein Bild von sich mit«, sagte er. »Aber das hat nichts zu bedeuten ...«

Am Nachmittag kam Pierre nach Hause, den Arm voller Winterastern. Für Ev. Er setzte sich an Madames Küchentisch und starrte den hässlichsten Hund von Paris an, der vor dem warmen Ofen lag und träge mit dem Schwanz wedelte.

»Petite mère«, sagte er. »Es ist etwas Fantastisches geschehen. Bouillon hat an Callac ein Bild verkauft –«

Pierre erschien auf der Privatstation von Professor Mauron mit den Gefühlen eines Hochstaplers, der diesen Beruf gerade begonnen hat und eine gewisse Unsicherheit im Umgang mit Betrug überwinden muss.

Jetzt, am Tage, sah das Hospital, wenigstens dieser Teil, ganz anders aus als in der vergangenen dramatischen Nacht. Evs Zimmer hatte ein eigenes Waschkabinett, eingebaute Schränke aus Mahagoni, Radio und Fernsehen und glich mehr einem Apartment in einem Luxushotel als einem Krankenzimmer. An die Kosten zu denken versagte sich Pierre bei diesem Anblick sofort, um nicht schwindelig zu werden. Er setzte sich an Evs Bett, küsste sie und legte ihr die Winterastern auf die Bettdecke. Die Schwester, die er im Flur getroffen hatte, besorgte bereits eine große Vase. Man war hier dienstbeflissen und lautlos schnell.

Was kostet ein Tag, dachte Pierre. 200 Francs? 300 Francs? Noch mehr ... ? Und die Arztkosten gesondert? Jede Visite, jeder Händedruck von Prof. Mauron ... ein großer Schein.

Gleich wird ein freundlicher Herr von der Verwaltung kommen und einen Vorschuss kassieren. Wie viel Geld habe ich bei mir? 320 Francs. Das ist ein Tag. Haha!

»Du siehst blendend aus«, sagte er fröhlich. »Ev … du bist eine Bettschönheit!« Er bemerkte ihren Blick und verfiel in eine dumme, krampfhafte Witzigkeit. »Bouillon hat einen neuen Trick. Er schielt, wenn er beleidigt ist! Ein schielender Hund, Ponpon sagt, Bouillon könne mit ihm im Variete auftreten.«

»Wo hast du das blaue Auge her, Pierre?«, fragte sie, ohne über Bouillons angebliches Schielen zu lachen.

»Mir ist das Triptychon von der Staffelei gefallen und mit einer Ecke direkt ins Auge.«

»Lüg nicht, Pierre!« Sie richtete sich etwas in den Kissen auf. »Du hast dich geschlagen!«

»Monsieur Callac lässt dich herzlich grüßen«, sagte er. Das war ausgesprochen dämlich, denn Callacs rote Rosen standen neben ihr auf dem Tisch. »Der erste Tag bei ihm war auszuhalten.«

»Mit wem hast du dich geprügelt, Pierre?«

»Stell dir vor: Bouillon hat ein Bild verkauft. Ich erzähle Monsieur Callac von Bouillon, und er sagt zu mir –«

»Du hast dich meinetwegen schlagen lassen.«

»Das hat er auch gesagt.«

»Pierre!«

»Ev –«

Sie sahen sich an, und es war vorbei mit allen Lügen und allem Verstecken. Was in ihren Blicken lag, hatte nur Platz in ihren reinen Herzen.

»Ja«, sagte Pierre. »Heute früh. Wir haben sie gefunden. Wladis Kollegen haben sie ausgeräumt. Ich bin nur deshalb dazwischengeraten, weil Bouillon abgestochen werden sollte. Er hat wie ein Held gekämpft. Er muss das Herz eines Löwen haben.«

»Versteck dich nicht hinter dem kleinen Bouillon.« Sie

spielte nervös mit den Astern und zerrupfte einige Blüten. »Sie hätten dich zusammenschlagen können! Sie hätten dich für alle Zeit entstellen können, mit ihren Schlagringen, Messern oder was sie sonst noch haben! Hast du nicht an mich gedacht?«

»Nur an dich, Ev!«

»Rache! Ganz primitive Rache war das, Pierre! Und wenn sie dich zum Krüppel geschlagen hätten?«

Er atmete tief auf und hielt ihre Hände fest, die die Blumen zerpflückten. »Hast du Angst um mich, Ev?«, fragte er. »Hast du wirklich Angst um mich?«

»Natürlich habe ich Angst um dich, du Idiot!«, sagte sie. Es klang böser, als es gemeint war. Und es war die merkwürdigste und zugleich die ehrlichste Liebeserklärung, die ein Mensch geben konnte. »Du bist kein Mensch der Gewalt.«

»Das bin ich wahrhaftig nicht.«

»Und darum mag ich dich, Pierre.«

Es war die zweite Liebeserklärung. Womit habe ich so viel Glück verdient, dachte er. So viel Glück – und so viel Flucht vor diesem Glück?! Was ich von mir verlange, wird bald für einen Menschen nicht mehr erträglich sein. Es übersteigt jegliche Kraft, die in uns eingebettet ist.

Es klopfte. Die Stationsschwester steckte den Kopf ins Zimmer. Ihr Kopf war unnatürlich gerötet, und sie schien sehr erregt zu sein.

»Monsieur«, sagte sie mit einer Stimme, in der ein Gewitterhimmel voll Groll lag. »Können Sie für einen Augenblick hinauskommen?«

»Aber ja.« Pierre sprang auf. »Was ist denn los, Schwester?«

»Die Station ist blockiert. Keiner kann heraus, keiner herein. Es ist ein Rätsel, wie er ins Haus gelangt und bis in die zweite Etage gekommen ist. Der Assistenzarzt Doktor Andrès ist bereits verletzt –«

»Um Gottes willen!«

Pierre rannte hinaus. Als er die Tür zuwarf, hörte er noch,

wie Ev lachte. Sie lachte glockenhell und ungehemmt und füllte mit diesem Lachen ihr Zimmer aus.

Am Eingang der Station P II stand breitbeinig, fletschend und keinen Millimeter vor Fäusten und erhobenen Besenstielen wankend, der hässlichste Hund von Paris.

Doktor Andrès, ein langer, dürrer Arzt, im Krankenhaus bekannt als der eleganteste Mann, der nur Maßanzüge von Cardin trug, und den man nie außer Fassung gesehen hatte, lehnte an der Wand nahe der zweiteiligen geöffneten Glastür und rührte sich nicht. Sein linkes Hosenbein zeigte einen hässlichen Riss; er hatte das Bein hochgezogen und umklammerte mit beiden Händen das Schienbein.

»Eine Tetanus«, schrie er die Schwestern an, die sich ebenfalls nicht von der Stelle rührten. »Zum Teufel, ziehen Sie eine Tetanus auf! So ein Scheißhund!«

Die Station P II stand erstarrt. Man hatte nie für möglich gehalten, dass Doktor Andrès das Wort Scheiße aussprechen konnte. Eine Putzfrau hatte bereits versucht, mit einem Besenstiel den hässlichsten Hund von Paris zu vertreiben, aber Bouillon reagierte darauf mit einem solchen Knurren und einem derart schielenden Blick, dass die Putzfrau, eine brave Mutter von vier Kindern aus dem Montparnasse, sich vorsichtig zurückzog und zu Oberschwester Amélie sagte: »Ich habe an eine Familie zu denken, infirmière …«

»Sind Sie der Besitzer dieses Viehs?«, schrie Doktor Andrès an der Wand. Das Lachen aus Evs Zimmer wurde zerhackt, als Pierre die Tür zuwarf. »Das wird Sie eine Menge Geld kosten.«

Geld! Pierre setzte ein schiefes Lächeln auf. »Mit Geld können Sie mich nicht schrecken, Doktor«, sagte er aus tiefster Überzeugung. »Nicht mehr. Sagen Sie tausend, zweitausend, zehntausend Francs Schmerzensgeld … es bleibt sich gleich.«

Wer nichts hat, kann großzügig sein, dachte er. Es wird alles über mir zusammenschlagen wie eine riesige Woge, und ich werde erdrückt und ersaufe. Ein Zimmer 1. Klasse bei Professor Mauron, die Arztkosten, die Medikamente, jetzt auch noch Doktor Andrès mit einem neuen Cardin-Anzug und einem Biss im Schienbein – lieber, kleiner Bouillon, ausgesetzte, arme Kreatur, ich könnte auch die ganze Welt beißen …

»Komm her«, sagte er fast zärtlich. »Bouillon, komm her. Lass den Onkel Doktor in Ruhe. Sei ein lieber Hund …«

»Bouillon heißt er auch noch?«, sagte Doktor Andrès sichtlich erschüttert. Er konnte sich wieder rühren, weil der hässlichste Hund von Paris brav und mit seinem Peitschenschwänzchen wedelnd über den langen Flur trabte, die zurückweichenden Schwestern liebevoll anblickte und die Putzfrau mit ihrem Besenstiel ignorierte. »Da haben Sie eine versalzene Suppe an der Leine, Monsieur!«

Der alte Doktor Andrès fand sich wieder. Es zeigte sich, dass Bouillon tatsächlich in das Schienbein gehackt hatte, anscheinend noch voller triumphaler Erinnerung an die nächtliche Schlacht mit den Rockern. Doktor Andrès humpelte in das Arztzimmer, schrie wieder nach einer Tetanusspritze, und Schwester Amélie rannte davon, um Professor Maurons liebsten Assistenzarzt vor einem Starrkrampf zu bewahren.

Mit einem Anlauf stieß sich Bouillon ab und sprang in die Arme Pierres. Dort legte er seine feuchte Schnauze auf Pierres Schulter und schnaufte zufrieden.

Die anderen Schwestern der Station P II standen unschlüssig herum. Privatpatienten sind das Problem jeder Klinik. In der III. Klasse kann man brüllen: »Das Saubiest raus!« In der I. Klasse kann man höchstens sagen: »Ein süßes Hündchen, Madame. Aber der Herr Professor lässt bitten, dass Tiere – wegen der Hygiene, nur deswegen – nicht mehr auf die Station kommen.« Und selbst dann hat man oft schon zu viel gesagt.

»Er schielt«, sagte Pierre glücklich. »Sehen Sie sich ihn an, Schwestern … er schielt. Er ist rundherum zufrieden. Ich bitte im Namen von Bouillon um Verzeihung.«

Das ist auch alles, was ich kann, dachte er. Spätestens übermorgen wird man Ev aus dem schönen Zimmer wegrollen in einen der Krankensäle. Und dann wird Bouillon, sollte er jemals wieder im Hôpital Laennec erscheinen, mit Fußtritten hinausgejagt werden. Wie wir, Ev … Armut ist in unserer heutigen Gesellschaft kein Zustand, sondern ein Makel. Wie Aussatz ist sie. Seht ihn an, geht ihm aus dem Weg: Er ist arm! Wer fragt schon, wen interessiert es, warum man so elend auf der Schnauze liegt?

Doktor Andrès kam wieder aus seinem Arztzimmer. Er hatte seine Tetanus bekommen und war etwas bleich im Gesicht. Wie viele Ärzte konnte er bei anderen jeden nur erdenklichen Eingriff vornehmen, aber ein Einstich in den eigenen Körper liegt an der Grenze des Erträglichen. Und wenn Ärzte an ihren Kollegen, den Zahnarzt, denken, steht ihnen mehr der kalte Schweiß auf der Stirn als einem frisch Kollabierenden.

»Ich war auf dem Weg zu Ihnen«, sagte er zu Pierre.

Bouillon knurrte leise und schielte fürchterlich. Doktor Andrès hielt zwei Meter Abstand. Mehr als seine Bisswunde lastete die Zerstörung des Cardin-Anzuges auf ihm. Er hatte bereits einen Fahrer der Klinik in seine Wohnung geschickt, um einen neuen Anzug zu holen.

»Zu mir?«, fragte Pierre und streichelte Bouillons zuckenden Rücken. »Warum?«

»Der Herr Professor möchte mit Ihnen sprechen, Monsieur.«

»Ach so.«

Nun ist es soweit, dachte Pierre. Jetzt muss man erklären, dass man nicht aus Neuilly oder dem Bois de Boulogne kommt, sondern aus der Rue Princesse. Es entwickelt sich dann immer ein medizinisches Wunder: Eine Krankheit ist plötzlich nicht mehr so tragisch. Er hatte es ein paar Mal erlebt, bei Nachbarn und Bekannten. Bevor man von häuslichen Pillen und Tabletten zu dem begehrten, knappen Krankenhausbett überwechselte, war es meistens schon zu spät. Umweltforscher nennen das satanisch die natürliche Auslese.

»Wollen Sie den Hund mit zu dem Herrn Professor nehmen?«, fragte Doktor Andrès entsetzt, als Pierre sich zum Gehen weiterdrehte.

»Was bleibt mir anderes übrig? Soll Bouillon das ganze Hôpital Laennec terrorisieren?«

»Wo haben Sie bloß diesen Hund her?«, fragte Doktor Andrès mit deutlichem Widerwillen.

»Aus der Gosse, Doktor.« Pierre streichelte mit dem Kinn Bouillons stacheligen Kopf. »Er saß im Regen und wärmte sich über einem Luftschacht. Zwischen uns war sofort so etwas wie eine Seelenfreundschaft. Verstehen Sie das?«

»Ich versuche es, Monsieur.« Doktor Andrès verzichtete auf weitere Gespräche. Privatpatienten! Was man da alles erlebt. Herren mit Rang und Namen, die glauben, mit der Bezahlung der Intensivpflege auch die Schwestern gekauft zu haben, und Damen der Gesellschaft, die hysterisch wurden, wenn der blendend aussehende algerische Stationsarzt Doktor Mahmoud Abbrat ins Zimmer kam. Da war ein abgrundhässlicher Hund, der Bouillon hieß, noch halbwegs erträglich.

Professor Doktor Mauron wartete in einem Zimmer, das – entgegen vieler Mutmaßungen und trotz seines auf drei Millionen Francs jährlich geschätzten Einkommens – nicht ein großer Raum mit Mahagonivertäfelung und Lederfauteuils war, sondern ein schlichtes Arbeitszimmer mit Regalen voller Bücher, zwei Tischen voller Fachblätter und Akten und drei ziemlich alten Stühlen mit abgewetzten Ledersitzen. An der Wand hinter dem Schreibtisch hingen fünf Fotos seiner verehrten Lehrer, würdige, ernst blickende Männer, die der Medizin bestimmt viel Neues beschert hatten. Dazu gehörte auch Professor Mauron. Er genoss den Ruf, ein hervorragender Gynäkologe und Operateur zu sein. Im Privatleben war er ein anerkannter Gourmet und Kunde von Callac. Eine höhere Rangstufe in der Pariser Gesellschaft gibt es nicht.

Mauron erhob sich höflich, als Pierre, Bouillon noch immer auf dem Arm, eintrat. Die Sekretärin im Vorzimmer hatte sofort darauf verzichtet, zu protestieren, als der hässlichste Hund von Paris seinen Kopf zu ihr drehte und sie unwiderstehlich anschielte.

»Ich weiß, ich weiß«, sagte Professor Mauron fröhlich, ehe Pierre sich entschuldigen konnte. »Doktor Andrès hat mir am Telefon alles erzählt.«

»Ich weiß nicht, wie ich Bouillon anders beruhigen soll.« Pierre hielt beide Hände über den Hund, der an seiner Schulter klebte. »Es ist mir peinlich, glauben Sie es mir, Herr Professor. Und es wird noch mehr Peinliches zwischen uns zur Sprache kommen. Aber Ev liegt im Krankenhaus, ich war plötzlich in diesem fremden Haus … wer weiß, was in so einem Hundekopf vor sich geht?«

»Seit ich Hunde liebe, verstehe ich Menschen, hat einmal ein Philosoph gesagt. Wer, das weiß ich nicht. Bitte, setzen Sie sich, Monsieur.« Mauron zeigte auf einen der alten Lederstühle. Seine Freundlichkeit entwaffnete Pierre. Er hatte sich vorgenommen, sofort mit allen Wahrheiten herauszurücken … Maurons Art, die Dinge so zu vereinfachen, lähmte nun auch seine krampfhafte Forschheit.

»Waren Sie schon bei der Verwaltung?«

»Nein, Herr Professor.«

Aha! Jetzt geht es los. Erst ein Streicheln, dann der Boxhieb. Pierre schob Bouillon auf seinen Schoß und atmete tief durch. Professor Mauron betrachtete voll Interesse den Hund.

»Diese Mischung ist geradezu phänomenal!«, sagte er.

»Ich wollte nachher zur Verwaltung«, sagte Pierre mit trockener Kehle.

»Da ist etwas Merkwürdiges passiert, darum ließ ich Sie bitten, Monsieur.« Mauron lehnte sich zurück. »Zunächst zu dem Patienten. Der Abortus spontaneus ist komplikationslos verlaufen. Einige Hämatome als Folge dieser … dieser Misshandlung werden keine Rückwirkungen haben. Befürchtungen über eine spätere Beeinträchtigung der Empfängnis sind unbegründet. Mademoiselle Bader hat großes Glück gehabt.«

»Ich danke Ihnen, Herr Professor«, sagte Pierre leise.

»In zwei Wochen können wir Mademoiselle entlassen.«

»In zwei Wochen …«

»Die müssen wir ihr schon gönnen.« Mauron lächelte verbindlich.

Er versteht mich falsch, dachte Pierre. In vier Tagen wird sie draußen sein, wenn ich Professor Mauron meine Taschen zeige.

»Nun zur Verwaltung.« Mauron starrte Bouillon an und schüttelte den Kopf. Der hässlichste Hund von Paris schielte wieder, dieses Mal liebevoll, als verstünde er jedes Wort. »Ich kümmere mich sonst nicht darum, aber hier ist etwas zu klären. Sämtliche Klinikkosten sind heute Nachmittag im Voraus über zwei verschiedene Anwälte bezahlt worden. Anonym.«

»Das … das ist unmöglich …«, sagte Pierre fassungslos.

»Sie können uns darüber nichts sagen? Haben Sie bei einem Ihrer Anwälte für solche Fälle einen Dauerauftrag?«

»Ich bestimmt nicht, Herr Professor.«

»Umso rätselhafter, Monsieur. Die Anwälte geben keine Auskunft.« Professor Mauron beugte sich über seinen Schreibtisch und zog ein Kuvert zu sich. »Vor einer Stunde traf eine dritte Bezahlung ein. Dieses Mal mit Adresse. Ein Scheck von einem Fürst W. A. Globotkin.«

»Wladimir Andrejewitsch …«, sagte Pierre gerührt.

»Den kennen Sie, Monsieur?«

»Er ist mein Freund.« Pierre streichelte Bouillons Kopf und merkte nicht, wie seine Hand dabei zitterte. »Sie haben für Ev gesammelt … es gibt doch noch Freunde auf der Welt …«

»Gesammelt?«, fragte Mauron gedehnt.

»Fürst Globotkin, das heißt Wladi, ist Taxifahrer.«

»Ach so.« Professor Mauron nickte. Wer kennt in Paris nicht die Exilrussen?! »Und die anderen anonymen Herren? Wessen Scheck sollen wir nun annehmen? Das war eigentlich die Frage, die ich Ihnen stellen wollte, Monsieur.«

»Einen der anonymen, Herr Professor.« Pierre erhob sich und drückte Bouillon an seine Brust. »Wissen Sie, was Glück ist, Herr Professor?«

»Glück ist vielschichtig, Monsieur, und durchaus individuell.«

»Wenn man weiterleben möchte … ist das Glück, Herr Professor?«

Mauron sah Pierre de Sangries etwas verblüfft und dann nachdenklich an. »Eine solche Frage sollte ein Greis am Ende seiner Tage stellen, Monsieur. Sie haben noch alle Vorrechte der Jugend für sich.« Er stand hinter seinem Schreibtisch auf und kam um ihn herum. Bouillon knurrte nicht, ein sichtbares Zeichen, dass er Mauron zu den Wesen rechnete, denen man vertrauen und nicht die Zähne zeigen konnte. »Gestatten Sie eine höchst private Frage, Monsieur?«

»Natürlich, Herr Professor.«

»Sie haben kein Geld? Und Mademoiselle Bader auch nicht?«

»Wir haben bis zum nächsten Ersten genau 320 Francs. Ich bin Maler, Herr Professor.«

»Oje.«

»Sie sagen es.«

»Und Sie haben keine Ahnung, wer Ihre anonymen Gönner sind?«

»Nicht die geringste.« Pierre lächelte schief und etwas traurig. »Ich habe nie Gönner gehabt. Bis auf Madame Coco.«

»Vielleicht sie?«

»Ausgeschlossen!« Pierre lachte verschämt. »Sie kennen petite mère nicht, Herr Professor. Auf dem Gemüsemarkt feilscht sie um drei Sou. Wenn die Marktfrauen sie von weitem sehen, bekreuzigen sie sich und beten, dass Madame an ihrem Stand vorübergeht. Sie könnte niemals die Rechnung bezahlen.«

»Dann wird es immer ein Rätsel bleiben.« Professor Mauron verzichtete darauf, Pierre die Hand entgegenzustrecken. Bouillon schielte zwar, aber abwartend und -schätzend.

»Was malen Sie, Monsieur.«

Pierre blieb an der Tür stehen. »Die Sonne. Die Sonne über dem Land. Die Glut, die Leben heißt.«

»Wie van Gogh.«

»Aber ich werde mir – wie er – nie selbst ein Ohr abschneiden und braten.«

»Danach sehen Sie auch nicht aus, Monsieur.« Professor Maurons Lächeln hatte etwas Väterliches. Es war kein Mitleid, und das tat gut. »Wollen wir den anonymen Spendern nicht einen Streich spielen? Ich lasse alle Schecks zurückgehen, und Sie malen bei mir alle Kosten ab?«

»Sie wissen nicht, worauf Sie sich da einlassen, Herr Professor.«

Pierre de Sangries drückte Bouillon so fest an seine Brust, dass er protestierend schnaufte. »Ich bin vielleicht der unbegabteste Maler von Paris, wie Bouillon der hässlichste Hund von Paris ist.«

»Und trotzdem hat er ein paar Menschen gefunden, die ihn lieben. Warum sollen Sie nicht ein paar Menschen entdecken, die Ihre Bilder mögen? Bringen Sie morgen eines Ihrer Werke mit. Was malen Sie zur Zeit?«

»Ev …«, sagte Pierre leise. »Nur Ev, Herr Professor. Die Sonne und Ev –«

»Das ist doch ein wundervolles Motiv.« Professor Mauron nickte Pierre zu. »Wenn Sie so malen, wie Sie lieben können, wird einmal die ganze Welt von Ihnen sprechen.«

Wie betäubt verließ Pierre das Zimmer. Draußen, auf dem breiten Flur, lehnte er sich an die Wand. Die Menschen um ihn herum, Ärzte, Schwestern, Pfleger, Patienten, die ihn erstaunt ansahen, erkannte er kaum.

Malen wie ich liebe, dachte er. Wenn das möglich wäre, würde ich Bilder schaffen, wie sie noch kein menschliches Auge gesehen hat.

Die Polizei vom 14. Arrondissement kam nicht weiter.

Leutnant René Branne stieß wie gegen eine Wand aus Gummi, sobald er bei seinen Verhören ins Detail kam. Die zusammengeschlagenen Lederjünglinge vom ›Club Jeunesse 2000‹ redeten über alles, über die Sozialisierung der Polizei, den Klassenkampf, die Hörigkeit der Behörden gegenüber der herrschenden Bourgeoisie, sie hielten Vorträge über die Reform des Strafrechts in Anwendung auf politische Demonstrationen, nur, wenn die Sprache auf die mysteriöse Nacht kam, wurden sie mundfaul. Auch die schwerer Verletzten im ›Hôpital N. D. de bon secours‹ retteten sich hinter Schwächeanfälle und lagen mit verdrehten Augäpfeln in ihren Kissen, bis der Arzt die Verhöre abbrach.

Irgendeine grandiose Sache musste in dieser Nacht passiert sein, die aus den revierbekannten ›Schwererziehbaren‹ – gutes Polizeivokabular – lammfromme Jünglinge gemacht hatte. Leutnant Branne zerbrach sich darüber den Kopf, aber seine Fantasie reichte nicht aus, die Wahrheit auch nur annähernd zu ertasten.

Dreiundzwanzig Taxifahrer, darunter Kerle wie Schränke, die kaum ein Wort sagten, sondern losprügelten. Ein fetter Kerl mit einem roten Bart, der mit geradezu teuflischer Ruhe ein Gedicht an die Wand malte. Ein Bürschchen mit Gummiknochen, den keiner greifen konnte, weil er durch die Hände flutschte, als sei er aus Schmierseife, und zuletzt – als Krönung – als alles kampfunfähig auf dem Boden und zwischen den zerbrochenen Möbeln lag, ein langer dürrer Mensch, der herumging, von Mann zu Mann, die Hände faltete, ein frommes Wort sprach und ein Heiligenbildchen auf die Brust legte. Und hinter allem das Wissen: Wir haben zwölftausendfünfhundert Taxifahrer in Paris gegen uns.

Wer kann das verkraften? Vor allem, wer kann so etwas erzählen?

»Ich lasse nicht locker!«, sagte Leutnant René Branne, als er müde und abgespannt die Verhöre abbrach. »Es kann sich hier nur um eine Bandenschlacht gehandelt haben. Und das in meinem Arrondissement! Jetzt geht es um unsere Ehre, Kameraden.«

Die Polizisten nickten ehrfürchtig, aber mehr konnten sie auch nicht.

An diesem Abend – Pierre saß oben in seinem Dachzimmer und malte, während Bouillon auf dem Bett schnarchte und der ›Rote Henry‹ Tee kochte – rief Madame Coco bei Monsieur Callac an.

»Aha! Sie sind es, Cosima!«, rief Callac. Er erkannte ihre Stimme schon beim ersten Ton. »Das ist Telepathie. Ich wollte Sie eben auch anrufen. Bei aller ehemaligen Liebe: Das geht zu weit! Sie übernehmen sich.«

»Reden Sie keinen Blödsinn, Marius«, Madame Coco brüllte in den Apparat, dass Callac den Hörer von sich weghielt und entsetzt anstarrte. »Was fällt Ihnen ein, sich in meine Familienangelegenheiten zu mischen?«

»Ihre Familie?« Callac setzte sich und angelte nach der Cognacflasche. »Ich habe nie den Ehrgeiz entwickelt, Ihre Familie kennen zu lernen.«

»Pierre und Ev sind meine Familie!«, schrie Madame Coco. »Sie haben heimlich durch Ihren verdammten Anwalt die Kosten bei Professor Mauron übernehmen lassen. Ist das wahr? Leugnen Sie nicht, Marius. Maître Foulandre, mein Anwalt, hat es herausbekommen.«

»Und mein Anwalt hat erfahren, dass Sie ebenso heimlich auch die Kosten übernommen haben. Das sollte mich treffen! Mich allein! Reden Sie nicht herum, Cosima. Als ob ich ein abscheuliches, geiziges, widerwärtiges Scheusal wäre …«

»Der Geiz hat Sie vertrocknet, das stimmt. Um so gemeiner ist es, jetzt den anonymen Gönner zu spielen.«

»Ev ist meine Angestellte.«

»Sie benehmen sich, als sei sie Ihre Geliebte.«

»Cosima!« Callac saß erstarrt. Er entkorkte die Flasche und goss sich ein hohes Glas voll ein. »Das ist infam! Das Mädchen, ich gestehe es, ist mir ans Herz gewachsen. Es könnte meine Enkelin sein. Sie hat Sonnenschein in mein Leben gebracht ... dafür bin ich Ihnen dankbar, Cosima. Und was geschieht? Mein Anwalt teilt mir mit, dass die Klinik den Scheck nicht annimmt. Es ist alles bezahlt. Das waren Sie!«

»Ha!« Callac schrak zusammen. Es hörte sich an, als wäre am anderen Ende der Leitung Madame Coco vom Stuhl gefallen. Er nahm schnell einen tiefen Schluck, schüttelte dann das Telefon und rief besorgt: »Cosima, was haben Sie? Melden Sie sich. Hat Sie der Schlag getroffen? So sagen Sie doch etwas!«

»Sie auch, Marius?«, hörte er Cocos gewaltige Stimme. Dieses Mal war sie normal laut, ein Beweis tiefster Erschütterung.

»Was ich auch?«

»Sie haben auch den Scheck zurückbekommen?«

»Das erregt mich ja so.«

»Ich habe ihn auch abgelehnt bekommen, Marius. Ein Dritter hat für Ev bezahlt.« Cocos Stimme schwoll wieder an. »Begreifen Sie das? Es gibt einen unbekannten Dritten, der für unsere Ev die Kosten übernommen hat.«

»Vielleicht die Familie Chabras?«

»Mein Gott, sind Sie dämlich, Marius!«, sagte Coco aus tiefster Brust. »Für die Chabras ist Ev nicht mehr vorhanden. Halten Sie es für möglich, dass Ev ein Doppelleben führt?«

»Ausgeschlossen, Cosima.« Callac trank einen neuen langen Schluck.

»Ein heimlicher Geliebter?«

»Ich würde meine Hand ins Feuer legen –«

»Marius, denken Sie ein paar Jahrzehnte zuruck. Ich war

ein behütetes Mädchen, Ihr Vater hatte Sie immer im Auge … und trotzdem trafen wir uns in der Camargue.«

»Ich werde das nie vergessen, Cosima.« Callac starrte verträumt auf seine Flasche. Was ist mir vom Leben geblieben, dachte er. Wände voll Bilder, ein Reichtum, den keiner erben wird, einsame Abende vor dem Fernsehschirm und eine Flasche Cognac. Und die auch noch heimlich. Das Leben ist eine saublöde Spanne Zeit, wenn man am Ende nicht weiß, warum man gelebt hat. »Wir waren raffiniert, nicht wahr, chérie?«

»Wer ist der dritte Geldspender? Ich komme um vor Sorge, Marius.«

»Wir werden es morgen wissen. Ich spreche mit Professor Mauron. Gibt er mir keinen vertraulichen Wink, bekommt er von mir nie mehr ein Bild.« Callac lachte bitter. »Ich kann ihn kleinkriegen, meine Liebe. Ich habe gestern über meinen Beauftragten in London bei Christies einen Sisley ersteigern lassen. Vor ihm wird auch Professor Mauron in die Knie gehen! Gute Nacht, meine Liebe.«

»Gute Nacht, Marius.«

Das Gespräch brach ab, aber es blieb viel Unausgesprochenes zwischen ihnen. Man kann ein Menschenalter nicht zurückdrehen, aber man kann darüber traurig sein. Und diese Traurigkeit war es, die beiden in dieser Nacht so zusetzte.

Es gibt Erinnerungen, in denen man leben kann wie in einem Jungbrunnen.

Bleibt die Frage zu klären: Warum hatte Pierre bei seiner Rückkehr aus dem Hôpital Laennec Madame Coco nichts von seiner Abmachung mit Professor Mauron erzählt?

Die Antwort ist simpel: Er hatte Angst.

Angst vor dem Ungeheuerlichen, das Mauron mit einem Satz in ihm aufgerissen hatte: Malen Sie so, wie Sie lieben …

Pierre hatte nach seiner Rückkehr nur wenige Worte mit Madame Coco gewechselt. Wie üblich hatte sie in der Küche bei offener Tür gesessen, und als er ohne Umweg zu ihr direkt die Treppe hinaufgehen wollte, hatte sie sofort mit ihrer gewaltigen Stimme einen unüberwindlichen Block vor seine Füße geworfen.

»Was ist denn das?«, rief Madame Coco. »Kommt nach Hause und schleicht sich weg? Nicht einmal essen will er? Ich habe Cervelle grenobloise gemacht. Du kannst es brauchen.«

Man muss wissen, dass das gebackenes Hirn mit Kapern nach Grenobler Art ist. Pierre lächelte dünn und blieb an der Treppe stehen.

»Ich bin müde, petite mère –«, sagte er. »Gegessen habe ich im Krankenhaus.«

»So ist es richtig! Besucht einen Kranken und frisst ihm die Portion weg. Erzähl von Ev, du Fisch!«

»Sie wird in zwei Wochen entlassen. Es geht ihr gut.«

»Weiter nichts?«

»Was soll weiter sein, Madame? Sie liegt im Bett.«

»An der Gardine wird sie nicht hängen, du Idiot! Wie hast du dein blaues Auge erklärt?«

»Ich habe ihr die Wahrheit erzählt. Gute Nacht, Madame.«

»Monsieur Claude ist oben.«

»Ich werfe ihn schnell hinaus.«

Dann war er nach oben gegangen, aber es war gar nicht einfach, den ›Roten Henry‹ hinauszuwerfen. Er brachte Neuigkeiten von Fürst Globotkin mit und berichtete begeistert von der Sammelaktion der Taxifahrer für Evs Hospitalkosten.

»Wir haben alle etwas gegeben«, sagte er mit echtem Enthusiasmus. »Mitten auf der Place du Parvis Nôtre Dame hat Ponpon eine Sondervorstellung gegeben. Die Leute standen Kopf, als er nach unwahrscheinlichen Verrenkungen sich selbst den Arsch lecken konnte. Ich habe ein Gedicht beigesteuert, mit dem auf den Lippen und dem Hut in der Hand ich reihum gesammelt habe. Vor allem die amerikanischen Touristen waren wie verrückt. Als dann die Polizei erschien, um uns festzunehmen, wandelte ›Das Gebetbuch‹ von Nôtre Dame herüber, in einer Soutane, tatsächlich in einer Sou tane, weiß der Satan, wo er sie in Nôtre Dame geklaut hat, hebt die Hände und predigt: ›Hüter der Ordnung, dies hier ist ein gottgefälliges Werk. Wir sammeln für die hilflos im Bett Liegenden.‹ Und die Polizisten legen die Hände an die Käppis, greifen in die Taschen, spenden selbst ein paar Francs und marschieren wieder ab. Ponpon, der sich noch immer als unentwirrbares Knäuel aus Gliedern selbst den Arsch leckte, lachte so, dass er sich kaum noch entwirren konnte. Und dabei hat ›Das Gebetbuch‹ nicht einmal gelogen. Liegt Ev nicht hilflos im Bett?«

»Lass mich allein, Henry«, sagte Pierre. Er setzte sich vor die Staffelei, zog das Tuch von dem halb fertigen Bild und starrte es an. Ev, gemalt im Stil einer alten russischen Ikone. Er hatte es vor drei Tagen begonnen, aus einem plötzlichen Impuls heraus. Es war am Abend gewesen, Ev hatte an dem großen Fenster gestanden und über die Dächer geblickt, und das rote Gold einer untergehenden Sonne hatte ihren Kopf umgeben wie die Gloriole auf den alten Heiligenbildern.

Jetzt fand er es schrecklich und konnte sich doch nicht dazu aufraffen, die Leinwand zu zerreißen. Ist das Ev, fragte er sich? Ist sie für mich wirklich eine Heilige? Sehe ich sie nicht ganz anders, wenn ich alleine bin und an sie denke? Sehe ich sie nicht dort drüben im Bett liegen, nackt und überaus menschlich, verführerisch und manchmal sogar verrucht aufreizend? Sitze ich dann nicht da und wünschte mir, zu ihr zu stürzen und mir die Kleider vom Leib zu reißen und so sein zu dürfen, wie ich es träumte? Ist Ev nicht ein greifbarer Körper, jung, von warmem Blut durchpulst, von vibrierenden Nerven geleitet, von Sehnsüchten durchströmt. Lippen, die sich öffnen, Brüste, die unter dem Atem beben, Schenkel, die sich öffnen. Ist sie das nicht auch?

»Ich habe Tee mitgebracht und zwei Bratheringe«, sagte der ›Rote Henry‹ profan. »Nach langen Diskussionen hat sich ›Das Gebetbuch‹ bereit erklärt, von der mildtätigen Sammlung zehn Francs für unser leibliches Wohl abzuzweigen. ›Der Herr wird's verzeihen‹, hat er dabei gesagt. ›Auch wir sind hilfebedürftig. Manchmal könnte man ihm in den Arsch treten, wenn nicht immer die heilige Scheu dabei wäre. Aber ich tu's einmal, Pierre … bestimmt, wenn er Bischof geworden ist.«

Pierre zerriss das Ikonenbild nicht. Er stellte es nur an die Wand, holte eine andere Leinwand und starrte mit leeren Augen den großen weißen Fleck an. Hinter ihm summte der Wasserkessel, rumorte der ›Rote Henry‹ herum, wickelte seine Bratheringe aus und gab Bouillon einen der Schwänze zu fressen.

Ich werde nie ein großer Maler, dachte Pierre. Professor Mauron hat es mir jetzt gesagt. Ich werde nie so malen können, wie ich Ev liebe. Es wäre das Chaos auf der Leinwand …

Um ein Uhr nachts kam Wladimir Andrejewitsch die Treppe hoch. Madame Coco war noch auf, saß am Küchentisch, legte Karten und begrüßte den Fürsten mit einem unheilvollen Knurren. Wann sie schlief, war genauso rätselhaft wie das, was sie aus den Karten herauslas.

»Wir haben heute die ganzen Kosten von Ev übernommen!«, sagte Fürst Globotkin und schob die Mütze in den Nacken. Dann knöpfte er die Jacke auf, denn bei Madame war es drückend heiß. »Von uns aus kann Ev vier Wochen im Krankenhaus liegen.«

Madame Coco war nie eine schöne Frau gewesen, zumindest konnte sich keiner in der Rue Princesse mehr daran erinnern, dass sie tatsächlich eine Schönheit gewesen war, zart und glutvoll, genau die Mischung, die Männer zu Idioten werden lässt. Dass sie jetzt mit großen Fischaugen dasaß und mit den dicken Händen ihre Karten durchwühlte, erschreckte keinen mehr, der sie nur als rotes Monstrum kannte.

»*Ihr* seid das?«, sagte sie endlich. »Fürst, ich möchte dich küssen!«

Wladimir Andrejewitsch zog es vor, schnell die Treppe hinaufzulaufen, um einer durchaus möglichen Umarmung zu entfliehen. Dafür schellte Madame Coco rücksichtslos Monsieur Callac aus dem Schlaf und brüllte ihn per Telefon an.

»Der Unbekannte sind die Taxifahrer!«, schrie sie.

Callac schüttelte den Hörer, fand sich in der plötzlich gegenwärtigen Welt nicht gleich zurecht und atmete pfeifend.

»Welche Taxifahrer?«, fragte er dann.

»Schlaf weiter, Marius!«, brüllte Madame Coco. »Die heutige Jugend ist viel anständiger, als wir es waren. Schlaf weiter!«

Callac begriff nichts, und schlafen konnte er auch nicht mehr. Er saß im Bett und grübelte darüber nach, ob Cosima Lebrun einen Psychiater brauchte.

»Die Sache spitzt sich zu«, sagte Wladimir Andrejewitsch, setzte sich auf Evs Bett, gab Bouillon einen Kuss auf die Stirn und suchte in der Jackentasche nach Zigaretten.

»Hast du von fünf bis acht ein Alibi, Pierre?«

»Ich war bei Ev im Hospital.«

»Dann bist du fein heraus.« Fürst Globotkin steckte sich die Zigarette an. »Zwischen fünf und acht heute Abend ist Jules Chabras im Vorgarten von Château Aurore erschossen worden.«

Die Morgenzeitungen brachten es in großer Aufmachung. Schließlich war die Familie Chabras eine der hundert Familien, die Frankreich insgeheim beherrschen.

Die Polizei hatte keinen Verdacht, Fernand Chabras äußerte politische Motive von linksradikaler Seite, Mama Myrna Chabras lag mit einem Schock im Bett, und drei Ärzte kümmerten sich um sie.

Der Tatbestand war denkbar einfach: Jules hatte seine Bluthunde im Garten ausgeführt, vor dem Gittertor hatte ein Auto gehalten, es war nur ein Schuss gefallen, aber der saß genau zwischen den Augen. Ein Schuss mit einem Gewehr, denn mit keiner Handfeuerwaffe konnte man auf diese Entfernung so präzise treffen.

Der Butler James konnte berichten – er verlor auch hier nicht seine unterkühlte britische Distanz –, dass der Tatwagen ein großer Citroën gewesen war. Wie viele Citroëns fahren in Paris herum!

Für Madame Coco, die während eines opulenten Frühstücks vier Zeitungen las, war der Bericht über den Tod Jules Chabras' nicht so aufregend wie das Hereinstürmen des Fürsten Globotkin. Er warf ihr einen Umschlag auf den Tisch, Absender Hôpital Laennec, und griff nach Madames großer Kaffeetasse.

»Das hat man heute in die Zentrale gebracht«, sagte er. »Unser Scheck für Ev. Und die Mitteilung: Alles bezahlt.«

»Das ist nicht wahr!« Madame fegte die Zeitungen vom Tisch und riss das Kuvert an sich. Ihr dickes Gesicht, noch nicht endgültig mit allem Puder und Rouge belegt, das es erträglich machten, verbreiterte sich noch mehr. »Sie haben das akzeptiert, Fürst?«

»Natürlich nicht. Ich habe die Verwaltung angerufen. Die Kosten sind für zehn Tage im Voraus bezahlt von einer Bank. Die Crédit Lyonnais.«

»Das ist Callac, ein hinterhältiger Schuft!«, sagte Madame Coco bitter. »Er hat ein Konto bei der Crédit Lyonnais, ich weiß es. Mit üblen Tricks ist es ihm doch noch gelungen, uns alle auszustechen. Pierre wird uns Genaueres sagen, wenn er von Callac zurückkommt. Oh, ich werde Callac zerschmettern! Da hilft auch nicht, dass er vielleicht heute ein Bild von Pierre kaufen wird.«

Wladimir Andrejewitsch zog es vor, das Haus schnell wieder zu verlassen, bevor Madames heilige Rache den Morgenrock zersprengte.

Ganz anders begann der Tag bei Marius Callac. Übernächtigt saß er in seinem kleinen Büro, als Pierre mit dem in ein Tuch eingeschlagenen Bild die Gemäldegalerie betrat und in das verborgene Fernsehauge blickte.

»Guten Morgen, Monsieur«, sagte er und wusste, dass Bild

und Ton nun vor Callac auf dem kleinen Fernsehschirm erschienen. »Soll ich das Bild gleich auf die Staffelei stellen?«

Das war eine Eigenart von Callac, diese Betrachtungsstaffelei. Bot man ihm ein Bild an, wurde es mitten in der Galerie auf dieses Holzgestell gestellt, und Callac begann, von ehrfürchtigem Schweigen umgeben, das Bild von allen Seiten zu betrachten, neigte den Kopf, reckte das Kinn, ging in die Hocke, stellte sich auf die Zehenspitzen, bezwinkerte es aus spitzen Winkeln, kniff die Augen zu Schlitzen zusammen und machte aus den Händen eine Röhre, durch die er das Gemälde geradezu anvisierte. Solcherart begutachtete Maler brachen meistens in Schweiß aus und behaupteten später, unter Callacs Blicken habe sich die Leinwand frierend zusammengezogen und ganze Farbteile seien abgesprungen.

Allerdings waren dieser Meinung nur diejenigen Maler, die Callac dann nach der eingehenden Betrachtung abgelehnt hatte.

»Nein! Kommen Sie nach hinten, Pierre!«, hörte er Callacs Stimme. »Stellen Sie das Bild an die Wand. Es hat Zeit.«

Im Büro roch es nach starkem Kaffee und Cognac. Callac hatte sich nicht die Mühe gemacht, seine Mundhöhle mit dem Eukalyptusspray einzusprühen, er war sichtlich verwirrt.

»Ist Madame Lebrun krank?«, fragte er. »Ich mache mir große Sorgen um sie. Sie hat nachts Halluzinationen von Taxifahrern.«

Es gelang Pierre in verhältnismäßig kurzer Zeit, Callac über Wladimir Andrejewitsch und alle damit verbundenen Vorkommnisse aufzuklären. Callac war danach bester Laune, trank mit Pierre zusammen einen Cognac, ging mit ihm in die Galerie, ließ ihn das Bild auf die Staffelei stellen und verzichtete sogar auf das Ritual der Begutachtung. Es war ein trüber Tag. Nebel hing über Paris, von den Dächern tropfte die Nässe die Hauswände hinunter, auf den Straßen wurde es nicht hell und die Autos fuhren mit Licht … aber hier, in der Galerie Callac, schien plötzlich die Sonne. Eine heiße, alles durchglühende Provence-Sonne, die mit ihrem Licht eine Blüte nicht eine Blüte sein lässt, sondern zu einer Offenbarung machte.

Callac stand vor dem Bild, starrte es durch die dicken Brillengläser an und schwieg. In Pierre kroch Beschämung hoch.

»Ich nehme es herunter«, sagte er heiser. »Es ist tatsächlich nicht die Farben wert. Verzeihen Sie, Monsieur.«

»Waren Sie schon in der Provence, Pierre?«, fragte Callac langsam.

»Ja. Als Kind. Sogar zu Fuß. Ich habe in allen bekannten Orten gebettelt. Mit zehn Jahren spielte ich den Epileptiker. Wir hatten sehr gute Tageskassen.«

»Und die Camargue?« Callac sagte es, als spreche er etwas sehr Feierliches aus.

»Das war eine schlimme Zeit, Monsieur. Dort lohnt sich das Betteln nicht. Wer dort Geld haben will, muss dafür arbeiten. Und Arbeit war damals etwas, was der Teufel auf dem Schwanz kleben hatte. In der Camargue haben wir geholfen, Rinder zu brennen.«

Callac sah Pierres Gemälde noch einmal an. Der graue, nebelige Tag schien nicht bis in seine Galerie zu dringen. Hier war ein Sommertag, wie er ihn einmal – war's vor einem Jahrhundert, Marius? – mit Cosima erlebt hatte.

»Sie sollten mit Ev einmal in die Provence und die Camargue fahren, Pierre«, sagte Callac langsam. »Man kann so etwas nicht malen in einem schrägen Dachzimmer mit dem Blick auf einen hohen hässlichen Kamin und in das Zimmer einer kleinen Straßenhure. Seien Sie nicht verschämt … Ev hat mir alles erzählt. Sie sollten wirklich hinfahren. Auch van Gogh saß in der prallen Sonne und malte … man wird es ewig merken, bis unter die Haut!«

»Ich muss Geld verdienen, Monsieur.« Pierre hängte das Tuch wieder über sein Bild. Callac zuckte zusammen, als habe man ihn gekniffen. Plötzlich war der graue Tag im Raum.

»Ich habe für Ev zu sorgen und keine überflüssige Zeit, wie van Gogh zu hungern.«

»Sie wollen Ev heiraten?«

»Nein.«

Callac musterte Pierre scharf durch seine dicken Brillengläser. Die klare Antwort verwirrte ihn etwas.

»Für ein Liebchen ist Ev zu schade, das sage ich Ihnen allen Ernstes, Pierre. Sie waren mir zwei Tage lang sympathisch … das verfliegt jetzt wieder. Wenn Sie Ev nur als Körper lieben, dann –«

»Ich werde nie mehr eine Frau so lieben wie Ev, Monsieur. Ich habe nie eine so geliebt wie sie. Das ist es, was mich hindert, sie zu heiraten.«

»Ich habe nie so viel Dämlichkeit auf einmal gehört.« Callac wandte sich ab. »Kommen Sie ins Büro und machen Sie die Post. Wir reden noch darüber.«

Sie sprachen an diesem Tag nicht mehr über Ev.

Bei Callac stand die Tür nicht still, und es klingelte in der Kasse. Ein so trüber Tag schuf Zeit genug bei den potentiellen Käufern, sich in der Galerie Callac beim Betrachten der käuflichen Schätze mit dem miesen Wetter zu versöhnen. Ein Mitglied des Hauses Rothschild kreuzte auf, ein Graf de Langlière, eine Baronesse de Guylac, gegen Mittag der Bankier Rochetal, gegen zwölf Uhr glich die Galerie Callac einer Stehparty der großen Gesellschaft, und man einigte sich großzügig, wer nun was kaufen sollte, ohne sich Konkurrenz zu machen.

Callac entwickelte eine erstaunliche Vitalität. Er redete mit jedem Kunden und zugleich mit allen, lief ab und zu in sein Büro, kippte einen Cognac, sprühte seine Mundhöhle mit Eukalyptusöl aus, hauchte Pierre an, fragte: ›Riecht man etwas?‹ und wenn Pierre antwortete: ›Nein, Monsieur!‹, lief er wieder hinaus und redete weiter. Callac wurde ein Mensch … und das war ein Erlebnis, das Pierre faszinierte.

An diesem Vormittag nahm Callac 347 628 Francs ein. Eine Summe, die Pierre schwindelig machte, als er die Schecks zusammenzählte.

»Der hundertste Teil davon würde mich zu einem König machen«, sagte er später zu Callac. Und Callac antwortete erschöpft:

»Das ist Ihr Fehler Pierre: Sie rechnen immer mit dem Hundertstel. So kommen Sie nie weiter! Ich habe übrigens Ihr Bild für 1200 Francs verkauft. Nehmen Sie mein Scheckbuch, und schreiben Sie sich selbst den Scheck aus.« Und als er sah, welcher Glanz in Pierres Augen lag, fügte er grantig hinzu: »Nicht jeder, der Geld für Bilder ausgeben kann, ist auch ein Kunstkenner. Ich habe Ihr Machwerk der Baronesse Guylac aufschwätzen können und mich innerlich sehr dafür geschämt –«

Madames Küche glich einem Heerlager.

Ponpon, ›Das Gebetbuch‹, der ›Rote Henry‹, Fürst Globotkin und fünf andere Taxifahrer, alles Russen, warteten auf Pierre. Sie tranken Kaffee, fraßen – essen wäre eine sanfte Untertreibung – von einem Backblech noch heißen Apfelkuchen, das ganze Haus duftete nach frischem Kuchen, und Madame Coco thronte inmitten der Männer wie eine gewaltige, fette, altchinesische Statue, deren Kopf Linksextremisten rot angestrichen hatten.

»Was sagt Callac!«, rief Madame sofort, als sie Pierres ansichtig wurde. »Hat er für Ev die Rechnung bezahlt?«

»Wieso Callac?« Pierre nahm den Scheck aus dem Rock, leckte ihn ab und klebte ihn sich an die Stirn. Mit hoch erhobenem Haupt betrat er die Küche, der ›Rote Henry‹ beugte sich zu ihm herunter, las die Summe und wandte sich an ›Das Gebetbuch‹:

»François, segne ihn! Er ist in den Himmel gekommen. Callac hat von ihm ein Bild verkauft. Wir armen Normalhungerer können mit ihm nicht mehr verkehren.«

»Alles Tricks!«, schrie Madame Coco, riss den Scheck von Pierres Stirn und las ihn. »Was sagt er von Ev?«

»Ev?« Pierre setzte sich, Wladimir Andrejewitsch schob ihm ein Stück Kuchen hin, Ponpon, der Schlangenmensch, schüttete ihm eine Tasse Kaffee ein. »Die Hospitalrechnung bezahle ich ...«

»Du?« Es war ein massiver Aufschrei. Dann schälte sich Madames gewaltige Stimme heraus.

»Mit diesen lumpigen 1200 Francs? Das sind bei Professor Mauron zwei Tage!«

»Ich male für ihn.« Pierre blickte sich um und sah in ungläubige Gesichter. »Ich weiß ... es lagen drei Zahlungen vor. Zwei anonyme, eine von euch, Wladi. Professor Mauron und ich haben uns geeinigt, dass alles zurückgeschickt wird. Freunde, ich kann für Ev etwas tun! Ich kann endlich mehr tun, als sie anstarren und malen. Und nächstes Jahr, im Sommer, fahre ich mit Ev in die Provence.«

»Ein Millionär!«, röhrte der ›Rote Henry‹. »Sag ich es nicht, er wird ein Millionär. Vergiss uns nicht in deinem Paradies, vom Glück Geküsster!«

Die folgenden fünf Tage waren Regentage, wenn man sie rein meteorologisch betrachtete. Paris war hässlich ... auch ewige Schönheit braucht einen gewissen Glanz.

Es geschah nichts Außergewöhnliches, wenn man davon absieht, dass – außerhalb des öffentlichen Interesses – einige verborgene Dinge den Lebenskreis weniger beschäftigten.

Die Kriminalpolizei, II. Mordkommissariat, wusste jetzt durch ballistische Untersuchungen, dass der tödliche Schuss auf Jules Chabras aus einem Mauser-Repetiergewehr abgegeben worden war. Den schwarzen großen Citroën dagegen in Paris zu finden war aussichtslos. Auch der mögliche Täterkreis mit Motiv war mittlerweile so groß geworden, dass alle Alibinachforschungen Monate in Anspruch nehmen konnten. Es stellte sich jetzt heraus, dass Jules Chabras ein Leben geführt hatte, das ihm automatisch eine Armee von Feinden eingebracht hatte. Allein die Zahl der abgestoßenen Geliebten erreichte Regimentsstärke. Deren Verwandtenkreis wiederum war ebenfalls zur Täterschaft zu zählen, ganz zu schweigen von den Männern, denen Jules die Ehefrau, die Braut oder die Freundin weggenascht hatte.

Mama Myrna erlitt einen neuen Schock, als der leitende Kommissar darüber referierte, und fuhr zur Erholung nach Antibes. Fernand Chabras, der Vater, nutzte seine Beziehungen zur Regierung aus, um diese Tatsachen nicht publik werden zu lassen.

Aber auch im 14. Arrondissement hatte Leutnant René Branne endlich einen Lichtblick. Einer der Lederjünglinge, der dauernden Verhöre überdrüssig, erwähnte nebenbei, dass bei der Zerschlagung des ›Club Jeunesse 2000‹ auch ein Geistlicher und ein Schlangenmensch mitgewirkt hatten. Der Geistliche habe immer gesagt: »Und Gott ließ Feuer über Sodom regnen!« – und dann habe er zugeschlagen.

Leutnant Branne verfasste einen neuen Zwischenbericht. Er bekam dafür einen gewaltigen Anpfiff, denn das Präsidium war der Ansicht, man wolle die Polizei verhöhnen.

Pierre malte.

Vormittags brachte er Callacs Büro in Ordnung, nachmittags besuchte er Ev im Hôpital Laennec, saß an ihrem Bett, fühlte die Schwere seiner Liebe, die auf seinem Herzen lag und den Atem hemmte, holte dann Bouillon ab, der unten in der Pförtnerloge wartete und jeden Tag ein Brot mit dem Pförtner teilte, und dann trotteten sie gemeinsam, nebeneinander, durch die nassglänzenden Straßen, drückten sich, wenn es regnete, an den Hauswänden entlang, kehrten ab und zu in einem billigen Bistro ein und tranken einen Pernod – Bouillon bekam eine lauwarme Bouillon, als wisse er, was er seinem Namen schuldig sei – … es war ein glückliches rundes Leben. Am fünften Tag kam Ev auf dem Flur Pierre entgegen. Es war eine überwältigende Überraschung, sie breiteten die Arme aus und rannten sich entgegen, fielen sich um den Hals und küssten sich, und Schwester Amélie weinte verstohlen. Dann besuchten sie Bouillon in der Pförtnerloge. Der hässlichste Hund von Paris wurde zum verrücktesten Hund, überkugelte sich vor Freude, jaulte und schielte dabei gottserbärmlich.

Am Abend besuchte zum ersten Mal Madame Coco das Hôpital Laennec. Sie kam nicht allein. Ponpon, der ›Rote Henry‹, ›Das Gebetbuch‹ und Fürst Globotkin begleiteten sie. Madame hatte sich festlich gekleidet: Ein Zirkus hätte ihretwegen eine Sondervorstellung gegeben. Der Pelzmantel, den sie trug, war bestimmt wertvoll, aber sie sah darin aus wie eine haarige Kugellawine.

Ein Krankenhaus ist vieles gewöhnt, aber dieser Aufmarsch beeindruckte selbst die hartgesottensten Mediziner. Nur die Schwestern erstarrten in Ehrfurcht, als ›Das Gebetbuch‹ salbungsvoll zu ihnen sagte: »Und ER stieg von dem Berg und tröstete die Gebrechlichen und erquickte die Dürstenden …«

»Ich acht Tagen werde ich entlassen«, sagte Ev, als sie alle um sie herum in ihrem Krankenzimmer saßen. »Dann werden Pierre und ich nach Deutschland fahren. Zu meinen Eltern. Pierre weiß es noch nicht. Es ist mein Weihnachtsgeschenk …«

An diesem Abend kam es auch zu einer Begegnung zwischen Madame Coco und Professor Mauron. Genauer gesagt, Madame walzte die Vorzimmerdame nieder, riss die Tür zum Chefbüro auf und ertappte Mauron dabei, wie er sinnend auf einem der alten Lederstühle saß und ein Bild betrachtete, das er in Augenhöhe vor die Bücher der Regalwand gestellt hatte. Pierre hatte es ihm am Nachmittag gebracht, eines der Bilder, das er nur für Ev und sich gemalt hatte. Ein simples Bild: eine Wiese mit einem weiten Himmel, und in dieser unendlichen Natur Ev, wie aus den Blüten wachsend.

»Ist er begabt?«, sagte Madame und stellte sich hinter Professor Mauron. »Oder kaufen Sie auch nur Bilder, die ein besoffener Affe hätte malen können?«

»Sie sind Madame Lebrun?«, sagte Mauron und blickte weiter auf das Gemälde. »Monsieur de Sangries hat viel von Ihnen erzählt. Warum erkennt keiner das Talent des Mannes?«

»Warum? Fragen Sie mich? Wie viele Maler gibt es in Paris, na? Sie haben es einfacher. Sie fuhrwerken mit einer Kürette herum und schicken dann die Rechnung. Sind Sie nur Frauenarzt?«

»Ja, Madame.«

»Trotzdem! Pierre gefällt mir nicht. Er isst und wird immer dürrer. Manchmal hat er gelbe welke Haut wie eine vergreiste Hure. Drücke ich mich klar aus?«

»Ungemein plastisch, Madame.« Professor Mauron drehte sich zu Madame Coco herum. »Sie sollten ihn zu einem Internisten schicken.«

»Er geht zu keinem Arzt.«

»Und wenn der Arzt zu ihm kommt?«

»Man müsste ihn narkotisieren, um ihn zu untersuchen.«

»Haben Sie schon mit Mademoiselle Bader darüber gesprochen?«

»Noch nicht.«

»Sie scheint seine ganze Welt zu sein. Versuchen Sie es über diesen Umweg, Madame …«

Madame Coco blieb eine halbe Stunde bei Professor Mauron. Als sie ging, begleitete er sie zum Erstaunen der Vorzimmerdame bis zur Treppe und küsste ihr sogar die Hand. Vor der Klinik warteten die anderen mit zwei Taxis.

»Na, was ist?«, fragte Wladimir Andrejewitsch. »Stimmt das mit den Bildern?«

Madame gab keine Antwort. Sie riss die Tür von Fürst Globotkins Wagen auf, setzte sich mit großer Würde und winkte Wladi zu.

»Taxi!«, rief sie energisch. »Rue Princesse! Und mogeln Sie nicht! Auf dem kürzesten Weg! Ich kenne Paris!« Sie lehnte sich zurück und blickte triumphierend um sich. »Ha! Es ist ein Genuss, einmal wieder als Dame behandelt worden zu sein!«

Eva Bader wurde eine Woche vor Weihnachten entlassen. Es war, als hole man einen Star ab oder die Frau eines Staatschefs. Globotkins Taxi war mit Blumen geschmückt, der ›Rote Henry‹ hatte eine Ode gedichtet, die er laut im Flur der Station P II vortrug und die so begann: »Befreit vom Fötus sind Uterus und Eva …« Doktor Andrès verhinderte den weiteren Vortrag, indem er den Dichter zu einem Cognac ins Arztzimmer einlud. ›Das Gebetbuch‹ sprach im Namen aller Heiligen den Schwestern seinen Dank aus, und Ponpon hüpfte durch den Gang wie ein Gummiball, den Kopf um die Schultern nach hinten durch die Beine gebogen. Es war ein Auszug, der viel Diskussionsstoff hergab, zumal auch Bouillon, zum ersten Mal, renitent wurde, nicht in der Pförtnerloge blieb trotz Leberwurstbrot, oben auf der Station erschien und sofort Doktor Andrès wieder angriff.

»Er muss eine besondere Ausdünstung haben«, sagte der ›Rote Henry‹ zur Entschuldigung. »Er ist sonst der anschmiegsam-erotischste Hund von Paris.«

Pierre hatte in diesen Tagen gemalt wie nie in seinem Leben. Eine Art Rausch hatte ihn erfasst, so profan und billig das klingt. Aber es gibt kein anderes Wort dafür, wenn man Tag und Nacht vergisst und nur mit seinen Farben und Empfindungen lebt.

Was er malte, lieferte er bei Professor Mauron ab, bis dieser am neunten Tage sagte: »Die Rechnung ist bezahlt, Monsieur de Sangries. Aber legen Sie um Gottes willen jetzt nicht den Pinsel wieder hin. Was Sie malen, ist Ihre Befreiung.«

Dann waren sie wieder in der Rue Princesse, oben in dem ›Zimmer in Gottes Hand‹, in dieser kleinen, dumpfen Welt mit den Tapeten aus Zeitungen und dem Blick über die Dächer von Saint-Germain-des-Prés, auf den hässlichen langen

Schornstein des Nachbarhauses und in das nie zugezogene Fenster der kleinen Straßenhure Marie Lelong, genannt Pussy, die ihr strapaziertes Bett genau gegenüber dem Fenster stehen hatte, von wegen der besseren Luft.

Der ›Rote Henry‹ hatte Winterastern auf Evs Bett gelegt, und Madame Coco hatte einen Schokoladenkuchen gebacken und dazu Langouste au porto gemacht, das sind Langusten in Scheiben mit Champignons und Portweinsauce. Eine merkwürdige, aber ungemein sättigende Zusammenstellung.

Es war sehr spät, als sich Ev auszog, und sie tat es ohne Zögern und ohne Scham. Es war wie selbstverständlich. Pierre saß an der Staffelei, und er sah sie stumm an, als sie nackt im Zimmer herumlief, irgendwie schemenhaft und unwirklich in der trüben Beleuchtung der einen Tischlampe. Ein zarter, weißer Körper, der sich lautlos durch den Raum bewegte.

»Komm, Pierre –«, sagte sie, als sie im Bett lag. »Komm ...«

Er rührte sich nicht, starrte sie weiter an und atmete kaum.

»Wir wollten das doch nicht«, sagte er endlich. »Das nicht ...«

»Ich liebe dich, Pierre«, antwortete sie. »Was sind dagegen dumme Vorsätze?«

»Professor Mauron hat mir ans Herz gelegt, dich zu schonen ...«

»Du wirst mich schon nicht zerreißen, Pierre ...«

Er antwortete nicht. Er empfand es als deprimierend, darüber zu sprechen, anstatt es zu tun. Aber er blieb sitzen, bis Ev, müde von der Rückkehrfeier, eingeschlafen war. Erst dann schlich er zu seinem Bett, legte sich angezogen auf die Decke und presste die Fäuste gegen den offenen Mund. Dabei weinte er lautlos und wünschte sich, wieder das Kind zu sein, das seine schöne Mama tröstend an ihren warmen Schoß zog.

Drei Tage später fuhren sie nach Deutschland. Wladimir Andrejewitsch brachte sie zum Gare du Nord und reichte sieben große Tüten mit Esswaren, Gebäck und Schokolade durch das Zugfenster. Madame Coco hatte darauf bestanden, alles mitzunehmen, um – wie sie sagte – Monsieur und Madame Bader in Köln zu beweisen, wie mütterlich sie für Ev sorgen würde. Dann hatte das rote Monstrum geweint, ein Anblick, den man ebenso wenig vergisst wie die Wasserfälle des Niagara.

Genau an diesem Tag erinnerte sich Myrna Chabras im fernen Antibes an ihr ehemaliges Au-pair-Mädchen Eva Bader. War Jules nicht mit einem deutschen Gewehr erschossen worden? War nicht die Rede gewesen, dass dieses deutsche Flittchen schwanger gewesen war und den armen Jules der Vaterschaft bezichtigte? War sie nicht plötzlich verschwunden und irgendwo in Saint-Germain-des-Prés bei obskuren Leuten untergetaucht? War ihr nicht zuzutrauen, mit einem Gewehr Rache zu nehmen? Passte es nicht zum hinterhältigen deutschen Charakter?

Eine gute Polizei – und Paris hat eine gute Polizei – gibt so schnell nicht auf. Und während Ev und Pierre ahnungslos mit dem Zug nach Köln fuhren und vor Namur das erste Paket mit Madames Kuchen schon fast aufgegessen hatten, rasselten die Fernschreiber in Paris und Köln in den Polizeipräsidien.

Es wird um Amtshilfe gebeten. Dringend des Mordes an dem französischen Staatsbürger Jules Chabras verdächtig sind Eva Bader und ihr Geliebter Pierre de Sangries. Heimatadresse von Eva Bader: Köln-Klettenberg, Eberhardtweg 19.

Die Mühlen der Behörden hatten zu mahlen begonnen. Aber sie hatten kein leichtes Korn zwischen den Steinen: Im Präsidium von Paris breitete sich Verwirrung aus.

Madame Cosima Lebrun stand in den Räumen der Mordkommission II und belegte biedere Beamte mit so malerischen Namen wie Hirnpisser und Furzfänger. Auch als Professor Mauron, als Alibi benannt, im Präsidium erschien, tobte sie weiter.

Es gibt Situationen, wo man keine Dame mehr zu sein braucht.

Es war eigentlich wie immer, als Ev und Pierre vor dem Haus Eberhardtweg 19 standen und das Taxi bezahlten, das heißt, für Pierre war es eine neue Welt, die er mit den Augen des Malers betrachtete und ziemlich langweilig fand. Aber für Eva Bader hatte sich nichts geändert: Obgleich sie ihre Ankunft in Köln telegrafisch mitgeteilt hatte, hatte keiner sie am Bahnhof abgeholt. Sie hatte es auch nicht erwartet, sie kannte den Lebensrhythmus der Familie Bader: Der Vater von morgens bis spät abends im Möbelgeschäft, die Mutter nur darum bemüht, den ganzen Tag dafür zu verwenden, diesen späten Abend dann gemütlich werden zu lassen, nach gut deutscher Art mit Bier, einem gewaltigen, kräftigen Abendessen, Fernsehen, Zeitungslektüre, politischen Meckereien (alles zusammen natürlich), Anekdoten aus dem Möbelgeschäft und dem Bericht über eine gute (oder miese) Tageskasse.

Eine ganz eigene Welt, in sich geschlossen, sich fast computergenau täglich wiederholend. Man hatte sich daran gewöhnt, hatte sich in sie eingelebt, und es war für Else Bader undenkbar, jemals aus dieser Festung bürgerlicher Geborgenheit auszubrechen. Sie wurde nur gestört, wenn Hubert Bader seine Vorauszahlungen an das Finanzamt leistete ... dann wehte der raue Wind einer lautstarken Aufsässigkeit, aber es war ein Sturm, der innerhalb der vier Wände sich schnell wieder totlief. »Wofür arbeitet man denn?!«, hieß es, auch hier in schöner Regelmäßigkeit. »Fleiß wird ja bestraft! Da rackert man sich ab, und was bleibt unterm Strich übrig? Haben wir deshalb im Krieg –«

Von diesem Wort an war Hubert Bader ein großer Monologist. Else konnte dann lesen oder stricken, ein Fernsehspiel ansehen oder Patience legen: Hubert Bader erzählte von Russland und der Rollbahn, vom vorgeschobenen Hauptverbandsplatz und seinem Hauptmann Klassberg, dem ein Granatsplitter die Hose aufgerissen hatte und der mit blankem Hintern vorauslief und immer geschrien hatte: »Mir nach! Mir nach!« Am Stammtisch war das eine beliebte Story, über die man brüllte ... Else Bader lächelte nur mild. Wenn man so etwas über dreißig Jahre lang hört ...

Auch heute war es nicht anders, Hubert Bader war im Möbelgeschäft und verkaufte Kunden, die ein Beistelltischchen im Sinn hatten, ein ganzes Schlafzimmer, rustikal in gekalkter Eiche, und Else Bader wartete oben in der Wohnung auf ihren Mann und ihre Tochter, hatte einen rheinischen Sauerbraten mit Klößen gekocht, selbst gemachtes Apfelmus und vorweg eine Bouillon mit Ei, und weil es ein ganz besonderer Tag war, hatte sie sogar ein ›Pittermännchen‹ gekauft, das ist ein kleines Fass Kölsch, obergäriges Bier, wie man es im Rheinland so gern trinkt.

Die Idee war von Hubert Bader gekommen. Auf den Einwand Elses, ein Franzose trinke sicherlich lieber einen leichten Rotwein oder einen herben Rosé zum Essen, hatte Hubert gesagt: »Was heißt das? Er ist bei mir zu Besuch. In Deutschland. Wenn ich nach Frankreich komme, trinke ich auch kein Kölsch, sondern Rotwein. Man sollte die Spezialitäten jeder Nation berücksichtigen. Auch diesem Pierre, oder wie er heißt, wird unser Kölsch schmecken. Soll ich wegen ihm extra Austern und einen Lafitte Rothschild kaufen?« Es war verblüffend, auch für Else, dass Hubert Bader einen Lafitte Rothschild kannte. Aber in Illustrierten steht ja oft davon zu lesen.

»Hier«, sagte Ev, als die Taxe wieder abgefahren war und sie allein auf der Straße standen. Wie damals in der Rue Princesse ihr Pierre seine Heimat gezeigt hatte, machte jetzt sie eine weite Armbewegung. »Hier bin ich geboren.«

»Schön«, sagte Pierre. Er blickte an dem Haus aus den neunziger Jahren empor. Balkons mit verschnörkelten Stützen. Eine Fassade mit hohen Fenstern und Zierstürzen. Ein Dachfries mit Edelstuck ... Fabelwesen weiblichen Geschlechts starrten aus hohlen Augen auf die Straße herunter. Sie sahen traurig aus, denn auf ihren Schultern ruhte das behäbige Dach.

»Es wurde 1943 ausgebombt«, sagte Ev, weil Pierre außer ›Schön‹ nichts mehr von sich gab. »Papa hat es aufbauen lassen, wie es früher war. Er liebt die Tradition.« Und als Pierre noch immer schwieg, sagte sie, ahnend, wo der Grund seiner Einsilbigkeit lag: »Wie ihr Franzosen! Ihr seid auch stolz auf eure glorreichen vergangenen Jahrhunderte.«

»Gehen wir hinein.« Pierre blickte auf die schwere, geschnitzte Eingangstür. »Habt ihr auch eine Concierge wie Madame Coco?«

»Bei uns gibt es so etwas nicht.«

»Schade.« Pierre hakte sich bei Ev unter. »Da fehlt den Deutschen ein wichtiges Stück Menschlichkeit.«

Zwei Minuten später war alles anders.

Else Bader drückte ihre Tochter an sich und begann zu weinen, was Müttern aller Rassen eigen ist, sagte immer wieder: »Gut siehst du aus, Eva, gut siehst du aus!«, obgleich Ev noch die Krankenhausblässe im Gesicht trug, und dann gab sie Pierre de Sangries die Hand, der sie formvollendet an die Lippen zog und sagte:

»Es ist mir eine Ehre, Madame.«

Else Bader verstand nur Madame, aber wie Pierre dieses Madame aussprach, war es bereits ein Gipfel in Deutschlands seltener Galanterie. Ev dolmetschte.

»Er freut sich, Mama.«

»Kann er nur französisch?«

»Leider. Ein paar Worte Deutsch habe ich ihm schon beigebracht … in einem Jahr wird es besser gehn.«

»In einem Jahr? Ihr wollt heiraten?«

»Darüber werden wir zusammen mit Papa sprechen. Wir haben ja so viel Zeit dazu.«

Wie üblich wurde Pierre zunächst die Wohnung gezeigt. Das Wohnzimmer, Huberts Arbeitszimmer, das Speisezimmer, die Küche, Evs Zimmer, das Fremdenzimmer, sogar die beiden Toiletten. Das Elternschlafzimmer sparte man aus … dieser Intimbereich gehörte Hubert und Else ganz allein. Eine runde, schöne, bürgerliche Welt mit schweren Möbeln, dicken Sesseln, Gittertüll-Gardinen, Wolkenstores, Übergardinen, Paradekissen auf den Betten, Orientteppichen. Wozu hatte man ein Möbelhaus? Man war nicht reich, aber wohlhabend, dafür hatte man sein ganzes Leben lang geschuftet. Nun konnte man es zeigen und sich darin wohlfühlen. Sichtbare Repräsentanz, dass das Leben bei aller Unsinnigkeit am Ende doch einen Sinn gehabt hatte.

Eine halbe Stunde später rief Hubert Bader aus dem Geschäft an, auch das war normal. »Ich komme heute eine Stunde später. Wichtige Kunden. Ein kleines Hotel will sich neu einrichten. Tut mir leid, Else. Ist das Kind schon angekommen? Gib es mir mal.«

Das Kind kam ans Telefon. Ev lächelte still. Zu Hause, dachte sie. Vater kommt wieder später, und Mutter weiß nicht, was sie jetzt mit den Klößen machen soll. Man kann Klöße nicht warm halten. Sie müssen frisch aus dem kochenden Salzwasser kommen.

»Das ist schön, dass ihr da seid«, sagte Hubert Bader am Telefon. »Hast du deinem Franzosen schon meine Orden in der Vitrine gezeigt?«

»Nein, Papa.« Ev lehnte sich gegen die Wand. Es war alles wieder so, als sei sie nie weg gewesen, als sei die Welt für sie nicht völlig anders geworden, nüchterner, realer, aber auch irgendwie lichter, wie von innen durchstrahlt. »Aber ich glaube, er hat sie gesehen. Er sitzt jetzt genau gegenüber im Sofa.«

»Meine Fotoalben aus dem Krieg liegen in der linken oberen Schublade. Du kannst sie ihm schon zeigen.«

»Ob ihn das interessiert, Papa?«

»Warum nicht?« Hubert Baders Stimme klang erstaunt. »Gerade als Franzose! Als ich damals mit dem Gesangverein in Paris war, da haben wir auch den Arc de Triomphe besichtigt. Lauter Fahnen, Orden, Gemälde, Bilder, Uniformen. Warst du übrigens mal im Arc de Triomphe, Kind?«

»Ja, Papa. Einmal.« Sie schloss die Augen. Der Fahrstuhl … so schnell er nach oben schwebt, es ist unendlich, wenn man sterben will. Die Plattform, windumweht, der Blick über die großen Boulevards und die von der Place sternförmig abgehenden breiten Avenues. Unter sich die Tiefe, die das Ende aller Qual bedeutet. Und dann eine Hand, die einen zurückreißt von der Brüstung, kurz bevor man sich dazu durchgerungen hat, hinunterzuspringen.

»Wann kommst du, Papa?«, fragte sie und atmete tief durch.

»So gegen neun. Fangt schon mit dem Essen an.«

»Es gibt Klöße und Sauerbraten, Papa. Du weißt, die Klöße –«

»Ein Hotel will sich einrichten«, sagte Hubert Bader ernst. »Da werden doch wohl noch ein paar Klöße dranhängen …«

Zu Hause. Es ist ein eigentümliches, seliges, kindhaft glückliches und doch zutiefst kritisches Gefühl, wenn man aus einer sich ständig verändernden, immer neu zu erobernden Welt in die seidentapetige, von behäbiger Gemütlichkeit durchwachsene Bürgerlichkeit zurückkommt. Irgendwie ist es sogar schön.

Gegen neun kam Hubert Bader aus dem Geschäft. Er fuhr seinen Wagen in die Garage neben dem Haus, klemmte eine große Tüte aus dem Supermarkt unter den Arm und rekapitulierte noch einmal die Sätze, die er sich auf Französisch zusammengestellt hatte, um Pierre de Sangries heimatlich zu begrüßen. In der Tüte waren Gänseleberpastete, Froschschenkel, zwei Flaschen Rosé de Provence, einige französische Käsesorten und ein Toastbrot, eben das, von dem man glaubt, dass es Franzosen täglich und gern essen. Es war eine rührende Geste von Hubert Bader. So national ist man ja gar nicht …

Pierre saß mit Ev im Wohnzimmer auf der Couch und sprang sofort auf – ein gut erzogener, höflicher junger Mann, stellte Hubert Bader sofort fest –, als Bader eintrat. Else war in der Küche und legte jetzt die Klöße ins Wasser, nachdem sie die Zeit damit überbrückt hatte, über ihre dolmetschende Tochter Pierre zu erklären, wie sehr sie Bilder liebe, und dass auch Hubert Bader in seinem Möbelgeschäft Gemälde verkaufe, allerdings von ›Düsseldorfer Meistern‹. Besonders gefragt seien Alpenlandschaften, Seestücke, romantische Waldbilder, vielleicht mit einem Hirsch drauf, und vor allem Köpfe von trinkenden Mönchen oder pfeiferauchenden Bergbauern. Das Geschäft mit Schlafzimmerbildern – Marien und Engel – sei rückläufig. »Der moderne Trend«, sagte Else Bader und lächelte weise. »Aber für die ganz moderne Kleckserei hat mein Mann gar nichts übrig. Das malt ein Hund mit wedelndem Schwanz und einem Pinsel dran auch, sagt er immer …«

Und Ev übersetzte: »Mama meint, wir gehen morgen auf den Weihnachtsmarkt in die Stadt …«

Pierre lächelte höflich. Ihm fiel nur auf, dass so lange deutsche Sätze in der französischen Übersetzung so kurz sein konnten.

»Willkommen!«, rief Hubert Bader an der Wohnzimmertür und streckte Pierre die Hand entgegen. Er sagte tatsächlich: »Bienvenu, Monsieur de Sangries!«, fand den jungen Mann in dem braunen Cordanzug – obwohl er viele blanke Stellen zeigte – auf Anhieb sympathisch und schüttelte nach bester deutscher Art die Hand Pierres, dass er es bis ins Schultergelenk hinein spürte. Und dann: »Comment allez-vous? Asseyez-vous, monsieur.«

Dann saß Pierre wieder, und Hubert Baders französischer Vorrat war ziemlich erschöpft. Doch der gute Wille war bewiesen. Die völkerverbindende Toleranz. Man sah sich an, lächelte verlegen und wartete auf ein erlösendes Stichwort, das die Luftleere wieder auffüllte.

»Gut siehst du aus, Kind«, sagte Hubert Bader endlich. »Es geht dir gut?«

»Es geht uns dreckig, Papa.«

»Uns?« Bader blickte kurz auf Pierre de Sangries. Väter von

Töchtern hören Worte wie ›uns‹ in Zusammenhang mit einem anderen Mann nicht gern.

»Wir wohnen zusammen, Paps.«

»Aha!« Hubert Bader merkte selbst, dass das eine dumme Bemerkung war, aber die plötzliche Erkenntnis, dass das ›Kind‹ bei einem fremden Mann lebt, muss irgendwie verdaut werden, und dazu noch schnell. »Ihr … ihr wollt heiraten?«

»Vielleicht.«

»Wenn ihr zusammen lebt –«

»Wir wohnen zusammen, Paps.«

»Das ist doch dasselbe.«

»Nicht immer, Paps.«

Hubert Bader warf Pierre einen dankbaren Blick zu. Ein anständiger, junger Mann, dachte er. Auch wenn so etwas unwahrscheinlich klingt, es muss stimmen. Ev lügt nicht. Woran man immer sofort denkt! Wie sagte doch Peter Krummeis vom Stammtisch: »Je älter man wird, umso schamloser wird man.«

»Warum hast du nie geschrieben, dass du Geld brauchst?«, fragte Bader. »Ich weiß, ich weiß: Du willst selbstständig sein. Bist du nicht mehr bei dem Fabrikanten, wie hieß er doch noch?«

»Chabras …«

»Richtig.«

»Nein, da bin ich nicht mehr, Paps. Ich bin jetzt Sekretärin bei Monsieur Callac, einem Kunsthändler.«

»Kunst? Eine brotlose Arbeit.« Er beugte sich zu Pierre vor. »Sie sind Maler, hat mir Ev geschrieben? Peintre?«

»Oui, monsieur.« Pierre nickte. »Ich habe nichts anderes gelernt.«

Und Ev übersetzte: »Ja. Es ist ein schöner Beruf, aber es ist schwer, bekannt zu werden. Paris wimmelt von Malern.« Und schnell setzte sie hinzu: »Aber das ist kein Grund, Paris mit einer anderen Stadt zu vertauschen.«

Hubert Bader nickte. Wie vorher Pierre wunderte nun

er sich, dass ein so kleiner französischer Satz im Deutschen so lang sein kann. Ja, ja, das Französisch, es ist eben eine elegante Sprache!

Das Abendessen war eine Wucht, würde man in Deutschland sagen. Ein duftender Sauerbraten, auf rheinische Art, mit einer Soße, in der Rosinen schwammen. Klöße, so dick wie Kindsköpfe. Dazu Rosenkohl, nicht zu weich, sondern knusprig. Else Bader konnte vorzüglich kochen; wenn Hubert so richtig rundum satt war, bestätigte er es und streckte dann die Beine weit von sich. Das war für Else immer ein kleines Stück Glück und Seligkeit.

Das ›Pittermännchen‹ wurde angestochen, schön kühl aus dem Kühlschrank, und wenn es auch nicht Pierres Geschmack war, er trank das kölsche Bier, stieß mit Hubert Bader an und sagte höflich: »Excellent!« Damit gewann er die Hälfte von Huberts patriotischem Herz.

Später saß man in offener Runde, Hubert rauchte eine Zigarre, Pierre und Ev Zigaretten, und Else knabberte Plätzchen mit Schokoladenguss. Es war eine etwas mühsame Unterhaltung, aber Hubert Bader verließ sich darauf, dass seine Tochter exakt dolmetschte.

Wenn er sagte: »Ein Problem der EG sind die französischen Bauern«, übersetzte Ev: »Vater meint, man sollte in der EG auch etwas für die Künstler tun.« Oder Bader erinnerte sich: »Als wir in Frankreich lagen, die 22. ID, da haben wir einmal in der Gegend von Châlon-sur-Marne einen Weinkeller entdeckt. Ich sage Ihnen, Pierre, die 4. Kompanie war drei Tage lang so besoffen, dass Ihre Poilus uns glatt hätten überrennen können, wenn sie das gewusst hätten.« Ev übersetzte: »Mein Vater hat kürzlich eine Fahrt nach Châlon-sur-Marne gemacht und die Soldatengräber besichtigt. Er war sehr beeindruckt.«

Man verstand sich jedenfalls bestens, bekam einen freundschaftlichen Kontakt und fand sich gegenseitig sehr nett. Als Pierre sich dann verabschiedete und sein Bett im Fremdenzimmer belegte, wurden die Gespräche mehr familiär. Hubert Bader zapfte noch ein Glas Kölsch und putzte sich laut die Nase. Wie früher, dachte Ev, wenn die Schulzeugnisse nicht besonders gut waren und durchgesprochen wurden.

»Wenn ich richtig verstanden habe«, sagte Hubert Bader, »ist dieser Pierre de Sangries zwar ein Adeliger, aber arm. Er ist Maler, aber kaum einer kennt ihn und kauft etwas von ihm.«

»Es kann nicht jeder ein Picasso oder Dali sein, Paps«, antwortete Ev.

»Aber ein Peter Pollatz. Von dem verkaufe ich jedes Jahr mindestens vierzig Alpenlandschaften. Ich! Und er beliefert meines Wissens noch zehn andere Verkäufer. Er hat in Düsseldorf am Rhein eine Villa.«

»Pierre ist Künstler, Paps.«

»Ist es keine Kunst, eine Almwiese so zu malen, dass man das Gras riecht? Was malt er denn, dein Pierre? Gut, ich will nicht ewig meckern, wie du es nennst – aber wenn er eine Familie ernähren will, muss er etwas dafür tun. Was malt er denn nun wirklich? Links oben ein Auge, rechts unten einen Fuß, in der Mitte neun Winkel und dann noch ein paar Kreise?«

»Das wäre Picasso und kostete 3 Millionen.«

»Ich sage ja, dass die Welt verrückt ist. Vor dem Krieg, im Haus der Deutschen Kunst –«

»Paps, wir leben nicht mehr vor dem Krieg.«

»Aber essen und trinken müsst ihr wie vor dem Krieg. Nur von der Liebe allein wird keiner satt! Überhaupt – ehem – Liebe. Wie soll das mit euch werden? Er ist ein netter Mann, zugegeben, und dass es gerade ein Franzose sein muss, ist deine Sache, obgleich es Millionen deutscher Männer gibt. Aber du bist großjährig ...«

»Eben, Paps. Ich liebe Pierre.«

Else Bader begann mütterlich sanft zu weinen. Das Glück ihrer Tochter rührte sie an. Vielleicht waren es auch Erinnerungen. Vor einunddreißig Jahren, wie sah da die Liebe aus? Da lernte sie Hubert Bader kennen, als er vor einem Luftangriff in den Keller flüchtete, in dem auch die Familie Kleinkamp sich verkrochen hatte. Ein Urlauber mit dem EK II, ziemlich fesch und selbstsicher. Vom ersten Blick an hatte sich Else Kleinkamp in ihn verliebt. Und sie heirateten, als Köln nur noch ein Ruinenhaufen war, in einem Standesamtszimmer, wo auf dem Tisch neben einem Primeltopf ein Stahlhelm, eine Gasmaske und eine Taschenlampe lagen. Sie hatten Glück … während der Trauung gab es keinen Fliegeralarm. So war das damals mit ihnen, aber die Liebe hatte das alles verklärt.

»Ich werde euch monatlich einen Scheck schicken«, sagte Bader und trank sein Bier. »Bis ihr auf eigenen Beinen stehen könnt.«

»Darauf stehen wir bereits, Paps. Wir schaffen es ganz allein.«

»Ich kann doch meiner einzigen Tochter Geld schicken.«

»Pierre ist zu stolz, sich von dir ernähren zu lassen. Ich kenne ihn.«

»Zu stolz! Sein Magen rappelt wie eine Kirmesorgel, aber er ist zu stolz! Ich wiederhole: Er ist ein netter Kerl. Aber gibt es keinen anderen?«

»Nein. Für mich nicht.« Ev sah ihre Eltern an. Ihre Mutter verstand sie, für sie hatte es auch nur Hubert gegeben. Andere Männer standen jenseits ihrer Welt. Was Hubert Bader dachte, konnte man nicht sehen, er zapfte am ›Pittermännchen‹.

»Man muss sich daran gewöhnen, dass die Jugend krumme Wege geht«, sagte er endlich. »Vielleicht liegt es daran, dass wir ihnen zu gerade Straßen gebaut haben …«

Manchmal hatte auch Hubert Bader eine Stunde, in der er den Charme eines Bonmots entwickelte.

»Gehen wir schlafen«, sagte er und leerte sein Bierglas. »Morgen muss ich nach Frechen zu einer Fabrik. Büroeinrichtung. Wir reden noch darüber, Kind –«

Aber es gab in den nächsten zwei Tagen nichts mehr darüber zu reden. Um ein Uhr nachts klingelte es Sturm bei den Baders. Zwei Zivilisten und zwei Polizeibeamte in Uniform standen unten und sagten, als Hubert verschlafen aus dem Fenster blickte: »Machen Sie bitte auf! Ist Pierre de Sangries bei Ihnen?« Und oben in der Diele sagten sie, als sie Pierres in einem neuen blauen Schlafanzug ansichtig wurden, ziemlich zackig: »Sie sind Pierre de Sangries? Im Vollzug eines Amtshilfeersuchens der französischen Polizei müssen wir Sie festnehmen. Sie werden des Mordes verdächtigt –«

Eine Viertelstunde später fuhren Pierre und Ev in einem Polizeiauto zum Polizeipräsidium von Köln. Hubert Bader stand unten in der Tür seines Hauses, hatte den Arm um seine weinende Frau Else gelegt und sagte sarkastisch:

»So einen Schwiegersohn habe ich mir immer gewünscht! Das Kind muss verrückt sein.«

In Paris hatte sich an diesem Abend die Lage insoweit geklärt, dass man Madame Cosima Lebrun und Professor Mauron nach Protokollierung ihrer Aussagen wieder entließ und Madame androhte, bei weiteren ordinären Beschimpfungen der Pariser Polizei Anklage zu erheben. Ausdrücke wie Sackläuse seien Beamtenbeleidigung.

»Es ist unerhört!«, schrie draußen auf dem Flur Madame Coco weiter, obgleich Professor Mauron sie zu beruhigen versuchte. Ihr Trompetenorgan schallte durch das weite, abendstille Haus. »Pierre und ein Mörder?! Mein petit Pierre?! Professor, ist es medizinisch möglich, dass man Jauche im Kopf hat statt Hirn?«

»Kaum, Madame.« Mauron fasste Madame Coco unter und zog den Koloss zum Ausgang. Dort starrte der Nachtpförtner, ein Polizist vom Dienst, erschrocken auf das rote Ungeheuer, das mit den Armen fuchtelnd an ihm vorbei walzte. »Sie werden sehen, der Verdacht gegen Pierre fällt haltlos zusammen.«

»Schon der Verdacht allein ist Hundedreck. Ha, was haben wir für eine Polizei! Das muss in die Zeitung, Professor, das muss von Millionen gelesen werden! Nur weil man einen Chabras umgebracht hat, muss mein armer Pierre leiden! Die Macht der Großindustrie, die uns alle erwürgt! Fahren wir zum ›Figaro‹, zum ›France soir‹, zum ›Combat‹ ... ich lasse die Chabras' durch die Presse kastrieren!«

Madames Zorn verrauchte nur langsam, aber zu den Zeitungen kam sie nicht. Vor dem Präsidium lud sie Wladimir Andrejewitsch in sein Taxi und fuhr sie nach Hause. Professor Mauron stieg in seinen großen Citroën. Pierre de Sangries' Alibi war unerschütterlich: Als Jules Chabras erschossen wurde, hatte er bei Ev am Bett gesessen. Mauron hatte der Polizei vier Schwestern als Zeugen angetragen – man hatte auf sie verzichtet. Auch Bouillon, der hässlichste Hund von Paris, jetzt bei Madame in Pflege, wurde als Zeuge abgelehnt, obgleich sich der ›Rote Henry‹ erbot, zwischen der Polizei und Bouillon zu dolmetschen. Darauf erhielt der ›Rote Henry‹ den Befehl, sofort das Präsidium zu verlassen. Mit dem ›Gebetbuch‹ war das schwieriger ... er erzählte den Beamten von Jesus, der die geistig Armen liebte.

Man soll nie sagen, Polizeibeamte hätten keinen schweren Dienst.

Trotzdem sollte man ein wenig Kritik üben: Per Funk hatte man in Köln sehr schnell Pierre verhaften lassen, aber seine Freilassung nach diesem großen Alibi hatte man nicht so eilig. Hier benachrichtigte man die Kölner Kollegen erst am nächsten Morgen, vielleicht nach dem übernationalen Obrigkeitsdenken, dass eine Nacht in einer Zelle keinem schaden kann, sondern eine staatsbürgerliche Lektion ist.

»Es tut uns leid«, sagte der Kommissar vom Dienst in Köln, als der Funkspruch aus Paris eintraf. »Die Kollegen in Paris geben grünes Licht. Aber bei Mord ... Sie verstehen ... man kann nie vorsichtig genug sein. Na ja, nun ist ja alles gut. Fröhliche Weihnachten, Fräulein.«

Ev saß auf einer Bank im 1. Mordkommissariat und hatte dort die ganze Nacht ausgehalten, obgleich das gegen die Dienstvorschrift war. »Sie kriegen mich hier nicht wieder weg, bis sich Pierres Unschuld herausgestellt hat!«, hatte sie gesagt. Und sie hatte es so gesagt, dass keine Zweifel an ihrem starken Willen aufkamen. »Wenn Sie mich entfernen wollen, müssen Sie das schon mit Gewalt tun.«

Das aber wollte niemand. Und so blieb sie auf der Bank sitzen, die ganze Nacht, trank mit dem Nachtdienst starken Kaffee und bekam ein Brot mit Mortadella, las die ersten Exemplare der Morgenzeitungen, noch nach Druckerschwärze riechend, und hörte den Polizeifunk mit. Morde passierten in dieser Nacht keine ... Köln war nicht New York oder London. Am Rhein lebt man zu gern, und wenn einer mordet, sind's meist Auswärtige, Zugereiste, Nichtkölner.

Gegen neun Uhr vormittags wurde Pierre entlassen. Er hatte nicht erwartet, dass Ev die ganze Nacht auf der Polizei verbracht hatte, sie fielen sich in die Arme, küssten sich, als sollten sie für ewig getrennt werden, und erst als der Kommissar vom Dienst sich räusperte und gemütlich sagte: »Pardon, aber ein Bett können wir nicht zur Verfügung stellen«, fuhren sie auseinander und schämten sich ein wenig.

Bei Baders war der Empfang trauriger. Hubert Bader war in Frechen bei dem Bürohaus, das neue Möbel bestellen wollte, und hatte hinterlassen, dass er bestürzt sei. Da man ein Geschäft wie diese Büromöbel nicht aus der Hand geben kann, hatte er ebenfalls hinterlassen, dass man über diesen Pierre am Abend eingehend miteinander sprechen wolle. Zwei Anrufe bei der Kriminalpolizei hatten keinen Erfolg gehabt. Dort gab man keine Auskunft.

»Typisch!«, hatte Hubert Bader gesagt. »Da ist man in einen Mordfall verwickelt und bekommt noch nicht mal gesagt, wer wen umgebracht hat. Es wird immer toller mit unserer Polizei! Früher –«

Zum ersten Mal seit einunddreißig Jahren hatte Else daraufhin ihren Mann stehen lassen und war in die Küche gegangen. Erstaunlicherweise kam Hubert Bader am Mittag nach Hause und aß nicht schnell eine Currywurst mit Pommes frites nebenan in einem Stehrestaurant, genau zehn Schritte von seinem Möbelgeschäft entfernt.

»Nanu!«, sagte er in einem Anflug moderner Ironie. »Da sitzt ja unser Mörder und trinkt Kaffee!« Und als Ev etwas erwidern wollte, winkte er energisch ab. »Ich glaube, hier ist vieles zu erklären. Ich habe mich notgedrungen an deine moderne Lebensauffassung gewöhnen müssen, Kind, aber einen mordverdächtigen Schwiegersohn schluckt man nicht so leicht. Also, was ist?«

Es dauerte bis zum Nachmittag, ehe Ev und Pierre, einmal deutsch, einmal französisch in deutscher Übersetzung, ihre getrennte und dann gemeinschaftliche Geschichte erzählt hatten. Die Stunde auf dem Arc de Triomphe sparten sie aus, ebenso die verdammte Party des Jules Chabras, auf der er vierzehn Freunde präsentierte, die alle mit Ev geschlafen haben wollten. Auch das Kind ließen sie weg und den Abortus … übrig blieb, dass Jules Chabras hinter Eva her gewesen war und dass sie gekündigt hatte, um seinen immerwährenden Nachstellungen zu entgehen. Pierre hatte sie dann später in einem Straßencafe am Seine-Ufer kennen gelernt, ganz romantisch, pariserisch und sittsam.

Das ist keine Lüge; beruhigte sich Ev selbst und schielte zu Pierre hinüber. Warum sollen wir sie aufregen, warum aus ihrer heilen Welt aufschrecken? Es ist vorbei, und es wird nicht besser, wenn man darüber spricht.

Hubert Bader allerdings genügte es. Zum ersten Mal seit genau sechs Jahren – so erinnerte sich Else mühsam – verpasste er das Nachmittagsgeschäft im Möbelhaus und überließ es seinem 1. Verkäufer, Max Plaschke.

»Ich war immer gegen Paris«, sagte Hubert Bader nach dieser ›Beichte‹. »Nichts gegen Ihre Heimat, Pierre, es ist eine schöne Stadt, eine Wiege der Kultur, aber doch auch ein Sündenbabel. Kind, übersetz das mal: Können Sie nicht auch in Köln malen, Pierre? Die obere Wohnung hier im Haus ist frei.«

Und Ev übersetzte: »Papa dankt dir für alle Hilfe und wünscht dir viel Glück in Paris. Wie wir hält er die Polizei für reichlich dumm, dich zu verhaften.«

Pierre nickte. »Monsieur«, sagte er höflich, »ich habe wenig für Ev getan. Sie hat viel mehr für mich getan. Ich werde es nie danken können.«

»Pécore!«, antwortete Ev, was so viel heißt wie ›Rindvieh!‹

»Was meint er?«, fragte Hubert Bader gespannt.

»Pierre meint«, sagte Ev und bat innerlich ihre Eltern um Verzeihung, »dass seine Möglichkeiten in Paris größer sind.«

»Ihr müsst es wissen.« Hubert Bader blickte auf die Uhr. Es hatte keinen Sinn mehr, ins Geschäft zu fahren. »Trinken wir darauf einen Rotwein.«

Aber später, als er und seine Else allein waren im Schlafzimmer, sagte er: »Es wird verdammt schwer werden, mich an einen französischen Schwiegersohn zu gewöhnen. Was redet man mit ihm, wenn keiner vom anderen ein Wort versteht? Ein Maler, und ich habe immer gehofft, dass das Kind einen Mann bringt, der mein Geschäft übernehmen kann.«

Er seufzte, knipste das Licht aus, drehte sich auf die Seite und schlief ein.

Man kann auch in Paris schnell und gründlich die Öffentlichkeit mobilisieren. Es genügt dazu ein so starker, alles niederschmetternder Wille, wie ihn Madame Coco besaß. Die neue Freundschaft mit Professor Mauron, so absurd sie auch war, schien bei Madame einen Motor angeworfen zu haben.

Sie kündete Marius Callac ihren Besuch an.

Für Callac veränderte sich schlagartig die Welt. Er hatte Cosima, nachdem sie geheiratet hatte, nicht wieder gesehen. Auch als Witwe hatte er sie nicht wieder getroffen; ihr einziger Kontakt, sehr lose, war das Telefon geblieben. Unauslöschbar für Callac aber war die Erinnerung an das Mädchen Cosima, das mit ihm heimlich in die Camargue gefahren war und das an einem fast weißen Sonnentag neben ihm im Gras gelegen hatte, über ihnen der unendliche weite Himmel und vor ihnen die einsamen, schilfumsäumten Seen mit den Schwärmen rosafarbener Flamingos.

Sie kommt!

Callac tat das Gleiche, was Cosima an diesem Morgen tat: Er ging zum Frisör, ließ sich die Haare schneiden, kaufte bei Cardin (sieh an!) ein modernes Hemd und einen bunten, kecken Schlips, erstand neue Schuhe bei Jourdan und brachte seinen besten Anzug zum Aufbügeln weg. Er widerstand sogar der Versuchung, seine ihn völlig überströmende Freude mit Cognac zu dämpfen, schloss die Flaschen in den Tresor, wo er zwei echte Sisleys aufbewahrte (von denen niemand etwas wusste und die unverkäuflich waren) und hüpfte dann den ganzen Tag in seiner Kunstgalerie herum wie ein Kampfhahn, dem man schon die Messerklingen umgeschnallt hat.

Um 17.28 Uhr hielt vor der Galerie Callac ein Taxi. Fürst Globotkin stieg aus und öffnete die Tür. Callac, der hinter dem Vorhang stand, der das Schaufenster vom Laden trennte und die Straße beobachtete, zog sich enttäuscht zurück. Was sich da auf das Trottoir wälzte, war ein Monstrum von Weib, mit flammend roten, aufgetürmten Haaren und im Gesicht bemalt wie ein Clown. Sie trug zwar einen sündhaft teuren Pelzmantel, einen fast bodenlangen Saphirnerz, aber sie wurde dadurch nicht schöner, sondern nur noch unförmiger.

Callac zog sich in die Mitte seiner Galerie zurück und überlegte, was er dieser Dame verkaufen konnte. Er hatte einen van Leeuwen da, einen Holländer um 1643, unbekannt, aber ungemein dekorativ. ›Einfahrt in den Hafen von Rotterdam‹ hieß das Bild. In einer Wohnhalle hängend, würde es den Neid aller befreundeten Familien erwecken, womit der Hauptzweck dieses Bilderkaufes erfüllt sein mochte.

Callac rückte seine dicke Brille zurecht, als die Ladentür aufging und die rote Dame hereinwuchtete. Das Taxi blieb draußen stehen. Wladimir Andrejewitsch setzte sich auf seinen Platz und nahm den ›Figaro‹ zur Hand.

»Aha!«, sagte die Riesendame. Callac zuckte betroffen zusammen. »Du musst Marius sein.«

»Cosima!« Callacs Brille beschlug, als stießen seine Poren heißen Wasserdampf aus. »Das bist du? Herr im Himmel, wie siehst du denn aus?!«

»Du bist auch nicht schöner geworden!«, schrie Madame Coco. »Knöchern, zerknittert, drei viertel blind! Wie kann ein Blinder Bilder kaufen und verkaufen! Marius, ich wäre nie mehr zu dir gekommen, wenn sich nicht in meinem Leben umwälzende Veränderungen ergeben hätten. Wie lange braucht man, um eine Gemäldeausstellung in Paris durchzuführen?«

Callac war viel zu sehr vom Anblick Cosimas erschlagen, um nüchtern zu denken. »Vier Wochen«, sagte er ziemlich breiig.

»In drei Tagen eröffnen wir sie! Verstanden?«

»Unmöglich!« Callac wurde wieder klarer. »Cosima, warum siehst du so aus?«

»Was geht das dich an, ha? In drei Tagen muss ganz Paris wissen, dass bei Callac der hoffnungsvolle junge Maler Pierre de Sangries ausstellt.«

»Das kostet ein Vermögen.«

»Willst du dein Geld mit ins Loch nehmen, Geizkragen? Hast du Erben?«

»Ja«, sagte Callac. Als er es ausgesprochen hatte, wusste er plötzlich, wie glücklich ihn dieses Ja machte.

»Du hast ein Kind?«, sagte Madame Coco und zog ihren Pelz aus. Sie trug ein Kleid darunter, das sie sich ›auf Figur‹ hatte machen lassen. Die Schneiderin hatte es getan nach Wunsch, aber vorher jede Haftung abgelehnt. Callac atmete ein paar Mal tief. Der Sonnentag in der Camargue, dachte er. Das schlanke, süße Mädchen neben mir, ein Gesicht wie ein Engel, eine Figur wie von Raffael gemalt. Diese unvergessliche Zärtlichkeit in ihren Händen, ihrer Stimme, ihren großen Augen, ihrem biegsamen Körper.

Gott im Himmel, wie grausam sind achtundfünfzig Jahre Leben …

»Du hast ein Kind?«, wiederholte Madame Coco laut.

»Ein halbes«, sagte Callac heiser.

»Wie kann man ein halbes Kind haben?«

»Es gibt so etwas.«

»Ich hätte es mir denken können. Ein vollständiges hast du nie zusammenbekommen. Reden wir nicht herum. Professor Mauron schließt sich uns an, ebenfalls rund zweitausend Taxifahrer. Heute Abend bringen wir dir die Bilder von Pierre. Der ganze Kram hier« – sie machte eine weite Handbewegung über Callacs erlesene Schätze – »kommt weg! Hier wird nur noch Pierre de Sangries hängen! Zwei Wochen! Bis Pierre aus Deutschland zurückkommt. Wir drucken Plakate und Handzettel, du benachrichtigst die Kunstkritiker und Zeitungen. Ich will, dass der große Callac erklärt, Pierre de Sangries sei ein vorzüglicher Maler! Wie du dastehst, Marius, wie ein Hosenpisser! Nun sag doch etwas!«

»Was soll ich sagen, Cosima«, sagte Callac leise. Er nahm seine Brille ab und putzte sie mit dem Lederläppchen, das er immer in der Brusttasche trug. »Du hast mich erschlagen …«

Drei Tage lang verteilten genau dreitausendvierhundertneunundfünfzig Taxifahrer in Paris Handzettel an ihre Fahrgäste mit einer Einladung in die Galerie Callac. Plakate hingen an Reklamewänden und in den Fenstern von Supermärkten. In allen Zeitungen von Paris erschienen Anzeigen. Callac erlebte drei Tage lang die für ihn tiefste Erniedrigung, dass man ihn anrief und fragte, warum er Pierre de Sangries ausstellte und nicht Büffet. Die mit ihm bestens bekannten Kritiker fragten nach, ob er gesundheitlich einwandfrei sei.

Aber am vierten Tag, als die Pierre-de-Sangries-Ausstellung eröffnet wurde, drängten sich die Leute in die Galerie, bildete sich eine Schlange vor der Tür und schickte die Polizei drei Polizisten, um die Menschenmassen zu dirigieren.

Ein Bild ist immer noch ein gutes Weihnachtsgeschenk.

Und wer wusste, ob nicht eines Tages dieser Pierre de Sangries eine gute Kapitalanlage wurde? Wenn Callac ihn entdeckt hatte und ausstellte, war das fast schon ein Wechsel, gezogen auf die Ewigkeit.

Bis zum Abend des ersten Tages hatte man siebenundsiebzig Bilder verkauft. Callac war wie betäubt und sehnte sich nach einem Cognac im Tresor. Madame Coco saß im Büro, beobachtete auf dem Fernsehschirm den Andrang und grinste vor Freude. Dazu trank sie Absinth, ein Getränk, das Callac nicht riechen konnte und deshalb nicht um ein Glas bettelte. Als dann kurz vor Schluss des ersten Tages ein Mitglied der Familie Oppenheimer vorfuhr und zwei de Sangries kaufte, war Callac sicher, dass am nächsten Tag alle Zeitungen von der großen Entdeckung schreiben würden.

»Du bist ein Aas!«, sagte er aus tiefster Brust, als die Galerie geschlossen war. Er öffnete seinen Tresor und holte den Cognac heraus. »Ich kann nur hoffen, dass Pierre selbst es ist, der dich bei seiner Rückkehr erschlägt!«

Weihnachten in Köln ist nicht anders als Weihnachten überall in der christlichen Welt. Weihnachten bei Hubert Bader aber ist anders. Zwar gibt es auch dort einen geschmückten Weihnachtsbaum (Edeltanne in diesem Jahr, das Geschäft ging gut!), es roch nach Pfefferkuchen und selbst gebackenem Stollen, es gab gefüllte Gans mit Rotkohl, und nach dem Essen sollte es statt Wein französischen Champagner geben, auf dem Plattenspieler lag eine Langspielplatte mit Weihnachtsliedern, gesungen vom Tölzer Knabenchor – wenn Hubert Bader diese Platte hörte, wurde er besinnlich und sehr weich –, und auf verschiedenen Tischen waren die verpackten Geschenke gestapelt, mit Tannenzweigchen und Schleifchen.

Völlig normale Weihnachten ... nur Hubert Bader war nicht im Haus.

Wie jedes Jahr hielt er in seinem Möbelgeschäft als Letzter aus, wenn alle anderen Läden schon geschlossen hatten. Das war ein segensreicher Trick, denn gerade an diesem Abend kamen die anderen Geschäftsleute und kauften noch schnell bei Hubert Bader teure Kleinigkeiten, Gläser, Barockuhren, venezianische Spiegel, Teppichbrücken aus Keshan oder Goum, geschnitzte Tischchen, Gobelins ... es läpperte sich am Heiligen Abend ganz schön zusammen. Hinzu kamen die Lieferungen, die als Überraschung gedacht waren. Vier Möbelwagen der Firma Bader waren bis zum Glockenläuten unterwegs und lieferten Schrankwände ab, Schreibtische oder Polstergarnituren.

Vom Himmel hoch, da komm ich her ...

Es wurde doch noch ein schöner Abend, wenn auch ziemlich spät. Bei Kerzenlicht vom Weihnachtsbaum ließ man den Tölzer Knabenchor singen, und als die Platte zu Ende war, sagte Hubert gerührt: »Kinder, auch wenn ich altmodisch bin: Ich wünsche euch viel Glück!« Dann küsste er Eva, drückte Pierre an sich und überreichte beiden einen Zettel:

Gutschein für ein Auto – aber keinen Rolls-Royce.

»Ich danke dir, Paps«, sagte Ev leise. »Du bist ein wundervoller Vater.«

Es war der Augenblick, in dem Hubert Bader rötliche, wässrige Augen bekam.

Am 29. Dezember fuhren Ev und Pierre wieder zurück nach Paris.

Hubert Bader konnte nicht mit zum Bahnhof, er hatte dringende Nachlieferungen mit zwei Einbauküchen. Dafür weinte Else am Bahnsteig und rief Eva am offenen Fenster nach: »Denkt dran, hier habt ihr immer ein Zuhause!«

Dann saßen sie allein im Abteil 1. Klasse – das hatte Hubert Bader bezahlt –, fuhren der Grenze entgegen und sahen hinaus auf die verschneiten Felder und Dörfer, Wiesen und sanften Hänge.

»Du hast sehr liebe Eltern«, sagte Pierre plötzlich. »Sie haben mich aufgenommen wie einen Sohn …«

»Das bist du auch, Pierre«, sagte sie schlicht. »Ich habe es ihnen gesagt.«

»Was hast du ihnen gesagt?« Pierre umklammerte ihren Arm. Es tat sogar weh, aber sie verzog keine Miene. »Was?«

»Dass wir heiraten werden …«

»Aber das ist doch nicht wahr!«

»Bist du so sicher?« Sie sah ihn groß an. Zwei Augen wie zwei Stückchen blauer Himmel. »Vielleicht weißt du es noch nicht?«

»Was?«

»Ich liebe dich, Pierre … Und du liebst mich.«

Er lehnte sich zurück und starrte hinaus auf das vorbeifliegende verschneite Land. Man sollte sich aus dem Zug stürzen, dachte er. Man sollte diesen Mut haben. Nicht jeder, der vor der Wahrheit flieht, ist ein Feigling …

Der Gare du Nord war im Laufe von 110 Jahren, in denen er als Monumentalbau unter den Pariser Bahnhöfen eine Sonderstellung einnahm, schon vieles gewöhnt an Extravaganzen, verrückten Reisenden, herzzerschmetternden Abschiedsszenen, überwältigenden Wiedersehensfreuden, strammen Politikern mit würdevoll-eisernen Mienen und dem Händeschütteln vor den Kameras (obgleich man sich lieber in das Gesäß getreten hätte), und einmal sogar hatte man die gesamte Bahnpolizei aufgeboten, um den entlaufenen Pudel einer Filmdiva zu suchen, der nachher entdeckt wurde, wie er – schon ganz voll Pariser Flair – in einer Ecke sich mit einer Hundedame beschäftigte.

Das alles kam alten Gare-du-Nord-Passanten in Erinnerung, als der TEE von Köln in Paris einlief und auf dem Bahnsteig eine gewaltige dicke rothaarige Frau in einem ungeheuer massigen Pelzmantel eine Art Altar aus Blumen gegen alle Neugierigen verteidigte, und ein langer, dürrer Mensch mit Bibelsprüchen auf den Lippen zu erklären versuchte, dass der berühmte Maler Pierre de Sangries aus Europa zurückkehre, nach einer triumphalen Tournee, mit der er den Namen Paris wiederum im güldenen Licht verklärt hatte.

Das alles spielte sich ohne Schwierigkeiten ab ... allein der ›Rote Henry‹ schlug sich mit den maßgeblichen höheren Beamten des Gare du Nord herum, denn er hatte darum gebeten, ein Gedicht zu Ehren de Sangries' über die Bahnsteiglautsprecher zu deklamieren. Obwohl das gegen alle Dienstvorschriften war ... einen Pariser Künstler zu ehren, rechtfertigt immer Ausnahmen, sogar im Beamtenbereich, nur bat man darum, das Gedicht vorher zu hören. Der »Rote Henry‹ las es vor, und damit begann ein erregter Streit über den Begriff, was Kunst ist.

Das Gedicht begann:

Wie Morgenröte einen neuen Tag verkündet,
und Liebe mit erhob'nem Rock beginnt,
wie glückhaft Bulle sich mit Kuh verbündet,
und neues Leben durch gewisse Adern rinnt,
so kehrst du heim, Pierre, der Dunkelheit entfloh'n,
vom dumpfen Lufthauch im Gedärm zum Gloriaton –

Bis dahin unterbrach man den ›Roten Henry‹ nicht in seinem Vortrag, aber dann sagte man laut »Hinaus, Sie Ferkel!‹, riss die Tür des Dienstraumes auf und drohte ihm Schläge an.

»Das Gefühl verkümmert!«, sagte der ›Rote Henry‹ später zu Madame Coco und setzte sich traurig neben die Blumenpracht, zu der Professor Mauron, Callac, Madame und die Vereinigung der russischen Taxichauffeure beigetragen hatten. »Diese allgemeine Verödung des Geistes ist deprimierend! Man hat kein Gespür mehr für starke Bilder.«

Etwas Besonderes, was nicht durch Paragraphen abzustellen war, denn dafür gab es kein Gesetz, war der kleine Balalaikatrupp, der sich aufbaute, als der TEE angekündigt wurde. Fürst Globotkin selbst dirigierte ihn.

Ein herrlicher Empfang. Die Leute auf dem Bahnsteig starrten erwartungsvoll um sich. Ein berühmter Maler? Wie sieht ein berühmter Maler aus? Alt und glatzköpfig wie Picasso? Mit hochgezwirbeltem Schnurrbart wie Dali? Ein wenig mumifiziert wie Cocteau? Die Balalaikagruppe klimperte los. Eine russische Melodie, weit und grandios wie der Himmel über Taiga und Steppe. Die Russen, sonst harte Chauffeure in ihren Taxis, mit allem Menschlichen so vertraut wie der Teufel mit den Seelen, bekamen schimmernde, feuchte, gerötete Augen. Russland! Weites, schönes, fernes, unerreichbares Mütterchen Russland. Man muss die Augen schließen, Brüder, dann riecht auch der Gare du Nord so ähnlich wie der Bahnhof von Saratow oder Gorki oder Kasan.

Pierre und Ev stiegen aus dem vorletzten Wagen aus und holten die Koffer aus dem Abteil, die Hubert Bader gekauft und Mutter Else mit allem voll gestopft hatte, von dem sie glaubte, junge Leute am Beginn eines gemeinsamen Lebens brauchten so etwas. Sogar hölzerne Rührlöffel hatte sie eingepackt und Kleiderbügel mit einem Häkelüberzug, selbst handgearbeitet.

»Platz für den Meister!«, brüllte der ›Rote Henry‹, der Pierre zuerst entdeckt hatte. Fürst Globotkin machte ein paar militärische Handbewegungen, und die Balalaikaspieler setzten sich in Bewegung. Madame Coco hielt wie ein Erzengel Wache bei dem Blumenturm. Der für den Bahnsteig zuständige Fahrdienstleiter war machtlos und ging resignierend aus dem Weg.

»Ihr seid wohl verrückt geworden!«, sagte Pierre, als ›Das Gebetbuch‹ und der ›Rote Henry‹ ihn erreicht hatten. Die

Russen mit ihren Balalaikas kreisten sie ein … Brüderchen, ist es nicht wie in Schamjinsk, wenn der Gutsherr zurückkam aus der Stadt und Knechte und Mägde ihm zujubelten? (Anschließend gab es dann Fußtritte und Peitschenhiebe, aber das vergaß man schnell. Außerdem soll man die Tradition nicht zu gründlich fortsetzen.)

»Du wirst dich wundern, Pierre!«, schrie der ›Rote Henry‹. »Seit einer Woche weiß Paris endlich, dass van Gogh nicht eine Ausnahme war! Ev! Dein Akt »Mädchen vor den Trauben‹ hängt jetzt in der Eingangshalle von Phillip de Barincourt! Der alte Phillip soll jeden Abend davor stehen und seufzen: »Man müsste vierzig Jahre jünger sein!‹«

»Zum Teufel, was habt ihr gemacht?«, schrie Pierre. Er packte ausgerechnet ›Das Gebetbuch‹ an den Rockaufschlägen und schüttelte ihn. Er musste schreien, denn die Balalaikas veranstalteten ein Furioso aus Tönen. »Was ist mit meinen Bildern?«

»Verkauft!«, donnerte der »Rote Henry‹. »Jungs, das war die sensationellste Kunstausstellung seit zehn Jahren in Paris. Callac hatte nach drei Tagen Senkfüße, am vierten Tag saß er mit Wadenkrämpfen auf dem Stuhl, und Madame musste in der Galerie bedienen. Für Callac war das ein Weltuntergang … für Paris ein Fest für Auge und Gehör. Wenn ein Kunstkenner eines deiner Bilder fachmännisch mit geneigtem Kopf betrachtete, schrie ihn Madame an: ›Halten Sie den Kopf gerade, Monsieur! Mit schiefem Kopf haben Sie lange genug in dem Uterus gelegen. Sind Sie noch ein Embryo?‹ Ich sage dir … der Mann hat sofort das Bild gekauft.«

»Mein Gott …«, stammelte Pierre entsetzt. »Mein Gott, was habt ihr mit mir gemacht? Ist Callac tot?«

»Er lebt! Und wie er lebt! Er sammelt Aufträge für den neuen Stern Pierre de Sangries. Was nicht bedeutet, dass er die neue Zeit nicht mehr versteht. Er hält sie für total degeneriert.«

»Ich begreife das nicht«, sagte Pierre leise. »Ich begreif das einfach nicht. Callac macht eine Ausstellung von mir?« Er drehte sich zu Ev herum. Fürst Globotkin stand neben ihr und sprach leise auf sie ein. Ihre Augen glänzten.

»Du verstehst es, nicht wahr?«, sagte er lauter.

»Jetzt ja, Pierre.« Sie hakte sich bei ihm unter. »Komm erst nach Hause. Ich glaube, dieses Weihnachten war die große Bescherung unseres Lebens.« Sie strich ihm eine Locke aus der Stirn und sah ihm in die etwas trüben, merkwürdigen Augen … Augen von einem Schwarzbraun, über deren Iris immer ein gelblicher Schimmer lag. »Warum freust du dich nicht, Pierre?«

»Sie haben dich verkauft, Ev –«

»Darum malt man ja Bilder.«

»Du hängst nackt bei einem fremden Mann. Deinen Körper sehen jetzt fremde Augen an. Ich wollte diese Bilder nie, nie verkaufen. So wie ich dich gesehen habe, sollte dich niemand mehr sehen.«

»Das sagt ein Maler?«

»Hier bin ich kein Maler mehr.«

Er schwieg abrupt, sah zu Boden und wandte sich wieder dem ›Gebetbuch‹ zu. Was bin ich denn?, fragte er sich. Ich darf doch nur ein Maler sein … alles andere, was jeden Menschen glücklich macht, muss ich in Farbe umsetzen und mich daran berauschen. Gesegneter van Gogh, du durftest wahnsinnig werden!

Der schöne, bis ins Letzte durchorganisierte Empfang brach auseinander, als die Mauer von Neugierigen, die sich um Balalaikaorchester, Blumenpyramide, Madame Coco und die anderen seltsamen Typen gebildet hatte, mit einem Aufschrei auseinander klaffte. Ein Hund, dessen Hässlichkeit nur vergleichbar war mit dem sagenhaften Quasimodo von Nôtre Dame, durchbrach die Menge, kläffte, biss um sich, verschaffte sich Raum und stürzte sich dann heulend wie ein Wolf auf Ev, sprang an ihr hoch, leckte über ihr Gesicht und überschlug sich in der Luft. Ein Kunststück, das er von Ponpon gelernt hatte. Ponpon fehlte an diesem Empfang … er hatte Probe im Winterzirkus.

»Bouillon!«, sagte Ev gerührt. »Mein kleiner Bouillon!«

Sie nahm ihn auf den Arm, und damit war eigentlich für die Gaffenden das Interesse erloschen. Wer einen so hässlichen Hund besitzt und auch noch liebt, gehört zu den Kreisen, denen man nur begrenzte Achtung zollen soll. Ob berühmter Maler oder nicht, man sieht's einmal mehr: Sie haben alle irgendwo Löcher im Gehirn.

»Wie war es in Deutschland?«, schrie Madame Coço, als sie endlich an Pierre herankam und ihre mütterliche Liebe loswerden konnte. Sie küsste ihn ab, übersah dabei allerdings nicht den gelblichen Schimmer seiner Augen und freute sich, dass sie darüber mit Professor Mauron so eindringlich gesprochen hatte. »Pierre, du wirst dich wundern, was alles geschehen ist!«

»Das glaube ich auch.« Er drückte Madame von sich und sah sie streng an. »Petite mère, es wird keine freundliche Unterredung werden. Meine Bilder –«

»Auch dein Atelier ist tapeziert worden!«

»Die Zeitungen an den Wänden sind weg?«, rief Pierre entsetzt.

»Ich nehme an, du hast sie auswendig gekannt.«

»Sie waren ein Stück Heimat, Madame!«

»Jetzt hast du weiße Wände und kannst sie dir bemalen wie du willst. Hundertmal Ev … so wird's wohl sein.«

»Nie mehr! Nie mehr! Ihr kriegt es fertig und reißt mir die Tapeten von der Wand und verkauft sie.«

»Wenn sie Geld bringen, du Rindvieh?« Der ›Rote Henry‹ verzichtete darauf, von Auge zu Auge seine Lobeshymne vorzutragen. Wie immer, war auch diese Dichtung umsonst gewesen. Das war die Tragik seines Poetenlebens: Immer, wenn er im guten Glauben ein Poem verfasst hatte, reagierte die dafür bestimmte Umwelt anders als vorauskalkuliert. Das ›Gebetbuch‹ hatte es da leichter. Er sagte: »Und als er heimkehrte zu den Seinen, freuten sie sich und deckten den Tisch mit Brot und Wein, und er trat unter sie und sah, dass es wohl getan war.« So einfach ist das, wenn man Priester ist: Es passt immer alles wie der Deckel auf den Topf.

Die Reisenden gingen weiter, die Gaffenden verteilten sich, die Bahnbeamten atmeten auf, die Balalaikaspieler zupften noch ein Liedchen aus der Donsteppe, weil's so schön, verträumt, heimatlich und herzergreifend war. Dann bauten die Taxifahrer die Blumenpyramide ab, nicht bevor Ev und Pierre sie bewundert und sich zu einem Werbefoto inmitten dieser Blütenpracht aufgebaut hatten. Mit sieben Taxis fuhr man dann quer durch Paris auf die andere Seine-Seite, zur Rue Princesse, wo die Nachbarn aus den Fenstern hingen und teilnahmen am Glück des bisher hungernden Pierre.

Man weiß ja: Die Bewohner der Rue Princesse waren stolz auf ihre Straße. Ein Stolz, der die abblätternden Hausfassaden vergessen ließ und sie stattdessen mit leuchtender Liebe strich.

Die Fahrt durch Paris war ein Ereignis besonderer Art. Da man die Blumen so auf die Taxis montiert hatte, als fahre man zu einem Friedhof, betrachtete jeder die sieben Autos als eine Art Trauerzug. Höfliche Männer zogen ihre Hüte, als die Blumenwagen würdevoll an ihnen vorbeiglitten. Die Polizisten an den Straßenkreuzungen hielten die Fahrbahn frei, schwenkten ihre weißen Knüppel und ließen die Pfeifen trillern. Freie Fahrt dem teuren Verblichenen und seinen Hinterbliebenen, denen unser Mitgefühl gilt.

Ein Franzose besitzt für jeden eine tief empfindende Seele.

Aus der Küche von Madame Coco duftete ihnen der berühmte Apfelkuchen entgegen, auf den sich vor allem Wladimir Andrejewitsch seit Tagen freute. Der Tisch war ausgezogen und gedeckt, außerdem war der lange, schmale Flur wie in einem ländlichen Bistro mit einem Brettertisch vollgestellt, an dem man beidseitig an langen Bänken sitzen konnte. Die Bänke hatte Ponpon aus dem Zirkus besorgt, ohne

Leihgebühr, dafür aber das vielleicht nie einlösbare Versprechen abgegeben, Pierre de Sangries würde – wie einst Toulouse-Lautrec – für den Winterzirkus ein Plakat entwerfen. Madame hatte die halbe Rue Princesse eingeladen ... wer nicht eingeladen worden war, hatte tagelang damit zu tun, darüber nachzudenken, womit er den Widerwillen Madame Cocos erworben hatte. Die meisten fanden irgendwo diesen kritischen Haken und versanken in eine Art dumpfer Trauer. Brüderlichkeit in der Rue Princesse ... das war das letzte Bollwerk gegen die anonyme Vermassung des Menschen.

Pierre tat das, was Madame gefürchtet hatte: Er stieg sofort hinauf in sein Atelier. Als er die Tür aufriss, war er still und betroffen, entsetzt und wie verwaist.

Sein ›Zimmer in Gottes Hand‹ war nicht mehr. Zwar war da noch das große Fenster mit dem Blick auf den hässlichen, langen Schornstein des Nachbarhauses, mit der unbeschreiblichen Landschaft der Dächer von Paris mit ihren Luken und Leitern, Antennen und Drähten, Schiefern und Ziegeln, Blumenkästen und winzigen Dachgärten, Balkonen und Austritten, Wäscheleinen von Kamin zu Kamin, sich drehenden Abluftfächern und reklamebemalten Leerflächen. Auch die kleine Hure gegenüber gab es noch – sie lag bei offenem Fenster im Bett, schlief und füllte ihre Kräfte auf. Ihre linke Brust lag auf der Steppdecke, das rechte Bein ragte aus dem Bett ... in drei Stunden klingelte der Wecker, sie würde sich baden, schminken und pudern und dann das Telefon wieder anstellen, um die Kundenanrufe zu erwarten.

Es war alles wie vor zwei Wochen ... und doch anders.

Die Wände weiß ... nicht mehr auf der einen Wandseite der Fortsetzungsroman, auf der anderen die Börsenberichte, neben der Küchenecke die Politik, in der Bettnische der Sport. Das Balkenwerk war lackiert worden und sah so neu aus, dass man sich seines alten Anzuges schämen musste. Vor allem aber: Rund herum an den Wänden lehnten nur noch wenige Bilder, fehlten die bemalten, unverkäuflich gewesenen Leinwände. Sogar die Bilder von Monky, dem Modell mit dem Körper, von dem kein Mann glaubt, dass es so etwas wirklich als Natur gibt, hatte man weggekauft.

Es war kahl im ›Zimmer in Gottes Hand‹, es fehlte die Unordnung eines bei allem Unglück doch glücklichen Lebens. Es war alles aufgeräumt, normal, stinknormal sogar. Es sah alles so erfolgreich aus … überlackiert mit der Sterilität des Arrivierten.

Pierre lehnte an der Tür und war nicht bereit, das Zimmer zu betreten. Ev ging an ihm vorbei … und Bouillon – Gott hat auch einer Kreatur eine Seele gegeben, wer will's bestreiten?! – folgte ihr nur zögernd, mit hoch erhobener, schnuppernder Nase und einer faltenreichen Stirn. Ein neues Hundekörbchen, das neben Evs Bett stand, betrachtete er nicht einmal. Was soll ein Clochard mit einem königlichen Himmelbett anfangen?

»Hast du dir das gewünscht, Ev?«, fragte Pierre leise, als sie mitten im Zimmer stand und sich um sich selbst drehte. Auf der Treppe hörte er Gedränge … seine Freunde, an der Spitze Madame, kamen herauf. Man hörte ihr lautes Keuchen und Ächzen. Treppensteigen mit 300 Pfund ist gleichzusetzen mit einem Gewichthebertraining. »Hier friere ich.«

»Noch wissen wir nicht, was passiert ist.« Sie setzte sich auf den Tisch. Dort lag ein offenes Kuvert. Sie öffnete es, holte einen Scheck heraus, las ihn und hielt ihn Pierre mit ausgestrecktem Arm hin. »53750 Francs für zweiundfünfzig verkaufte Bilder«, sagte sie. Ihre Stimme schwankte plötzlich etwas. »Ausgestellt von Marius Callac. Weißt du jetzt, was passiert ist? Pierre, du bist endlich ein Mensch geworden!«

»Und was war ich vorher?«

»Ein Wesen wie Bouillon.« Der Hund hörte seinen Namen, schlug einen Salto – auch eine Neudressur von Ponpon – und sprang dann auf Evs Bett, das für ihn das Sinnbild seines Hundeglücks war. »Endlich bist du Pierre de Sangries, der keine Preisschilder für einen Supermarkt mehr malen muss.«

»Und weißt du, warum?« Pierre blieb an der Tür stehen. Sein Blick glitt über die kahlen, weißen Wände und dann hinaus über die Dächer von Paris. Es hatte begonnen zu schneien … dicke Flocken, die auf den Dächern und Giebeln, den Balkonen und Mansardenvorbauten liegen blieben und sich langsam zu einem weißen Teppich zusammenfügten. »Nicht weil ich ein Genie bin, das Callac plötzlich entdeckt hat, sondern weil ich mir für dich ein blaues Auge habe schlagen lassen.«

Sie schwieg betroffen, zog den Scheck zurück und legte ihn wie etwas sehr Zerbrechliches auf den Tisch.

»Du glaubst nicht an dich, Pierre, das ist es. Wovor hast du Angst?«

»Mein Gott, ich möchte leben! Ich möchte lieben! Ich möchte diese ganze herrliche Welt so malen, wie ich sie sehe, in einem vom Himmel herunterfließenden Glanz. Keiner sieht sie so, keiner begreift, welch ein Geschenk dieses Leben ist.« Er schrie plötzlich und merkte es nicht, und Ev saß auf dem Tisch, starrte ihn an und begriff unbewusst, dass etwas in ihm war, das nach Befreiung suchte und doch nicht aus ihm heraus konnte, weil es sonst alles, was diesen Pierre de Sangries noch leben ließ, auch noch zerstörte. »Ich möchte in dieser Schönheit explodieren, ohne zerrissen zu werden, verstehst du das? Ich möchte der Schöpfung für alles danken, was sie uns gegeben hat, ohne das alles aus einem Schatten heraus zu tun, in dem ich ständig friere.«

Er schwieg plötzlich. Hinter ihm erschien auf dem Treppenpodest Madame Coco, prustend wie ein Flusspferd. Weiter unten hörte man den ›Roten Henry‹. Er sagte gerade: »Kennt ihr meinen neuen Zweizeiler für die Kaugummiwerbung: ›Wer einmal Lombos Gummi kaut – mit seinen Zähnen Eisen klaut!‹ Hervorragend, was?«

»Was verschweigst du, Pierre?«, fragte Ev ruhig. »Du bist auf dem Wege, ein reicher Mann zu werden. Aber du wehrst dich dagegen. Das ist doch nicht normal.«

»Natürlich ist es nicht normal!«, schrie von draußen Madame Coco. »Wir alle haben uns um ihn bemüht und Paris mit seinem Namen überschwemmt, und was tut er, ha? Er spuckt mir fast ins Gesicht!«

»Petite mère …«, sagte Pierre schwach. »Ihr versteht das alles falsch.«

»Silvester gibt Callac einen Ball für dich!«, brüllte Madame und schob Pierre in das renovierte Zimmer. »Und wo? In den Räumen des ›Vagenende à la Belle Epoque‹. Das ganze Lokal hat er für diese Nacht gemietet! Weißt du, was das bedeutet, wenn Callac ein Vermögen ausgibt, nur um ein Lokal allein für sich zu haben? Und da steht dieser Pierre herum, als habe er sich die Hose voll geschissen! Ev, ma chère, hast du auch in Deutschland keinen vernünftigen Menschen aus ihm machen können?«

»Ich glaube, er möchte jetzt allein sein, Madame«, sagte Ev leise. Und was niemand je geschafft hatte, nämlich Madame Cocos Meinung aufzuweichen oder gar umzustimmen, das gelang Ev mit einem einzigen Blick.

Madame verließ das Zimmer, schloss die Tür und verscheuchte mit ihrer Donnerstimme die nachdrängenden Freunde wieder nach unten. Erst an den langen Tischen, als der warme Apfelkuchen herumgereicht wurde, sagte sie *zu* Fürst Globotkin: »Wladimir Andrejewitsch, von der ganzen Bande sind Sie immer noch der Vernünftigste: Verstehen Sie, was in Pierre gefahren ist? Er hat das schönste Mädchen und rührt es nicht an. Er hat über Nacht einen Namen als Maler bekommen und blickt um sich, als habe man ihm in den Kaffee gepisst. Seine Freunde wollen ihn feiern, und er verkriecht sich, als stinke er. Erklären Sie mir das! Ihr Russen habt eine Begabung, in Seelen zu lesen.«

»Ich beobachte ihn genau, Madame.« Wladimir Andrejewitsch verschlang wieder den warmen Kuchen schneller, als man ihm neue Stücke von der Ablage am Backofen nachreichen konnte. »Er führt mit sich selbst einen mörderischen

Kampf. Wie war er denn, bevor er Ev zu Ihnen hier ins Haus brachte?«

»Wie ihr alle, ihr Halunken. Ohne Geld, aber immer gegen den Wind spuckend, im Bett mehr Weiber, als er Hemden hat, mit seinen Freunden – der Teufel hole sie manchmal! – herumstrolchend wie streunende Hunde. Fürst – er war glücklich!«

»Und seit Ev bei ihm ist?«

»Arbeitet er wie ein Ochse. Sie wissen es doch: frühmorgens in den Markthallen, nachmittags als Reklamezeichner, abends vor seinen Gemälden. Und nachts hat er Angst vor Ev, sitzt bei mir herum und erzählt von seiner Mutter. Sie muss eine schöne Frau gewesen sein, ein Engel. Und dann redet und redet er, als ob er nur noch wenig Zeit habe –«

»Vielleicht ist es das, Madame?«, sagte Globotkin ernst. »Pierre verfällt – wir alle sehen es.«

»Ich doch auch!« Madame Coco wischte sich über die Augen. Vom linken Lid blieb die künstliche Wimper an ihrer Hand kleben, es kümmerte sie wenig. Sie schüttelte sie weg, und sie flog wie eine Spinne über den Tisch auf den Kuchen von Pjotr Simferowitsch Dolokin, Taxifahrer Nr. 1391, Sohn des ehemaligen Grafen Dolokin aus Tjumen. Pjotr Simferowitsch nahm die Wimper weg, schnippte sie zur Erde und aß den Kuchen weiter. »Aber wer bekommt ihn zu einem Arzt?«

»Wir alle, Madame!«, sagte Wladimir Andrejewitsch.

»Mit Gewalt!«

»Wenn's sein muss, natürlich!«

»Und was ist dabei gewonnen, Fürst?«

»Wir wissen mehr, Madame.«

»Ob das von Nutzen ist?«

Es war eine Frage, die Fürst Globotkin nicht mit einem guten Gewissen beantworten konnte, und deshalb schwieg er. Madame Coco verstand ihn auch so und knallte ihm ein neues Stück dampfenden Apfelkuchen auf den Teller.

Es war schon spät, als endlich der Letzte das Haus verlassen hatte. Zuletzt verabschiedete sich der Nachbar, Monsieur Poissant, ein graues Männchen, bei dem die Gefahr bestand, dass er quer unter Madames Nase klebte, wenn sie tief einatmen würde. Monsieur Poissant war einmal Schriftsteller gewesen und hatte zwei Romane, drei Novellen, ein Drama über Richelieu und – laut seiner Liste – 1396 Kurzgeschichten geschrieben. Gedruckt – in 47 Jahren – waren 249 Storys. Dass man davon nicht leben konnte, war klar, und so hatte Monsieur Poissant in Anlehnung seines Namens eine Poissonnerie, eine Fischhandlung aufgemacht, die er vor vier Jahren verpachtet hatte. Aber der Geruch nach Hering klebte noch immer in seinen Poren.

»Madame«, sagte Poissant zum Abschied als Letzter der Gäste, »ich muss Ihnen etwas verraten, aus tiefster Dankbarkeit, dass Sie mich nicht bei der Einladung vergessen haben: Ich habe Monsieur de Sangries vor etwa drei Wochen an der Seine gesehen. Er saß an der Pont de la Tournelle, hielt sich den Bauch fest, krümmte sich, und mir schien, als rännen ihm Tränen über das verzerrte Gesicht. Er konnte mich nicht bemerken ... ich stand hinter der Markise eines Bouquinisten und beobachtete ihn lange. Später stand er auf und ging mit unsicheren Schritten davon. Man möchte fast sagen: Er schwankte wie ein Betrunkener, aber ich könnte schwören, er hatte nicht einmal Wasser getrunken.«

Madame Coco bedankte sich bei Monsieur Poissant und stellte ihm in Aussicht, bald wieder eingeladen zu werden, was sich in der Rue Princesse sicherlich schnell herumsprechen und Poissants Ansehen dort erheblich steigern würde. Dann war sie allein inmitten eines Chaos' aus Tellern, Tassen, Weinflaschen, Kuchenkrümeln, Kuchenresten, leeren Zigarettenschachteln, schmuddeligen Tischtüchern, einigen Brandflecken von Zigaretten, einem vom Besitzer vergessenen schweinischen Foto, das er herumgezeigt hatte, und einem Dunstgemisch aus kaltem Rauch, Kaffee, frischem

Apfelkuchen, Männerschweiß, Madames eigenem umwerfenden Parfüm und dem Überbleibsel von Darmausdünstungen, was bei frischem Kuchen unausbleiblich und damit menschlich ist.

»Mon petit Pierre«, sagte Madame leise und setzte sich mitten in dieses Chaos. »Du darfst nicht krank sein! Ich zerschlage jeden Altar, das schwöre ich dir, Gott, wenn du diesen Menschen wegnimmst, bevor er die Gabe, die du ihm geschenkt hast, nicht voll ausgeschöpft hat! Gott da oben, verdirb es nicht mit mir!«

In dieser Nacht tappte Ev wieder in ihrer warmen, weißen Nacktheit zu Pierre ins Bett und schmiegte sich an ihn. Er lag steif da, wie gefroren, und tastete nicht nach ihren Brüsten, strich nicht über ihren warmen Schoß, umfing nicht ihren glatten Leib und umklammerte nicht mit seinen Beinen ihre langen, gerundeten Schenkel. Er lag nur da, auf dem Rücken, starrte gegen die neu geweißte Decke und hinüber zu dem großen Fenster, vor dem jetzt die Dächer ihre weiße Schneedecke trugen, und als Evs Hände über seinen Körper glitten, hielt er den Atem an und knirschte laut mit den Zähnen. Dann plötzlich schnellte er sich zur Seite, ließ sich aus dem Bett fallen und rollte ins Zimmer hinein, in den fahlen Nachtschimmer, den die verschneiten Dächer in das Zimmer warfen.

»Geh zurück nach Deutschland!«, sagte er heiser und blieb auf dem Boden liegen. Bouillon war hinterhergehüpft, saß in der Beuge seines Bauches und leckte ihm über die Brust. »Du hast so gute Eltern, du hast eine so schöne Heimat, du hast so viel Leben vor dir … verdammt, Ev, geh weg!«

»Ich liebe dich, Pierre«, sagte sie wie immer, wenn er davon anfing. »Ich bleibe!«

»Dann werfe ich dich einfach hinaus!«

»Das kannst du nicht.«

»Und wie ich das kann! Weißt du, wie viele Mädchen

ich schon hier aus diesem Zimmer geworfen habe? Eine Nacht … und dann hinaus!«

»Eine Nacht. Wo ist sie bei uns, Pierre?«

»Ich liebe dich nicht!«, sagte Pierre rau. »Du zwingst mich, es dir endlich zu sagen. Ich kann nur mit einem Mädchen schlafen, das mich körperlich reizt. Du hast keine Reize. Es geht einfach nicht.«

»Ich weiß es, Pierre.« Sie setzte sich im Bett auf, und er sah ihre schönen Brüste und ihren flachen Leib, die goldenen Haare und die großen blauen Augen. »Meine Haare sind stumpf, meine Brüste zu groß, meine Hüften zu breit, meine Beine zu stämmig. Du liebst eine Sylphide wie Monky. Sie war wunderbar. Außerdem habe ich ein Kind von einem anderen Mann bekommen, eine Fehlgeburt gehabt, ich bin …«

»Wenn du nicht aufhörst, erwürge ich dich!«, sagte Pierre. Er lag noch immer auf den Dielen und drückte Bouillon an sich. »Nur noch dieses Jahr, Ev … und dann werfe ich dich hinaus.«

»Es sind noch zwei Tage.« Sie lächelte und legte sich zurück, warf die Decke von sich und lag nackt im schneeigen Licht. Bouillon machte sich von Pierre los, rannte zu ihr, leckte ihr die herunterhängende Hand, rannte zu Pierre zurück und leckte ihm über die Augen. »Der Hund ist klüger als du«, sagte sie ganz ruhig.

»Er ist ein Bastard!«

»Sagst du das von dir nicht auch?«

»Wenn ich dich liebe, Ev, wirst du es bis an dein Lebensende bereuen.«

»Ist es dein Problem, Pierre? Ich werde dadurch vielleicht nie Langeweile haben.«

»Ich habe dich einmal vom Arc de Triomphe heruntergeholt.«

»Es wird nie mehr ein zweites Mal geben. Nicht durch dich, Pierre. Das ist das Einzige, was ich mit Sicherheit bereits von meinem ganzen folgenden Leben weiß.«

»O mein Gott, wie ich diese Sicherheit hasse!« Er sprang auf und ging zu dem großen Fenster. Gegenüber – wie immer bei offener Gardine – war die kleine Hure bei der Arbeit. Ein ausgesprochen fetter Mensch mühte sich schwitzend ab, ein unästhetisches Bild, aber sicherlich hatte er genug dafür bezahlt.

Pierre lehnte sich gegen die große Scheibe. Über seinen nackten, knochigen, vom ewigen Hunger fast fleischlosen Körper fiel das Licht der Winternacht wie eine bleiche Patina. »Was hast du bloß an mir?«, fragte er. »Ich bin ein Gerippe.«

»Als berühmter Maler de Sangries wird man von allein dick.« Sie lachte, aber es klang, als habe sich das Lachen in Weinen verhüllt. »Außerdem ist erwiesen, dass die meisten Männer Fett ansetzen, wenn sie verheiratet sind.«

»Wir werden nie heiraten, Ev. Nie!« Er drehte sich vom Fenster weg und kam wieder in den Raum. »Ist das jetzt endlich klar?«

»Wie du es sagst – ja. Wie du es denkst – nie!«

»Ich verfluche deine Überlegenheit!« Er lehnte sich an die Wand, wo früher der Fortsetzungsroman geklebt hatte, und ballte die Fäuste. »Du zwingst mich, dich mit Gewalt aus meinem Zimmer zu werfen.«

»Dann werde ich unten bei Madame Coco einziehen.«

»Ich verlasse dieses Haus. Ich verlasse Paris.«

»Willst du wieder als Clochard herumziehen und Epileptiker spielen?«

»Wenn es sein muss, ja!«

»Deine Freunde, an der Spitze Wladimir Andrejewitsch, werden dich verprügeln.«

»Sie sollen mich totschlagen!«, schrie er auf. »Morgen schon! Je früher, umso besser! Sie können mir keinen größeren Gefallen tun. Wäre ich nicht so feig, hätte ich den Mut, den du gehabt hast: Ich würde auch vom Arc de Triomphe springen.«

»Als Franzose vom Arc de Triomphe? Monsieur, ist das

Stil? Niemals würde ein Franzose – ich schlage vor: die Pont d'Alexandre. Wegen der Romantik. Oder unter einen TEE. Oder – ganz sicher: Einen Gasschlauch zwischen die Zähne klemmen und nicht vergessen, den Hahn aufzudrehen.« Sie setzte sich wieder und ließ die Beine über die Bettkante hängen. »Wie hört sich das an, Monsieur de Sangries? Vor ein paar Wochen hat man damit ein unglückliches Mädchen glücklich gemacht –«

»Es bleibt dabei: Am 2. Januar trennen wir uns!« Er stieß sich von der Wand ab und tappte zu seinem Bett, das heißt, es war Evs Bett, aber es war jetzt frei. »Komm mir nicht nach«, sagte er, als er lag und sich zudeckte. »Ich bin in der Stimmung, selbst dich zu schlagen!«

»Am 2. Januar also«, sagte Ev und legte sich auch zurück. Bouillon sprang zu ihr und kuschelte sich neben sie. »Hast du gehört, Bouillon: Am 2. Januar gibt es kein Herrchen mehr. Wir werden uns dann in die feine Rôtisserie de la Reine Pedauque setzen und uns ein neues, sehr reiches Herrchen anlachen.«

»Das wirst du nicht!«, sagte Pierre aus seiner dunklen Ecke heraus. »Ich werde Wladimir Andrejewitsch mein ganzes Geld geben, damit er dich mit Gewalt zurück nach Köln zu deinen Eltern bringt!«

Am nächsten Morgen war Pierre längst aus dem Haus, als Ev aufwachte. Madame Coco hockte hilflos in ihrer Küche und berichtete, zum ersten Mal seit ihrer mütterlichen Betreuung habe Pierre ihr nicht gesagt, wohin er gegangen sei. »Ich habe schon den Fürsten alarmiert«, sagte sie schwer atmend. »Seine Taxis werden ihn schon irgendwo entdecken. Dann gnade ihm Gott!«

Ev frühstückte schnell und fuhr dann zur Seine, in die Galerie von Callac, um ihre Arbeit wieder aufzunehmen. Aber dort saß, mit finsterer Miene, bereits Pierre hinter dem Schreibtisch und hatte Ev über den Bildschirm längst hereinkommen sehen. An den Wänden der Galerie hingen lauter Bilder von de Sangries – ein Märchen, das Pierre als Wirklichkeit nur schwer begreifen konnte. Ein Teil der Bilder trug bereits einen roten, auf den Rahmen geklebten Punkt. Verkauft.

Callac hatte es eilig gehabt, als statt Ev an diesem Morgen Pierre erschien, nicht um zu arbeiten, sondern um mit Callac Streit anzufangen. »Junger Mann«, hatte Callac gesagt, »Ihre Begabung ist erwiesen. Ihre Idiotie auch. Werfen Sie beides zusammen und die Welt wird über Sie staunen. Überlegen Sie sich das, ich muss weg. Passen Sie auf und wenn jemand kommt, der einen echten de Sangries kaufen will, handeln Sie, als wenn ein Teufel eine Seele kaufen will. Aber sagen Sie um Himmels willen nie, dass Sie dieser de Sangries sind. Jeder glaubt, dass Sie – bei diesem Farbenrausch – ein abgeklärter Mensch sind. Machen Sie bloß keinen Blödsinn, Pierre! In zwei Jahren sind Ihre Bilder Hunderttausende wert …«

»In zwei Jahren!« Pierre hatte Callac angesehen, als habe dieser ihn angespuckt. Dann hatte er Callac stehen lassen und war ins Büro gegangen.

»Die Post liegt da!«, sagte Pierre und zeigte auf einen Stapel Briefe. »Ich habe gerade die Verkaufslisten durchgesehen. Callac hat vierunddreißig Vorbestellungen. Darunter neunzehn Portraits. Ich werde sie malen –«

»Pierre –« Sie blieb am Tisch stehen, selbst erschrocken über diesen glücklichen Aufschrei.

»Ohne dich!«, sagte er dumpf und erhob sich. Auf dem Fernsehschirm erschien ein Ehepaar, das den Laden betrat und sich umschaute. Die versteckten Kameras verfolgten sie in jede Ecke. »Es bleibt bei der Trennung.«

Sie nickte, setzte sich vor den Stapel Briefe und begann, sie aufzuschlitzen. Pierre wartete noch auf eine Antwort, aber da sie schwieg, ging er hinaus. Auf dem Bildschirm sah sie, wie er das Ehepaar begrüßte und begann, ein Bild zu erklären. Es zeigte eine Landschaft bei Dole. Weingärten, ein paar gelbe

Flecken in warmer Sonne. Maisfelder. Eine junge Bäuerin, die mit einer Weinkiepe auf dem Rücken sich aufmachte, in den Garten zu gehen. Eine Bäuerin mit Evs Gesicht.

Immer und ewig nur Ev.

Er konnte nichts anderes mehr malen.

Unterdessen saß Marius Callac bei seinem Notar und stritt mit ihm herum. Es war weniger die Sache, über die sie sich in die Haare gerieten, als vielmehr der Termin.

»Marius, wir haben heute den 30. Dezember!«, rief der Notar und blätterte nervös in einem Aktenstück. »Ich kann nicht zaubern!«

»Sie sollen nur den fünften Gang einlegen!«, sagte Callac scharf. »Ich weiß, Sie fahren gern Auto. Also, den fünften Gang, Raimond! Jetzt, hier auf der Stelle, sofort und ohne Zögern machen wir eine Vermögensaufstellung und ein Testament. Bis heute hatte ich keins, das wissen Sie ... wer einmal nach meinem Tode alles erben würde, war mir egal.«

»Ihre Bildersammlung sollte der Louvre erhalten, Monsieur Callac.«

»Stimmt. Wird gestrichen.«

»Ihre Bankkonten sollten so verzinst werden, dass jedes Jahr ein Preis für einen Maler ausgesetzt werden konnte.«

»Gestrichen.«

»Ihre Besitzungen an Häusern, Grundstücken, Aktienbeteiligungen und andere Wertgegenstände sollten zu einer Callac-Stiftung zusammengezogen werden zum Ankauf von für Frankreich wichtigen Gemälden im Ausland.«

»Gestrichen!«

»Monsieur Callac!« Der Notar saß wie versteift hinter seinem großen Schreibtisch. »Haben Sie Ihren Patriotismus verloren? Was hat Ihnen Frankreich getan? Sie tragen das rote Band der Ehrenlegion, Sie sind ...«

»Was ich bin, weiß ich, Raimond. Und was wird, weiß ich endlich jetzt auch. Genügt es, wenn ich als Testament eigenhändig vor Ihnen als Zeuge bekunde: »Alles, was ich an beweglichen und unbeweglichen Dingen, an Konten und Beteiligungen besitze, umfassend genannt: Meinen gesamten Nachlass – soll nach meinem Tode allein und unter Ausschluss aller möglichen oder denkbaren unbekannten Nachfahren meinerseits nur Mademoiselle Eva Bader erben.‹ Adresse und so weiter folgen. Genügt das, Raimond?«

»Als letzte Verfügung eines total senilen Greises genügt das vollkommen«, sagte Notar Raimond ungerührt. »Sicherer ist, ein amtsärztliches Zeugnis beizufügen, dass Sie dieses Testament nüchtern, ohne Delirium, ohne geistige Umnachtung und ohne Hypnose geschrieben haben. Selbst dann wird man sagen: Der alte Callac muss irgendwo einen unbekannten Tumor im Hirn gehabt haben. Man wird Ihren Kopf obduzieren.«

»Danke! So etwas wie Sie als Anwalt und Notar hätte man früher verbrannt!« Callac beugte sich über den Tisch. »Raimond! Jetzt auf der Stelle setzen wir dieses Testament auf! Juristisch unanfechtbar … dazu sind Sie da!«

»Sie haben sich verliebt, Callac? Das ist es! In einem Alter, in dem man früher als lebender Methusalem ausgestellt wurde, jonglieren Sie noch mit Hormonen. Wer ist diese Eva Bader? Wie alt? Ein raffiniertes Biestchen, nicht wahr? Röckchen bis zur Arschfalte, Ausschnitt bis zum Nabel. Was dazwischen liegt, ist kein Kreuzworträtsel mehr. Und darauf fallen Sie rein, Callac?«

»Raimond, Sie sind ein altes, impotentes Schwein. Eva ist zweiundzwanzig.«

»Sag ich es doch! Wenn sie vor Ihnen herschwingt, röhrt es in Ihren Adern.«

»Sie ist meine heimliche Adoptivtochter. Ich habe sie gedanklich adoptiert. Verstehen Sie das?«

»Nein, Monsieur.« Notar Raimond wurde noch steifer. Der alte Callac verkalkte wirklich total und rettungslos.

»Machen wir das Testament oder nicht?«, brüllte Callac. Seine Brille beschlug wieder.

»Wir machen es«, sagte Raimond so steif, als kaue er an Nägeln. »Was wird, wenn aus dieser Verbindung auch noch ein Kind entsprießt? Ich traue Ihnen jetzt alles zu, Monsieur.«

Von diesem Satz an stritten sich Callac und Notar Raimond eine halbe Stunde und erinnerten sich an Schimpfworte aus ihrer Kinderzeit. Danach waren sie sehr friedlich, und das Testament wurde geschrieben und war juristisch unanfechtbar.

»Jetzt weiß ich, wofür ich gelebt habe«, sagte Callac nach dieser feierlichen Handlung. »Ich hatte immer gehofft, Cosima als Erben einzusetzen.«

»Wer ist denn das nun wieder?«, rief Raimond entsetzt. »Keine neuen Komplikationen!«

»Cosima –«, Callac sah verträumt an die getäfelte Decke. »Das war ein Traum im salzigen Schilf der Camargue. Raimond, der Mensch ist etwas Fürchterliches, wenn er in der Erinnerung lebt und sechzig Jahre später als Wirklichkeit wieder auftaucht ...«

Es war natürlich klar, dass der 2. Januar verging, ohne dass Pierre mit Gewalt Ev aus seinem Zimmer vertrieb. Immerhin warteten unten in Madame Cocos Küche Fürst Globotkin, der ›Rote Henry‹, Ponpon und einige andere russische Taxichauffeure abwechselnd in verschiedenen Schichten den ganzen Tag über auf das, was sich oben unter dem Dach vollziehen sollte, aber niemand brauchte einzugreifen um Pierre zu verprügeln. Nur das ›Gebetbuch‹ wandelte vom Erdgeschoss bis unters Dach hin und her, eingedenk seiner priesterlichen Pflicht, mit gutem Zuspruch gute Taten auszulösen. Nach Callacs Silvesterfeier, auf der man Pierre de Sangries als große Entdeckung feierte und der ›Rote Henry‹ ungebremst die Verlobung zwischen Pierre und Ev bekannt gab, begleitet von einem Psalmspruch des ›Gebetbuches‹, schien sich Pierre nur noch für seine Arbeit zu interessieren. Er malte, während die anderen noch das neue Jahr beschliefen, und er malte, als der kritische 2. Januar kam. Er malte auch am 3. Januar, und am 19. Januar, als Pierre noch immer an der Staffelei saß und die Pont d'Iéna malte, dieses grandiose Brückenwerk mit seinen riesigen Adlern auf den Pfeilern und den Reitergruppen an den vier Enden, sagte Madame Coco zu den immer noch wechselnden Katastrophenwachen: »Ihr könnt aufhören, Jungs. Ich habe das Bild gestern gesehen. Ein einziger Mensch steht auf der Pont und blickt ins Wasser. Und wer ist's? Na, ratet mal.«

»Und wie ist es mit dem Arzt?«, fragte Wladimir Andrejewitsch. »Wann sollen wir Pierre zu ihm bringen? Seine Haut wird immer gelblicher.«

»Ich weiß es nicht.« Madame hob die gewaltigen Arme. »Er malt wie ein Besessener. Soll man ihn da wegreißen? Man weiß ja nie, was man richtig oder falsch tut bei einem Künstler …«

Am 24. Januar kauften sich Pierre und Ev einen Wagen. Sie hatten noch den Gutschein von Hubert Bader, und Ev bestand darauf, ihn auszunutzen, auch wenn Pierre jetzt genug Geld hatte, den Wagen selbst zu bezahlen.

Es war kein neues Auto … Fürst Globotkin als Fachmann fuhr mit ihnen zu einem Gebrauchtwagenhändler, und dort stand ein Vehikel, das eigentlich dazu dienen sollte, zu demonstrieren, was ein Auto im Laufe seines Lebens alles aushalten kann. Der Händler bot es gar nicht erst an, aber Bouillon stürzte sich auf diesen Wagen, sprang durch die offene Tür hinein und setzte sich auf den Hintersitz. Dort legte er den Kopf in den Nacken und stieß einen Laut aus, der so hässlich war wie er selbst.

»Den nehmen wir!«, sagte Pierre.

»Monsieur«, stammelte der Händler entsetzt. »Ich habe einhundertsieben gute Wagen, die alle preiswert und gepflegt –«

»Bouillon gefällt er. Das zählt!«

»Wollen Sie ein Auto für einen Hund kaufen, Monsieur?«

»Auch das! Was kostet er?«

»Vierhundert Francs ...« Der Händler starrte Hilfe suchend zu Fürst Globotkin, aber der hob nur leidend die Schultern.

»Fahrbereit?«, fragte Pierre.

»Natürlich!«

»Und nicht nur bis zur nächsten Ecke?«

»Eine Saharadurchquerung hält er nicht mehr aus«, sagte der Händler. »Und bergab ist er immer noch schnell! Jahrgang 1960, Monsieur ...«

»1960 ...« Pierre legte den Arm um Ev. »Da war ich 15 Jahre. Ich besuchte die Schule von Concarneau in der Bretagne und riss damals zum ersten Mal aus, weil ich noch das Bettlerleben gewöhnt war. Wir nehmen ihn, Monsieur.« Und dann, bitter, aus dem Hintergrund, folgte der Satz, der Ev im Ohr blieb: »Mich hält er noch aus. Wir holen ihn übermorgen ab.«

Draußen sagte dann Fürst Globotkin: »Das war das letzte Mal, dass ich euch beraten habe. Das ist kein Auto, das ist ein Haufen Rost auf Rädern! Wenn ihr damit an mir vorbeikommt, werde ich euch nicht grüßen.«

Am 10. Februar – so lange dauerte es – war das Auto fahrbereit, neu lackiert und hatte eine Zulassungsnummer. Bouillon taufte es, indem er an den linken Hinterreifen pinkelte, ein Sympathiebeweis, der nicht hoch genug zu bewerten war. Dann saß er zwischen Pierre und Ev auf der vorderen Sitzbank und knurrte leise, als der Motor ansprang und das Vehikel aus der Autowerkstatt rumpelte.

Vor ihnen lagen die Straßen von Paris, vor ihnen lagen aber auch alle Straßen Frankreichs, Europas und der Welt, ihrer Welt, die sie jetzt auf vier Rädern erobern würden, Stück um Stück, mit jener tiefen, in Glück getauchten Freude, wie sie nur der Jugend zu Eigen ist.

Es war ein grüner Wagen geworden, mit einem weißen Verdeck. Der Motor summte, nachdem er warm geworden war, mit jener leisen Melancholie, mit der Veteranen sich an vergangene Lieder erinnern.

»Wohin?«, rief Pierre, als sie die Werkstatt verlassen hatten.

Sie lag am Rande von Saint-Cloud, die letzte Empfehlung von Fürst Globotkin, weil diese Werkstatt auch einen Teil der Taxis betreute.

»Nach Versailles«, sagte Ev und lehnte sich in die Kunststoffpolster zurück. »Marquis, wir werden im Schloss erwartet.«

»Natürlich! Marquise haben ja heute Ihren großen Tag.«

Sie fuhren auf die Route nationale Nr. 185, und Pierre gab Gas. Der alte Motor röhrte auf … auch Greise können noch singen.

»Wie nennen wir ihn?«, fragte Ev und drückte Bouillon an sich. »Er muss einen Namen haben.«

»Er wird uns in die Welt tragen«, sagte Pierre. »Über viele Straßen, die unsere Straßen werden. Er soll heißen ›Mes Rues‹! Einverstanden?«

Meine Straßen … Ev nickte und stützte das Kinn auf Bouillons Kopf. Sie sah Pierre an und war glücklich, dass er so fröhlich war und hinter dem Steuer saß wie ein Junge in einem Karussellauto.

Meine Straßen … Pierre, ich fahre mit dir in jeden Winkel der Welt.

»Im Sommer möchte ich in die Provence«, sagte sie. »Wir können es uns leisten, Pierre de Sangries.«

»Und in die Camargue«, sagte er. »Auf weißen Pferden werden wir zu den Flamingoherden reiten …«

Dann schwieg er, sicherlich, um sich auf den Straßenverkehr zu konzentrieren. Aber er dachte hinter seinem fröhlichen Gesicht: Gott im Himmel, lass mich im Sommer noch aufrecht gehen! Ist es nicht möglich, Gnade auszuteilen, wenn man begonnen hat, an diese Gnade zu glauben?

Der Februar wurde ein Mistmonat. Nicht für Pierre und Ev, aber für alle die, denen man gesagt hatte, Paris sei zu jeder Jahreszeit schön, man müsse das nur erkennen und spüren. Aber wer hat schon so viel Gespür, heute, in unserer so gefühlsarmen Welt, dass er vereiste, glatte Straßen, pfeifende, widrige Winde, wie Leichen in einen trüben Himmel ragende Baumalleen, vermummte schöne Frauen, die wie Vogelscheuchen aussehen und eine graue, trübe, mit Eisschollen bedeckte Seine, in der ein dunkler Klotz steht – die berühmte Nôtre Dame? –, auch noch als schön empfindet und sich irgendwo in dieser Stadt hinstellt, den Mund aufreißt und ehrlich sagt: »Formidable!« Selbst die Madelaine entlockt diesen Ausruf nicht mehr … Paris im Februar, in einem solchen Februar, ist weder wundervoll noch einmalig, weder riesig noch überwältigend.

Nur für den Pariser! Man sollte sie (auf jeden Fall) beneiden.

Beneidet wurde auch ›Mes Rues‹, dieses grüne Vehikel, das Bouillon den Rang ablief, das hässlichste Ding von Paris zu sein. Bouillon schien das zu ahnen, denn nachdem er viermal glücklich neben Pierre und Ev auf der vorderen Bank gesessen und in den Straßenverkehr geblickt hatte, Polizisten grundsätzlich anknurrte und sich Pierres Schimpfen anschloss, wenn ein anderer Autofahrer die Vorfahrt nicht beachtete oder sich sonst idiotisch benahm … später hockte er auf der hinteren Sitzbank, biss ein paar Mal heimlich in die Polster und pinkelte gegen ›Mes Rues'‹ Reifen, Kotflügel, Kühler und Kofferraum, wo immer er dazu Gelegenheit und wütende Lust empfand. Selbst Callac, seit Wochen gegenüber Pierre von einer fast krankhaften Toleranz, sagte einmal: »Lieber Pierre, tun Sie mir einen Gefallen – parken Sie Ihren Laubfrosch nicht vor meiner Galerie. Ich habe weder Kunden, noch Maler, die so etwas fahren! Es schadet meinem Renommé. Warum kaufen Sie sich auch solch ein Ding? Können Sie sich jetzt keinen besseren Wagen leisten? Wenigstens einen guten Renault. Bis zu einem Jaguar haben Sie's noch weit –«

›Mes Rues‹ schaffte Eis und Schnee, glatte Straßen und klirrend kalte Morgen, als habe er einen Motor, der auf nichts reagierte. Außerdem rumpelte er auf Sommerreifen herum, und dass bisher noch nichts passiert war, schrieb das ›Gebetbuch‹ nur seinem Spezialsegen zu, den er bei der Taufe dem Vehikel hatte zukommen lassen: »Erobere alle Straßen mit Gottes Hilfe, und wenn du irgendwo am Straßenrand verreckst, sei der Teufel mit dir!«

Es muss doch irgendwie einen Nutzen haben, einen angehenden Pfarrer als Freund zu haben.

Ende Februar – Ev machte wieder die Büroarbeit bei Callac, Pierre malte seine sonnendurchfluteten Landschaften, wie er sie von seiner Kindheit her in Erinnerung hatte, Ponpon, der einäugige Schlangenmensch, war auf Tournee mit einem kleinen Zirkus und schrieb aus Italien, er könne seine berühmte Doppelverknotung nicht mehr, weil er zu viel Spaghetti gefressen habe, das ›Gebetbuch‹ studierte und diskutierte weiter, der ›Rote Henry‹ lief sich die Schuhe durch, um Kurzgeschichten und Werbespots an den Mann zu bringen und Madame Coco wurde so etwas wie der Ruhehafen der russischen Taxichauffeure, die, wenn sie eine Pause machten, bei Cosima Lebrun einen Aperitif oder einen ihrer berühmten Kuchen vertilgten – in diesem Februar erschien bei Callac Madame Juana Blondiera.

Madame Blondiera bestand aus Schmuck … was dann kam, war unwichtig. Sie galt als die reichste Witwe von Paris, unterhielt noch so etwas wie einen ›Salon‹ mit einem ›künstlerischen Zirkel‹ (in unserem Jahrhundert ein geradezu fossiles Überbleibsel), kannte jede und jeden, war gefürchtet wegen ihres scharfen Mundwerkes und eben deshalb von allen auch umschmeichelt, denn wen sie in der Kerbe hatte, dem nahm kein Hund mehr im Bois de Boulogne eine Scheibe Brot aus der Hand.

»Maître de Sangries soll mich malen!«, sagte sie zu Callac. Sie sagte tatsächlich Maître, was Callac einen heimlichen Schauer über den Rücken jagte. Wenn Madame Blondiera von Pierre als Meister sprach, hatte er theoretisch Paris erobert. Callac hatte an diese Möglichkeit nie gedacht, nahm seine sich sofort beschlagende Brille ab und putzte sie umständlich. Pierre als guter Durchschnitt – gut und schön, das konnte man akzeptieren, aber als ›Maître‹?! Irgendwie spürte nun auch Callac, dass die Zeit über ihn hinweggerollt war. Die Begegnung mit Madame Coco, pardon: mit seiner geliebten Cosima, hatte ihm schon den ersten seelentiefen Stoß versetzt. Man kann sechzig Jahre eben nicht stillstehen lassen nur weil sie so schön gewesen waren. Jedes Jahr hat seine eigenen Schönheiten, jede Generation hat ihr eigenes unvergessliches Glück, jedes Jahrzehnt baut in und um den Menschen etwas Neues und sich immer mehr Vollendendes auf. Vielleicht war auch Pierre de Sangries der Maler seiner Zeit, nur Callac erkannte es nicht.

»Wie soll er Sie malen, Madame?«, fragte er etwas heiser.

»Wie?« Sie blickte an sich herunter. Ihr Schmuck funkelte in den Scheinwerfern der Galerie Callac. »Glauben Sie als Akt, Monsieur? Sie lieber galanter Spötter, haha!« Sie hakte die Daumen in eine lange Perlenkette und hob den Kopf ins Licht. »Natürlich als Portrait. Zwei mal zwei Meter.«

»Das wäre gigantisch, Madame«, wagte Callac einen Einwand. Dieser Kopf, zweimal zwei Meter … das erschlägt jeden! Das erschlägt auch den Namen Pierre de Sangries.

»Das Bild kommt in meine Halle. Kennen Sie meine Halle, Monsieur?«

Natürlich kannte Callac die Halle von Madames Villa in Neuilly.

»Ich werde es Monsieur de Sangries sagen«, meinte Callac vorsichtig. »Es wird nicht billig sein.«

»Callac … Geldfragen unter uns?«, sagte Madame konsterniert.

»30 000 Francs. Madame.«

»Anzahlung? Natürlich!« Madame Blondiera griff in die Handtasche und holte ein Scheckbuch hervor. Maître de Sangries, dachte Callac. Jetzt hat man's schriftlich als unbestechliche Zahl. 30 000 Francs Anzahlung!

Als Madame Blondiera gegangen war, trank Callac eine halbe Flasche Cognac in seinem Büro, und Ev hinderte ihn nicht daran, als sie den Grund erfuhr. Dann inhalierte und sprühte er wieder Menthol in seine Mundhöhle, um neue Kunden zu bedienen.

Habe ich nicht behauptet, auch ein Februar in Paris kann schön sein?

Da Pierre nur in seinem ›Zimmer in Gottes Hand‹ malte (obgleich ihm Callac angeboten hatte, ein großes Atelier einzurichten, direkt am Seineufer), ergab es sich, dass Madame Blondiera in die Rue Princesse musste. Sie fuhr in einem Cadillac vor, mit einem livrierten Chauffeur, der sich in dieser Umgebung fühlte, als habe man ihn auf eine Pirateninsel voller potenter Mörder verschleppt. Er blieb in seinem riesigen, schwarz polierten Autoschiff sitzen, mit hochgekurbelten, verriegelten Scheiben, und las verzweifelt die Zeitung, als ein Heer schmutziger Kinder um dieses Wunderwerk von Auto herumlungerte und es bestaunte. Die Nachbarschaft hing in den Fenstern – soweit sie nicht zur Arbeit war –, und Madame Coco musste Auskunft geben (beim täglichen Gang zum Markt), wer da in ihr Haus gekommen war.

»Eine feine Dame«, sagte sie. »Kommt herein, sieht mich, erkennt sofort meine Bedeutung und sagt: ›Madame, habe ich die Ehre mit Madame Lebrun? Ich bin bei Maître de Sangries angemeldet. Wenn Sie die Güte haben, mich ihm zu melden?‹ Das ist Stil, ihr Affen! So spricht man unter Damen, ihr Kretins!«

Dann zog sie weiter zu den Gemüseständen, wo man sich schon im Voraus bekreuzigte. Preisschilder an den Kisten und Körben existierten für Madame Coco nicht … sie machte die eigenen Preise, nachdem sie die Ware mit ihren Händen begutachtet hatte. Es waren – seien wir ehrlich – auch immer die richtigen Preise.

Pierre sah Madame Blondiera zum ersten Mal, als sie in

sein Zimmer kam. Ihr Schmuck war Millionen wert ... er beherrschte sie voll und ganz. Man sah nicht mehr die Frau, man sah nur noch die Brillanten und Smaragde und Perlen, und dann erst fand man sich damit ab, dass das alles von einer lebenden Person getragen wurde.

»Zwei mal zwei Meter, Maître!«, sagte Madame Blondiera, die Pierres Musterung irgendwie falsch verstand. »Und nur meinen Kopf ... oder wollten Sie sogar ...«

Sie war plötzlich verschämt wie ein junges Mädchen, setzte sich auf einen Stuhl und senkte den Kopf.

»Sie werden zufrieden sein, Madame«, antwortete Pierre. Er nahm eine große Leinwand, stellte sie auf die Staffelei und betrachtete Madame Blondiera noch einmal genau. »Ihr Portrait natürlich. Ich male von Ihnen das Wesentliche ...«

»Sie Schmeichler«, sagte Madame Blondiera und wurde rot, eine Meisterleistung, denn in eingeweihten Kreisen schätzte man sie um die Sechzig.

Pierre setzte sie auf einen Stuhl, mit dem großen Fenster im Hintergrund, und begann mit der Rohskizze. Drei Tage, dachte er, dann ist es fertig. Dann wird es sich entscheiden, ob ich eine malende Hure bin oder ein Künstler, der seine eigenen Ideen durchsetzt.

Bis zur Fertigstellung des Bildes von Madame Blondiera sah niemand – auch Ev nicht – was da entstand. Erst, als Pierre das fertige Gemälde verhängt in Callacs Galerie brachte und auf die Ansichtsstaffelei stellte, die beiden Stichscheinwerfer darauf richtete und Madame Blondiera in einem goldenen Sessel vor dem noch nicht enthüllten Bild Platz nahm, ahnte Callac, dass etwas Fürchterliches sich vorbereitete. »Ev, ich habe das nicht verdient, diesen Untergang von Marius Callac ... aber ich kann mich trösten, genug Geld zu haben, um es zu überleben.«

Um Madame Blondiera wenigstens in vollendeter gesellschaftlicher Form sterben zu lassen, kredenzte er ihr vorweg ein Glas Champagner, plauderte über van Gogh und dessen ausgefallene Betrachtung der Natur – womit er glaubte, den Boden für Pierres sicherlich ebenso ausgefallene Betrachtung von Madame Blondiera vorbereitet zu haben –, und dann trat Pierre selbst an die Staffelei und riss das Tuch von dem Gemälde.

Einen Augenblick herrschte tiefes Schweigen. Aber nur einen Augenblick. Dann wandte sich Callac leise stöhnend ab und lehnte den Kopf gegen Evs Schulter. Madame Blondiera saß steif in ihrem Goldsessel, starrte auf das Gemälde, und als sie Callac stöhnen hörte, sagte sie mühsam (und es war echte Ergriffenheit):

»Fantastique! Celeste! Genial! Indescriptible!«

Das Bild war wirklich unbeschreiblich. Auf einem lichten blauroten Untergrund schwebten in den vier Ecken der Leinwand, ziemlich klein im Vergleich zur Gesamtproportion, die Köpfe von Madame Blondiera in vier verschiedenen Blickrichtungen, nämlich alle zur Mitte. Hier aber, die gesamte Riesenleinwand ausfüllend, glänzte, glitzerte und blitzte, dass es einem das Auge fast blendete, das Brillant-Smaragd-Kollier, das Madame bei den Sitzungen getragen hatte. Die Strahlungen dieser Steine überdeckten die vier Portraits in den Bildecken, als wollten sie sie aufsaugen, so wie eine ungeheure Sonne vier farbige Wassertropfen vernichtet.

»Ungeheuerlich!«, sagte Madame Blondiera noch einmal und starrte das Bild an.

»Ich habe Ihnen versprochen, Madame –«, sagte Pierre unbefangen, »von Ihnen das Wichtigste zu malen.« Er trat hinter den goldenen Sessel und beugte sich über ihre Schultern. »So sehe ich Sie, Madame.«

»Callac!« Marius Callac zuckte zusammen. Er fuhr herum und machte sich bereit, von Madame Blondiera vernichtet zu werden. Den Scheck über die 30 000 Francs Vorschuss hatte er als Rückzahlung schon vorsichtshalber eingesteckt. »Ich nehme Ihnen übel, dass Sie dieses Genie nicht schon früher entdeckt haben. Welch ein Bild! Wissen Sie, was das ist? Eine neue Form von Raffaels Sixtinischer –« Die Stimme versagte ihr, sie umarmte den betroffenen Pierre, küsste ihn, begann zu weinen und rannte aus der Galerie. Callac starrte ihr nach, bis die Tür zufiel und Madame Blondiera in ihrem Cadillac saß.

»Pierre«, sagte er dann leise. »Pierre –«

»Monsieur Callac?«

»Sie sind der unverschämteste, frechste, hemmungsloseste, begabteste und herrlichste moderne Maler, den ich kennen gelernt habe! Das hier war ein Spiel um Ihren Kopf.«

»Mein Kopf ist wenig wert, Monsieur.«

»Aber Ev hängt auch an ihm, Sie Egoist!«, schrie Callac.

»Evs wegen habe ich es ja getan.« Er blickte hinüber zu Ev. Sie stand in der Tür zum Büro, zwei Gläser mit Champagner in der Hand, und lächelte. »Ich will nicht nur einen Kopf haben, Monsieur Callac … ich will endlich ein Gesicht haben!«

»Das haben Sie nun, mein Junge.« Callac starrte erneut auf das Bild, das Madame Blondiera als eine neue Sixtinische Madonna empfand, etwas, das sich in Paris schneller herumsprechen würde als etwa das Liebeserlebnis irgendeines Ministers. »Jetzt müssen Sie stark sein, Pierre. Ruhm ist etwas Fürchterliches. Lawinen, Taifune, Vulkanausbrüche lassen noch die Chance übrig, dass man sie überlebt … ein Künstler, dessen Ruhm von der Gesellschaft gemacht wird, ist wie ein aufgeblasenes Gummitier, in das man früher oder später – auch aus Spaß – mit tausend Nadeln hineinsticht, bis es versinkt. Und alle werden herumstehen und jubeln. Ruhm ist von allen menschlichen Erfolgen die giftigste Mixtur.«

»Ich habe Ev«, sagte Pierre mit einer fast ergreifenden Gläubigkeit und nahm das Glas Champagner. »Solange ich lebe und Ev bei mir ist, ist meine Welt vollkommen …«

»Es ist beschämend, zu sehen, wie impotent Pierre geworden ist«, sagte ein paar Tage später der ›Rote Henry‹ zu dem ›Gebetbuch‹. »Er kommt ohne sie nicht mehr aus, sie ist seine materialisierte Seele, aber er heiratet sie nicht, sie leben miteinander wie Bruder und Schwester. Ist das normal? Ein Dichter kann da gar nichts tun … ich kann sie ja nicht mit schweinischen Versen wild machen. Aber die Kirche! Wozu ist die Kirche da? Weiß die Kirche nicht immer und überall einen Weg? François, es wäre deine Pflicht, hier einzugreifen!«

»Es gibt meines Wissens kein Bittgebet für einen Koitus«, sagte das ›Gebetbuch‹ böse. »Irgendwo hört auch die Macht der Kirche auf. Soweit wir uns mit den menschlichen Lenden beschäftigen, gibt es nur die Bitte um Kindersegen … und das ist auch noch überholt. Sage ich es nicht: Die ganze Kirche muss reformiert werden!«

Man sprach dieses Problem – die Enthaltsamkeit Pierres gegenüber Ev – mit Madame Coco und Wladimir Andrejewitsch durch. Nachdem Pierres künstlerischer Durchbruch geschafft war, betrachtete man diese Seite seines Lebens als die noch zu lösende Unbekannte. Vor allem war das alles rätselhaft, wenn man Pierres Leben von früher kannte. Da war nicht nur die langbeinige, langmähnige Monky gewesen, die eine Art Dauerrecht in Pierres Bett gehabt hatte … da gab es Zeiten, wo Madame Coco sorgenvoll Pierre in die Küche befahl und zu ihm gesagt hatte: »Mein Junge, so viel kann der gesündeste Mann nicht produzieren, wie du abgibst. Bald bist du ein Gerippe.« Und Pierre hatte lachend geantwortet: »Petite mère, ich habe als Landstreicher alle Tricks kennen gelernt, mit einem Minimum an Einsatz die Frauen zu einem Maximum von Glück zu bringen.«

Und jetzt? Jetzt schlief er drei Meter von Ev entfernt in einem Bett, vor das er, wie eine Wehrmauer, seine Staffelei gestellt hatte. Und wenn sie in der Dunkelheit – immer wieder – nackt zu ihm kam und an seinem Bettrand saß, ein herrlicher, heller Körper mit vollen Brüsten und einem blond gelockten Schoß, nach Jugendfrische duftend und jene rätselhafte Wärme ausstrahlend, die sich dem Partner wie eine zweite Haut über dem Leib zieht, dann machte er sich wieder steif und begann mit ihr über die sinnlosesten Dinge zu philosophieren.

»Sie muss ihn vergewaltigen«, sagte der ›Rote Henry‹ immer wieder. »Sie muss ihn ganz einfach vergewaltigen! Um Hilfe schreien wird er sicherlich nicht. Man sollte ihr den Vorschlag machen.«

»Luftveränderung!« Es war ein Wort, das Ponpon in das Problem warf. Er war von der Tournee zurückgekommen, ein Misserfolg, nicht wegen der Spaghetti, sondern weil der Chef des kleinen Zirkus bei Palermo mit der Kasse durchgebrannt war und sich nach Tunis abgesetzt hatte. Jetzt arbeitete Ponpon wieder in einem kleinen Varieté auf dem Montmartre und entsetzte die Zuschauer (es waren wohltuende Schauer), wenn er mit seinem einen Auge nach dreimaliger Verschlingung seiner Gliedmaßen irgendwo zwischen Hintern und Schenkeln hervorlugte und ›Huschhusch!‹ rief.

»Luftveränderung! Das hat immer die meisten Kinder gegeben. Ein altes Hausmittel. Da könnt ihr jeden Mediziner fragen. Pierre und Ev müssen mal weg aus Paris. Nicht nach Versailles oder St. Denis, sondern in den Süden. Salzluft, die hämmert in die Drüsen!«

Man wusste gar nicht, dass der einäugige, mickrige Ponpon ein solches Ferkel war.

Im Mai – Paris stand in voller Blüte, und es war das Paris, von dem man träumt, das man besingt, das man in den Lenden spürt, das den Mädchen unter den Röcken juckt, es war das Paris, in dem Revolutionen und Liebe zu Einheiten verschmelzen, die Champs-Elysées und die großen Avenuen und Boulevards in Duftwolken schwelgen und der Himmel über dem Dächermeer wie Seide ist – in diesem Mai sagte Pierre zu Ev:

»Nächsten Monat fahren wir in die Provence. Es wird Zeit.«

Er sagte es, nachdem er am Morgen, als Ev noch schlief, sich nackt vor den Spiegel gestellt und betrachtet hatte. Man sah nichts an seinem Körper, nur die Augäpfel waren gelber geworden. Aber er dachte daran, dass seit Mitte Januar viermal eine kurze Zeit über ihn gekommen war, in der er geglaubt hatte, sein Flehen zu dem neu entdeckten Gott sei unerhört geblieben. Es war ein Glück, dass nie Ev in der Nähe gewesen war und dass er sich verkriechen konnte wie ein streunender Hund … einmal sogar in den Eingang einer Weinkellerei, wo er sich hinter einen Stapel leerer Rotweinfässer gehockt hatte, die Hände gegen den Leib gepresst, und dann atemlos darauf gewartet hatte, wie es ist, mit vollem Bewusstsein zu sterben.

Aber anscheinend gab es das nicht. Sterben ist etwas Grausames, aber das letzte Stück, das Handauflegen des Todes, muss etwas Friedliches sein. Es hat noch keinem davon erzählen können, aber er glaubte daran.

»Wann fahren wir?«, fragte Ev und küsste ihn. Sie war, wie jeden Morgen, nackt wie Pierre, und als sich ihre Körper jetzt berührten, warme, nachtdurchglühter Haut auf ebenso warmer, mit wohliger Hitze gespeicherte Haut, floss kein erotischer Strom ineinander und wirkte wie eine atomare Explosion … sie spürten sich, waren froh darüber und dankbar, dass es den anderen gab.

»Genau am 22. Juni.«

»Warum das?«

»Der 23. ist ein Sonntag. Ich möchte mit dir – zum ersten Mal nach fünfzehn Jahren – wieder die kleine Glocke eines provençalischen Dorfes hören, wenn sie sonntags die Bauern in die Kirche ruft.« Er ging zum Fenster und blickte hinaus. Der Morgen lag golden über den Dächern. Gegenüber bei der kleinen Hure war ein Sonderkunde, Tarif ›Ganze Nacht‹. Bei offenem Fenster – wie immer – lagen sie im Bett und schliefen fest. »Vor fünfzehn Jahren stand ich an diesen Kirchen und kassierte als unheilbarer malender Epileptiker genug Francs, um leben zu können. Den herumstrolchenden Jungen kannte man überall, und einmal musste ich einem Pfarrer im Pfarrhaus privat vorführen, wie man einen stilechten Epileptikeranfall durchspielt. Ich durfte daraufhin drei Wochen bei ihm als Messdiener bleiben, bis ich wieder ausriss. Ich war nicht geboren für ein Zimmer mit vier Wänden.«

»Armer Liebling! Und jetzt?«

»Ich bin fünfzehn Jahre älter, Ev. Und ich habe dich!«

»Und du bist bekannt als Maler. In zwei Jahren bist du reich. Kennst du die Höhe deines Bankkontos?«

»Nein. Es interessiert mich nicht. Es gehört alles dir.«

»Du bist verrückt, Pierre!« Sie lief zu ihm und stellte sich neben ihn an das Fenster. Gegenüber war die kleine Hure aufgewacht, weckte ihren Partner auf Pariser Art und tat wirklich etwas für ihr Honorar. Ein ehrliches Mädchen. »Es sind bis gestern 134 672 Francs. Dabei hat Callac noch vier Rechnungen ausstehen. Wir sollten mit dem Geld etwas unternehmen. Das meint auch Callac.«

»Überleg dir, was du damit tun willst, Ev.« Er wandte sich vom Fenster ab. Die Übungen der kleinen Hure waren anregender, als er sich eingestehen wollte. Man kann nicht alles in sich unterdrücken. »Mir ist alles recht. Kauf Madame Coco das Haus ab.«

»Dieses Haus hier?«

»Warum nicht? Es ist eine Welt, die überall ausgestorben ist, nur hier lebt sie noch. Ein Paradies im Mittelpunkt der Hölle. Hier habe ich dich schlafend die Treppe hinaufgetragen, und damit hat alles begonnen. Eigentlich ist dieses Haus unbezahlbar. Kauf es, Ev.«

Es war natürlich unmöglich, das Haus in der Rue Princesse zu kaufen. Erstens behauptete Madame Coco, sie sei nicht die Besitzerin, sondern nur die Concierge und führe die Mieten auf ein Konto ab, von dem sie nur die Nummer kannte, und zweitens – das wusste keiner, nicht einmal Callac – hatte sie das Haus längst notariell auf Pierre und Ev überschrieben und ihnen schuldenfrei vererbt nach ihrem Tod.

»Wer kauft denn dieses Haus?«, sagte Madame Coco entrüstet, als Ev davon anfing. »Pierre ist und bleibt ein Idiot! Er soll sich einen Mas (ein Landhaus) in der Provence oder an der Côte d'Azur kaufen, aber wer die Rue Princesse liebt, muss schon ein Fossil wie ich sein. Nein! Nein! Keinen Sou für dieses Haus!«

Pierre malte wie besessen.

Ev besprach die Kapitalanlage mit Callac, der keine Ahnung und nie zu Geld eine andere Verbindung gepflegt hatte als die, es zu besitzen, zu horten und sich am Kontostand zu freuen. Jetzt gab er Ratschläge, dass man mit Geld etwas tun müsse, aber was, das wusste auch er nicht.

Notaren misstraute er unverständlicherweise. Bankiers kannte er so viele als Kunden, dass er behauptete, sie zu fragen, wäre gleichbedeutend, das Geld der Mafia zu leihen. Er hielt überhaupt nichts von Leuten, die gewerbsmäßig mit Geld umgehen, warum, das begründete er nie. Er war eben auch nur ein alter Sonderling, über den die Zeit hinweggerollt war und der nur lebte, weil man von ihm die besten Gemälde erwerben konnte ... praktisch aus einer Zeit, aus der er stammte. Ein Stück atmendes Altertum ... ça c'est Paris!

Ev entschloss sich, etwas zu wagen: Sie kaufte vier Autos, Fürst Globotkin, der das Gewerbe hatte, übernahm sie in sein Taxiunternehmen, und so liefen ab Ende Mai vier neue Taxis auf de Sangries' Rechnung durch die Straßen von Paris. Die Autos unterschieden sich von den anderen Taxis dadurch, dass die durchweg russischen Chauffeure Mützen mit einem Band trugen, auf dem – wie bei der Marine – zu lesen war: ›Paris – ma fortune‹. Paris – mein Erfolg.

Das sprach sich rum, und Fürst Globotkin ließ die Idee schützen.

Und so kam es, dass Ev und Pierre mit ihrem grünen Vehikel und dem hässlichsten Hund von Paris durch die Stadt fuhren und ab und zu den schönen Wagen mit den fröhlichen Chauffeurmützen begegneten, und Pierre nicht wusste, dass er der Besitzer dieser Attraktion war. Er hätte sie nämlich sofort abgestoppt und verboten.

»Mein Erfolg ist nicht Paris, mein Erfolg ist Ev«, hätte er gesagt. »Ändert sofort die Mützen, sonst reiße ich sie euch vom Kopf!«

Warum also alles komplizieren, wenn es einfacher geht?

Callac wurde immer unruhiger, je näher der Juni kam und der Tag, an dem Pierre und Ev in die Provence fahren wollten.

Seine Erinnerungen mit Cosima erwürgten ihn fast, auch wenn er gesehen hatte, was jetzt aus ihr geworden war. Für ihn war sie noch immer das junge Mädchen mit den langen schwarzen Zöpfen, die er im harten Salzgras der Camargue entflochten und dann wie eine schwarze Fahne im Wind hatte flattern lassen. Eine Wolke aus schwarzen Haaren gegen einen stahlblauen Himmel und im warmen Meerwind wiegendes mannshohes Schilf ... wer kann das vergessen, wenn er noch ein Stückchen Herz übrig behalten hat?

»Ihr müsst in die Camargue«, sagte er immer wieder zu Ev, wenn sie zusammen im kleinen Büro saßen. »Ich habe es nie mehr gewagt, hinzufahren. Jawohl, nicht *gewagt!* Ich habe zu viel dort zurückgelassen. Aber wenn ihr mir vom Etang d'Ulmet einen Arm voll Schilf mitbringt und ein Stück Salzerde, könnt ihr den verdammten Callac weinen sehen. Aber betrügt mich nicht ... ich weiß genau, wie das Schilf und der Boden am Etang d'Ulmet aussehen.«

Und so kam der Juni, Paris wurde zum Zauber, den man auf der Zunge schmeckte, wenn man tief einatmete, und der Wetterbericht im Radio verkündete, im Süden Frankreichs lagere ein Hoch mit anhaltendem Sonnenschein.

Pierre begann, in einer Werkstatt seinen grünen Wagen ›Mes Rues‹ durchzusehen und auf große Fahrt zu trimmen. Vergeblich redete Wladimir Andrejewitsch auf ihn ein, das Vehikel zu verkaufen und einen sicheren Wagen zu erwerben. Bouillon kam ebenfalls in arge Konflikte: In der Umgebung der Rue Princesse gab es jetzt sieben läufige Hündinnen, und er war ständig unterwegs, kam nur nach Hause, um bei Madame Coco zu fressen und neue Kraft zu tanken und um neben Evs Bett (das gab er nicht auf!) zu schlafen. Sonst aber ... so hässlich er war, Bouillon entwickelte sich zu einem Hund, von dem Kenner gesagt hätten: O lala!

»Man sollte Pierre das mal zeigen«, schlug der ›Rote Henry‹ vor. »Wenn Bouillon es fertig gebracht hat, damals das erste Bild von Pierre bei Callac zu verkaufen, vielleicht bringt er es jetzt auch fertig, Pierre auf Ev zu legen. Zwischen Herr und Hund besteht manchmal rätselhafte Seelenverwandtschaft.«

Madame Coco nannte den ›Roten Henry‹ eine Erzsau, aber das war er gewöhnt. Verkannt zu sein war seine Lebenstragödie. Einen Beweis hatte er im April erhalten: Er war eine tragische Erzählung losgeworden, tatsächlich, und sie wurde gedruckt im wöchentlichen Familienblatt ›Dimanche français‹. Sie wurde ein voller Erfolg, die Leser schrieben, sie hätten sich selten so amüsiert, und der ›Rote Henry‹ bekam von der Redaktion den Auftrag, noch vier solcher Grotesken zu schreiben.

»Grotesken!«, schrie er. »Das war eine menschliche Tragödie!« Darauf besoff er sich, aber er schrieb die vier Erzählungen doch. Auch bei ihm ging es jetzt aufwärts ... wie bei Ponpon, der ein Engagement im ›Lido‹ bekam und fast verrückt vor Freude und Stolz wurde, und wie für das ›Gebetbuch‹, der für sein Referat ›Das Wunder der Gläubigkeit in der französischen Kathedralbaukunst‹ ein Sehr gut erhielt. (Obwohl er alle Kirchen abschaffen wollte!)

Es schien, als bringe Ev ihnen allen Glück.

Der Wunder größtes aber war eine Einladung von Marius Callac: Er bat Madame Cosima Lebrun zu einem Abendessen ins Riz. Er wagte es eben. Einem alten Mann verzeiht man auch einen roten Drachen wie Coco. Außerdem ist das Riz vieles gewöhnt.

Aber in diesem sonnigen, duftigen, blütengeschwängerten Juni in Paris hörten die Wunder nicht auf: Madame Coco erschien mit tiefschwarzen Haaren, glatt angelegt nach spanischer Art, mit einem Mittelscheitel. Ihre Körpermasse war durch ein Korsett gebändigt, dessen Konstrukteur einen Preis verdiente.

Callac hielt den Atem an, als er sie aus dem Taxi von Fürst Globotkin steigen sah. Dann stürzte er ihr entgegen und küsste ihr die Hand.

»Ma petite!«, sagte er zärtlich. »O Gott im Himmel!«

Es gibt in Paris immer wieder zwei Menschen, die noch glücklicher sind als die anderen glücklichen Menschen.

Wer kann sagen, woran das liegt?

Am 22. Juni regnete es in Paris. Aber das Radio meldete: »An der Küste Südfrankreichs Sonnenschein und sommerliche Temperaturen«. Das grüne Vehikel ›Mes Rues‹ stand vor der Tür, aufgetankt, beladen mit zwei Koffern und zwei Reisetaschen, zwei Riesenkuchen von Madame Coco und einem traurigen Bouillon. Drei seiner Hündinnen waren zum Abschied gekommen, saßen auf dem Bordstein und schnüffelten wehmütig. Er sah zur anderen Seite auf die Straße … auch ein Hund hat eine Seele, und ob bei einem Hund drei läufige Hündinnen die Liebe zu seinem menschlichen Herrn aufwiegen, das hat noch kein Tierpsychologe erforscht.

Callac hatte eine uralte Karte ausgegraben, vergilbt und zerrissen, ein Heiligtum seines ganzen verflossenen Lebens, und sie Pierre übergeben. Eine Karte der Camargue. Mit Rotstift waren ein paar Kringel gezogen … Orte, an denen er mit Cosima gewesen war. »Fotografiere alles, wie es jetzt dort ist«, hatte er zu Pierre gesagt. »Eigentlich dürfte sich nichts verändert haben. Dieses Land ist die Ewigkeit selbst. Aber es gibt ja die Menschen, die an der ewigen Schönheit herumpfuschen …«

Hinter Paris, bei Fontainebleau, hörte der Regen auf. Von da an begleitete die Sonne das grüne, schnaufende Vehikel nach Süden, der Rhone entgegen, dem Land entgegen, von dem ein Franzose sagt: In Paris liegt unser Nationalgefühl – in der Provence unser Herz.

Sie fuhren langsam – Veteranen wie ›Mes Rues‹ sind wie Veteranen des Militärs: Sie schreien Hurra, das alte Feuer blitzt in den Augen, aber beim Marschieren kommen sie etwas aus dem Tritt. Das grüne Ungeheuer rumpelte über die Autobahn, bis Pierre sie verließ und bei Beaune abbog auf die Landstraße. Sie fuhren durch Maisfelder, die in der Sonne glühten, durch Weinrebengärten und golden überhauchtes Korn. Dann plötzlich, auf einem kleinen staubigen Nebenweg in der Nähe von Tavaux, hielt Pierre ›Mes Rues‹ an. Vor ihnen lagen ein paar alte Bauernhäuser, wie ausgestorben in der Mittagsglut. Rotbraune, verwaschene Dächer, zerfallende Zäune, hochwandige Scheunen für den später geernteten Mais. Breite Leiterwagen, ein paar fahle Kühe auf den Weiden. Ruhe und Ergebenheit in Gottes Milde oder Zorn.

»Hier –«, sagte Pierre. Er stieg nicht aus. Er blickte durch die Frontscheibe und umklammerte das Lenkrad. »Hier habe ich mit meiner Mutter gelebt. Hierher hatte man sie aus Paris verbannt, weil sie mich bekam, von einem Mann, dessen Vornamen sie nur kannte. Hier ist sie gestorben. Und von hier holte man mich weg in das Waisenhaus. Hier wurde der Landstreicher Pierre geboren, weil sein Großvater zu stolz war, einen Bastard aufzuziehen.« Er legte den Arm um Bouillon und drückte den hässlichsten Hund von Paris gegen seine Brust. »Wie war's bei dir, Bouillon? In welcher Ecke hat man dich ins Leben geworfen?« Er sah den Hund an, gab ihm einen Kuss auf den struppigen Kopf und blickte über die stacheligen Haare zu Ev hinüber.

»Wenn du wüsstest, was ein Hund für mich bedeutet«, sagte er leise. Dann gab er wieder Gas, wendete auf der kleinen Straße und fuhr zurück zur großen Route.

Ev fragte nicht danach. Sie schwieg auch weiterhin. Die Rückkehr Pierres zu seinem Ursprung konnte ihm niemand zerreden oder verschönen. Aber sie dachte an die Bilder, die jetzt fast alle verkauft waren … an die junge Frau mit den traurigen Augen, dem schmalen Gesicht und dem Lockenkopf. Die schöne Mama im goldenen Sonnenlicht – Pierres einziger Anker im Leben. Bis sie kam. Eva Bader. Das Aupair-Mädchen, das vom Arc de Triomphe springen wollte wegen eines Kindes. Das gleiche Schicksal … rundete sich dadurch Pierres Leben? Lag hier das Rätsel ihrer Liebe, die bisher nie ihre Körper erreicht hatte?

Man soll Veteranen nicht unterschätzen: Das grüne Ungeheuer ›Mes Rues‹ schaffte die Strecke, für die Pierre zwei Tage gerechnet hatte, an einem Tag. Bei Einbruch der Dunkelheit – es war ein Abendhimmel, so gewaltig mit seinen roten, orangenen und violetten Wolken über einem weiten, weingesegneten Land mit ockerfarbener Erde, dass Ev verstand, warum ein Maler einmal in seinem Leben in der Provence sein musste – erreichten sie einen winzigen Flecken, der aus neun weißen Häusern bestand und einer Töpferei, deren Brennöfen man in einen Hügel hineingegraben hatte. Diese Ansammlung von Hütten hieß Le-Pin de St. Rémy, und bevor Pierre den Wagen anhielt, erklärte er: »Hier werden wir wohnen. Die Töpferei gehört einem aus unserer Clique. Er ist vor drei Jahren weg aus Paris. Wir nannten ihn nur den ›Tonkopf‹, weil er schon damals auf einer selbst gebastelten Drehscheibe Krüge und Töpfe drehte und sie bemalte. Ein guter Freund …«

Er hupte. Aus einer der Höhlen kam eine breite, halb nackte Gestalt, bärtig und braun gebrannt, musterte das grüne Vehikel und tippte an die Stirn. Erst dann kam er näher, erkannte Pierre, als dieser ausstieg, und breitete die Arme aus.

»Pierre!«, rief der ›Tonkopf‹. »Es ist wahr geworden! Du bist gekommen! Die Provence grüßt dich! Und die Provence wartet auf dich! Sie braucht dich! Ich habe es dir immer gesagt!« Dann bemerkte er Ev und Bouillon und ließ Pierre sofort los. »Was ist das? Bist du verrückt?«

»Ich erkläre es dir später einmal, Tonkopf.«

»Auto und Hund passen zu dir … aber das Mädchen? Bist du Millionär geworden, Junge?«

»Nicht ganz. Das ist Ev …«

»Mademoiselle.« Der große, breite Kerl mit dem wilden Bart kam näher, drückte Ev die Hand und machte eine weite Armbewegung. »Mein Land ist euer Land!«, sagte er. »Das ist leicht gesagt, denn mir gehört nur der Hügel und der Stall dort drüben. Aber wer hier lebt, fühlt sich als Teil dieses Ganzen. Hier wird man Natur, Mademoiselle. Hier weiß man plötzlich, was Schöpfung ist.«

Später saßen sie unter einem Schilfdach, aßen auf Holzkohle gegrilltes Lammfleisch und tranken einen herrlichen würzigen roten Landwein. Über ihnen pendelten zwei Petroleumlampen in einem Wind, der vom Meer kam, der nach Meer roch, obgleich das Meer noch so weit entfernt war.

»Kann man von der Töpferei leben?«, fragte Ev, als sie ergriffen von der Nacht und umzirpt von Zikaden über das Land starrten. Die Erde atmete die Wärme des Tages zurück, sie duftete wie eine erregte Frau.

»Man kann, wenn man so lebt wie ich –« Der ›Tonkopf‹ – keiner kannte seinen wirklichen Namen, und er nannte ihn auch nie – nahm einen Schluck aus seinem selbst gebrannten und bemalten Tonbecher. Bizarre Gebilde, wie sie auch Picasso herstellte, nur möglich in dieser Landschaft, in der Gott – wäre er Campingbegeisterter – sein ständiges Zelt aufschlagen würde. »Es ernährt mich, ich lebe in absoluter Freiheit, ich weiß, wie es im Paradies gewesen sein muss. Was will man mehr? Ich bedauere jeden, der für einen Franc zehnmal seinen Rücken krümmen und ›Jawohl, Herr Chef‹ sagen muss. Freunde«, er dehnte seinen breiten, braunen, nackten Brustkorb, ein Urbild von Gesundheit und Freude, »das glückliche Leben ist so einfach … die Menschen selbst komplizieren es nur so ungeheuerlich, weil sie nicht wissen, was Glück ist.«

Es war selbstverständlich, dass der ›Tonkopf‹ seinem Besuch sein Bett überließ. Er selbst zog sich in einen seiner großen, leeren Brennöfen zurück und rollte sich dort auf ein paar Decken zusammen. Und wie in Paris lag Ev in diesem Bett, und Pierre zog sich auf eine Holzbank hinter dem Tisch zurück.

»Komm her!«, sagte Ev, als er die Lampe ausgeblasen hatte. »Pierre, ich sage es zum letzten Mal. Ich schwöre es.«

»Ev ...«Er erhob sich, kam zu ihr hinüber und legte sich neben sie. Ihre Körper klebten aneinander, und er spürte, wie ihre Brust sich an ihn schob und ihr Arm über seine Hüften glitt. »Ev, ich beschwöre dich, mir zu glauben: Uns bleibt nur die Vernunft, so irrsinnig das auch ist!«

»Du liebst mich«, sagte sie leise. Sie lag jetzt halb über ihm, und der Druck ihres Körpers, der Duft aus ihren Poren, der Blütengeruch aus ihren Haaren betäubten ihn fast.

»Und wie ich dich liebe«, sagte er heiser.

»Sag nicht ›dich‹, Pierre. Sag ›Ev‹! Ich bin Ev, Pierre, nicht deine Mutter –«

»Mein Gott, das ist es doch nicht!«, schrie er auf. »Ev! Ev! Ev! Es gibt kein anderes Wort mehr für mich!« Er umschlang sie, presste sie an sich, drückte sein Gesicht zwischen ihre Brüste, und zum ersten Mal spürte sie, dass Pierre ein Mann war. Das machte sie so glücklich, dass sie dem Weinen nahe war. »Du wirst an mir zerbrechen!«, schrie er zwischen ihren Brüsten. »Später wirst du es begreifen! Ev ... ich liebe dich zu sehr.«

Dann schwiegen sie, spürten nur ihre Körper, begriffen, dass Worte aufgehört hatten, Argumente zu sein ... sie genossen mit einer Tiefe, die nur vergleichbar war mit der Unendlichkeit des Himmels, wie ihre Leiber über- und ineinander glitten und erlebten das Wunder, dass zwei Menschen so vollkommen lieben können, dass eine Sehnsucht nach Unendlichkeit zurückbleibt.

Danach lagen sie in der tiefen Dunkelheit im Zikadenkonzert, zusammengepresst wie nicht mehr zu trennen, und küssten sich gegenseitig die Schweißperlen aus den Augenhöhlen.

»Wie lange bleiben wir hier?«, fragte Ev.

»Eine Woche, zwei Wochen, einen Monat, ein Jahr, immer … ich weiß es nicht.«

Sie richtete sich etwas auf und blickte ihn an. Seine dunklen Augen schimmerten unter ihr. »Hast du Callac davon erzählt?«, fragte sie.

»Nein.«

»Weiß es Madame Coco?«

»Niemand weiß es.«

»Und seit wann weißt du es?«

»Seit einer Stunde.« Er zog ihren Kopf zu sich hinunter und schob seine flachen Hände unter ihre Brüste. »Wir haben den Wind, den Himmel, die Erde und das Meer in uns … was sollen wir noch in Paris? Hier werde ich malen, was du aus mir gemacht hast.«

Am nächsten Morgen – Ev schlief noch – traf Pierre den ›Tonkopf‹ am Brunnen. Er wusch sich, und Bouillon saß etwas traurig auf dem Hügel, starrte in die Ferne und dachte an seine sieben läufigen Hündinnen in Paris.

»Wo ist hier der nächste Arzt?«, fragte Pierre. Der ›Tonkopf‹ sah ihn verblüfft an.

»Einen vernünftigen findest du erst in St. Rémy. Warum? Hat Mademoiselle nächtliche Beschwerden?«

»Idiot!« Pierre wusch sich mit beiden Händen das Gesicht. »Für alle Fälle.«

»Was nennst du einen Fall?«

»Wenn ich sterbe …«

»In einem solchen Fall hilft unser Tierarzt in Eygalières.« Der ›Tonkopf‹ lachte urgesund, fast schon provozierend. »Wann gedenkst du zu sterben, Pierre?«

»Es kann plötzlich kommen.«

»Alles kann plötzlich kommen. Es hat sich schon einer mit einem gewaltigen Furz seinen Darm zerrissen.«

»So ähnlich meine ich es.« Pierre lächelte schief. »Ich möchte bei dir bleiben, Tonkopf.«

»So lange du willst, Pierre.«

»Vielleicht für immer.«

»Nur zu. Bau dir deine Hütte neben meinem Stall. Einmal im Monat kommt ein Händler und nimmt meine Töpfereien mit. Er kann dann auch gleich deine Bilder mitnehmen. Was kostet ein Bild von dir, Pierre?«

»In Paris durchschnittlich 15 000 Francs ...«

»Verehrung, Meister.« Der ›Tonkopf‹ machte eine tiefe Verbeugung, er hielt Pierres Zahl für einen Witz. »Wenn du das Monsieur Braillon sagst – das ist der Händler aus St. Rémy –, glaube ich auch, dass du bald einen Arzt brauchst.«

Er lachte wieder laut, blähte seine breite, braune Brust in die frische Morgenluft und ging dann hinüber zu der offenen gemauerten Küche.

Welche Kraft, dachte Pierre. O hätte ich einen Teil davon. Nur ein Zehntel, so bescheiden bin ich. Wie wäre die Welt anders.

Er schaute hinauf zu Bouillon, der sich ergiebig kratzte.

Ein Hund. Ev, wenn du wüsstest, was ein Hund für mich bedeutet.

»Komm her, Bouillon!«, rief er. »Komm her!«

Und der hässlichste Hund von Paris machte vom Hügel aus einen Satz, sprang Pierre direkt auf die Arme, er drückte ihn an sich und ging mit ihm hinüber zur Hütte, um Ev zu wecken.

Sie blieben zehn Tage bei dem ›Tonkopf‹ und schliefen in einer Bretterhütte, die sie sich in zwei Tagen bauten. Es war ein warmer Frühsommer, eigentlich brauchte man nur ein Dach über dem Kopf und schlief besser, wenn die mit Blütenduft geschwängerte Luft einen umwehte; aber sowohl Pierre wie auch Ev schien es besser, Wände um sich zu haben, um ihre Liebe nicht in so vollkommener Freiheit darbieten zu müssen. Zwar sagte der ›Tonkopf‹ einmal in seiner kraftstrotzenden Art: »Wer sich hier schämt, ist noch nicht Natur genug«, und modellierte aus Ton einen riesigen Phallus, den er gewissenhaft in einem seiner primitiven Öfen brannte und Ev beim nächsten Abendessen überreichte, wie man einer Dame einen Strauß Rosen schenkt. Pierre starrte das deutliche Gebilde mit verkniffenen Augen an, und er sah auch, wie verlegen Ev war, wie sie sich überwinden musste, die Tonplastik anzufassen und sich auch noch zu bedanken. Sie sagte etwas zögernd: »Das haben Sie gut gemacht. Danke!« Und der ›Tonkopf‹ goss einen Becher Wein in sich hinein, schlug sich auf die kräftigen nackten Schenkel und grölte: »Nach lebendem Modell, Mademoiselle! Macht es Sie nicht neugierig?«

»Du solltest dich anders benehmen«, sagte später Pierre zu seinem Freund, als Ev in einem Bottich heißen Wassers das Geschirr spülte und die beiden Männer allein auf einem der kleinen Hügel saßen, über das Land blickten und rauchten. »Sie ist keine kleine Hure, das sage ich dir zum letzten Mal! Ich liebe sie! Was sie mir bedeutet, ahnt keiner.«

»Man kann es ihr ansehen, wie sie im Bett ist«, antwortete der ›Tonkopf‹ fröhlich. »Pierre, mach dir nichts vor. Das ganze Gequatsche mit Seele und Herz, und man will doch nur aufeinander liegen. Seele hat nur die Natur –« Er machte eine alles umfassende Armbewegung, als wolle er die gesamte Provence an seine breite Brust drücken. »Der Mensch ist Dreck wie der Ton dort unten, bis jemand kommt, der eine Figur aus ihm formt und ihn hart brennt. So wird der eine ein Krug, den man füllen kann, der andere ein Sieb, aus dem alles wieder herausläuft, der eine wird zum Mörser, der andere zum Stößel.« Er lachte grob und machte eine gemeine Handbewegung. »Und dann wird das Gebilde alt, verwittert und zerbricht eines Tages, wie jedes Tongefäß. Das ist der Mensch! Nur die Natur ist ewig, schön, unerreichbar, unnachahmbar … auch du mit deinen Bildern kannst es nicht. Pierre, so musst du auch leben! Dran denken, dass du eines Tages wie eine Tonscherbe auf dem Dreckhaufen liegst.«

»Wo wäre die Menschheit hingekommen, wenn sie so denken würde wie du?«

»In ein kleines Paradies zwischen Bett, Herd, Fluss, Wind, Erde und Himmel. Braucht man mehr?« Der ›Tonkopf‹ blickte hinunter zu Ev. Sie schüttete den Bottich aus und reckte sich etwas. Durch die dünne Bluse drückte sich ihre Brust, um die Hüften spannte sich die gewaschene Jeanshose. Sie trug das blonde Haar aufgelöst und wusste nicht, dass man sie beobachtete. Mit den Händen strich sie sich über das Gesicht und breitete dann die Arme aus und atmete tief die Abendluft ein. So male ich sie, dachte Pierre glücklich. Die ganze Sehnsucht eines Menschen nach Schönheit und Glück.

»Wenn ich Millionär wäre, würde ich sie dir abkaufen«, sagte der ›Tonkopf‹ und spuckte den Rest seiner Zigarette von den Lippen. »Und ich bin Millionär – mir gehört die ganze Freiheit des Lebens! Was willst du für sie haben?«

»Rühr sie nicht an, Tonkopf!«, sagte Pierre leise. »Ich sage dir: Rühr sie nicht an!«

»Ich bin so fair, dich vorher zu fragen.«

»Ich würde dich umbringen, Tonkopf.«

»Mit einem Pinsel voll Indischrot, was?« Er lachte dröhnend und warf sich nach rückwärts ins Gras. Sein breiter Brustkorb wölbte sich, die Armmuskeln schwollen wie dicke Stahltrossen, als er die Arme hinter dem Nacken kreuzte. Er zog die Beine an, und auch seine Oberschenkelmuskeln waren wie lange, runde Brote, die man unter die Haut geschoben hatte. »Pierre, in der Natur weiß der Schwächere immer, wann er aufzugeben hat. Ich habe einmal zwei Füchsen zugesehen, die sich um eine Feh stritten –«

»Ich bin kein Fuchs, Tonkopf«, sagte Pierre ernst und eindringlich. »Und wenn du Ev anfasst, stelle ich die Natur auf den Kopf, und der Wurm greift den Elefanten an –«

Er stand auf und ging hinunter. Bouillon folgte ihm, fast auf den Fersen, es war, als verstände er jedes Wort der menschlichen Sprache.

Am Freitag kam Monsieur Randolph Braillon aus St. Rémy, um von dem ›Tonkopf‹ neue Vasen, Krüge, Amphoren, Schalen und Zierteller abzuholen. Er bezahlte in bar, erzählte Neuigkeiten aus der Stadt und der großen Weltpolitik, die den ›Tonkopf‹ wenig interessierten, und blieb eine Stunde in der Töpferei. Pierre und Ev bekam Braillon nicht zu Gesicht, und der ›Tonkopf‹ erwähnte sie auch nicht. Pierre hatte sich geweigert, seine bereits fertig gestellten Gemälde Monsieur Braillon zu zeigen. »Jeder Idiot ist anders«, hatte der ›Tonkopf‹ gesagt. »Selbst der Steinzeitmensch lebte vom Tausch. Aber bitte, bitte ... suche dir dein Paradies so, wie du's willst. Male deine Landschaften und verrecke wie van Gogh ...«

Zehn Tage Sonne und Liebe ... und zehn Tage irgendwo auf einem Hügel und malen. Mit Farben, die wie ein Rausch waren, mit so viel Licht, dass es unbegreiflich wurde, wie man auf eine Leinwand so etwas hinmalen konnte, mit einer solchen Explosivität an Lebenssehnsucht, dass man vor den Bildern saß und stumm wurde vor so viel Aufschrei: Ich möchte leben!

Pierre ging am Morgen allein hinaus in die Landschaft, und Ev verzichtete klug darauf, ihn zu begleiten. Merkwürdigerweise blieb auch Bouillon zurück, als wisse auch er, dass ein so hässlicher Hund in den Stunden, in denen man die Schönheit einfing, nichts zu suchen hatte. Er trottete dann um Ev herum, schielte den ›Tonkopf‹ böse an, stand zwischen ihm und Ev, wenn die beiden miteinander sprachen und knurrte leise, wenn der ›Tonkopf‹ näher als einen Meter an Ev herankam.

»Er liebt Sie auch, Mademoiselle«, sagte der ›Tonkopf‹. »Wen wundert das? Alles, was männlich ist, wird in Ihrer Gegenwart zum Raubtier.« Er massierte seine breite nackte Brust und kraulte dann seinen wilden Bart. »Sind Sie mit Pierre eigentlich zufrieden?«

»Ich möchte Ihre Frage nicht verstehen«, antwortete sie.

Sie standen sich vor einem der Brennöfen gegenüber, inmitten eines Haufens von vorgebrannten Töpfen, die noch bemalt und dann zum zweiten Mal nachgebrannt werden mussten. Für Ev gab es kein Ausweichen, hinter ihr der heiße Ofen, um sich herum die Töpfe und Krüge, vor ihr, breit und unüberwindbar in seiner Kraft, der Mann, der sich Pierres Freund nannte. Er trug nur eine knappe Badehose, und alles an ihm war gespannt.

»Im Paradies muss Adam ein Mann gewesen sein, der mit einem Faustschlag einen Bullen umwarf«, sagte der ›Tonkopf‹. »So jedenfalls stelle ich ihn mir vor. Anders hätte er Eva nach der Vertreibung nicht über die Runden bekommen. Hier haben wir ein Paradies, Sie heißen Eva, und ich heiße Adam Ratoulle. Das ist kein Zufall mehr, Ev, das ist Schicksal! Wir sollten uns Naturgesetzen nicht widersetzen.«

»Ich liebe Pierre!«

»Ich weiß. Man sieht es, man hört es, man schnuppert es, wenn ihr zusammen seid. Aber es ist wider die Natur, Ev! Sie gehören zu einem Mann, der in diesen unwahrscheinlichen Himmel der Provence greift und Ihnen herunterholt, was Sie wollen. Sagen Sie zu mir: ›Ich möchte vom Nachthimmel die Venus haben!‹ – ich hole sie Ihnen herunter, und alle Zärtlichkeit der Venus ist in Ihrem Bett. Und wenn Sie den Mars wollen … herunter mit ihm vom Firmament, und wir kämpfen in den Kissen miteinander bis zur totalen Vernichtung! So etwas brauchen Sie, Ev!«

»Ich glaube, Sie verkennen mich völlig, Adam Ratoulle«, sagte Ev leise. Aber in dieser Sanftheit lagen Stärke und Willen. »Was mich mit Pierre verbindet, ist nicht das, was Sie mir in Ton modelliert haben. Das ist nicht die Hauptsache im Leben. Im Übrigen: Mein Rücken verbrennt gleich.«

»Ich möchte Sie jetzt wegtragen und zeigen, was ein Mann ist«, sagte der ›Tonkopf‹.

»Versuchen Sie es.«

»Warum sagen Sie nicht klar: Nein?!«

»Würden Sie sich darum kümmern?«

»Natürlich nicht!« Adam Ratoulle lachte mit jenem Unterton, den nur Frauen wie eine Berührung auf der Haut spüren. »Was werden Sie Pierre sagen?«

»Wenn Sie mich vorbeilassen – nichts. Er ist zu glücklich, und er glaubt, Sie seien sein Freund. Wenn wir uns nicht einigen, sage ich ihm alles … es wäre eine Katastrophe. Und doch ist es immer das Gleiche: Drei Menschen genügen, um eine Hölle komplett zu machen.«

Der ›Tonkopf‹ lachte wieder. Er trat aus dem Weg und ließ Ev vorbei. Als sie aber an ihm vorbeigegangen war, griff er nach ihr, fasste ihre Brust und riss sie zu sich herum. Sie schlug mit den Fäusten auf seine Arme, riss sich los und lief weg zu dem Haus. Adam Ratoulle folgte ihr, nicht schnell, sondern gemütlich, Schritt um Schritt, so, als laufe sie nur voraus, um schnell das Bett zu richten und ihn dort zu erwarten.

Als er die offene Küchenhalle erreichte, stand Ev vor dem eisernen Grill, ein langes Messer in der Hand und den Arm vorgestreckt.

»Sie gehören also zu den Mädchen, die ihr Dreieck wie eine Festung verteidigen?«, sagte der ›Tonkopf‹ ohne einen Anflug von Zögern. Das Messer in Evs Hand betrachtete er als ein Spielzeug. »Wer das Spielchen mag, dem bringt es Freude, sicherlich. Ich halte es für blöd, Ev. Sie sind keine Jungfrau mehr, und es gibt Dinge, an die kann man sich gewöhnen wie Kauen und Schlucken. Sie gehören einfach zum täglichen Leben … und das auch! Ev, Sie gehören zu den Frauen, die ohne Liebe blutleer werden.«

»Bleiben Sie stehen, Tonkopf!«, sagte Ev plötzlich laut. Adam Ratoulle war einen Schritt näher gekommen, wenn er jetzt die Arme vorstreckte und noch einen Schritt machte, gab es kein Wort mehr, sondern nur die Entscheidung zwischen Aufgabe und Messer.

»Legen Sie das dämliche Messer weg, Ev!«, sagte Adam rau.

»Nein! Ich schwöre Ihnen … ich stoße zu!«

»Wie Sie wollen! Waffe gegen Waffe!« Er fasste mit beiden Händen in den Gummibund seiner Badehose und zog sie herunter. Nackt, in schwellender männlicher Kraft, stand er vor ihr und lachte sie aus seinem bartüberwucherten Gesicht an. »Seien Sie ehrlich Ev: Ich habe das bessere Schwert! Werfen Sie das Messer weg! Bringen Sie es wirklich fertig, diese Waffen zu kreuzen?«

»Sie wissen nicht, wozu ich fähig bin, Tonkopf!«, sagte Ev hart. »Bleiben Sie um Himmels willen stehen … das Messer ist scharf und spitz … und ich halte es fest, ganz fest!«

Sie legte auch noch die zweite Hand um den breiten hölzernen Griff und streckte das Messer weit von sich. Nur noch ein halber Meter trennte Adam Ratoulle von der Klinge … und er lachte breit, stemmte die Hände in die Hüften und bog den Unterkörper so gemein vor, so weit es möglich war.

»Ein tückisches Gefecht!«, grölte er. »Kurzschwert gegen Krummsäbel! Eva, Sie sind eine wunderbare Frau –«

Unterdessen lag Pierre irgendwo in den Hügeln unter der Sonne und krümmte sich. Plötzlich war es gekommen, zum ersten Mal mit einer solchen Wucht, dass er alles fallen ließ, Pinsel und Palette, die Hände gegen den Leib drückte und sich einfach hinfallen lassen musste. Er spürte, wie das Blut aus seinem Gesicht wich, wie sein Gehirn luftleer wurde, wie sich das Fleisch von seinen Knochen zu lösen schien, und der Schmerz, der stechend und alles zusammenkrampfend seinen Körper durchzog, war so urmächtig, dass er sich liegend herumwarf und in die heiße, duftende Erde biss, weil er nicht schreien wollte. Er hielt den Atem an, glaubend, mit diesem Stillstand seiner Lungen auch den Schmerz zu besiegen … aber es half nichts, in ihm bohrte es und zogen feurige Ströme durch seinen Leib, Schweiß übergoss ihn, aus allen Poren brach er heraus, und als es immer unerträglicher wurde und auch der Biss in die Erde nicht mehr half, riss er große Büschel voller Gras aus und stopfte sie sich in den Mund. Nicht schreien, nein, nicht schreien … man würde es bis zur Hütte hören können! Es ist ja gleich vorbei, es sind ja nur ein paar Sekunden, man kennt das ja während bisher zweiundzwanzig Anfällen. Das war der dreiundzwanzigste, aber er war der fürchterlichste und längste und der ehrlichste: Er zeigte, dass man mit der Zeit rennen musste, dass man der Uhr vorauslaufen musste.

Als der unheimliche Schmerz etwas nachließ und das zurückblieb, was Pierre seit zwei Jahren ›Das Rülpsen meines Mitessers‹ nannte, dieser latente, erträgliche, immer gegenwärtige Schmerz, an den man sich gewöhnen konnte, lag Pierre auf dem Rücken, starrte in den wolkenlosen, unendlichen Himmel und weinte.

Die Palette lag neben seinem Kopf, und er spürte an den Spannungen auf seiner Haut, dass er sein Gesicht über all die ausgedrückten Farben gewälzt haben musste, ehe er in die Erde gebissen hatte. Nun trockneten die Ölfarben in der heißen Sonne. Wie sehe ich aus, dachte er. Ein mit einer Vielfalt von Farben beschmiertes Gesicht, das ich mit dem wenigen Terpentin, das ich bei mir habe, nicht sauber wischen kann. Was soll ich Ev erzählen? Und der ›Tonkopf‹ wird so lachen, dass man ihn ermorden könnte für diesen kraftstrotzenden Hohn. Was soll ich tun? Welche Lüge ist jetzt noch glaubhaft?

Er lag noch eine Weile, die Farbe auf seinem Gesicht wurde zu einer festen Schicht, der Schmerz im Leib ebbte ab und blieb nur noch wie ein taubes Gefühl in seinen beiden Füßen hängen. Das war neu. Er bewegte die Füße … sie gehorchten ihm, aber als er sie gegen einen Stein stieß, empfand er nichts mehr dabei.

»Nein!«, sagte er dumpf. »Nein! Das mache ich nicht mit!«

Er stieß immer und immer wieder mit den Füßen gegen den großen Stein, bis das Gefühl wiederkehrte. Er stieß so wild, mit einer so verzweifelten Selbstzerstörung, dass – als das Gefühl zurückkehrte – seine Füße rot geschwollen waren und er kaum noch auf ihnen stehen konnte, als er sich aufrichtete. Dann stand er wieder, hielt sich an seiner Staffelei fest und blickte über das sonnenüberflutete, blühende, gesegnete Land, in dem man begreift, wenn jemand sagen sollte: »Gott muss ein Provençale gewesen sein!«

Er sah den Qualm aus zwei von des ›Tonkopfs‹ Brennöfen, dünne weißgraue Fäden, die im unendlichen Blau des Himmels aufgesogen wurden. Und er hörte auch wieder die Laute um sich, die Vogelstimmen, das Flügelschlagen eines Taubenschwarms, ein ganz weit entferntes Hämmern auf Eisen ... dort irgendwo zwischen den Hügeln schärfte ein Bauer seine Sense. Links von ihm zog eine Schafherde über das Land, merkwürdig stumm, weil der Wind gegen sie stand und alle Laute von ihm wegtrug.

Eine gute Idee, dachte er. Ich werde sagen, ein Hirtenhund habe mich umgerannt und ich sei in meine Farben gefallen. Der ›Tonkopf‹ wird brüllen vor Lachen, aber es klingt glaubhaft.

Er klappte die Staffelei zusammen, sammelte alles auf, wartete, ob sein Leib gegen diese Arbeit protestierte, aber da er jetzt wieder schwieg, stieg er langsam den Hügel hinab und stützte sich bei jedem Schritt auf die Beine der Staffelei.

»Du kannst einmal zustechen«, sagte Adam Ratoulle und ließ die dicken Muskeln seiner Oberarme springen. »Sicherlich wirst du auch treffen ... aber dann bin ich über dir, und die nächsten Stöße gehören mir!« Er lachte mit jener Gemeinheit, die keine Duldung mehr zulässt, atmete tief auf und zog die Schultern hoch.

»Rühren Sie sich nicht!«, schrie Ev plötzlich hell. »Denken Sie auch an Pierre!«

»Pierre! Den rotze ich an die Wand und backe einen Wandteller aus ihm!«, sagte der ›Tonkopf‹. »Es geht hier nur noch um uns, und wir werden uns einig. Zehn Tage lang sehe ich dich in allen Variationen einer Frau ... wer soll das aushalten, wenn er keine Salzsaure in den Adern hat? Bevor du hier auftauchtest, war das anders. Da klemmte ich mich auf mein altes Motorrad und fuhr nach Paradou oder Fontvieille. Von weitem schon hörten die Weiber meinen Motor und zogen die Röcke aus. Sie werden denken, ich sei gestorben. Zehn Tage kein Adam mehr in der Gegend … und nur, weil ich dich immer vor Augen habe …«

»Morgen fahren Pierre und ich weiter. Mir wird schon eine Erklärung einfallen. Mein Gott, bleiben Sie stehen!«

Adam Ratoulle breitete die Arme aus. Das Messer vor ihm erschien ihm lächerlich. Er grunzte tief und setzte zum letzten Schritt an.

In diesem Augenblick fegte ein Knäuel Haare zwischen Ev und Adam Ratoulle. Lautlos, aber mit einer Wucht, in der die ganze Kraft des Anlaufes lag, warf sich Bouillon in die Beine des ›Tonkopfs‹. Er biss nicht, er schlug nicht seine Zähne in das Fleisch … er prallte nur gegen die Schienbeine, riss den riesigen Menschen von den Füßen, zerstörte das Gleichgewicht, ließ ihn nach vorn kippen und fallen.

Mit ausgebreiteten Armen, mit der ganzen Schwere seines Körpers fiel Adam Ratoulle unaufhaltsam Ev entgegen, das lange Messer, das sie noch immer mit beiden Händen umklammert von sich hielt, bohrte sich bis zum Heft in seine Brust, und erst, als ihre Fäuste seine Haut berührten und die Klinge völlig in seinem Körper stak, ließ sie mit einem Aufschrei den Griff los.

Der ›Tonkopf‹ starrte sie lautlos an, in seine Augen flog jenes ungläubige Staunen, das noch an Wunder glauben lässt … dann überzog seine Augen der ewige Schleier, er kippte gegen die lange Holzbank des Grilltisches, sank in die Knie, umfasste seinerseits mit beiden Händen den Messergriff, aber es war nur eine Reaktion, die das bereits gestorbene Gehirn nicht mehr befahl. Erst dann kam ein merkwürdiger Laut aus seinem aufgerissenen Mund, ein dumpfes Grollen, das mit einem pfeifenden letzten Atem verflog.

Adam Ratoulle fiel auf den festgestampften Boden und

war schon tot, als seine Stirn aufschlug. Neben seinem Kopf stand Bouillon, ohne einen Laut, nur die Lefzen hatte er hochgezogen und das Gebiss bis zum Zahnfleisch entblößt. Als der Mensch neben ihm sich nicht mehr rührte, sprang er über ihn hinweg und kam hinüber zu Ev. Sie lehnte an der Wand und hatte die Augen fest zusammengepresst. Erst, als Bouillon ihr die Hand leckte, öffnete sie langsam die Lider und wandte gleichzeitig dabei den Kopf zur Seite.

»Was hast du getan?«, sagte sie tonlos. »Bouillon, was hast du getan?!«

Der Hund begann zu winseln und drückte sich an ihre Beine, und sie konnte nicht anders, sie musste sich zu ihm hinunterbeugen und sein struppiges Fell kraulen. Der hässlichste Hund von Paris winselte weiter, seine braunen Augen waren ein einziges Flehen.

»Ich danke dir, Bouillon«, sagte Ev leise. Es fiel ihr unendlich schwer, das zu sagen. Da wird ein Mensch getötet, und man bedankt sich. Und dann dachte sie daran, dass sie selbst bereit gewesen war, mit dem Messer zuzustoßen und begriff nicht, dass sie dazu hatte fähig sein können. Sie nahm Bouillon auf den Arm, wandte sich ab und lief mit ihm in ihre Hütte zurück. Dort erst löste sich ihre Verkrampfung … sie fiel auf das breite Bett und schüttelte sich wie in Krämpfen.

Und Bouillon saß neben ihr und leckte ihr die Hände.

Wann Pierre zurückkam, wusste Ev nicht. Sie war eingeschlafen, und als er sie weckte, war tiefe Nacht, und eine halbe Mondsichel stand wie durchleuchtetes Glas über dem vom Zikadengesang durchwobenen matthellen, duftenden Land.

Sie fuhr hoch, umklammerte seine Schultern und schrie »Pierre!«, aber er drückte sie zurück und setzte sich neben sie auf die Bettkante.

»Ich habe ihn begraben …«, sagte er ganz ruhig. »Eine fürchterliche Arbeit. Er muss über zwei Zentner gewogen haben. Es hat acht Stunden gedauert, bis ich ihn im Grab und zugeschüttet hatte.«

»Ich habe ihn nicht getötet …«, stammelte sie. »Glaub es mir, Pierre, ich habe es nicht getan. Ich war bereit dazu … aber dann kam Bouillon dazwischen. Der Hund hat ihn getötet.«

»Der Hund –« Pierre sah hinüber zu Bouillon, der zusammengerollt neben Ev auf dem Bett lag. Zwischen den Haarbüscheln ahnte er die großen braunen Augen, die ihn jetzt erwartungsvoll anstarren mussten. »Ich weiß, dass Hunde töten können …«

»Du glaubst es nicht, Pierre? Er hat Adam umgerissen, und er stürzte in mein Messer.«

»Adam hieß er also?«, sagte Pierre und strich über Evs Haare. »Keiner wusste das bisher.«

»Adam Ratoulle. Er wollte …«

»Ich weiß es, Ev. Er hat es mir gesagt. Er konnte mir das sagen, er war so stark, und ich hätte nichts tun können, am allerwenigsten ihn töten. Ich kann nicht töten. Aber ein Hund kann es.«

»Und was nun, Pierre? Niemand wird uns glauben, dass Bouillon einen Mann wie Adam Ratoulle hat töten können …«

»Er ist begraben, und keiner weiß, dass wir hier waren. Morgen früh fahren wir weiter in die Camargue …«

»Wie flüchtende Mörder. Das ist schrecklich, Pierre.«

»Es ist schrecklich, dass zwei Menschen nirgendwo auf dieser Welt glücklich sein können«, sagte Pierre. »Warum ist das so?«

»Weil wir Menschen sind.«

»Ist das eine Erklärung, Ev?«

»Die einzige, Pierre.«

Er legte sich neben sie und starrte gegen die Balkendecke. Das Konzert der Zikaden, durchbrochen von dem dumpfen Brüllen einiger Ochsenfrösche in nahe gelegenen Tümpeln, füllte die Nacht aus. Es roch nach Narzissen und wildem Wein, riesigen Nelken und harzigem Wacholder.

»Hättest du ihn getötet?«, fragte er plötzlich.

Und sie antwortete ohne Zögern: »Vielleicht –«

»Du hättest wirklich zustoßen können?«

»Ich weiß es nicht. Ich glaube, ja. Es kam alles zusammen: Angst, Verzweiflung, Ekel, die Ausweglosigkeit, die Liebe zu dir …«

»Und was würdest du jetzt tun, wenn du ihn getötet hättest?«

»Ich würde nach St. Rémy zur Polizei fahren.« Sie drehte sich zu ihm hinüber. Sein Gesicht brannte noch von dem vielen Terpentin, mit dem er die Farben von der Haut gewaschen hatte. Einen halben Kanister hatte er dafür verbraucht. Man musste in Arles neue Farben und Leinwand kaufen, neues Terpentin und neue Pinsel.

»Warum fragst du?«, sagte sie.

»Ich hätte nie zugelassen, dass du dich meldest.«

»Dann wären wir wirklich flüchtende Mörder geworden …«

»Menschen«, sagte Pierre langsam. »Menschen, Ev! Manchmal frage ich Gott, warum wir alle so sind …«

»Du fragst Gott?«

»In letzter Zeit, ja. Von einem bestimmten Augenblick an bekommt man einen besonderen Kontakt zu Gott.«

»Und welcher Augenblick ist das?«

»Das müsste bei jedem Menschen verschieden sein.«

»Und bei dir ist es wann gewesen?«

»Vor zwei Jahren. Ich wurde an einen Hund erinnert …«

Es klang wie ein Witz, aber es war die Bitternis der Wahrheit selbst. Nur begriff es Ev nicht; wer sollte es schon begreifen, wenn er nicht wusste, was nur Pierre allein kannte und manchmal selbst nicht begreifen konnte.

»Komm her, Bouillon«, sagte Pierre. Er streckte die Hand aus, und Bouillon kroch zu ihm und legte seine feuchte, kalte

Schnauze gegen seine Schulter. »Du hast Ev beschützt und einen Mann getötet. Verlass Ev nie, Bouillon, hörst du …«

Am nächsten Morgen, ganz früh, beim Morgengrauen, noch bevor die Sonne den weiten Himmel vergoldete und die Lerchen hochstiegen in das unendliche Blau, verließen sie die Töpferei des ›Tonkopfs‹. An seinem Grab, am Fuße eines sandigen Hügels, hielten sie ihr Auto ›Mes Rues‹ an und sahen stumm auf die Stelle, die sich in nichts von anderen Erdstellen unterschied. Sogar einen Busch hatte Pierre darauf gepflanzt.

Nur Bouillon spürte etwas. Er kroch auf den Hintersitz des Wagens, rollte sich zusammen, legte die Schnauze zwischen die Vorderpfoten und begann ganz leicht zu zittern.

Wer die Camargue nicht kennt, dieses riesige Mündungsdelta der Rhone mit seinen Inseln, Halbinseln und Seen, seinen Lagunen und Salzpfannen, seinen weiten Steppen und Sümpfen, seinen Herden schwarzer Stiere und den Schwärmen von Millionen rosa gefiederter Flamingos, den bunt schillernden Enten in unzähligen Tümpeln, dem Galopp der mittelgroßen, stämmigen weißen Pferde, auf denen die Gardians, die Stierhirten, sitzen und ihre Herden über die Salzsteppen treiben, wer diesen flimmernden Himmel über Meer und Schilf, Seen und Land nicht gesehen hat, nicht die kleinen Inseln kennt, auf denen blaue Disteln blühen, Tamarisken und phönizischer Wacholder, wer nicht die stolzen Silberreiher und Stelzen in den Tümpeln stehen sah oder die Schwärme der Bienenfresser wie Federwolken über sich erlebt hat, wer diesen Zauber der Urlandschaft nicht gerochen und mit eigenen Händen erfasst hat, nie auf einem der weißen Pferde dahingejagt ist oder mit einem Boot in die von Vogelstimmen aufgeladene Stille der Etangs hineingeglitten ist, für den wird es schwer sein, die Camargue zu begreifen, sie erklärt zu bekommen, ohne mit seiner Fantasie zu helfen.

Zwar schiebt sich die Zivilisation auch hier langsam vor.

Im Norden hat man große Reisfelder angelegt, Feriensiedlungen mit Reiterhotels entstehen, die Reichen aus dem Binnenland bauen sich jetzt hier ihre breit gelagerten Landhausvillen, und vielleicht wird auch einmal dieses selige Land vernichtet sein durch Teerstraßen und Touristenbusse, Betonburgen und so genannte Erholungszentren, und es wird keine Flamingoschwärme mehr geben und keine Mandelkrähen, keine Röhrichtpfeifer und keine schwarzen Stierherden, und aus den weißen, kleinen, fast kubischen Hirtenhäusern, den Mas, werden sicherlich ›romantische‹ Feriensiedlungen werden mit Swimmingpools und ›Bars typiques‹ … und doch wird die Camargue weiterleben, irgendwo, in einem Zipfel am Phare de la Gacholle oder in einem Winkel der Inselgruppen an den Etangs von Beaudure und Vaisseau … oder vielleicht auch da, wohin Pierre und Ev mit ihrem alten Auto ›Mes Rues‹ fuhren. Weg von den Straßen, über eine sandige Piste zu einem winzigen aus sieben Häusern bestehenden Ort, der sich ›Le Paradis‹ nennt.

Le Paradis … nicht nur ein Name, sondern ein Glaube. Wer von hier über die Camargue blickt, unterhält sich mit Gott und der Schöpfung und weiß, wie klein er ist, dieser so wichtige, alles beherrschende, alles zu wissen glaubende Mensch.

Pierre und Ev fanden ein Quartier bei einem alten Fischer, der seinen Beruf aufgegeben hatte und davon lebte, sein Stück Land mit allem zu bebauen, was man als Mensch zum Leben braucht. In seinen beiden alten Kähnen nisteten Kaninchen. Vom Rudern war er umgestiegen auf den Pferderücken, aber er war ein schlechter Reiter, wie er selbst zugab, und so liefen seine fünf weißen Pferde meist frei herum oder er verlieh sie, wenn irgendwo in einem entfernteren Dorf ein Fest war und man noch Pferde brauchte.

»Wie gefällt es dir?«, fragte Pierre, als sie Hand in Hand in der Abenddämmerung standen und die orangene Glut der untergehenden Sonne die Seen und Inseln, die Tümpel und

Schilfsteppen, die Weite des Landes und die Unendlichkeit des Himmels miteinander verband.

»Unheimlich«, sagte sie leise. »Man ist so klein …«

»Und man wird so groß, wenn man das begreift. Ich werde das alles malen. Alles! Ich will der Ewigkeit einen Ausdruck geben, Ev, ich werde arbeiten, als gäbe es keine Uhr mehr.«

Es darf keine mehr geben, dachte er dabei. In mir verrinnt die Zeit, und keiner kann sie mehr aufhalten. Aber jetzt ist es furchtbar, das zu wissen. Früher war es eine Tatsache, mit der man lebte, und man lebte sie hinweg mit dem Wissen, dass jede Stunde genossen werden müsste. Jetzt ist es ein Fluch, und jede Stunde, die verrinnt, ist ein feuriges Stück Angst mehr: Wie lange noch, mein Gott? Jetzt habe ich Ev … und das Leben ist plötzlich etwas wert geworden!

Er wusste jetzt, was Liebe ist … in seiner Lage war es eine Seligkeit, die Angst, Qual und Verzweiflung gebar.

Die beiden ersten Tage verbrachten sie damit, dass Pierre mit Hilfe des alten Fischers Ev das Reiten lehrte. Sie begriff es schnell, es kam nur darauf an, im Sattel zu bleiben und die Gangarten zu beherrschen. Es waren brave Pferde, die alles tolerierten, und es waren Pferde, die ihre Heimat kannten und immer zurückfanden, wohin die Verrückten auf ihrem Rücken sie immer auch hintrieben.

Fünf Tage tobten Pierre und Ev durch das Land. Sie ritten mit wehenden Haaren durch den Salzwind, schlössen sich einem Trupp Gardians an und trieben die Stierherden vor sich her, oder sie ritten durch hüfthohe Tümpel zu einsamen Inseln und lagen dort nackt in der Sonne, eingeschmiert mit stinkenden Mückensalben, um die Myriaden von Mücken von sich abzuhalten.

Sie liebten sich und waren so völlig Natur in der Natur, dass es Ev war, die einmal sagte: »Ich habe einmal vor langer, langer Zeit gehört, dass ein begabter junger Maler Pierre de

Sangries in die Camargue gefahren ist, um Unsterbliches zu malen. Oder war das nur eine eurer alten Sagen …?«

»Noch einen Tag«, sagte Pierre und zeigte auf Bouillon. Er jagte durch das Schilf und scheuchte Reiher auf. »Nur noch einen Tag so leben wie er.« Er richtete sich auf und blickte sich um. »Weißt du, dass hier in der Gegend auch einmal Callac und Madame Coco gelegen haben. Vor sechzig Jahren? Sie haben es nie vergessen.«

»Ich weiß. Sie waren so jung wie wir und sicherlich auch so verliebt.«

»Sechzig Jahre!« Pierre ließ sich nach hinten fallen und starrte in den Himmel. »Welch eine Zeit! Unerreichbar.«

»Warum? Dann wärst du achtundachtzig! Ist das ungewöhnlich?«

»Und du zweiundachtzig!« Er schloss die Augen. Gott, halte mein Herz fest, bettelte er. Lass mich nicht aufschreien. Wir reden von sechzig Jahren, und es können sechzig Tage, sechzig Stunden sein – »Und wir werden uns wie Callac und Madame Coco an diesen Tag heute erinnern. Nein, nicht erinnern … wir werden ihn erleben. Wir werden nie alt werden.«

Als er den Doppelsinn dieses Satzes begriff, war es schon zu spät. Ev lag in seinen Armen, und sie liebten sich wieder, und Bouillon saß drei Meter abseits von ihnen unter einem Busch, lugte in die Gegend und hielt Wache.

Anfang September – sie lebten jetzt in der Camargue, als seien sie nie woanders gewesen, und Pierre malte Bilder von einer Ausdruckskraft, wie sie Ev noch nie gesehen hatte – traf ihn wieder der Blitz der Schmerzen.

Wieder war er allein mit seiner Staffelei, aber dieses Mal rollte er nicht mit dem Gesicht über die Palette, sondern er warf sich ins Gras, nachdem er alles von sich geschleudert hatte. Erst dann ließ er dem Schmerz den Triumph, und dieses Mal schrie er sogar, denn Ev war weit entfernt und er war mit ›Mes Rues‹ herumgefahren, bis er ein Motiv gefunden hatte: Eine alte Mühle mit zerfetzten Flügeln, die merkwürdigerweise ›La Roche‹ hieß, obwohl nirgendwo ein Felsen zu sehen war. Der Müller hatte ihn begrüßt, ihm einen Schluck Wein gegeben und war ein paar Mal herübergekommen, um zu sehen, wie seine Mühle in den Augen eines Malers aussah.

Er war es auch, der Pierre verkrümmt im Gras fand, gelb im Gesicht, verzerrt wie eine Fratze, die Hände gegen den Leib gepresst und sich hin und her wälzend in unerträglicher Qual. Er fragte nicht viel, packte sich Pierre auf den Rücken, der gewöhnt war, schwere Säcke zu tragen und für den der Maler ein leichtes Bündel war, und fuhr ihn mit ›Mes Rues‹ nach Amphise, einem Dorfflecken, der keine Besonderheiten besaß als die, dass in ihm ein Arzt wohnte.

Warum sich Doktor Rombard ausgerechnet in Amphise niedergelassen hatte, wusste niemand, und es gab auch keine Erklärung dafür, denn wer hier krank wurde, kurierte sich mit jahrhundertealten Hausmitteln selbst aus oder, wenn es ganz hart kam, brachte man ihn nach Arles ins Spital. Selbst der Arzt im größeren Le Sambuc, wo es sogar eine Erste-Hilfe-Station gab, hatte wenig zu tun und widmete sich mehr der Bienenzucht als einer medizinischen Weiterbildung durch Lektüre von Fachzeitschriften, weil das völlig nutzlos vertane Zeit war. Mit Honig war etwas anzufangen ... mit nuklearer Medizin dagegen hier überhaupt nichts.

Dr. Rombard war deshalb sehr erstaunt, dass man einen anscheinend Schwerkranken in sein Haus trug – nach Müllerart lang über die Schulter –, statt ihn sofort nach Le Sambuc oder Arles zu bringen.

»Ein Maler, Monsieur Docteur«, sagte der Müller und lud Pierre auf dem Sofa ab. »Malt meine Mühle und liegt plötzlich im Gras. Sehen Sie sich ihn einmal an. Gestern erzählt er mir noch, er käme aus Paris, und so sah er auch aus ... heute sieht er wie ein Chinese aus, so gelb.«

»Es ist gut, Lucien«, sagte Doktor Rombard. »Ich rufe dich wieder.«

Er schloss hinter dem Müller die Tür, kam zu Pierre zurück und fühlte zunächst, was jeder Arzt gern tut, den Puls. Pierre lag mit geschlossenen Augen und schweißüberströmt, aber nicht mehr verkrümmt auf dem Sofa. Der Anfall war vorbei … die Taubheit in den Gliedern kam wieder. Aber er wusste jetzt ja: Auch das geht vorbei.

»Ich bin Pierre de Sangries«, sagte er mühsam, als Doktor Rombard seine Hand losließ.

»Doktor Rombard. Haben Sie diese Anfälle öfter?«

»Das war Nummer vierundzwanzig, Doktor.« Pierre versuchte zu lächeln. »Ich führe Buch darüber.«

»In welchem Zeitraum?«

»Seit über zwei Jahren.«

»Natürlich waren Sie in Paris bei einem Arzt …«

»Ja.« Pierre drehte den Kopf zu Doktor Rombard. Ein faltiges Gesicht, umrahmt von weißen Haaren, sah ihn an. Augen mit der Güte, die alles verzeiht. Blaue Augen, in die das Alter noch nicht eingedrungen war wie in die Haut und in die Haare. »So wie Sie habe ich mir als Kind Gott vorgestellt«, sagte Pierre leise. »Ist das nicht verrückt, dass ich jetzt an so etwas denken muss?«

»Es würde mich interessieren, was mein Kollege in Paris diagnostiziert hat«, sagte Doktor Rombard geduldig.

»An was würden Sie denken, Doktor?«

»Sind Sie zu mir gekommen, um mit mir Ratespiele zu machen?«

»Ich wollte nicht zu Ihnen. Der Müller hat mich wie einen Sack einfach aufgeladen. Es geht mir auch schon wieder besser.« Pierre richtete sich auf, aber Doktor Rombards Hand drückte ihn aufs Sofa zurück. Er hatte mehr Kraft im Arm, als Pierre ihm zugetraut hatte.

»Sie bleiben liegen! Ich habe Sie noch nicht untersucht. Wenn Sie es wünschen, dann …«

»Bitte, Doktor.« Pierre schob sein Hemd hoch und die Hose herunter. Sein Leib lag frei. »Ich bin gespannt, was Sie sagen …«

Doktor Rombard untersuchte schnell, tastete den Leib ab, die Gallengegend, die Leber, die Milz, drückte auf die Nieren. Dann zog er Pierres Hemd wieder über den knochigen Leib. »Was ich sage?«, meinte Doktor Rombard. »Ohne eine Röntgenuntersuchung kann ich gar nichts sagen. Es kann vielerlei sein. Gallensteine, eine chronische Hepatitis, eine verschleppte Pankreasentzündung … verdammt, soll ich Ihnen helfen – oder soll ich Sie rausschmeißen?«

»Das eine können Sie nicht, und das andere tun Sie nicht.« Pierre setzte sich hoch, und jetzt drückte ihn Doktor Rombard nicht mehr zurück. »Meine Krankheit hat eine lange Vorgeschichte. Sie fängt eigentlich schon damit an, dass meine Mutter ein uneheliches Kind bekam. Mich! Die große Schande der Familie de Sangries. Man versteckte meine Mutter bei Tavaux, dort starb sie an einer Blutvergiftung, ich kam in ein Waisenhaus, weil keiner mich wollte, mich, den Bastard. Mit fünf Jahren riss ich dort aus und wurde Gehilfe eines Clochards. Wir zogen kreuz und quer durch Frankreich und lebten nicht schlecht. Ich malte damals schon, er verkaufte die Bildchen, und an kirchlichen Festen spielten wir unsere Glanznummer: Vater blind, der Sohn Epileptiker. Dann starb Jean-Claude – so hieß mein Clochard – an einer Fischgräte, die sich in seiner Speiseröhre verklemmt hatte. Ich war damals vierzehn, konnte weder lesen noch schreiben, aber ich hatte gehört, dass man, wenn man eine Gräte im Hals stecken hat, den Hals aufschneiden muss, damit Luft in die Lungen kommt. Ich habe Jean-Claude mit einem Taschenmesser in den Hals gestochen zu spät, wie man mir sagte, aber im Prinzip richtig.«

Pierre lehnte sich gegen die hohe Sofalehne. Ein Sofa mit Plüschbezug. Doktor Rombard schwieg und faltete nur die Hände. Er betrachtete Pierre, wie ein Sammler einen gerade aufgespießten großen Schmetterling bewundert.

»Ich kam dann in eine Schule, lernte schnell alles nach, riss wieder aus und – gewöhnt an einen Freund, der mit mir durch Frankreich zieht – nahm ich einen Hund mit, der genau so einsam war wie ich. Einen schönen Hund. Einen Setter, den ich ›Mylord‹ nannte. Mylord lernte, auf den Hinterbeinen tanzen und auf zwei Beinen zu humpeln. Er war überhaupt ein gelehriger Hund. Unser erfolgreichster Trick war, dass Mylord bei den Frauen unter die Röcke schnupperte und dann wie ohnmächtig umfiel. Das gab immer ein Hallo, und die Männer warfen uns die Francs zu, wie einer Primadonna Rosen. Mylord schlief an meiner Seite, Mylord tat alles für mich. Er starb auch für mich … als ein Besoffener mit einem Motorrad über die Straße brauste, riss er mich weg und kam selbst unter die Räder. Aber Mylord ging nur als Körper von mir … in Wahrheit blieb er immer bei mir … bis heute.«

Doktor Rombard sah Pierre stumm an und schob nur die Unterlippe vor. Nur in seinen blauen Augen konnte Pierre lesen: Das ist nicht möglich! Und doch ist es möglich. Die Medizin kennt da genug Fälle –

»Ich ahnte nichts«, sagte Pierre ruhig, »bis ich sechsundzwanzig Jahre alt war, in Paris wohnte und die Sturheit pflegte, mich als Maler durchsetzen zu wollen. Da stellten sich die ersten Leberschmerzen ein, ich wurde gelb im Gesicht, und jeder sagte: ›Na klar, der Kerl säuft sich tot!‹ Aber ich hatte gar kein Geld, um zu saufen. Nach dem vierten Anfall ging ich zum Arzt … zur Armenambulanz, kostenlos, wurde geröntgt und untersucht, mein Blut wurde analysiert, und dann kam ein freundlicher Arzt zu mir, sah mich groß an und sagte ehrlich: ›Mein Bester, es sieht mies aus. Sie haben einen Hundewurm. Keinen Bandwurm, sondern einen Wurm in der Leber.‹ Er nannte dann auch den lateinischen Namen, aber ich dachte nur an ›Mylord‹ und daran, dass er mir immer ein Freund gewesen war, mir das Leben gerettet hatte und mich nun doch noch umbrachte. ›Haben Sie einen

Hund gehabt?‹, fragte der Arzt. Und dann: ›Hat er Ihnen – wie man so harmlos sagt – Küsschen gegeben?‹ Und als ich antwortete: ›Küsschengeben gehörte zu unserer Nummer‹, sagte der Arzt in Paris: ›Dann dürfen Sie sich als abgestürzter Artist betrachten. An dieser ›Nummer‹ sind Sie zugrunde gegangen.‹ – Ein ehrlicher Arzt, ich bin ihm wirklich dankbar.« Pierre holte tief Luft. Die Taubheit in den Gliedmaßen verflüchtigte sich wieder.

»Ich habe dann ein halbes Jahr versucht, den Wurm von ›Mylord‹ mit allen Mitteln abzutöten, die es nur gab. Umsonst. ›Mylord‹ saß tief in mir ... und jetzt frisst er mir seit zwei Jahren Stück für Stück die Leber auf! Ich habe kapituliert. Es gibt keine Heilung mehr. Nur noch den Wucher mit der Zeit.« Er beugte sich vor und sah Doktor Rombard groß an. »Doktor ... wie lange habe ich noch?«

»Etwa zwei Monate, wenn Sie mit Ihren Kräften weiter Raubbau treiben. Ein Jahr, wenn Sie vernünftig leben.« Doktor Rombard drückte die gefalteten Hände enger zusammen. »Sie sehen, es gibt nicht nur in Paris ehrliche Ärzte ...«

»Ich danke Ihnen, Doktor.« Pierre erhob sich etwas mühsam. Die Schwäche lag noch bleiern in ihm. »Ich verstehe: Ein Jahr, wenn ich wie ein Greis lebe, vielleicht in einer Klinik, angeschlossen an Schläuchen. Aber ich bin jung ... ich möchte lieber zwei Monate wie ein freier Adler leben und dann abstürzen! Verstehen Sie das?«

»In meinem Alter nicht mehr.« Doktor Rombard entfaltete seine Hände und legte sie Pierre auf die Schultern. »Aber wenn ich noch einmal so jung wäre wie Sie und in Ihrer Situation ... ich weiß nicht ... vielleicht ... vielleicht.«

Er schüttelte den Kopf, brachte Pierre bis vor die Tür und übergab ihn dort dem wartenden Müller.

»Es ist nichts, Lucien«, sagte Doktor Rombard auf einen flehenden Blick Pierres. »Überarbeitung, weiter nichts.« Und zu Pierre gewandt, sagte er leise: »Seien Sie ein mutiger Adler. Ihr Absturz wird schrecklich werden.«

Er blickte dem alten Auto ›Mes Rues‹ nach, bis es hinter einer Biegung des Weges verschwand. Pierre fuhr wieder selbst. Doktor Rombard ging in sein Haus zurück und setzte sich an seinen Schreibtisch. Er holte aus seiner Tasche einen Zettel, auf den er ein paar Zeilen gekritzelt hatte. Bevor Pierre aus seinem Schmerzrausch erwacht war, hatte Doktor Rombard noch Zeit gehabt, in dem Pass zu blättern und die Papiere durchzusehen, die Lucien, der Müller, ihm gesondert überreicht hatte, als sie Pierre aus der Tasche fielen.

Doktor Rombard nahm den Hörer seines Telefons ab und wählte die Auskunft. »Sehen Sie bitte nach«, sagte er, »ob in Paris eine Madame Lebrun, Rue Princesse, einen Telefonanschluss hat. Hat sie, dann bitte schnell eine Verbindung …«

Pierre malte noch vor Luciens alter Mühle, als in Paris bereits Alarm gegeben wurde. Madame Coco verlor zum ersten Mal in ihrem Leben wirklich die Nerven, schrie – alles durch das Telefon – Callac an und beschwor ihn, sich um die besten Spezialisten Frankreichs zu bemühen, flehte Professor Mauron an zu helfen und fiel dann weinend Fürst Globotkin in die Arme, der – von seinen Kameraden verständigt – sofort in der Rue Princesse vorfuhr.

»Er liegt im Sterben!«, schrie Madame Coco. »Mein Pierre liegt im Sterben! Und keiner kann ihm helfen! Keiner! Wladimir Andrejewitsch, haben Sie schon so etwas gehört: Ein Hundewurm frisst ihm die Leber weg … Und er liegt da unten in der Camargue, und keiner kümmert sich um ihn.«

»Und Ev?«, sagte Fürst Globotkin entsetzt.

»Ev weiß doch von nichts. Pierre spielt ihr den Gesunden vor. Dabei weiß er es seit zwei Jahren … Ein Doktor Rombard hat mich angerufen. Pierre wohnt in Le Paradis. Ausgerechnet in Le Paradis.«

Eine Stunde später raste Wladimir Andrejewitsch mit seinem Taxi über die Autobahn nach Süden. Es gab jetzt nur noch eine Wahrheit: Pierre zurückzuholen nach Paris!

Marius Callac führte Rundgespräche mit allen ihm bekannten medizinischen Persönlichkeiten, die seine Galeriekunden waren. Die Auskünfte waren niederschmetternd. Als Madame Coco wieder anrief, wagte Callac es nicht, ihr die Wahrheit zu sagen.

»Was hast du erreicht?«, schrie sie. Callac hielt den Hörer von seinem Ohr weg.

»Er muss sofort in die Klinik. Ohne genaue Untersuchung – aber wenn er das schon seit zwei Jahren hat und nichts dagegen getan hat … Cosima, ich … ich muss dir sagen …«

»Keine Hoffnung, Marius?«

»Es sieht fast so aus. Für eine zerfressene Leber gibt es keinen Ersatz …«

Es war gegen neunzehn Uhr, als das Gespräch in Paris stattfand.

Um die gleiche Zeit holte Ev ihren Pierre von der Mühle ab. Auf ihrem weißen Pferd trabte sie neben ›Mes Rues‹ her, und Pierre hatte das Fenster heruntergelassen und rief zu ihr hinauf:

»Ich liebe dich, Ev!«

Und sie rief von dem weißen Pferd zurück: »Ich liebe dich auch, Pierre!«

Und dann gab er Gas, und sie galoppierte neben ihm her, mit wehenden Haaren, der salzige Wind klebte auf ihrer Haut, und neben ihnen, aus einem Tümpel, flogen Silberreiher auf und begleiteten sie ein Stück mit Kreischen und rhythmischem Flügelschlag.

Welch ein Leben! Welch ein herrliches Leben! Welche Wonne, leben zu dürfen! Warum kann man den Wind, das Meer, die Sonne nicht umarmen? Warum sich nicht baden im Abendrot? Warum nicht das Herz ausspülen im Blau des Himmels?

»Heute bin ich schön weitergekommen!«, rief Pierre zu Ev hinauf, als sie ihn auf dem weißen Pferd überholte. »Ich habe malen können wie nie!«

Dann sah er ihr nach, wie sie vor ›Mes Rues‹ hergaloppierte, über sich den Schwärm der Silberreiher, neben sich das keuchende Haarknäuel von Bouillon, der tapfer mithielt und neben dem Pferd herrannte.

Wenn es so weit ist, werde ich sie unter einem Vorwand wegschicken und mich umbringen, dachte er. Sie soll und darf mich nicht elend sterben sehen. Das muss ich ihr ersparen, wenn es schon nicht möglich war, ihr die Liebe wegzureden.

Sie blickte sich um, lachte und winkte. Und er winkte zurück, lachte auch und hupte, das Dröhnen der Pferdehufe spürte er bis in seinen Wagen, aber er spürte auch, wie Tränen in seine Augen traten und ihm die Wangen herunterliefen.

Zwei Monate noch, wenn ich wie ein Adler lebe.

Er blickte in den feurigen Abendhimmel und begann zu schluchzen.

Ein normales Auto fährt von der alten Mühle ›La Roche‹ bis zu den weiß gekalkten Häusern von Le Paradis knapp eine Viertelstunde. Es sind keine Straßen dazwischen, noch nicht einmal richtige Wege, mehr von Karren und Pferdeherden ausgestampfte Pfade durch diese Urlandschaft. ›Mes Rues‹ brauchte über eine halbe Stunde, auch wenn Pierre kräftig auf das Gaspedal drückte und Ev auf ihrem weißen Pferd das Tempo mit ihrem Galopp angab.

Aber sie erreichten an diesem Tag Le Paradis nicht mehr in der Fröhlichkeit, mit der sie sich gegenseitig überholten: Mal ›Mes Rues‹, mal das Pferd … ein übermütiges Spiel voll Lachen und Winken, Lebensfreude und dem Wissen, dass man sich nachher in der kleinen Fischerhütte in die Arme fallen würde.

Auf halbem Wege, zwischen zwei Tümpeln voller blausilbern schimmernder Enten, Stelzen und stolzen Reihern, überfiel der wahnsinnige Schmerz wieder den zu einer Gegenwehr nicht mehr fähigen Körper Pierres. Wie mit einem

Messer wurde seine Leber durchschnitten, er umklammerte das Lenkrad, nahm den Fuß vom Gaspedal, fiel mit dem Kopf vornüber gegen die Frontscheibe und krümmte sich. Der Wagen rollte aus, der Motor tuckerte noch ein paar Mal und starb dann ab. Ev, die vorausgeritten war, merkte erst, dass Pierre nicht mehr hinter ihr war, als Bouillon an ihrer Seite fehlte. Jaulend war er zurückgelaufen und sprang jetzt draußen an der Tür des Autos hoch.

Pierre hatte den Mund aufgerissen, als könne durch ihn der irrsinnige Schmerz entweichen. Er schrie nicht ... er atmete nur in raschen Stößen, und es war, als löse sich seine Lunge auf. Er hatte den Kopf etwas gedreht, lag mit der linken Schläfe auf dem Lenkrad und sah Bouillon, wie er immer wieder an der Tür hochsprang und sein geliebter hässlicher Kopf für eine Sekunde am Fenster erschien.

»Hund ...«, sagte Pierre. Es war das erste Wort, das ihm wieder gelang, ein Wort, eingebettet in feurige Qual, die jetzt durch seinen ganzen Körper flammte, als verbrenne er von innen. »Hund ... jetzt hast du es geschafft.«

Er meinte damit den längst vergangenen ›Mylord‹, den Hunde-Clochard, der damals vornehmer war als sein junger Herr. Aber er sagte es auch zu Bouillon, dem hässlichsten Hund von Paris, und in dem Wort ›Hund‹ lag Verzweiflung und Liebe, Hass und Resignation, Dankbarkeit und Fluch.

Ev galoppierte zurück. »Pierre!«, rief sie schon von weitem. »Was ist? Hast du kein Benzin mehr?« Sie schwenkte dabei ihr Kopftuch über den im Wind wehenden Haaren, stand halb in den Bügeln und lachte schallend. »Ich werde dich abschleppen! Pierre de Sangries und sein Auto werden von einem Pferd durch die Camargue gezogen! Wäre das kein Bild, Pierre?«

Sie hielt neben dem Auto, sah Bouillon winselnd und heulend hochspringen und Pierres Kopf auf dem Lenkrad. Er sah sie an, mit weiten, leeren Augen, und es waren plötzlich nicht mehr Pierres dunkelbraune Augen, sondern zwei Flecken in seinem verzerrten, gelblichen, knochigen Gesicht.

»Pierre!«, schrie sie und sprang vom Pferd. »Pierre, was ist? Mach keine dummen Witze! Pierre! Das ist kein Spiel mehr!«

Sie riss die Tür von ›Mes Rues‹ auf, und der Erste, der hineinsprang, war Bouillon, hockte sich neben Pierre auf den Sitz und leckte ihm jaulend die um das Lenkrad gekrallten Hände.

Ev umklammerte Pierres Kopf und hob ihn etwas ab. In ihren Händen begann er jetzt zu zittern, der ganze Körper wurde durchgeschüttelt, als durchränne ihn trotz der heißen Sonne an diesem unendlichen, fahlblauen Himmel ein wilder Frost. Er begann mit den Zähnen zu klappern, seine Hände lösten sich vom Lenkrad, und seine Arme umschlangen Evs Nacken, als müsse er sich an ihr festhalten, um nicht völlig in den unerträglichen Schmerzen zu versinken.

»Pierre –«, stammelte sie fassungslos. »Pierre … was ist denn? Sag doch etwas … Liebling, sag doch etwas … Pierre … o mein Gott …« Sie hielt ihn fest, er drückte sich an sie wie ein ängstliches, Schutz suchendes Tier, knirschte mit den Zähnen, zitterte und wunderte sich selbst, woher er jetzt die Kraft noch nahm, seinen Schmerz nicht hinauszuschreien.

Er konnte nicht sprechen. Sie fragte ihn immer wieder, streichelte sein schweißüberströmtes Gesicht, küsste ihn auf die Augen und den zugekniffenen Mund, und Bouillon saß daneben, winselte und zitterte wie damals, als sie ihn im Regen auflasen und er sich an der matten Wärme eines Kellerfensters wärmte.

»Ich bringe dich zu einem Arzt«, sagte sie. »Himmel, wo ist hier ein Arzt? In Arles? Pierre … Pierre … Wir müssen nach Arles. Nirgendwo ein Arzt! O diese Camargue … diese verfluchte Camargue …! Pierre … kannst du dich bewegen? Sag doch etwas … nur ein Wort … ein Wort.«

Er schüttelte an ihrer Brust den Kopf und holte tief Luft. Es war, als blase er damit das Feuer in sich noch mehr an.

»Keinen Arzt«, sagte er völlig tonlos. Es war ein Laut, wie ihn Ev noch nie gehört hatte. »Zurück … zurück.«

»Du musst zu einem Arzt!«, rief sie. »Du siehst ja ganz gelb aus! Hast du eine Gallenkolik?«

Eine Gallenkolik. Pierre lächelte nach innen. Wie einfach sie alle denken. Und wie einfach ist es auch: Da sitzt ein Wurm in meiner Leber und frisst mich auf, und keiner kann ihn töten, und keiner kann eine neue Leber in mich hineinpflanzen. So simpel ist das! Wie kompliziert ist dagegen eine Gallenkolik! Ev, es geht zu Ende, ich weiß nur nicht, wie ich es dir sagen soll. Und du wirst es nicht begreifen, das weiß ich auch … wie niemand begreifen kann, wenn ein Mensch, in dessen Liebe man gelebt hat, plötzlich von einem geht. Dann ist die ungeheuer bunte Welt ein farbloses Ding, in das man hineingesetzt ist wie ein Wesen mit Augen, das nur graue Konturen wahrnehmen kann. Das Nichtbegreifen des Todes ist die größte Tragik des Menschen. Ich begreife den Tod … er ist das Mildtätigste, was Gott seiner Schöpfung mitgegeben hat.

»Zurück«, sagte er mühsam. Der Schmerz verteilte sich jetzt und zog in die feinsten Nervenenden seines Körpers. »Nur zurück, Ev … bitte.«

Sie ließ ihn los, zog ihn auf den Nebensitz, dort fiel er nach vorn, umklammerte das Armaturenbrett und hielt sich fest. Bouillon sprang auf den Hintersitz und leckte Pierre den Nacken. Das weiße Pferd glotzte teilnahmslos ins Auto und wartete auf seinen Reiter.

Ev setzte sich hinter das Lenkrad, ließ den Motor wieder an und fuhr los. Pierre schlug die Zähne aufeinander und knirschte, als der Wagen sich hüpfend in Bewegung setzte und jeder Stoß, jede Unebenheit des Bodens in seinem Körper wie ein Hammerschlag wiederkehrte. Das Pferd sah dem Wagen nach, wendete dann und trabte hinter ›Mes Rues‹ her, holte auf und blieb, mit den Nüstern fast am Dach, hinter dem Gefährt.

Pierre schloss die Augen. Er hörte, wie neben ihm Ev plötzlich zu weinen begann, und er hatte keine Möglichkeit, etwas zu ihr zu sagen, sie mit Lügen zu beruhigen, sie zu trösten, wo es keinen Trost mehr gab. Er lag mit dem Kopf auf dem Armaturenbrett und betete innerlich, dass der Weg bald zu Ende sei und man Le Paradis erreichte, das kleine weiße Haus, das schmale Bett, die Dämmerung eines geschlossenen Raumes. Ruhe, nur Ruhe ... liegen können und warten, dass der Schmerz nachließ, dass der Wurm in der Leber nicht weiterfraß ... warten auf ein Weiterleben, oder warten auf das Ende. Nur liegen ... Ev, du Engel dieser letzten Monate ... wie herrlich ist es, sich ausstrecken zu können –

Es war eine Höllenfahrt bis nach Le Paradis.

Kurz bevor aus dem Sonnenglast, dieser letzten, roten Hitze vor dem Versinken der Sonne im glitzernden Wasser des Etang de Vaccarès, die Hütten auftauchten, ließ der Schmerz wieder nach und die Taubheit zog in die Glieder. Das gewohnte Spiel. Ev hielt vor dem Fischerhaus, und Pierre richtete sich mühsam auf und lächelte verzerrt. Er drückte die Tür auf und umklammerte den Dachrahmen, um sich daran hochzuziehen.

»Bleib sitzen!«, sagte Ev und hielt ihn fest. »Bist du verrückt, Pierre! Wir tragen dich ins Haus. Beweg dich nicht!«

Sie sprang aus ›Mes Rues‹ und rannte um das Auto herum, weil Pierre sich dennoch hochzog und schwer atmend außerhalb des Wagens stand. Er lehnte sich gegen die Karosserie und starrte in die glutend untergehende Sonne, ein triumphales Verlöschen mit dem Wissen des morgendlichen Wiederkommens. Kommen wir auch wieder, dachte er? François Delmare, das ›Gebetbuch‹, gab auf solche Fragen typisch jesuitische Antworten. »Wer nicht daran glaubt, dem kann man es nicht erklären«, sagte er. »Und wer daran glaubt, der braucht keine Erklärungen.« Der ›Rote Henry‹ nannte solcherart theologische Rabulistik »einen Scheißhaufen vergolden«. Aber wer die Sonne unter- und wieder aufgehen sah, in dieser göttlichen Schönheit wie in der Camargue, begriff etwas von dem Rätsel der Ewigkeit und dem, was man Weiterleben nennt.

»Es ist schon viel besser«, sagte Pierre mühsam, als Ev ihn umfasste und seine Arme um ihren Nacken legte. Trotzdem war er froh, dass sie da war, dass er sich an ihr festhalten konnte, dass er jeden Schritt zu dem kleinen weißen Haus, zu dem ersehnten Bett und der stillen Dämmerung des Raumes an sie und ihre stützende Schulter weitergeben konnte.

»Du siehst, ich kann gehen wie ein junges Pferd«, sagte er, als er die ersten Schritte getan hatte. Auch die Sprache kam wieder, wurde verständlicher, erhielt den menschlichen Ton zurück. »Warum weinst du, Ev? Es ist gar kein Grund vorhanden, zu weinen. Es geht mir gut.«

Warum lüge ich weiter, dachte er. Warum jetzt noch? Wie feig ist doch der Mensch, wie erbärmlich feig! Aber ist es wirklich Feigheit?

Er blickte zur Seite auf Ev. Sie stützte ihn, ihr blondes Haar klebte verschwitzt an der Stirn, in ihren Augen hingen noch die Tränen, aber er sah ihr an, dass sie geradezu glückhaft erleichtert war, dass die Tatsache, dass er wieder gehen und sprechen konnte, einen großen Teil des Entsetzens vertrieben hatte. Ich liebe sie, dachte Pierre. Und wenn jetzt Liebe auch zur Feigheit wird – ich kann es ihr nicht sagen. Ich nicht – vielleicht kann es das ›Gebetbuch‹, oder der ›Rote Henry‹ in seiner kaltschnäuzigen, verdammt kräftigen Art, oder Madame Coco, mütterlich und weise ... irgendeiner muss und wird es tun ... nur ich nicht! Ich liebe sie zu sehr, um ihr meinen Tod ins Gesicht zu sagen.

Sie erreichten das kleine Haus. Der Fischer war unterwegs mit zwei Pferden zu einem Reitstall für Touristen. Ein Omnibus voller Schweden war gekommen, und nun reichten die vorhandenen Pferde des Stalles nicht aus, weil jeder Schwede wie ein Gardian über die Camarguesteppe reiten wollte. Pierre ließ sich zu dem schmalen Bett führen, legte sich und streckte sich aus. Hundewurm, dachte er dabei, lass mich jetzt in Ruhe. Du hast zweimal an meiner Leber gefressen, nun bist du satt! Lass mich weiter Theater spielen, hab' Mitleid, auch wenn du nur ein Wurm bist und nicht weißt, was draußen in der Welt passiert.

Er starrte an die Decke, roh behauene Balken, vom Alter geschwärzt und gebogen. Dazwischen die weiß gekalkten Lehmflächen, mit der Kelle angeworfen und so getrocknet. Dann war die Decke weg, und er blickte in Evs Augen.

»Was war das?«, fragte sie. Und als er antworten wollte, sagte sie ernst: »Nein, sag die Wahrheit, Pierre! Das hast du nicht zum ersten Mal gehabt. Du kennst das. Du hast es mit Routine überstanden, wie ein Artist auf dem Hochseil. Ich bin nicht blind.«

»Ev«, sagte er schwach. »Ach Ev, ich liebe dich.«

»Ist es die Galle, Pierre?«

»Nein.«

»Die Niere?«

»Nein.«

»Der Magen?«

»Auch nicht. Ev, wenn du das Bild sehen würdest, das ich von der Mühle gemalt habe …«

»Die Bauchspeicheldrüse?«

»Nein.«

Sie schwieg und dachte nach. An die Leber denkt sie nicht, dachte er fast glücklich. Aber dann fragte sie es doch. »Eine Leberentzündung? Du siehst aus, als hättest du die Gelbsucht. Hast du etwa eine Leberentzündung?«

Und er konnte antworten ›Nein!‹ und brauchte nicht einmal zu lügen.

»Wir fahren morgen nach Arles zum Arzt!«, sagte sie bestimmt. »Du sagst immer Nein, aber ich will wissen, was du hast.«

»Morgen wird ein schöner Tag sein«, sagte Pierre und umfasste mit beiden Händen ihren Kopf. Sie waren sich ganz nah und sahen sich an, und in diesem Augenblick bestand die Welt nur noch aus ihnen. »Sonne und Wind vom Meer, und die rosa Wolken der Flamingos werden über die Etangs schweben …«

»Morgen stehst du unter einem Röntgenschirm, mein Lieber«, sagte sie nüchtern. »Und ein Bild von den Flamingos hänge ich dir übers Bett, wenn du in einem Krankenhaus liegst. Glaub nicht, dass du mich belügen kannst! Ich habe dir gesagt, es gibt nicht mehr dein Leben und mein Leben, sondern nur noch unser Leben!«

»Ev, es ist so fürchterlich«, sagte er mutig. Mein Gott, hilf mir, flehte er. Lass mich diese Schranke überspringen!

»Was ist fürchterlich, Pierre?«

»Ich sterbe, Ev –«

Dann war es still zwischen ihnen, ganz still. Sie sahen sich nur an, und ihre Einheit war vollkommen.

»Du stirbst nicht«, sagte sie endlich. Es klang ziemlich fest, aber im Hintergrund ihrer Stimme lag ihre ganze ohnmächtige Angst. »Ich lasse es nicht zu, dass du einfach stirbst. So, wie du es nicht zugelassen hast.«

»Ich springe auch nicht vom Arc de Triomphe.«

»Was es auch ist, Pierre … ich lasse es nicht zu.«

Er lächelte und schloss die Augen. Hörst du das, Wurm in meiner Leber, fragte er nach innen. Sie lässt es nicht zu! Richte dich danach … vielleicht gibt es das Wunder, dass die Liebe dich, Wurm, doch noch besiegt.

Ich will daran glauben.

Er zog ihren Kopf auf seine Brust, und so lagen sie, bis sie hörten, dass der Fischer mit seinen Pferden zurückkam.

Wladimir Andrejewitsch Globotkin traf gegen neun Uhr abends in Le Paradis ein. Sein Taxi mit der Pariser Nummer rief bei dem Fischer stummes Erstaunen hervor, zumal keine Gäste ausstiegen, die es sich leisten konnten, per Taxi von Paris nach Le Paradis zu fahren. Nur der Fahrer sprang aus dem Wagen, und der Fischer dachte mit einem Anflug von

Neid, dass die Pariser Taxifahrer gut verdienen mussten, um sich Privatfahrten in die Camargue zu gestatten.

Pierre lag noch immer auf dem Bett. Ev saß an dem Holztisch und kaute an einem Brotkanten, beobachtete Pierre und redete unentwegt auf sich ein, nicht zu glauben, dass Pierre so krank sei, wie er gestanden hatte. Als sie das Bremsen des Autos hörte, sprang sie auf und rannte ans Fenster.

»Nein!«, rief sie. »Ist das eine Überraschung! Wladimir kommt zu Besuch! Pierre! Wladi ist aus Paris gekommen!«

Sie lief aus dem Haus, und es war, als stürze sie einer Rettung entgegen.

Das war Doktor Rombard, dachte Pierre und erhob sich vorsichtig von seinem Bett. Er hat Madame Coco alarmiert. Das Ende der großen Lüge ist gekommen …

Er stützte sich an der Tischkante ab und erwartete so Fürst Globotkin. Er hörte Ev und ihn miteinander sprechen, und er hörte, als sie näher zur Tür kamen, wie Ev sagte: »Wladi, es hat keinen Zweck, mich zu beruhigen. Pierre hat mir gesagt, dass er denkt zu sterben. Aber er stirbt nicht! So schnell stirbt man nicht.«

»Wenn er dir das gesagt hat, hat er dich wieder belogen«, hörte er Wladimir Andrejewitsch antworten. »Er stirbt seit zwei Jahren. Auch wir haben das erst jetzt erfahren …«

Dann kamen sie ins Zimmer und blieben in der Tür stehen. Pierre steckte die Hände in die Hosentaschen.

»Du bist kein Freund, Wladi«, sagte er, »du bist ein Schwätzer!«

»Und du liegst in zehn Minuten hinten in meinem Wagen und hältst die Schnauze!«, rief Globotkin laut. »Ev kommt mit deinem Vehikel ›Mes Rues‹ hinterher und bringt alles mit. Los, beweg dich … oder muss ich dich ins Auto tragen?«

»Ich bleibe!«, sagte Pierre ebenso laut. »Ich will malen! Ich muss malen, solange ich es noch kann! Was soll ich in Paris?«

»Ich werde ihn niederschlagen müssen, Ev«, sagte Fürst Globotkin ruhig. »Mit vollem Verstand geht er nicht mit, du hörst es. Und ich schwöre es: Wenn er weitere Schwierigkeiten macht, binde ich ihn im Auto fest. Ich habe versprochen, dass ich in der Nacht wieder in Paris bin.« Er wandte sich an Pierre, der am Tisch stand und sich nicht rührte. »Hörst du es, du Idiot? Professor Mauron hat ein Zimmer bereitgestellt. Callac hat die besten Ärzte alarmiert! Du wirst versorgt werden wie ein Kaiser.«

»... und doch stirbt jeder wie ein Bettler.« Pierre schüttelte den Kopf. »Wladimir Andrejewitsch, du russischer Holzkopf, fahr allein zurück nach Paris.«

»Was hilft's?« Fürst Globotkin machte zwei Schritte in den Raum hinein. »Ich muss ihn betäuben.«

»Pierre –«, sagte Ev leise. »Pierre.«

Es war ein eigenartiger Klang, mit dem sie diesen Namen jetzt aussprach. Und Pierre senkte den Kopf, wandte sich ab, nahm vom Bett seine alte, mit Ölfarben beschmierte Jacke, warf sie über die Schultern und ging an Globotkin und Ev vorbei hinaus zum Wagen, klinkte die Tür auf und setzte sich hinein. Der Fischer stand drüben am Stall, wo er jetzt schlief, solange der Maler und seine Frau das Haus gemietet hatten, starrte fassungslos auf diesen Auszug und begriff nicht, wieso ein armer Maler sich aus Paris ein Taxi kommen lassen kann, um damit wegzufahren.

»Warte, bis ich alles zusammengepackt habe«, sagte Ev zu Wladimir Andrejewitsch. »Auf eine halbe Stunde kommt es nicht mehr an. Ich möchte hinter euch herfahren ... ich will ihn nicht aus den Augen verlieren ...«

»Ich fahre ein Auto und keine Schnecke«, erwiderte Globotkin. »Wie schnell läuft ›Mes Rues‹?«

»Wenn er gut gelaunt ist, macht er noch neunzig ...«

»Ich werde am Steuer einschlafen. Neunzig! Bei freier Autobahn! Muss das sein, Ev?«

»Es muss, Wladi.« Sie lächelte ihn traurig an. »Er wird mich im Rückspiegel sehen. Ich weiß doch, dass er nicht mehr ohne mich sein kann. Nicht einmal in deinem Auto.«

Eine halbe Stunde später fuhren sie ab. Ev hatte dem Fischer die ganze Miete bezahlt, und der Alte hatte gesagt: »Mademoiselle oder Madame – mir ist's egal –, ich verstehe das alles nicht.«

»Ich auch nicht, Monsieur«, hatte Ev geantwortet. »Es gibt Dinge im Leben, die begreift man einfach nicht, obwohl sie greifbar sind. Irgendwo hört die Vernunft auf, und der Mensch steht in einer Leere. Leben Sie wohl, Monsieur.«

»Leben Sie wohl, Madame.«

Der Alte blickte den beiden Wagen nach, bis die roten Rücklichter auf dem höckrigen Weg nach Salin de Badon zwischen dem Schilf verschwanden. Dann humpelte er zurück zu seinen Pferden, setzte sich auf einen Schemel in dem Stallgang und faltete die Hände im Schoß.

Es bleibt eine Leere zurück, sagte Madame, dachte er still. Sie hat es ausgesprochen, danach habe ich gesucht. Was ist ein alter Fischer ohne Boot und Netz? Er sieht, hört und riecht das Meer, aber er kann nicht mehr gegen die Wellen rudern. Eine leere Welt.

Er sah seine Pferde an, aber sie ersetzten ihm kein Boot.

Sie erreichten Paris im Regen und beim Morgengrauen.

Pierre schlief auf den Hintersitzen und erlebte so nicht, dass ›Mes Rues‹ sich ziemlich bockig zeigte, zweimal mit knapper Not eine Autobahntankstelle erreichte, wo man seinen Zündverteiler reinigte, in den die Nässe des Regens eindrang und somit den ganzen Zündungsrhythmus störte. Bouillon fuhr mit Ev, hockte neben ihr auf dem rechten Vordersitz und starrte durch die Scheibe auf den vor ihnen hergleitenden großen Wagen. Für Globotkin war es eine wahre Qual, so langsam zu fahren, und als ›Mes Rues‹ zum dritten Mal in Auxerre streikte, schlug er vor, das Vehikel in die Luft zu sprengen und endlich wieder ein vernünftiger Autofahrer zu werden. Aber Ev lehnte es ab, ›Mes Rues‹ wurde wieder flott gemacht und hielt dann trotz des Regens durch bis Paris.

Sie fuhren ohne Umweg direkt zum Hôpital Laennec, wo in dieser Nacht sowohl die Ärzte wie die Schwestern eine der schlimmsten Stunden ihrer medizinischen Laufbahn durchstanden: Madame Coco, das ›Gebetbuch‹, der ›Rote Henry‹, Ponpon, der einäugige Gummimensch, und Marius Callac, der große, jetzt an Unruhe fast zerstörte Callac, belagerten das für Pierre freigemachte Zimmer, warteten auf Fürst Globotkin und steigerten sich in eine fast hysterische Nervosität hinein, als die errechnete Zeit abgelaufen war und Wladimir Andrejewitsch noch nicht zurückgekommen war. Von da ab jagten sich die Vermutungen und erdolchte man sich gegenseitig mit apokalyptischen Prophezeiungen. Was drunten in der Camargue geschehen sein musste, konnte nur alle Vorstellungen übertreffen, denn wenn ein Fürst Globotkin sogar versagte …

»Man muss die Polizei alarmieren!«, donnerte Madame Coco, als es vier Uhr morgens wurde. »Einen Rettungshubschrauber! Wozu sind sie da? Wozu zahlt man so hohe Steuern? Marius, steh nicht herum und glotz die Brille kaputt: Telefoniere mit den maßgebenden Stellen! Du kennst sie alle, ich nicht. Sonst wäre schon ein Geschwader von Flugzeugen in der Luft.«

»Globotkin kann mit einem Taxi nicht fliegen«, sagte Callac heiser. »Wer weiß, in welch desolatem Zustand Pierre ist, und Globotkin muss ganz langsam und vorsichtig fahren. Wir hätten einen Krankenwagen hinschicken müssen. Aber nein. Cosima schickt ein Taxi! Ohne mich vorher zu fragen! Ich hätte das alles anders organisiert.«

»Ich war verzweifelt, zum Satan!«, schrie Madame zurück. »Kann man das nicht verstehen? Man steht allein auf der Welt, keiner berät einen, keiner ist da, mit dem man sprechen kann, immer muss man alles allein tun … und dann kommt so ein fischäugiger Callac daher und sagt großkotzig: Ich hätte alles anders organisiert! Warum hast du nicht früher alles ›anders organisiert‹, he?!«

»Weil ein Monsieur Lebrun dazwischen kam«, sagte Callac müde. »Und ein Weltkrieg. Cosima, beruhige dich. Wir zwei sollten doch Warten gelernt haben.«

Der ›Rote Henry‹ war merkwürdig still geworden in diesen Stunden, aber das war nur äußerlich. Er saß am Tisch in Pierres freiem Zimmer, hatte sich von der Nachtschwester unter der Drohung, sie sofort zu vergewaltigen, reinen Alkohol geben lassen, verdünnte ihn mit Wasser und soff das Getränk wie Mineralwasser. Dabei schrieb er unentwegt, und als das ›Gebetbuch‹ ihm über die Schultern blickte, zuckte der lange, dürre Theologe erschrocken zusammen.

Der ›Rote Henry‹ schrieb eine Nachrufode für Pierre. Einen poetischen Nekrolog. Er begann so:

»Als Siegfried einen Wurm erschlug,
da schworen alle Würmer Rache –«

»Wenn du das vorliest«, sagte das ›Gebetbuch‹ in seiner stillen Kanzelart, »erwürge ich dich mit dem Rosenkranz. Ich dokumentiere damit nur Gottes Ansicht, eine Kreatur wie dich nicht geschaffen zu haben.«

»Es ist eine tief tragische Ode«, sagte der ›Rote Henry‹ dumpf. »Am Schluss werde ich selbst beim Schreiben weinen.«

Irgendwie blieb dieser Satz bei allen haften. Sie wurden stiller, sahen ab und zu auf die Uhr und warteten mit der Geduld des Unabänderlichen. Ponpon, der Gummimensch, schlief in einer Zimmerecke wie ein zusammengerollter Hund, Madame Coco saß auf der Bettkante und blickte flehend, aber stumm Callac an, der am Fenster stand und auf die Straße sah. Die Einfahrt zur Klinik lag vor ihm … nasser Asphalt, auf den der Regen trommelte. Nächtliche Einsamkeit, erhellt von ein paar Bogenlampen vor dem Hospital. Trostlose, herbstliche Nässe, in die sich jetzt ein Schimmer Grau schob. Der neue Tag kündete sich an.

»Da sind sie!«, sagte Callac plötzlich. In die Einfahrt bogen zwei Wagen ... Fürst Globotkins Taxi und dahinter das grüne, scheußliche Ungeheuer ›Mes Rues‹. Ponpon sprang auf wie ein Gummiball, alle stürzten zum Fenster und drängten den armen Callac zur Seite.

»Mein kleiner Pierre«, sagte Madame Coco leise. »Mein armer kleiner Pierre.« Dann schnaufte sie auf, holte ein Taschentuch aus dem Rock und pustete hinein, dass alles erschrocken zusammenzuckte.

»Er ist hier«, sagte Callac aus dem Hintergrund. »Was menschenmöglich ist, wird jetzt für ihn getan werden. Das könnt ihr dem alten Callac glauben.«

Die Schwierigkeiten begannen schon unten bei der Aufnahme, wo zwei wachhabende Ärzte und drei Schwestern sofort Pierre in Empfang nahmen. Der Portier rief in der Privatwohnung von Professor Mauron an ... so war alles vom Chef befohlen worden.

Die einzige Schwierigkeit: Bouillon!

Ein Hund darf in kein Hospital ... aber mach das einer mal einem Hund wie Bouillon verständlich. Außerdem war in den vergangenen Wochen sein Freund, der Portier, ausgewechselt worden, und der neue rief sofort: »Hinaus mit dem Vieh!«

Bouillon reagierte sofort nach Art der Rue Princesse: Er schnappte nach dem Fuß des Portiers, raste dann an ihm vorbei in das Hospital, rannte die große Treppe hinauf und fand mit dem unheimlichen Instinkt seines Wesens sofort wieder den Weg zur Privatstation von Professor Mauron. Dort tauchte er im Gang auf, schnupperte auf dem Boden, roch die Anwesenheit von Madame Coco und verfolgte die Spur bis zu dem Zimmer, das für Pierre reserviert war. Aber auf dem Weg dorthin begegnete er der Nachtschwester, die sofort in ihr Schwesternzimmer zurücklief und den Portier per Telefon alarmierte.

»Narkotisiert das Vieh!«, schrie der Portier und legte dann

auf. Sein Ethos als Eingangswächter eines Hospitals war erschüttert worden, als einer der Ärzte, der Bouillon von früher kannte, achselzuckend sagte: »Lassen Sie ihn laufen, Marcel. Er hat die gleiche Narrenfreiheit wie alle, die oben warten. Anordnung vom Chef.«

Dass sich zwei Ärzte und drei Schwestern um Pierre kümmerten, war eigentlich ein unnötiger Aufwand. Die Diagnose stand fest, untersucht wurde er nicht – das machte Professor Mauron selbst mit seinen Kollegen von der Inneren und der Röntgenologie – und überhaupt war es, sieht man den Fall medizinisch, ein Novum, dass ein Mann mit einer kranken Leber in die Station eines Gynäkologen eingeliefert wird. Aber auch das war Madame Cocos Werk. Sie hatte zu Professor Mauron gesagt: »Pierre kommt zu Ihnen. Ob Sie Frauenarzt sind oder Plattfußdoktor, das ist mir egal! Zu Ihnen habe ich Vertrauen, zu Ihnen hat auch Pierre Vertrauen. Ihren Kollegen von der Inneren habe ich nur einmal gesehen … er hat eine dicke Knollennase, die mir nicht gefällt. Ihr Chef der Chirurgie ist Mitglied einer Partei, die nicht meine Partei ist … unmöglich für Pierre und mich! Professor … Sie nehmen Pierre zu sich, und wenn ich Sie auf den Knien bitten müsste.«

Professor Mauron war so klug, es darauf nicht ankommen zu lassen. Und so bekam Pierre dieses Zimmer auf der Gynäkologie, nachdem Mauron mit seinen Kollegen, die eigentlich zuständig waren, lange über den Fall gesprochen hatte. Alles, was sonst die Hierarchie eines Hospitals ausmacht, war damit auf den Kopf gestellt.

»Pierre de Sangries ist ein Genie, meine Herren«, hatte Professor Mauron gesagt. »Ein Genie, das keiner von uns mehr retten kann. Gewähren wir ihm die Großzügigkeit der Ausnahme. Van Gogh starb im Wahnsinn, und der zweite van Gogh – Pierre de Sangries – geht an einem Hundewurm zugrunde. Wenn das Schicksal ein greifbares Wesen wäre, würde ich es in den Arsch treten!«

»Er kommt!«, sagte Callac, als es an der Tür kratzte. Das ›Gebetbuch‹ riss sie auf, und Bouillon stürzte ins Zimmer.

»Ein Teil von ihm«, sagte der ›Rote Henry‹. »Immerhin ... wir haben es geschafft. Pierre ist in Paris. Freunde, haltet eure Herzen fest!«

Der Lift bremste, man hörte es deutlich durch die offene Tür, die Lifttür schwang auf ... die Räder eines Rollbettes quietschten. Man hatte unten bei der Aufnahme darauf bestanden, dass sich Pierre sofort wieder hinlegte. Starr saß Madame Coco auf dem Stuhl neben dem Bett, Callac stand noch immer am Fenster, das ›Gebetbuch‹ wartete an der Tür, der ›Rote Henry‹ lehnte an der Wand und zuckte mit den Mundwinkeln, und Ponpon, der Gummimensch, wischte sich das eine, übrig gebliebene Auge.

»Wie benehmt ihr euch?«, sagte das ›Gebetbuch‹ ernst und blickte zurück ins Zimmer. »Er ist noch nicht tot. Er lebt! Er diskutiert mit einem Arzt. Seid ihr eine Trauergemeinde? Pierre hat immer das Lachen geliebt ... zum Teufel, lacht, macht ein fröhliches Gesicht, freut euch, dass er da ist! – Pierre –«

Er breitete die Arme aus und verschwand im Gang. Und dann hörten sie Pierres Stimme, wie er laut sagte:

»Es ist schön, dich zu sehen, du Clown Gottes.«

Pierre war zurückgekommen.

Eine Woche lang wurde Pierre de Sangries untersucht ... er ließ es über sich ergehen, er kannte die Ergebnisse aller Röntgenaufnahmen, aller Blutanalysen im Voraus. Die Ärzte sprachen nicht viel darüber, und er amüsierte sich, dass sie in seiner Gegenwart lateinische Worte herumschleuderten, statt klar zu sagen: Es ist aussichtslos. Die Leber ist zerstört. Gute Nacht, Pierre de Sangries.

Professor Mauron sagte es dafür Callac sehr deutlich: »Es ist schlimmer, als wir befürchtet haben. Ich will Sie nicht mit medizinischen Erklärungen quälen, Monsieur Callac, sondern nur ganz deutlich sagen: Es gibt keine Rettung mehr. Hier können wir nur noch lindern …«

»Das heißt«, hatte Callac mit belegter Stimme erwidert, »Sie können Pierre das Sterben erleichtern.«

»Genau. Erklären Sie es bitte Madame Lebrun.«

»Ich? Warum nicht Sie?«

»Ich glaube, Sie können es besser, Monsieur«, sagte Professor Mauron weise.

»Und was geschieht jetzt mit Pierre?«

»Er darf nach Hause. Die Behandlung kann ambulant erfolgen. Es hat keinen Sinn, ihn wochen- oder monatelang hier herumliegen zu lassen und etwas an ihm zu tun, was jeder Hausarzt kann. Wenn es ganz hart wird … dann hat er hier immer ein Bett.«

»Ganz hart … das ist das Letzte, nicht wahr?«, sagte Callac tonlos.

»Ja.«

»Und wann wird das sein?«

»Das wissen wir nicht. Wir werden versuchen, den Leberzerfall aufzuhalten und diesen verdammten Wurm doch noch zu vernichten. Aber es ist nur ein Aufhalten, Monsieur.«

»Und eine Operation?«

»Einen Menschen ohne Leber gibt es nicht«

»Ja, das haben Sie mir schon einmal gesagt. Ich danke Ihnen, Professor.«

An diesem Tag ging Callac den schwersten Gang seines Lebens. Er fuhr in die Rue Princesse, nahm als Schutz Fürst Globotkin mit und wagte sich in das alte Haus. Madame Coco, völlig verändert durch ihr jetzt schwarzes Haar und die verlorenen vierzig Pfund Gewicht durch eine Saftdiät, aber immer noch ein mit Stoff behängtes Gebirge, war dabei, Pierres Empfang vorzubereiten. Das ganze Haus roch nach Braten und Kuchen, in den Töpfen brutzelten und siedeten geheimnisvolle essbare Dinge, die Fritteuse für die Pommes frites gluckerte auf dem Abstelltisch. Oben, in Pierres ›Zimmer in Gottes Hand‹ schmückten seine Freunde Wände und Decke, als sei seine Rückkehr eine Silvesterfeier. Dass man Pierre so früh wieder entließ, deuteten sie alle als ein gutes Zeichen. Einen Halbtoten lässt man nicht gehen, also war Pierres Krankheit weniger kritisch.

»Wer weiß, bei welchem besoffenen Hinterstubenarzt Pierre damals gewesen ist«, sagte der »Rote Henry‹. »Und dieser Doktor Rombard in der Camargue … der wird bestimmt Mühe haben, einen Rülpser von einem Furz zu unterscheiden …«

»Welch ein Tag!«, sagte Madame, als Callac hereinkam und Fürst Globotkin gleich an einen der frischen Kuchen ging. »Pierre wird entlassen. Es ist alles halb so schlimm, Marius. Die Weiterbehandlung kann ein Hausarzt übernehmen. Ich habe schon Doktor Vernier verständigt. Welch ein Tag! Wäre ich noch religiös, würde ich jetzt sagen: Komm, Marius, wir lassen eine dicke Kerze für die Mutter Gottes weihen.«

»Lass uns das tun, Cosima«, sagte Callac ernst und hielt Madames beide Hände sehr fest. »Wenn Kerzen, Beten und alle Opfer der Welt helfen könnten … wir würden sie zusammen auf uns nehmen. Aber es hilft nichts mehr.«

»Marius!« Madame sank auf einen der alten Stühle. »Das ist nicht wahr! Sie entlassen ihn doch … sie schicken ihn nach Hause!«

»Er soll in seiner geliebten Welt leben. Wenn man nichts mehr tun kann … warum ihn dann auch noch von der Welt absperren? Cosima, es ist unerträglich, das mitzuerleben, aber wir müssen es ertragen!«

»Und Ev? Weiß es Ev auch?«

»Ja. Mauron hat es ihr wie mir gesagt. Sie glaubt es nicht. Sie sagte: ›Pierre stirbt nicht vor mir!‹ – Es ist fürchterlich, Cosima.«

Er sank auf einen Stuhl, bedeckte mit der Hand seine dick bebrillten Augen und schwieg. Zwischen ihnen standen die duftenden Kuchen, auf dem Herd kochte Gemüse, im Backofen brutzelte der Braten. Durch das Treppenhaus klang Musik ... oben im Zimmer probierten die Freunde neue Platten aus. Willkommen, Pierre, im Leben!

»Und Pierre weiß es auch?«, fragte Madame Coco.

»Er wusste es schon immer.« Callac lehnte sich zurück und starrte an die verräucherte Decke. »Ich habe seinen Farbenrausch in seinen Bildern nie verstanden – jetzt verstehe ich ihn. Jedes seiner Bilder ist ein Aufschrei. Mein Gott, welche Kraft des Leidens ist in diesem Jungen! Seine Bilder werden einmal unbezahlbar sein.«

»Und er wäre bald verhungert.« Madame Coco schob dem Kuchenliebhaber Fürst Globotkin einen Teller mit Torte zu. »Weil es nur Idioten wie Callac gibt.«

»Diesmal hast du Recht, Cosima«, sagte Callac leise. »Aber die meisten Menschen laufen blind herum und wissen es nicht.«

Der Einzige, der den Lauf der Dinge genau zu wissen schien, war Bouillon.

Er wich Pierre nicht mehr von der Seite, vernachlässigte Ev, saß zu Pierres Füßen, wenn er malte, und wenn die Anfälle kamen und Pierre umwarfen – und sie kamen jetzt immer häufiger –, leckte er ihm den Schweiß vom Gesicht, wenn Ev nicht da war, um das mit einem Tuch zu tun.

Die Tabletten und Spritzen, die Doktor Vernier verabreichte, zeigten keine Wirkung. Das hatte auch keiner erwartet, aber es ist für einen Arzt unerträglich, nichts mehr zu tun und seinen Patienten einfach der Vernichtung zu überlassen.

Callac konsultierte Frankreichs medizinische Prominenz, wenn sie die Diagnose hörten und vor allem den Zustand des Patienten, sagten sie alle das Gleiche, was Callac schon nicht mehr hören konnte. Dafür verkaufte er Pierres Bilder zu Preisen, wie sie bisher nur ein Buffet erzielt hatte ... in zwei Monaten galt es in Paris als gesellschaftsfähig, ein Bild von Pierre de Sangries an der Wand hangen zu haben. Das beste Bild allerdings verkaufte Callac nicht ... das ›Tryptichon der Natur‹, wie es Pierre genannt hatte, seine zur Gestalt gewordene Liebe zu Ev.

»Wenn er nur das gemalt hätte«, sagte Callac zu Madame Coco, »das allein wird ihn einmal unsterblich machen.«

Anfang Dezember – Pierre hatte leichtes, konstantes Fieber bekommen – fuhr Ev nach Köln. Callac hatte keinen medizinischen Namen mehr, den er abhaken konnte. Er hatte sie alle gefragt. Auch Hubert Bader hatte versucht, nachdem ihn Eva angerufen hatte, mit deutschen Experten über diesen Fall zu reden. Und auch hier antwortete ihm das große Achselzucken, das große, verlegene Schweigen oder der alte, grausame, nie sterbende Satz: ›Die Medizin hat ihre Grenzen.‹

Mit Röntgenplatten und allen Befunden aus Paris fuhr Ev nach Bonn in die Universitätsklinik. Dort hatte man zum ersten Mal mit Erfolg versucht, eine Leber zu transplantieren. Die Zeitungen in aller Welt waren voll davon gewesen, und wenn auch später der Rückschlag eingetreten war: Es war ein Anfang gemacht worden, man kapitulierte nicht mehr vor dem Wissen, dass auch die Medizin nur die Praxis des Möglichen ist. Was war möglich und was unmöglich? Wer hatte vor ein paar Jahren noch daran gedacht, Herzen zu verpflanzen? Wer glaubte jemals, dass man abgerissene Gliedmaßen wieder funktionsfähig annähen könnte? Vor hundert Jahren war ein vereiterter, durchgebrochener Blinddarm ein Todesurteil ... heute spricht man in den OP-Sälen überhaupt nicht mehr von einer solchen Operation. Sie ist Routine. Wer sagt da, man könne nicht auch eine Leber auswechseln, so wie man heute Gelenke und Knochenpfannen auswechselt oder das müde Herz mit einem Schrittmacher zwingt, weiter zu schlagen und den Menschen leben zu lassen.

In Bonn sah man sich alle Papiere, die Ev aus Paris mitgebracht hatte, genau an. Ein paar Mal liefen über das Telefon Gespräche zwischen Bonn und Paris hin und her, während Hubert Bader, mehr von der Liebe seiner Tochter zu diesem Maler als von der Krankheit Pierres erschüttert, selbst amerikanische Kliniken über einen befreundeten deutschen Professor anrufen ließ und sogar drei Telegramme nach Tokio und Osaka schicken ließ, wo es Leberspezialisten geben sollte, die neue Methoden entwickelt hatten.

Die Antworten liefen ein. Man braucht sie nicht zu erwähnen. Auch die Bonner Ärzte gaben Ev die Unterlagen zurück, und der Chef der Klinik unterhielt sich lange mit ihr über Pierre. Er versuchte, ihr die Wahrheit väterlich zu erklären, aber sie klammerte sich an ihre wahnsinnige Hoffnung, ein Mensch wie Pierre dürfe einfach nicht sterben. So logisch sie sonst denken konnte, hier versagte sie völlig. Das letzte große Muss im Leben eines Menschen verleugnete sie, wenn es um Pierre ging.

»Es ist zu spät«, sagte der Chef der Bonner Universitätsklinik endlich, als kein Zureden mehr half. »Einfach zu spät, Fräulein Bader. Man vergisst immer, dass der Mensch auch nur ein Stück vergänglicher Materie ist, und dazu noch eine ziemlich weiche. Vor Jahren – wann, das kann man jetzt nicht mehr sagen – hätte man Herrn de Sangries retten können.«

»Ich gebe nicht auf, Herr Professor!«, sagte Ev und nahm die Papiere in dem großen Kuvert an sich. »Nein, ich gebe nicht auf! Irgendwo wird es einen Arzt geben, der etwas Neues entdeckt hat, der auch Pierre helfen kann.«

Der Chef der Bonner Klinik schwieg. Man kann einem Menschen in dieser verzweifelten Hoffnung nicht mehr zureden. Auch das gehörte zum Alltag einer Klinik: die tägliche erschütternde Erkenntnis, wie wenig ein Mensch das Wort ›endgültig‹ begreift.

Jeden Abend rief Ev aus Köln in Paris an. Die ersten Abende kam Pierre herunter, und sie sagten sich, dass sie sich liebten, dass sie Sehnsucht nach einander hätten, dass die Tage allein eine Qual seien.

»Mir geht es gut«, sagte Pierre einmal. »Ich habe ein großes neues Bild angefangen. Unser Fischer in Le Paradis mit seinen weißen Pferden, und das alte, verrottete Boot, in dem die Kaninchen nisteten. Darüber der Himmel der Camargue … es wird ein schönes Bild, Ev.«

Dann, an den nächsten Abenden, kam Pierre nicht mehr herunter. Madame Coco sagte: »Ich rufe ihn!«, und dann hörte sie ihre Stimme im Treppenhaus widerklingen, Pierres Stimme antwortete von oben, und Madame kam zurück und sagte: »Er malt wie ein Verrückter. Er lässt grüßen. Er kann jetzt nicht von der Leinwand weg.«

Ev verstand das. Sie kannte Pierres Arbeitsweise genau. Manchmal malte er wie in einem Rausch, und wenn man ihn ansprach, blickte er durch einen hindurch, als sei man aus Glas.

Am fünften Abend, als Pierre noch immer nicht ans Telefon kam, wurde Ev unruhig. »Ich will ihn sprechen, petite mère«, sagte sie. »Rufen Sie zu ihm hinauf: Ich will ihn sprechen! Es ist aus Tokio ein Telegramm gekommen. Vielleicht fliegen wir nächste Woche nach Tokio.«

»Es hat keinen Sinn, Ev … er kommt nicht«, sagte Madame Coco. »Ich werde ihm das sagen wegen Tokio …«

»Sie verschweigen mir etwas, Madame!« Ev hielt den Atem an. Madame Cocos Atem war deutlich zu hören. »Geht es Pierre schlechter? Hat er wieder einen Anfall gehabt?«

»Er hat keinen Anfall mehr gehabt«, sagte Madame Coco fest. »Und ihm geht es besser als vorige Woche. Du brauchst dir keine Sorgen zu machen, Ev.«

Dann legte sie auf, und das war es, was Ev bewog, den nächsten Zug nach Paris zu nehmen. »Was auch ist, Kind«, sagte Hubert Bader, der dieses Mal mit zum Bahnhof gekommen war, denn um 23:19 Uhr gibt es keine Möbelkunden mehr, »wir helfen dir und Pierre immer. Du kannst von uns alles haben. Professor Brandes hat einen Leberspezialisten in Stockholm entdeckt … ich telefoniere dir die Nachricht gleich nach Paris weiter.« Und Else Bader weinte, als der Zug anrollte und Ev so lange zurückwinkte, wie sie ihre Eltern im Licht der Bahnhofshalle stehen sah.

Warum hat Madame sofort aufgelegt?, dachte Ev und setzte sich auf ihren Platz. Warum hat sie Pierre erst gar nicht gerufen? Heute nicht, gestern nicht, vorgestern auch nicht. Er malt … fast eine Woche ohne meine Stimme, das hält Pierre nicht aus.

Sie drückte die Stirn gegen die kalte Abteilscheibe und starrte hinaus in die nasse Nacht. Auch hier regnete es, seit Tagen schon. Das Land schien zu ertrinken.

Nach Tokio, dachte sie. Pierre, wir fliegen nach Tokio oder nach Stockholm oder nach Rio de Janeiro … überall, wo ein Arzt ist, der dir helfen könnte, da fliegen wir hin.

Ich gebe nicht auf! Ich gebe nicht auf!

Pierre, ich liebe dich …

Sie kam morgens in Paris im Gare du Nord an.

Am Taxistand sah sie den Grafen Peruschkin als ersten Wagen stehen und freute sich, dass es gerade er war. Sie winkte ihm zu, und er winkte zurück, ein wenig verhalten, nestelte dann an seinem Funkgerät, sprach etwas und fuhr erst dann zum Ausgang des Bahnhofs.

»Keiner weiß, dass Sie kommen, Ev«, sagte er, als sie neben ihm saß.

»Es soll eine Überraschung für Pierre sein, Graf.« Sie lehnte sich zurück und sah hinaus auf den morgendlichen, verrückten Verkehr der Pariser Straßen. »Wann haben Sie Pierre zuletzt gesehen?«

»Vor einer Woche.« Graf Peruschkin blickte starr geradeaus. »Wir hatten viel zu tun. Ein Kongress, eine Mustermesse … wir waren pausenlos unterwegs.«

»Und wie sah Pierre aus?«, fragte sie.

»Er sah gut aus, Ev.« Graf Peruschkin umklammerte das Lenkrad so fest, dass seine Knöchel weiß wurden. »Er sah zufrieden aus, glücklich.«

»Das ist schön, Graf.«

In der Rue Princesse hatte sich nichts verändert, nur war

neu, dass Madame Coco nicht in der Küche saß und das Haus bewachte. Die Küchentür stand zwar offen, aber Madame war nicht in der Wohnung.

»Sie wird bei Pierre putzen«, sagte Graf Peruschkin, küsste Ev plötzlich auf die Stirn, warf sich herum, rannte zu seinem Taxi zurück und fuhr wie ein Irrer davon.

Langsam stieg Ev die altvertraute, dunkle, steile Treppe hinauf bis zum Zimmer in Gottes Hand. Langsam öffnete sie die Tür und stieß sie dann weit auf.

Durch das große Fenster mit dem Blick über die Dächer und auf den hässlichen Schornstein fiel das Morgenlicht auf die Staffelei mit dem halb fertigen Bild des Fischers von Le Paradis, seinen weißen Pferden und seinem verrotteten Kahn mit den Kaninchen.

Dahinter stand, alles war so vertraut, Pierres Bett, zugedeckt mit der neuen Felldecke, die sie vor drei Wochen bei Lafayette gekauft hatten. Auf dem Bett lag Bouillon, den Kopf auf den Vorderpfoten, und sah sie starr an. Er rührte sich nicht, er wedelte nicht mit seinem unmöglichen Schwanz ... wie ein Plüschtier lag er da, und nur seine großen, traurigen Augen lebten.

Auf Evs Bett saß Madame Coco und hatte den Kopf gesenkt. Das ›Gebetbuch‹ stand an der Wand, die Hände gefaltet, der ›Rote Henry‹ hockte in einem der Sessel und knetete seine dicken Finger, Ponpon, der einäugige Gummimensch, kaute an seinen Fußnägeln, Fürst Globotkin atmete schwer ... er musste gerade erst angekommen und kurz vor Ev die Treppen hinaufgestürzt sein. Jetzt wusste sie auch, mit wem Graf Peruschkin über sein Funkgerät gesprochen hatte.

Sie sah sich um, ging zu Pierres Bett und setzte sich neben Bouillon. Der hässlichste Hund von Paris kroch nahe an sie heran, legte seinen Kopf in ihren Schoß und begann leise zu wimmern.

»Wann?«, fragte sie ganz ruhig.

»Vor fünf Tagen«, antwortete Fürst Globotkin, als keiner

es wagte, es ihr zu sagen. »Es ging ganz schnell … es war, als wenn man einen Lichtschalter ausdreht. Aber er wusste es vorher, mindestens einen Tag vorher. Er hat dir einen Brief geschrieben.«

Das ›Gebetbuch‹ löste sich von der Wand, holte einen Umschlag aus dem Rock und legte ihn Ev auf das Bett. Sie sah ihn an, aber sie fasste nicht nach ihm und öffnete ihn nicht.

»Es war sein Wunsch, dir nichts zu sagen.« Der ›Rote Henry‹ erhob sich und trat den Sessel zur Seite. »Wir haben ihm den Wunsch erfüllt … aber jetzt kann ich nicht mehr! Leckt mich doch alle am Arsch!«

Der Riese mit dem roten Bart starrte Ev an, begann dann zu weinen und rannte aus dem Zimmer. Madame Coco rührte sich nicht … wie ein Koloss aus Stein, den man auf ein Bett gewuchtet hat, saß sie da und schwieg. Sie war nicht mehr geschminkt, ihre schwarz gefärbten Haare waren nicht aufgedreht … jetzt sah man, dass sie eine Greisin war, ein unendlich alter, einsamer, verlassener Mensch. Vielleicht gelang es Callac in aufopfernder Mühe, sie wieder zu der Madame Coco zu machen, ohne die eine Rue Princesse undenkbar war.

»Wer war bei ihm?«, fragte Ev mit seltsamer Starrheit.

»Wir alle.« Fürst Globotkin fasste Madame an die Schultern, sie stand auf, wie aufgezogen, und ging stumm hinaus. Ihr folgte Ponpon, dann das ›Gebetbuch‹, zuletzt ging Globotkin und zog ganz leise die Tür hinter sich zu.

Über Paris ging eine kalte Wintersonne auf. Ein klarer Tag begann, einer der Tage, die Pierre geliebt hatte, die er die ›ehrlichen Tage‹ nannte, weil sie so reine Farben hatten.

Ev legte sich zurück und zog Bouillon an sich. Unter ihrem Kopf spürte sie das Kissen, auf dem Pierres Kopf gelegen hatte … und die vielen Morgen kamen wieder, an denen er so gelegen hatte, hinausblickend durch das große Fenster in den Himmel von Paris und auf den hässlichen Schornstein des Nachbarhauses.

»Sollen wir weinen, Bouillon?«, sagte sie leise. »Warum zitterst du, Kleiner? Was heißt tot? Er ist nur weggegangen, irgendwo anders hin, er kann gar nicht von uns gehen, solange wir leben, er ist immer um uns, bei uns, in uns. Weißt du, wovon Pierre immer träumte? Von etwas, was von ihm übrig bleibt auf dieser Welt. Wir haben das geschafft, Bouillon: Ich bekomme von Pierre ein Kind.«

Dann schwieg sie, drückte den Hund an sich, schloss die Augen und gab sich dem Gefühl hin, für das es keinen Namen gibt, keine Worte, keine Deutungen und kein Entfliehen.

Sie sah die Camargue vor sich, die wehenden Mähnen der weißen Pferde, die rosa Wolken der Flamingoschwärme über dem Etang de Vaccarès, den alten Fischer mit seinem nutzlosen Boot, die Hütte bei dem ›Tonkopf‹ und das Lager, auf dem sie das Kind empfangen hatte, und sie sah Pierre, wie er sich im Sattel seines weißen Pferdes aufrichtete und der Sonne entgegenritt. Der Wind vom Meer riss seine Haare empor wie eine kurze schwarze Fahne, und er drehte sich zu ihr herum und winkte ihr lachend zu, jung, ein Eroberer der Welt, ein Aufschrei nach Leben.

Pierre –

So lag sie da, kniff die Lider zusammen, um den kalten Morgen nicht zu sehen, und wusste doch, dass in wenigen Augenblicken das Leben weitergehen würde, heute, morgen und all die kommenden Jahre, dass es weitergehen musste und sollte für Pierres Kind, das vielleicht seine Augen hatte, seine Nase oder seinen Mund und in dem sie immer wieder Pierre entdecken würde.

Da erst begann sie zu weinen, und Bouillon kroch über sie und leckte ihr die Tränen von den Wangen und lag dann an ihrer Schulter, warm und weich.

Ein kleines Stückchen Leben, wie wir alle nur ein kleines Stückchen Leben sind, ein Funken Liebe im eisigen Nichts.

NACHWORT

Zu Lebzeiten meines Vaters war die meistgestellte Frage an mich: »Wie lebt man als Tochter eines Bestsellerautors? Wie ist das Zuhause?«

Na, ganz normal: Mit Vater, Mutter und zwei Kindern. Allerdings ging unser Vater morgens nicht zur Arbeit aus dem Haus sondern bloß ein paar Schritte durch den Garten in seine »Schreibstube«. Dort blieb er bis zum Abend mit einer kurzen Unterbrechung zum gemeinsamen Mittagessen. Kein Wunder, dass der unvergessliche Satz unserer Kindheit war: »Ruhe! Papa schreibt!«

Ungewöhnlich wirkte das alles nur auf andere. Ich war das einzige Mädchen, das nicht von der Mutter, sondern sehr oft vom Vater von der Schule abgeholt wurde. Meinen Schulfreundinnen erklärte ich auf ihre dauernde und mir peinliche Fragerei, ob mein Vater denn arbeitslos wäre, dass die Arbeit meines Vaters Schreiben sei. Daraufhin meinten sie einhellig, das sei doch keine Arbeit – was mich zum ersten Mal stutzen ließ. War wirklich alles so normal in unserer Familie? Schließlich »lebte« mein Vater, wenn er in seine Arbeit vertieft war, morgens in Russland. Und wir sagten: »Zieh' dich warm an!« Oder wir gaben ihm nach dem gemeinsamen Mittagessen, wenn er in die Südsee aufbrach, den Rat: »Vergiss die Badehose nicht!«

Eins wusste ich jedoch damals schon mit Sicherheit: Mein Vater war sehr fleißig. Teilweise hat er zwei Romane gleichzeitig auf seiner alten Olympia Schreibmaschine geschrieben, die er bis zum Schluss niemals gegen einen Computer eingetauscht hätte. Und 161 Romane, die in 46 Sprachen übersetzt wurden, sind ein Lebenswerk, das man nicht mal so aus dem Ärmel schüttelt.

Mit zwölf Jahren habe ich angefangen, seine Romane zu lesen. Von dieser Zeit an durfte ich auch schon mal ein Schlückchen mittrinken, wenn mein Vater – wie immer nach Vollendung eines neuen Werks – eine Flasche *Roederer Kristall* öffnete. Das Talent, Romane schreiben, hat er mir leider nicht vererbt. Bei der Lektüre meiner Schulaufsätze hat sich mein Vater jedes Mal die Haare gerauft. Aus seiner Sicht war leider so gar nichts von der väterlichen Kreativität bei mir hängen geblieben. Das legte sich erst, als ich später Redakteurin wurde und schließlich sogar eine seiner Verlegerinnen. Aber bis dahin war es ein langer, harter Weg.

Bei uns herrschte das Patriarchat: Vater ist der Boss und dem haben sich alle unterzuordnen. Dabei war ich überbehütet – der Kosename »Babychen« sagt schon alles. Ich war die Kleine, die vor allem Angst hatte. Kein Wunder, dass mir niemand etwas zutraute. Erst nach dem Abitur kam der erste »Mutanfall«: Ich wollte wie so viele andere mit dem Zug ins Ausland. Genauer: Nach Nizza, um dort französisch zu lernen. Gesagt, getan!

Ich lebte dort überglücklich in einer armseligen Studentenbude. Hauptsache, Freiheit schnuppern! Als mich in meinem neuen Heim vier abenteuerlich aussehende, bärtige Schulfreunde besuchten, die seit Wochen per »Interrail« (die Vorstufe des heutigen Backpackings) quer durch Europa reisten, ließ ich mein Studium kurzfristig ruhen. Als Pferdenärrin musste ich einfach mit den Jungs in die Camargue. Bis uns allen das Geld ausging. Zurück in Nizza verschafften wir uns Bares auf unsere Art: Die Jungs spielten Gitarre und sangen. Ich ging mit dem Hut auf der Avenue des Anglais herum und sammelte Geld von den Touristen ein. Bis ich mit dem schwarzen Schlapphut in der Hand vor einem gut gekleideten Paar stand – meinen Eltern.

Die beiden hatten zwar angekündigt, dass »Papa auf Recherchereise nach Paris und Südfrankreich« müsse, aber das hatte ich wohl schlichtweg verdrängt. Meine Mutter fiel angesichts der Almosen sammelnden Tochter fast in Ohnmacht, mein Vater dagegen lachte sich halb tot. Das Ende vom Lied: Die Jungs mussten sich die Bärte abrasieren und einigermaßen zivil kleiden. Dafür durften wir auf der Terrasse des *Negresco* (damals und heute eines der vornehmsten Hotel an der Cote d'Azur) mit meinen Eltern speisen. Wir schwärmten dabei so sehr von der Camargue, dass mein Vater augenblicklich seine Pläne änderte. Er verlegte seine Romanrecherche zunächst dorthin und erst dann nach Paris. Aus dieser Reise entstand einer meiner Lieblingsromane (zu dem ich also indirekt auch beigetragen habe): *Liebe ist stärker als der Tod*. Eine Liebesgeschichte, die genauso ungewöhnlich ist wie ihr Ausgang. Dramatisch, leidenschaftlich, zärtlich – die ganz großen Gefühle, heute genauso romantisch wie damals.

Werkverzeichnis der im Heyne Verlag vorliegenden Titel von Heinz G. Konsalik

Besuchen Sie auch die Website: www.konsalik.de

Der Autor

Heinz G. Konsalik wurde 1921 in Köln geboren. In Köln und München studierte er Theater- und Zeitungswissenschaften sowie Literaturgeschichte mit dem Ziel, Dramaturg zu werden. Bei Ausbruch des Zweiten Weltkrieges wurde Konsalik eingezogen. Nach seiner Entlassung aus amerikanischer Gefangenschaft war er zunächst als Mitarbeiter im Feuilleton der Kölner Zeitung tätig. 1956 wurde Konsalik mit dem Roman *Der Arzt von Stalingrad*, der heute als einer der Klassiker der Literatur über den Zweiten Weltkrieg gilt, nahezu über Nacht berühmt. Seitdem schrieb er einen Bestseller nach dem anderen. 1999 erlag er in seinem Salzburger Domizil einem Schlaganfall.
Noch heute ist er unbestritten der national und international meistgelesene deutschsprachige Schriftsteller der Nachkriegszeit. Seine Werke erreichten bisher eine Gesamtauflage von rund 88 Millionen Exemplaren und wurden in 46 Sprachen übersetzt.

Die Herausgeberin

Dagmar Konsalik ist die jüngste Tochter von Heinz und Elsbeth Konsalik. Nach ihrem Abitur arbeitete sie zunächst als Verlagsassistentin, bis sie schließlich Verlegerin wurde – auch für die Bücher ihres Vaters. Seit Mitte der 90er Jahre ist sie als Producer und Produzentin von Fernsehfilmen erfolgreich tätig. Sie begleitete ihren Vater auf vielen Reisen weltweit. So konnte sie manchen Entstehungsprozess eines Konsalik-Romans hautnah miterleben.

»Deutschlands erfolgreichster Schriftsteller.« *Die Welt*
»So viele Bücher, so viele Geschichten.« *Die Woche*
»Ein Phänomen.« *Die Welt*

Printausgabe

Liebe ist stärker als der Tod

Die junge Eva ist von der Liebe tief enttäuscht und so verzweifelt, dass sie in ihrem Leben keinen Sinn mehr sieht. Von der Höhe des Arc de Triomphe will sie sich in die Tiefe stürzen, doch im letzten Augenblick rettet sie Pierre, der junge, idealistische Maler, dessen Herz so übervoll ist, wie seine Taschen leer sind. Mit Geduld und Wärme geben er und das quirlige Gemisch seiner Freunde Eva den Lebensmut und den Glauben an sich selbst zurück, und Stück für Stück lernt das Mädchen aus Deutschland, die Welt in neuen, leuchtenden Farben zu sehen.

(Dieser Roman ist auch als E-Book erhältlich.)

E-Books only

Der Hypnosearzt

Der hochbegabte Arzt Stefan Bergmann erzielt mit seiner Hypnosemethode sensationelle Erfolge. Tag und Nacht ist er für seine Patienten da – für seine Ehe mit Christa bleibt da wenig Zeit. Sein Leben ändert sich auf einen Schlag, als er dem bei einem Unfall verletzten Bankier Thomas Lindner das Leben rettet. Lindner ist das Gegenteil des idealistischen Arztes – skrupellos und nur auf Profit bedacht. Anfangs sind die beiden so unterschiedlichen Männer fasziniert voneinander, doch Stefan muss bald erkennen, dass Thomas ihn für seine schmutzigen Geschäfte benutzt. Die Spannung zwischen den beiden ungleichen Männern erreicht ihren dramatischen Höhepunkt, als Stefan erkennen muss, dass er sich unsterblich in Thomas schöne Frau Maria verliebt hat.

Unternehmen Delphin

Der Meeresbiologe Steve Rawling ist zeitlebens fasziniert von den enormen Fähigkeiten der Delphine, die zu den intelligentesten Lebewesen unserer Erde gehören. Er ist überzeugt davon, dass die Tiere nach der entsprechenden Ausbildung der US Navy von unschätzbarem Nutzen sein können – als ein schwimmendes Frühwarnsystem gegen feindliche U-Boote und Tauchkommandos. Bei den verantwortlichen Offizieren stößt er mit seinen Ideen zunächst nur auf Hohn und Spott. Die schöne Helen unterstützt seinen Plan jedoch, und gemeinsam gelingt es ihnen, die Militärs zu überzeugen. Werden sie aber wirklich Recht behalten? Werden die klugen Tiere sich im Ernstfall bewähren?

Gold in den roten Bergen

In seiner Heimat Deutschland ist der Geologiestudent Wolf Herbarth gescheitert. Als Truckerfahrer in der endlosen Weite Australiens will er sich nun ein neues Leben aufbauen. Zusammen mit seinem Beifahrer Chick durchreist er das unermessliche, menschenfeindliche Land, bis die beiden eines

Tages einen sterbenden Ureinwohner finden, der eine Skizze mit der verheißungsvollen Aufschrift »Gold« bei sich trägt. Chick und Wolf wittern die Chance ihres Lebens – zusammen mit Sally und Cher, den beiden mutigen Frauen, die sie lieben, machen sie sich auf, um das Gold der roten Berge für sich zu gewinnen.
Vier Menschen im Kampf gegen die Gewalten der Natur – ein atemberaubendes Abenteuer vom Meister der spannenden Unterhaltung.

Der Leibarzt der Zarin

Sie sieht aus wie ein Engel. Doch auf den Gängen des Palastes raunt man sich zu, in der Engelsgestalt stecke ein Teufel, der ihren Mann an Grausamkeit übertrifft. Die Teufelin mit dem Engelsgesicht ist Marja, Zarin von Russland, Gemahlin Iwans des Schrecklichen. Erst als der deutsche Arzt Andreas von Trottau an den Hof kommt, entdeckt die mächtige Schöne ihre andere Seite, ihre Zärtlichkeit und ihre Fähigkeit zur Hingabe. Andreas aber liebt eine andere – das einfache Mädchen Xenia. Marja kann nicht fassen, dass der Mann, den sie liebt, sie zurückweist – und wer die Zarin kennt, der weiß, ihre Rache kennt kein Erbarmen.

Der schwarze Mandarin

Auf einer Forschungsreise durch das geheimnisvolle China verliebt sich der Ethnologe und Schriftsteller Hans unsterblich in die schöne Reiseleiterin Liyun. Ihre Liebe überwindet die Kluft zwischen ihren Kulturen, doch es gibt Mächte, die ihnen ihr Glück nicht gönnen: Die Triaden, eine chinesische Verbrecherorganisation, die die Mafia an Grausamkeit weit übertrifft, hat es auf Hans und Liyun abgesehen. Wird es den beiden gelingen, im Kampf gegen die dunkle Übermacht ihr Leben und ihre Liebe zu retten?

Mayday Mayday
Eastern Wings 610

Ein grausamer Streich des Schicksals raubt dem Piloten Paul Brückner den Menschen, den er am meisten liebt: Seine Lebensgefährtin Anja wird bei einer entsetzlichen Katastrophe, in die zwei Flugzeuge verwickelt sind, zusammen mit 260 weiteren Passagieren getötet. Als Mann der Luftfahrt kann sich Paul die Ursache des schrecklichen Unglücks nicht erklären, und um endlich Frieden zu finden, muss er Antworten auf seine Fragen haben. Paul will herausfinden, warum Anja sterben musste und beginnt auf eigene Faust, die Hintergründe des Zusammenpralls zu ermitteln.

Die Liebenden von Sotschi

Ein harmloser Urlaubsflirt – so fängt es an. Im paradiesischen Kurort Sotschi am Schwarzen Meer lernt die deutsche Ärztin Dr. Irene Walther einen russischen Ingenieur kennen. Als die Ferien zu Ende gehen, weiß Irene, dass sie Boris nie vergessen wird. Doch Hoffnung auf ein Wiedersehen gibt es nicht. Bis Boris seiner großen Liebe wegen alles hinter sich lässt: seinen Beruf, seine Karriere, sein Land. Wie-

der vereint geraten die beiden Liebenden in das gefährliche Spiel der Geheimdienste.
Eine herzergreifende Liebesgeschichte und ein nervenaufreibender Agententhriller in einem – eine unwiderstehliche Mischung vom Welterfolgs-Autor Heinz G. Konsalik.

Die Gutachterin

Nach einer halb verbüßten Jugendstrafe wird Ludwig Ladowsky wegen guter Führung auf freien Fuß gesetzt. Prompt begeht er dasselbe Verbrechen noch einmal: Er vergewaltigt und tötet ein junges Mädchen, die sechzehnjährige Evi Fellgrub. Die erfolgreiche junge Psychologin Isabella ist erschüttert: Gegen ihren eigenen Lehrherrn, der sie seitdem anfeindet, hatte sie sich dafür eingesetzt, dass Ladowsky therapiefähig sei. Die Zweifel an ihrem Urteil stellen ihr ganzes Leben auf den Kopf. Ihre Beziehung zu dem attraktiven Richard gerät in Gefahr, denn Isabella kommt von dem Mörder nicht los. Die Beschäftigung mit ihm wird zum Zwang, und ihre eigenen Gefühle stellen sie vor die größte Herausforderung ihres Lebens.
Mit diesem packenden Roman beweist Erfolgsautor Heinz G. Konsalik einmal mehr, dass er vor brisanten Themen nicht zurückschreckt.

Der Herr der zerstörten Seelen

Für Dorothea Folkert wird der Alptraum jeder Mutter wahr: Ihre Tochter Kati ist spurlos verschwunden. In einem Abschiedsbrief sagt sie sich von ihrer Mutter los. Doch Dorothea kann ihr Kind nicht aufgeben: Voller Angst macht sie sich auf die Suche nach dem jungen Mädchen und muss entdecken, dass sie vom Leben ihrer Tochter viel weniger

weiß, als sie geglaubt hat. Die Spur führt Dorothea in ein geheimnisvolles Schloss zu einer Sekte, die sich »Gottes Welt« nennt und die mit glühendem Fanatismus die Seelen ihrer Opfer zu beherrschen sucht.
Ein brisantes, hochaktuelles Thema, vom Meister spannender Unterhaltung atemberaubend erzählt.

Das gestohlene Glück

Carola scheint das Leben einer Märchenprinzessin zu führen: Als Frau des weltberühmten Dirigenten Bernd Donani lebt sie in einer schlossartigen Villa, hat zwei reizende Kinder und kann sich jeden Wunsch erfüllen. Wie es in ihrem Herzen aussieht, ahnt jedoch kein Mensch: Carola fühlt sich zutiefst einsam, denn ihr Mann kann an nichts anderes als an seine Musik denken. Neben ihm fühlt sie sich nicht länger als Frau – bis ihr der junge Geiger Jean begegnet, der ihre Welt auf den Kopf stellt. Zum ersten Mal fühlt Carola sich begehrt, geliebt und von Herzen glücklich – so sehr, dass sie darüber sogar das zu vergessen droht, was ihr bisher das Liebste und Wichtigste im Leben war: ihre Kinder.